NAJMROCZNIEJSZY SEKRET

W serii ukazały się

TANA FRENCH

Ściana sekretów. Wiem, kto go zabił
Zdążyć przed zmrokiem
Lustrzane odbicie
Bez śladu
Kolonia
Ostatni intruz

ALEX MARWOOD

Dziewczyny, które zabiły Chloe
Zabójca z sąsiedztwa
Najmroczniejszy sekret

B.A. PARIS

Za zamkniętymi drzwiami

MARISHA PESSL

Nocny film

Wkrótce

B.A. PARIS

Na skraju załamania

ALEX MARWOOD

NAJMROCZNIEJSZY SEKRET

Z angielskiego przełożył
RAFAŁ LISOWSKI

ALBATROS

Tytuł oryginału:
THE DARKEST SECRET

Redakcja: Marta Gral

Zdjęcie na okładce: © Jean François Humbert/Arcangel Images

Projekt graficzny okładki: Wydawnictwo Albatros Sp. z o.o.

Skład: Laguna

ISBN 978-83-7985-762-3

Książka dostępna także jako e-book

Dystrybutor
Firma Księgarska Olesiejuk sp. z o.o. sp. j.
Poznańska 91, 05-850 Ożarów Mazowiecki
tel. (22) 721 30 00, faks (22) 721 30 01
www.olesiejuk.pl

Wydawca
WYDAWNICTWO ALBATROS SP. Z O.O.
(dawniej Wydawnictwo Albatros Andrzej Kuryłowicz s.c.)
Hlonda 2A/25, 02-972 Warszawa
www.wydawnictwoalbatros.com
Facebook.com/WydawnictwoAlbatros | Instagram.com/wydawnictwoalbatros

2017. Wydanie I
Druk: Abedik S.A., Poznań

Książkę wydrukowano na papierze Ecco Book Cream 70 g/m^2, vol. 2.0
z oferty Antalis Poland

antalis
Just ask Antalis

Dla Sally i Bunny Frankland
Z miłością

W doniesieniu, które
O tych nieszczęsnych sprawach prześlesz, panie,
Wystaw mię, proszę, takim, jakim jestem;
Nie ujmij ani nie dodaj niczego.
Przyjdzie ci przeto mówić o człowieku,
Co nieroztropnie, ale bardzo kochał.

William Shakespeare *Otello*
przeł. Józef Paszkowski

Kiedy mężczyzna poślubia swoją kochankę, powstaje wakat.

James Goldsmith

DO: Klient, Media, Kontakty

TEMAT: PILNE, ZAGINĘŁO DZIECKO, PROSZĘ UDOSTĘPNIAĆ

DATA: 31 sierpnia 2004

ZAŁ: Coco.jpg, bransoletka.jpg

Moi drodzy!

Przepraszam za ogólny e-mail, ale rozpaczliwie potrzebuję Waszej pomocy.

W miniony długi weekend, w nocy z niedzieli 29 sierpnia na poniedziałek 30 sierpnia, z domu rodzinnego w Bournemouth zniknęła moja córka chrzestna Coco Jackson. Ma trzy lata.

Doświadczenie policji wskazuje na to, że w przypadku porwań dzieci kluczowe jest pierwsze czterdzieści osiem godzin, więc czas nagli. Proszę, prześlijcie ten e-mail do każdego, kto Waszym zdaniem mógłby zareagować i przekazać go dalej, tak by jak najwięcej osób dowiedziało się o losie Coco, co zwiększy szanse na jej bezpieczny powrót do domu.

Coco ma 90 centymetrów wzrostu, blond włosy prawie do ramion i grzywkę. Ma jasną cerę, chociaż przez lato trochę się opaliła i wyskoczyła jej na nosie widoczna kreska piegów. Ma niebieskie oczy i ciemne, wyraźnie zarysowane brwi. Kiedy zniknęła, była ubrana w piżamkę ze SpongeBobem.

Co bardzo ważne, miała również bransoletkę, którą dostała z okazji chrztu ode mnie i Roberta. Została zaprojektowana tak, że trudno się ją zdejmuje, więc możliwe, że porywacz jeszcze tego nie zrobił. Bransoletka jest wykonana z 22-karatowego złota, ma stempel probierczy, wzorek z serduszek wyryty na zewnętrznej powierzchni oraz imię i datę urodzin (11.07.01) na wewnętrznej.

Załączam zdjęcie Coco zrobione w ten weekend na rodzinnym wyjeździe oraz zdjęcie identycznej bransoletki, którą nosi jej siostra bliźniaczka.

Błagam, wyślijcie ten list do tylu osób, do ilu możecie. Nie umiem wyrazić, jakie to jest ważne i jak bardzo będę wdzięczna. Rodzice Coco są zrozpaczeni i wszyscy potwornie się martwimy.

Jeśli czytasz tego maila i wydaje Ci się, że być może ją widziałeś, nawet jeśli to tylko przypuszczenie, proszę, zadzwoń do sierżant Nathalie Morrow z wydziału kryminalnego policji w Bournemouth pod numer 555-6724 albo bezpośrednio do mnie. Wszyscy jesteśmy zdesperowani. Pomóżcie nam.

Z miłością, *namaste*

Maria

s. 1

ZEZNANIE ŚWIADKA
Emilia Pereira
Niania rodziny
17 września 2004

Na początek chcę powiedzieć, że pani Jackson zwolniła mnie w środę, zanim wyjechali, więc w ogóle mnie tam nie było. Zwolniła mnie, bo była wściekła z powodu męża. Wydawało jej się, że każda kobieta, która się do niego zbliży, spróbuje go jej odebrać, ale ja wcale nie chciałam. Dla mnie był trochę obrzydliwy. Ciągle stawał za blisko, wypytywał, czy mam chłopaka, i szukał okazji, żeby mnie dotknąć. Wcale się nie dziwię, że była podejrzliwa, ale nie mnie powinna podejrzewać.

Kiedy mnie wylała, zatrzymałam się u przyjaciółki Lisy Mendes w Stevenage, bo pani Jackson w ogóle mnie nie uprzedziła, dała mi tylko pensję w gotówce i kazała pakować rzeczy, a ja nie miałam się gdzie podziać. Spałam u Lisy na podłodze i czekałam na samolot do Lizbony, kiedy Coco zniknęła, a wy aresztowaliście mnie jak przestępcę. Nie byłam w pobliżu domu na Sandbanks ani razu przez te pół roku, odkąd pan Jackson go kupił. Chyba spędzili w nim jeden weekend, zanim weszli tam robotnicy, ale wrócili wcześniej, w bardzo złych humorach, więc zdziwiłam się, kiedy postanowił urządzić w tym domu urodziny. Spodziewałabym się, że urządzi je w Dubaju albo jakimś takim miejscu, jeśli wiecie, co mam na myśli.

Wiem tyle, że w tamten weekend pan Jackson obchodził pięćdziesiąte urodziny i od wielu miesięcy planował wielką imprezę na plaży. Potem, jakiś miesiąc wcześniej, zmienił zdanie – może uświadomił sobie, że ludzie nie zechcą jechać tak daleko. Duża impreza miała być w Londynie, a w weekend mniejsza. W pewnym sensie ulżyło mi, kiedy pani Jackson mnie zwolniła, bo wiem, jak u nich wyglądają imprezy. Przez cały długi weekend pracowałabym po dwadzieścia cztery godziny na dobę. Zaprosili znajomych, a to nie są ludzie, którzy lubią, kiedy dzieci przeszkadzają im w zabawie. Właściwie gdyby mnie nie zwolniła, i tak zamierzałam odejść, bo to nie są dobrzy ludzie.

Pracowałam u nich przez trzy lata, odkąd urodziły się bliźniaczki, ale jak powiedziałam, to nie są dobrzy ludzie. Zostałam, bo przyzwoicie płacili, natomiast pani Jackson nigdy nie lubiłam. Jest leniwa, próżna i niemiła. Po trzech latach nadal nie kojarzyła, kiedy mam urodziny, i właściwie nic o mnie nie wiedziała. Nigdy ze mną nie rozmawiała ani o nic nie pytała, tylko krytykowała i wydawała polecenia. W ciągu dnia, przez ten czas, który dzięki mnie miała wolny, nie robiła nic oprócz chodzenia do salonów piękności i sklepów i przygotowań do wieczornego wyjścia na miasto z mężem. Kiedy on był w Londynie, zawsze wychodzili na miasto. Dosłownie mieszkali w restauracjach, ale nigdy nie okazywała wdzięczności za wszystko, co dzięki niemu ma. A gdy wyjeżdżał, ciągle miała zły humor, w kółko z nim esemesowała i zamykała się w swoim pokoju. Myślę, że kochała córeczki, ale ostatecznie zawsze robiła to, co on chciał, i nie spędzała z nimi dużo czasu. Nie wiem. Może bogaci ludzie tacy są, tylko nie rozumiem, po co mieć dzieci, skoro nie chce się z nimi być.

Nie zostałabym tam tak długo, gdyby nie to, że bardzo polubiłam te dziewczynki. Na samą myśl, że ktoś uważa, że mogłabym zrobić Coco krzywdę, robię się czerwona z wściekłości. Kiedy pani Jackson mnie wylała, nawet nie miałam okazji się z nimi pożegnać, a teraz czuję się strasznie, bo wtedy po raz ostatni widziałam Coco.

Pojechałam do Stevenage w środę po południu i zostałam aż do wtorku, kiedy przed drzwiami mojej przyjaciółki pojawiła się policja. Prawie cały czas przebywałam w towarzystwie innych ludzi – mam tam paru znajomych i chciałam spędzić z nimi trochę czasu przed powrotem do Portugalii. Nigdy nie byłam sama na tyle długo, bym mogła pojechać do Bournemouth i z powrotem tak, żeby nikt tego nie zauważył. Nie mam pojęcia, co w tamten weekend stało się w domu Jacksonów, i nie mam pojęcia, co się stało z Coco Jackson.

s. 1

ZEZNANIE ŚWIADKA
Janusz Bieda
Budowlaniec
Sporządzone przez policję w Krakowie
Przetłumaczono 15 września 2004

Nie znałem rodziny Jacksonów. Pana Jacksona spotkałem tylko trzy razy. Pracowałem z Karolem Niemcem, Tomaszem Zdanowiczem i moim bratem Gabrielem Biedą. Instalowaliśmy basen w posiadłości Seawings sąsiadującej z Harbour View. Pracowaliśmy od tygodnia i robota się przedłużała, bo basen był wykonany na zamówienie, z portretem właściciela jako trytona, i trzeba go było instalować dźwigiem za jednym zamachem, a wykopanie otworu okazało się trudniejsze, niż myśleliśmy, bo sięgał poniżej poziomu wód gruntowych. Musieliśmy wynająć pompę, więc prace przeciągnęły się na weekend.

Pan Jackson ze znajomymi przyjechali w czwartek po południu, a już w piątek przyszedł skarżyć się na hałas. Rozbawił nas, bo wiemy, że robotnicy byli w Harbour View przez całe lato i wtedy jakoś w ogóle nie przejmował się sąsiadami. W sobotę rano przyszedł znowu, żeby zapytać, jak długo to potrwa, a my powiedzieliśmy, że pewnie do wieczora. Wyjaśnił, że ma imprezę urodzinową, i zaproponował nam znaczną sumę pieniędzy w zamian za to, żebyśmy zawiesili pracę do następnego popołudnia. Skoro już robota przeciągnęła się do piątku, to ze względu na długi weekend dźwig i tak mogliśmy oddać dopiero we wtorek, więc zgodziliśmy się i podzieliliśmy się pieniędzmi. Zaraz po skończeniu roboty brat i ja mieliśmy wrócić na miesiąc do Polski do rodzin. Karol i Tomasz chętnie zostaliby jeszcze dwa dni, żeby dokończyć uszczelnianie i brukowanie oraz dopilnować zwrotu dźwigu, a potem mieli do nas dołączyć. Przez całą sobotę kupowaliśmy prezenty dla rodzin i wróciliśmy w niedzielę przed lunchem. W domu Jacksonów było cicho, ale to nas nie zdziwiło, bo pan Jackson mówił, że po imprezie będą chcieli się wyspać.

Wrócił w niedzielę po południu, jak tylko zaczęliśmy pracę, i w ramach podziękowania za opóźnienie robót dał mi butelkę whisky. Była z nim Coco. Druga bliźniaczka w nocy chorowała, więc jej z nimi nie było. Oboje wydawali się weseli i odprężeni, a pan Jackson był dużo milszy niż do tej pory. Coco wyglądała na uroczą dziewczynkę, była ubrana na różowo i chociaż najpierw zachowywała się trochę nieśmiało, potem nabrała odwagi i sprawiała wrażenie szczęśliwej.

Praca poszła gładko, więc Gabriel i ja zdążyliśmy w niedzielę wieczorem na prom z Portsmouth o 23.30. Z Bournemouth wyjechaliśmy około dwudziestej. Nie wyrzuciliśmy biletów, a monitoring na promie na pewno potwierdzi, że byliśmy na pokładzie. Dopiero następnego dnia wieczorem zadzwonił do nas Karol i powiedział, co się stało. W poniedziałek rano właśnie spoinowali płyty wokół basenu, kiedy po sąsiedzku zaczęło się zamieszanie. Żeby nadgonić, zaczęli robotę około szóstej, więc jego zdaniem wtedy mogło być około 10.30. Przykro mi, że nie mogę bardziej pomóc, ale jak widać, nie było mnie już w kraju, kiedy dziecko zaginęło. Wszyscy jesteśmy w szoku, że w ogóle przyszło wam do głowy, że mogliśmy być w to zamieszani.

Ostatni raz widziałem Coco Jackson w niedzielę po południu. Z daleka dziewczynki wyglądały na zadbane i zdrowe, chociaż rozmawiałem tylko z Coco. Ale tę drugą też widziałem i wyglądało na to, że wszystko w porządku. Pan Jackson z pewnością jest oddanym ojcem, a rozmawiając z nami, cały czas trzymał Coco za rękę.

s. 3

ZEZNANIE ŚWIADKA
Charles Clutterbuck
Gość
Sporządzone przez Policję Metropolitalną w Londynie
3 września 2004

[...] Imogen i ja poszliśmy spać około trzeciej, a kiedy obudziliśmy się w niedzielę o jedenastej, okazało się, że Claire i Sean znowu się pokłócili i Claire wyjechała do Londynu. Raczej nas to nie zaniepokoiło. Ich małżeństwo zawsze było burzliwe i bynajmniej nie po raz pierwszy wyniosła się cała obrażona. Tak naprawdę, ściśle *entre nous*, byliśmy zdania, że Sean źle zrobił, rozwodząc się z pierwszą żoną, która przynajmniej nie była nieokrzesana, i żeniąc się z Claire. To nie jest kobieta kulturalna, jeśli wiecie, co chcę powiedzieć, i ma niesamowity talent do obrażania się. Wiem, że moja żona jest matką chrzestną Ruby, ale od pewnego czasu zastanawialiśmy się oboje, czy nie byłoby mądrze trochę się od nich zdystansować. Rozumiem, że to brzmi okrutnie, ale towarzystwo, w jakim się przebywa, może politykowi zaszkodzić w karierze, a ja mam obowiązek wobec mojej partii i nie mogę okryć jej niesławą.

Kiedy bliźniaczki i dzieci Oriziów wstały, Sean był wyraźnie przygaszony i wszyscy spędziliśmy dzień spokojnie. Po południu wysłaliśmy dzieci do parku wodnego Królestwo Neptuna z tymi matkami, które uznały za stosowne zostać, moją żoną Imogen oraz nastoletnią córką Gavilów. Ruby trochę kiepsko się czuła, więc posadziliśmy ją przed odtwarzaczem DVD i kompletem odcinków jakiejś bajki, chyba *Dora poznaje świat*. W ogóle nas nie zastanowiło, że matka bliźniaczek nie wzięła ich ze sobą do Londynu; szczerze mówiąc, dla nas to była normalka. Jak powiedziałem, ona ciągle się miota, więc pewnie wydawało się jej, że daje mężowi nauczkę. Poza tym chyba wszyscy byliśmy trochę skacowani i niezbyt jasno myśleliśmy. Większość dnia spędziliśmy w salonie, dojadając resztki i czytając weekendowe gazety. Pojawiła się groźba, że w partii wybuchnie jakiś skandal, i ulżyło mi, że w prasie panowała cisza.

Dzieci wróciły koło piątej. Były trochę marudne, co nie dziwi w długi weekend. Ledwie przetrwaliśmy herbatę, kąpiel i porę usypiania dzieci. O ósmej były już w łóżkach, bardzo zmęczone, i wszystkie przespały całą noc. Dzieci Oriziów leżały na dmuchanych materacach w sypialni rodziców, a dzieci Gavilów przez weekend nocowały w przybudówce, ale tego wieczoru Gavilowie wyjechali, żeby wrócić do Londynu łodzią. Coco i Ruby spały w jednym łóżku w służbówce na parterze. Ostatnio obie zaczęły chodzić po nocy, więc wszyscy uznaliśmy, że lepiej trzymać je z dala od schodów, których zdecydowanie nie zaprojektowano z myślą o małych dzieciach. Sean miał u siebie w pokoju elektroniczną nianię, ale w nocy nic nie słyszał, a kiedy zniknięcie Coco wyszło na jaw, okazało się, że w ciągu weekendu ktoś ją wyłączył, a on tego nie zauważył.

Mój kierowca przyjechał po mnie i Imogen w wolny poniedziałek o 8.30, a o 10.30 byliśmy w domu w Londynie. Dlatego wstaliśmy i zjedliśmy śniadanie przed wszystkimi. Nie przyszło nam do głowy zajrzeć do pokoju bliźniaczek. I tak mieliśmy dużo na głowie i byliśmy spóźnieni. Kiedy zadzwoniliście, tuż przed pierwszymi wiadomościami w wieczornych dziennikach, byłem w swoim biurze w Westminsterze, przygotowywałem się do nowej sesji parlamentu [...]

s. 3

ZEZNANIE ŚWIADKA

Maria Gavila

Gość

12 września 2004

[…] to był uroczy weekend. Cudna pogoda, świetne towarzystwo, a dzieci bawiły się wybornie – i na plaży, i w niedzielę po południu w Królestwie Neptuna. Nie mogę uwierzyć, że taki piękny weekend tak źle się skończył; chyba ciągle jestem w szoku. Mój mąż, Robert, przyjaźni się z Seanem Jacksonem od kilkudziesięciu lat, poznali się na studiach. Charles Clutterbuck to jego przyjaciel o podobnym stażu. Znajomość Seana z Lindą Innes jest krótsza; od kilku lat Linda pracuje dla Jackson Enterprises jako projektantka wnętrz i przez ten czas nawiązali zażyłą przyjaźń. W ten weekend po raz pierwszy spotkałam jej partnera, doktora Jamesa Orizio, ale z tego, co słyszałam, jest znany, ma gabinet przy Harley Street i kilku moich klientów szczerze mi go poleca. (Pracuję jako doradca mediowy, a mój mąż jest prawnikiem, więc mamy sporo kontaktów ze światem show-biznesu).

Wyjechaliśmy w niedzielę wieczorem po tym, jak ze wszystkimi dziećmi, nie licząc Ruby, wróciłam z parku wodnego. Robert nie wybrał się tam z nami, bo musiał być w formie, żeby stać za sterem naszej łodzi *Gin O'Clock,* kiedy płynęliśmy do Brighton. Trzymamy ją w St. Katharine Docks w Londynie, a to za daleko na jeden dzień podróży. Byli z nami nasz syn Joaquin i córka Roberta, Simone. Spędziliśmy wieczór w marinie w Brighton, zjedliśmy późną kolację w tamtejszej restauracji, a rano wypłynęliśmy do Londynu. Sean zadzwonił do nas w poniedziałek o trzeciej, gdy wpływaliśmy do ujścia Tamizy. Po zadokowaniu pojechałam taksówką prosto do mojego biura w Soho, a Robert zabrał bagaże i dzieci do domu, po czym do mnie dołączył.

Kampania Znaleźć Coco ruszyła tak szybko, jak tylko zdołałam ją uruchomić. Mam dużą wprawę w natychmiastowym inicjowaniu kampanii medialnych – czy to jeśli chodzi o pomoc klientom w wykorzystaniu jakiegoś szczęśliwego obrotu wydarzeń, czy o szybkie ograniczenie szkód – więc zdaję sobie sprawę z tego, jak prędko należy działać w przypadku porwania dziecka. W poniedziałek wieczorem napisałam maila, który zaadresowałam do wszystkich osób z mojej książki kontaktów, ale z wysłaniem wstrzymałam się do wtorku rano, żeby wylądował na pierwszym miejscu ich skrzynek odbiorczych, kiedy się zalogują [...]

s. 4

ZEZNANIE ŚWIADKA
Camilla Jackson
Siostra przyrodnia Coco Jackson
2 września 2004

Nie wiem, czy cokolwiek z tego, co powiem, może się przydać. Ja i moja siostra India byłyśmy w Harbour View w czwartek, ale w piątek wyjechałyśmy z powrotem do Londynu. Nie mamy dobrych relacji z macochą. To nic wielkiego, nie chodzi o agresję ani nic w tym stylu, ale nigdy się nie wysilała, żeby się z nami dogadywać, więc my nie widzimy sensu w próbach dogadywania się z nią. Wkurzyłyśmy się, bo tata zapomniał, że przyjeżdżamy, chociaż to były jego urodziny i data była zapisana w kalendarzu od dawna. Więc kiedy okazało się, że Claire poprztykała się o coś z nianią i przez cały weekend mamy być darmowymi opiekunkami, wyjechałyśmy stamtąd.

Tak, powiedziałam, że nie mamy dobrych relacji z macochą. Dlaczego pan pyta? Chyba na serio nie myślicie, że z tego powodu porwałybyśmy własną siostrę, prawda? Proszę pana, Claire to krowa. Odbiła naszego tatę mamie i rozwaliła nam rodzinę. Pana zdaniem powinnam ją lubić? W ogóle się o to nie starała. Ale w stosunku do Coco i Ruby naprawdę nie mam żadnych konkretnych uczuć… no, to znaczy nie miałam, dopóki to się nie wydarzyło. Koszmar. Najgorsze, co kiedykolwiek spotkało naszą rodzinę. Ciągle budzę się w nocy, bo śni mi się, że ona nie żyje.

Wsiadłyśmy w pociąg jadący do dworca Waterloo i wróciłyśmy do domu. Nasza matka była w Szkocji, bo myślała, że wyjedziemy na weekend, więc zaprosiłyśmy paru przyjaciół. Zostali u nas do poniedziałku. Głównie graliśmy na komputerze i oglądaliśmy filmy. Więc tak, jeśli chcecie listę nazwisk osób, które zapewnią nam alibi [...]

ROZDZIAŁ 1

2004 | niedziela | 4.45 | Sean

Czeka, gdy ona podciąga sukienkę, a potem pomaga jej z suwakiem. W szarym świetle świtu wygląda blado, jej blond włosy nie są jasne, raczej barwy mosiądzu, a czoło świeci się od nadmiaru zabiegów kosmetycznych. Ale to i tak lepiej niż o dziesięć lat młodsza kobieta, która właśnie wściekłym krokiem pomaszerowała przed nimi przez trawnik. Za parę godzin będę miał piekielnego kaca, myśli. A Claire na pewno nie odpuści mi tylko dlatego, że są moje urodziny.

– Cholera – mówi Linda. – Jasna cholera.

On w zamyśleniu wyciąga rękę i zaczyna masować mięśnie jej karku. Są spięte, jak z granitu. Jest pewien, że nie były takie, kiedy trzymał tam rękę dziesięć minut temu. Claire wszystko potrafi zepsuć.

– Będzie dobrze – mówi.

Ona odwraca się do niego, mrużąc oczy, a mimo to na jej bardzo lśniącym czole nie widać ani jednej zmarszczki.

– Niby jak będzie dobrze, Sean? No, słucham. Wytłumacz mi to. Co? Myślisz, że zachowa to dla siebie? Że to potulnie zignoruje? Poleci do swoich prawników, zanim jeszcze zaczną pracę. Sprawdź intercyzę, bo lepiej, żeby była nie do podważenia.

Sean siada na najbliższym leżaku.

– Może tak będzie najlepiej – mówi w zamyśleniu.

– Najlepiej dla kogo? – odszczekuje Linda.

– Dla… No, przecież dla nas nie było żadnej nadziei. Nie pamiętam, dlaczego w ogóle się z nią ożeniłem. Żal mi tylko dzieci, nic więcej. Zasługują na coś lepszego. Ale wiesz, jeśli wszystko wyjdzie na jaw, ty i ja…

Ona wzdryga się i otwiera usta ze zdziwienia.

– Ty i ja co?!

On też szeroko otwiera usta.

– Myślałem…

– Że co? Że jesteśmy Romeem i Julią w średnim wieku? Tak chyba nie myślałeś, co?

– No, nie. – Sean parska paskudnym śmiechem, ratując swoją godność. – Romeem i Julią to na pewno nie, ale…

– Chryste, przecież ja mam męża.

– Niezupełnie – odpowiada Sean i wypróbowuje na niej swój uśmiech niegrzecznego chłopca. – A ja mam żonę.

Odraza w jej spojrzeniu mówi więcej niż jakiekolwiek słowa.

– No dobrze – rzuca Sean. – Przynajmniej wiem, na czym stoję.

– O, nie zgrywaj przede mną rannego żołnierza. Nie uda ci się. Chodź, muszę znaleźć swojego konkubenta i ojca moich dzieci, zanim ona to zrobi.

Pochyla się, żeby podnieść sandałek z paskiem, zgubiony w uniesieniu i leżący teraz na boku pod kamienną urną, która płacze lobelią. Sandałek jest dokładnie tego samego koloru co niebieska koronkowa sukienka Lindy. Seana stale oszałamia to, ile czasu i uwagi otaczające go kobiety poświęcają takim sprawom: krążą od sklepu do sklepu, obracają się przed lustrami i marszczą czoło, jakby od ich decyzji zależała tajemnica wszechświata. W pewnym sensie to podziwia – inaczej nie przyciągałyby go te drogie w utrzymaniu kobiety – ale z wiekiem zaczyna tęsknić za prostotą; za prostoduszną istotą, która niżej ceniłaby podobne dyrdymały, a wyżej jego jako mężczyznę.

– Cholera, złamany – mówi Linda i patrzy smutno na kawałek niebieskiej skóry dyndający bez sensu w wilgotnym powietrzu. – Pięćset funtów, na litość boską.

– Wszystkiego najlepszego, Sean – rzuca on w zamyśleniu.

– Chryste. Wy, mężczyźni. No naprawdę.

Linda ściąga drugi but i rusza przez trawnik, tą samą drogą, którą zaledwie kilka minut temu pokonała Claire. Sean wzdycha, a potem idzie za nią.

– Nie leź za mną tak od razu – syczy Linda. – Przespaceruj się albo coś. Nie powinniśmy wracać razem. Sama może odetnę jej drogę.

Szczerze wątpię, myśli Sean.

– Sądzisz, że to jeszcze ma sens?

– Tak! Słuchaj, twoje małżeństwo się zjebało, ale to nie znaczy, że moje też musi. Spadaj!

Linda wskazuje gestem na prawo, na zbocze opadające w stronę głównej bramy i drogi do promu łańcuchowego. Sean wzrusza ramionami i odchodzi.

Koniec końców to pewnie dobrze, myśli, człapiąc w koszuli wilgotnej od rosy. Kosmyk gęstych rudawozłotych włosów, którymi się tak szczyci, uwolnił się z żelowej powłoki i opadł mu na oko. Nie jestem z tego dumny, ale wolę być tym złym, niż rzucić ją dlatego, że jest wredna. A jest. Nie mam pojęcia, jak ja tego nie zauważyłem, zanim nie było za późno.

– Musisz przestać myśleć kuśką, Sean, staruszku – mówi na głos w ciche powietrze.

To się nigdy nie opłaca. U takich kobiet przedstawienie trwa tylko do czasu. Po podpisaniu dokumentów kończą się lodziki, a zaczynają bóle głowy. Mój Boże, myśli, nie dostałem nawet prezentu na urodziny, chociaż w tym roku mam okrągłe. Przynajmniej dzisiaj mogła się trochę postarać. Nic dziwnego, że muszę szukać gdzie indziej.

Altankę wypełniają pozostałości po imprezie. Na stoliku leżą porzucone kieliszki do szampana, a obok kanapy stoją rządkiem trzy puste butelki po bollingerze. W popielniczce jest niedopalona wcześniej cohiba, więc Sean podnosi ją i przypala, żeby dotrzymywała mu towarzystwa na spacerze. Robiąc to, czuje, że jest dość obrzydliwy, ale to pasuje do jego obecnego nastroju.

Postanawia obejrzeć postęp robót w Seawings. Nawet kiedy ma kłopoty, dobra budowa to duża pokusa, a kontakty z Polakami pracującymi na tutejszej nie były dotąd na tyle serdeczne, żeby mógł tam pomyszkować. Wymyka się przez furtkę Harbour View i pośpiesznie zakrada w cień koparki zaparkowanej na wspólnym podjeździe. Chociaż nie robi nic bardzo złego – wchodzi tylko na cudzy teren – woli, żeby nikt nie widział go tu o piątej rano, bo nie za bardzo mógłby się wytłumaczyć.

Za koparką od strony domu stoi mały dźwig. Długi łańcuch z pajęczymi ramionami jest już rozwinięty i ułożony na zboczu, gotowy do podczepienia do otworów w krawędzi powłoki basenu. Powłokę obrócono do góry dnem, żeby nie napadał do niej deszcz, który w końcu nie nadszedł. Sean w swoich eleganckich butach wdrapuje się po podjeździe, żeby ją obejrzeć. Skórzane podeszwy ślizgają się w piaszczystym błocie. Dobra, solidna rzecz, chociaż niebieskie pleksi, z którego ją wykonano, jest dużo grubsze i cięższe, niż to rzeczywiście konieczne. Typowa amatorka, myśli z samozadowoleniem sprawiającym, że oglądanie cudzych robót to taka przyjemność. Powłoka basenu w Harbour View ma połowę tej grubości i kosztowała dwa razy mniej, a do jej montażu nie było potrzeba tyle kosztownego sprzętu – tylko ośmiu tęgich robotników i sporo bluzgów. Przechodząc, klepie powłokę, a ona przyjemnie dudni.

Chaos, który ukazuje się jego oczom, to znajomy obrazek. Rzeczy robotników: drabiny, wiadra, wysokie stosy płytek gotowych do ułożenia, betoniarka potrzebna do uszczelnienia krawędzi basenu, gdy ten znajdzie się na miejscu, czekająca na wywiezienie sterta tynku kamyczkowego i gruzu po zwariowanej nawierzchni patio z lat siedemdziesiątych rozbitej, żeby zrobić miejsce pod basen. Obok drzwi frontowych leżą łopaty i kilofy – istna zachęta dla przechodzących tędy złodziei, za którą u Seana robotnicy doczekaliby się wychowawczej kary, gdyby zobaczył coś takiego na jednej ze swoich budów. Na trawniku leży na boku nowa trampolina. Jej końcówka wchodzi na klomb i gniecie hortensje. Po drodze Sean wysuwa ją, cmokając pod nosem na myśl, że ktoś mógł tak bezmyślnie skalać coś tak pięknego i delikatnego. Niektóre łodyżki niemal całkiem się połamały.

Ogród za płotem obrośnięty jest cyprysowcami Leylanda. Ogólnie rzecz biorąc, to kłopotliwe zielsko, ale tutejsza kiepska gleba nie pozwala mu się rozszaleć, przynajmniej na razie, więc minie jeszcze trochę czasu, zanim cyprysowce urosną na tyle, żeby oszpecić ogród Harbour View, a wtedy posiadłość już dawno będzie sprzedana. Buki. Sean uwielbia majestatyczne buki. Za kilka tygodni ich zielone liście zmienią się w złoto, rozświetlając okolice niczym latarnie, tymczasem cyprysowce przez cały rok pozostaną ciemnozielone. Wszystko tak szybko mija, myśli Sean. Te ostatnie dziesięć lat – wydaje się, że dopiero wczoraj skończyłem czterdziestkę, a do dziś nie zrobiłem nawet połowy rzeczy, które przysiągłem sobie zrobić przez pierwszy rok po tamtych urodzinach. Wciąż nie wypiłem lodowatego drinka u stóp Ayer's Rock, nie pilotowałem własnego helikoptera, nie pływałem z rekinami, nie licząc tych w świecie biznesu. Myślałem, że to Heather mnie ogranicza i tłamsi moje marzenia, ale potem to samo robiła Claire, i ciągle jestem chomikiem w kołowrotku. Może muszę pogodzić się z myślą, że to jednak nie ich, lecz moja wina. Nie jestem awanturnikiem, za jakiego zawsze miałem się w snach, ale mężczyzną w średnim wieku, który ma nadzieję, że w następnym rozwodzie nie straci oszczędności życia. Całe szczęście, że tym razem podpisałem tę intercyzę.

Dociera na skraj dziury wykopanej pod basen. Jest niepokojąco głęboka, ale powłoka też taka jest na tym głębszym końcu. Sean wątpi jednak, żeby dosięgła dna. Może zamierzają wypełnić różnicę stosami gruzu. To na pewno oszczędny sposób, żeby się go pozbyć, zamiast płacić za wywózkę.

Robotnicy dotrzymali słowa i na czas nieobecności wyłączyli nawet pompy. Dno dziury wypełniło się wodą: czarną, mętną, z kożuchem soli na wierzchu. Gdyby tylko przeciętny właściciel domu wiedział, jak wiele z jego drogich, gładkich ścian to tylko druciane siatki wypełnione gruzem i przykryte płytą gipsową, myśli Sean, nie szastałby pieniędzmi tak, jakby te mury miały stać wiecznie.

Od strony podjazdu słychać piknięcie i trzask drzwi samochodu, a kilka sekund później odgłos silnika. Jakiś samochód wycofuje się na wstecznym biegu. Mam nadzieję, że to Claire, myśli Sean. Znowu ucieka, jak zwykle. I dobrze. Jest już zbyt późno, a ja jestem zbyt zmęczony na drugą rundę.

Poprawia mu się nastrój, więc rusza w stronę domu. Przekonał się, że kiedy decyzja zostaje podjęta za niego, tak jak teraz, często odczuwa nagły przypływ ulgi. Nie było łatwo mieć i kochankę, i zrzędliwą żonę. Jeśli teraz kochanka naprawdę się z nim rozstała, to wyszliśmy na czysto. Będę tęsknił za małymi, myśli Sean. Ale kiedy już skończę z Claire, nie ma siły, żeby przyznali jej pełną opiekę. Jeżeli podręczny prawnik taki jak Robert naprawdę coś potrafi, to znaleźć innego prawnika, który załatwi korzystny rozwód. A potem będę wolny. Koniec fochów, koniec oskarżeń, koniec z tym całym „nie możemy ze względu na dzieci", koniec z chodzeniem do restauracji tylko po to, żeby odwrócić uwagę od wzajemnej wrogości. Niech sobie weźmie dom w Londynie. Mnie wystarczy jakiś spory apartament. Wreszcie zwolnię. Kupię duży dom na wsi, urządzę parę imprez, napocznę moją piwniczkę z winem. Całkiem nieźle się urządziłem. Nawet kiedy spłacę Claire, zostanie mi dosyć, żeby bardzo długo wieść dostatnie życie.

Zbliżając się do domu, wychwytuje podniesione głosy. Jego goście – Robert i Maria, Linda, Charlie i Imogen – wszyscy nie śpią, wołają, krzyczą, kobiety są w histerii. Chryste, już się zaczęło, myśli i zwalnia kroku. Mogłaby mieć chociaż tyle godności, żeby ich w to nie mieszać. Cholerna Claire. Nigdy nie zadowoli się kryzysem, skoro może z niego zrobić dramat. Może bym po prostu…

A potem z gwaru zaczynają wyodrębniać się słowa:

– Jezu, Jimmy! Boże, zrób coś! Jimmy!

Sean zaczyna biec.

ROZDZIAŁ 2

Kiedy byłam dzieckiem, często się to zdarzało, ale i tak jestem w szoku, słysząc, jak moja matka płacze.

Siadam na łóżku. Stara wyblakła chłopięca kołdra, poduszki tak cienkie, że muszą być używane, bo nikt by takich nie kupił. Słabe szare światło zimowego słońca wylewa się zza nędznych zasłon jak w domu na wynajem, zbioru kartonowych pudeł oraz rowerka treningowego, który przy okazji robi za suszarkę do bielizny. Mogę znajdować się teraz gdziekolwiek. Niewiele pamiętam z wczorajszej nocy. Gdzie ja w ogóle jestem?

– Mamo? Co się stało? – pytam.

– Przepraszam, kochanie – łka do słuchawki. – Nie chciałam się rozpłakać. Właściwie nawet nie wiem, dlaczego płaczę. To chyba z żalu. Za tym wszystkim, co mogło być, a nie było. Myślałam, że już się tym nie przejmuję.

Przechodzenie do rzeczy nie jest jej mocną stroną. Krąży wokół tematu z zawiłością godną poety metafizycznego.

– Co się stało, mamo? Wszystko w porządku?

Ciało obok mnie zaczyna się poruszać. Nakrył głowę jedną z tych żałosnych poduszek, żeby zasłonić światło, więc nie mam pojęcia, jak wygląda. Kojarzę długie ciemne włosy i brodę à la Jezus, włosy, które wchodziły mi do ust i przyprawiały o chichot, ale może to genetyczne wspomnienie innej nocy, innego kaca. Nie pamiętam nawet, jak ma na imię. Może to ktoś, kogo znam. Właściwie nawet mam taką nadzieję. Takie rzeczy już się zdarzały. Ale ten pokój z pudełkami po xboxie i gołymi ścianami w kolorze magnolii zdradza co najwyżej tyle, że jego właściciel prawdopodobnie jest mężczyzną i prawdopodobnie ma dwadzieścia parę lat.

Mama wzdycha i jej głos się uspokaja.

– Przepraszam, kochanie. Wiem, jestem do niczego. Niestety, mam złe wiadomości. Dzwoniła Maria Gavila. Próbuje cię namierzyć od wczoraj, ale nie dała rady, więc zadzwoniła do mnie.

Maria Gavila? Co, do cholery? Wiem, że przez te wszystkie lata była z mamą w kontakcie, ale i tak jakoś dziwnie słyszeć jej nazwisko.

– Yhy – odpowiadam wymijająco.

Przynajmniej już wiem, że złe wiadomości nie dotyczą mamy ani Indii, więc fala strachu, który poczułam, słysząc jej płacz, zaczyna się cofać.

Siedzę na łóżku i kręci mi się w głowie. Mam mdłości i zaschło mi w ustach. Zbyt dużo już takich poranków, Mila. Musisz wziąć się w garść, ogarnąć swoje życie. Czy wczoraj był tylko alkohol? Wiem, że zaczęło się od gorzkich brązowych drinków w klubie w Shoreditch, a to zawsze kiepski początek. Zero jedzenia. Na pewno zero jedzenia. Czyli musiały być jakieś dragi, inaczej w końcu bym zgłodniała. To dlatego od alkoholu się tyje, nie od samych wypitych kalorii. Nie chcę tu być. Chcę jakimś cudownym sposobem wrócić do domu.

– O co jej chodziło?

– Milly – odpowiada mama – nie wiem, jak to powiedzieć, więc powiem wprost. Chodzi o twojego ojca. Niestety, przedwczoraj w nocy zmarł.

Łomot gdzieś w piersi.

– Aha – mówię, nie za bardzo wiedząc, co powinnam czuć, ale w tej chwili nie czuję nic oprócz osobliwej ciekawości. Więc to tak jest, kiedy umiera ci ojciec, myślę. Nic szczególnego.

Mama czeka na odpowiedź. Czuję to w eterze. Tylko że nie wiem, jak odpowiedzieć. Nie byli małżeństwem od prawie dwudziestu lat, więc „bardzo mi przykro" to chyba nie będzie właściwa reakcja.

– Czy India już wie? – pytam w końcu. Mój głos jest dziwnie głuchy i odległy.

– Nie. Zadzwonię do niej zaraz.

– Co się stało?

– Nie wiem wszystkiego – mówi mama i po jej głosie poznaję, że kłamie. Nigdy nie umiała kłamać. Zawsze odchrząkuje, jakby nieprawda utknęła jej w gardle i musiała ją wykrztusić. – Był w hotelu. Dorchester. Czy oni pozbyli się domu w Londynie? Wiem, że przeprowadzili się do Devonu, ale Sean spędzał w Londynie tyle czasu… W każdym razie tam właśnie był. Zabrali go do szpitala Chelsea and Westminster. Podejrzewają, że w nocy miał zawał. Wczoraj rano znalazła go pokojówka.

W torebce mam butelkę wody. Odchylam zawleczkę i wypijam łyk. Daję sobie trochę czasu do myślenia. Gapię się w gołą ścianę i zastanawiam, co powinnam zrobić. W tej chwili chętnie bym zapaliła, ale jeśli to jest wynajęte mieszkanie, zaraz włączy się alarm. Sean Jackson, mój nieobecny ojciec; jego słynny urok i garnitury z Savile Row już mu się nie przydadzą.

– Kochanie?

– Przepraszam – mówię. A potem: – Cholera.

– Właśnie. Szok.

– Tak – odpowiadam wymijająco.

– Możesz zadzwonić do Marii. Powiedziała, że cały dzień będzie w biurze. Muszą przeprowadzić sekcję zwłok i dochodzenie w sprawie przyczyny zgonu, bo był sam. Albo przynajmniej… – Urywa. Najwyraźniej postanowiła inaczej zakończyć to zdanie. – W każdym razie nie było świadków, więc podobno tak się wtedy robi. Powinnaś do niej zadzwonić. Obawiam się, że będziesz musiała zidentyfikować zwłoki.

Teraz prostuję się jak struna.

– Nie!

– No…

– Dlaczego ja?

– Milly, ktoś to musi zrobić. I chyba… Może mogą to zrobić Maria i Robert? Nie wiem. Czy to musi być ktoś z rodziny? Chyba musi. Maria na pewno to już sprawdziła. Ona wszystkiego umie się dowiedzieć w kilka minut.

– Ale dlaczego… dlaczego ona nie może?

Nie potrafię się zmusić, żeby wypowiedzieć jej imię, nawet teraz. Nie w rozmowie z mamą. Nawet po tylu latach nazwać późniejsze żony ojca to trochę jak dać jej w twarz.

– Kochanie – mówi, sama najwyraźniej nie czując podobnego dyskomfortu. – Simone jest w Devonie z małym dzieckiem. Przypuszczam, że się załamała. Robert już tam jedzie, a Maria dołączy wieczorem. Chyba nie chcesz jej zmuszać do wyprawy do jakiejś londyńskiej kostnicy, żeby oglądała tam swojego martwego męża na stole, prawda?

Nie, myślę. Oczywiście znacznie lepiej, żebym to ja pojechała obejrzeć na stole mojego martwego ojca. Jest dorosła. Sama zdecydowała się za niego wyjść. Czyli musi być bardziej dorosła ode mnie. Ja nie wyobrażam sobie bycia na tyle dorosłą, żeby wyjść za mąż, a co dopiero mieć dziecko.

– Nie – mówię niechętnie, bo to właściwe. W mojej rodzinie forma ma znaczenie. A przynajmniej pozory postępowania jak należy. Rzeczy, które widać. – Ale nie wiem, co mam robić.

– Maria chyba ci powie – odpowiada mama. – Pewnie już kazała asystentowi wszystkiego się dowiedzieć. To szczęście, że ją mamy. Wraz z zasobami imperium Gavilów.

– Dobrze – mówię.

– Przepraszam, kochanie. Powinnam zadzwonić do Indii. Dasz sobie radę?

– Jasne – odpowiadam, choć nie jestem pewna, czy to prawda.

– Zadzwonię później, żeby sprawdzić, co u ciebie.

– Dobrze.

– Aha, kochanie…

– Tak?

– Kocham cię. Bardzo.

– Wiem – odpowiadam automatycznie. – Ja ciebie też.

Rozłączam się i wrzucam telefon do torebki. Mój towarzysz, korzystając z chwili, odlepia poduszkę od twarzy i patrzy na mnie jednym okiem. No tak, już sobie przypominam. To nie był tylko drink; wiadomość od mojej matki musiała mnie zszokować bardziej, niż sądziłam. Ciemne włosy, broda à la Jezus i cudna, gładka brązowa skóra. Tom. Pracuje w galerii obok klubu w Shoreditch, gdzie wczoraj wieczorem wpadłam bez zaproszenia na prywatny pokaz. Mieszka w Kentish Town. Cholera, jestem w Kentish Town. Milion stacji czarną linią od mojego domu. Szkoda, że nie mam teleportera. Na litość boską, nie mogliby się pośpieszyć i wreszcie go wynaleźć?

– Wszystko dobrze? – pyta.

Pewnie liczy, że skoro jeszcze tu jestem, zrobi użytek z porannego drągala.

– Tak – odpowiadam pogodnie. – Mój tata umarł.

Patrzy na mnie z rozdziawionymi ustami, w błysku białek jego oczu widzę panikę. Nie ma pojęcia, co zrobić, co powiedzieć. Z tonu mojego głosu nie umie nawet wywnioskować, czy to nie żart wariatki. Nie jest to najlepsza sytuacja, w jakiej można się znaleźć z nagim nieznajomym. Ale mimo wszystko myślę, że po otrząśnięciu się ze strachu to będzie fajna historyjka. Nie przejmuj się.

– Jezu – odważa się powiedzieć. – Przykro mi. Dobrze się czujesz?

– Jasne – mówię. – To był skurwiel. Od lat go nie widziałam.

ROZDZIAŁ 3

2004 | czwartek | Claire i Sean

Głośne stęknięcie na tylnym siedzeniu i charakterystyczny chlupot płynu.

– Tylko nie to – mówi Sean. – Boże, powiedz, że tego nie zrobiły.

Claire podnosi okulary przeciwsłoneczne na czubek głowy i odchyla się, żeby spojrzeć na tylne siedzenie. Coco, przypięta do fotelika, trzyma dłonie rozczapierzone i sztywne – jak Wiluś E. Kojot kontemplujący coraz krótszy lont dynamitu. Kartonowy kubek leży na jej kolanach odwrócony do góry dnem, bez wieczka i słomki; lód zsuwa się po jej udach, kałuża sprite'a zero zbiera się na kremowym skórzanym siedzeniu range rovera. Ruby wychyla się ze swojego fotelika, żeby się lepiej przyjrzeć. Jej obojętna twarz ma dziwnie zadowolony wyraz.

– Mówiłam ci, że to zły pomysł – rzuca Claire. Nie może się powstrzymać. Bo mówiła, a on jak zawsze ją zignorował. – Mówiłam, że powinniśmy używać kubków z dzióbkiem. Te plamy nigdy nie zejdą.

Sean mocniej zaciska palce na kierownicy.

– Oczywiście – odpowiada wyważonym, starannie dobranym tonem „do używania przy dzieciach". – Mieliśmy je wysłać priusem z Emilią.

– No cóż – syczy Claire – gdyby niektórych można było zostawić z Emilią sam na sam, byłoby cudownie.

– Ile razy mam ci powtarzać... – zaczyna Sean, a potem wzdycha jak cierpliwy nauczyciel, który rozmawia z kilkulatkiem, i opanowuje się. – Masz paranoję.

Claire piorunuje go spojrzeniem.

– Chryste – warczy Sean, a potem zjeżdża na pobocze.

W tej chwili na autostradzie M3 jedzie się zderzak w zderzak – cały kraj wybiera się gdzieś poza dom na ostatni długi weekend lata i Bóg jeden raczy wiedzieć, jakim cudem tyle osób dostało wolne w czwartek – więc minie pewnie dziesięć minut, zanim ktoś wpuści go z powrotem. Zauważył, że tak jest na prowincji. Londyńscy kierowcy zawsze wpuszczają się nawzajem – inaczej całe miasto stanęłoby w miejscu – ale wystarczy wyjechać poza obwodnicę M25, i ludzie zachowują się tak, jakbyś chciał im ukraść drogę. Strasznie to dziwne, myśli. A mówi się, że to londyńczycy są nieuprzejmi.

Siedzi za kierownicą i czeka, aż żona zrobi jakikolwiek ruch. Nie, myśli Claire. To twój bajzel. To ty uparłeś się, żeby kupić im wielki napój, i nie chciałeś go przelać. To twój bajzel. I twoja kolej na sprzątanie. Siedzi dalej z rękami na kolanach, okulary przeciwsłoneczne znowu ma na nosie i patrzy przed siebie na śmieci rozsypane po trawiastym nasypie.

– No i?

Claire powoli odwraca głowę.

– Co? – Robi pauzę. – To są też twoje dzieci, Sean.

. . .

Sean czuje lekki gniew, ale odpina pas i wysiada. Bierze pięć szybkich wdechów wśród bylicy i torebek po fast foodzie. Muszę trzymać nerwy na wodzy, myśli. To nie jej wina. Ma trzy lata. Trzylatki tak się zachowują. Nie można winić jej za matkę.

Za szybą usta Coco układają się w kwadrat i Sean słyszy początek płaczu, który brzmi jak wycie policyjnej syreny z oddali.

– Już dobrze, kochanie! – woła w gorącym sierpniowym powietrzu. – Poczekaj, już idę!

Obchodzi range rovera i otwiera bagażnik. Skrzynia biegów w jego mózgu przeskakuje na luz, gdy widzi panujące wewnątrz spustoszenie. Claire ma zero talentu organizacyjnego. Sean pamięta, że kiedy się poznali, wydawała mu się przez to urocza – artystyczna dusza, postrzelona, beztroska – ale teraz tylko go to wściekа. Przecież ona przez cały dzień nie ma nic innego do roboty. Jak do tego doszło? Co się stało z moim życiem? U Heather wielkie masy Rzeczy – ubrań, zabawek, leków, książek, nieodzownych pluszowych misiów, tajemniczych elektronicznych gadżetów, chusteczek dla niemowląt, kremu do opalania, czapeczek, śliniaków i kubków z dzióbkiem, które krążą dzisiaj chyba za każdym dzieckiem – były przynajmniej zorganizowane. Kiedyś podśmiewałem się z jej kolekcji toreb Cath Kidston, z jej zamiłowania do kieszonek, przegródek i woreczków strunowych, ale wszystko – wszystko! – byłoby lepsze niż to.

– Gdzie rzeczy do czyszczenia?

Claire unosi dłoń przed twarzą i przygląda się paznokciom. Pomalowała je sobie na granatowo, co doprowadza go do szału. Zupełnie jakby wybrała ten kolor mnie na złość, myśli Sean, bo nie podoba jej się, że lubię, kiedy kobieta ma porządny manikiur. Przy ciemnych kolorach nigdy nie wiadomo, co czai się pod spodem. Dawniej, gdy się umawialiśmy, kiedy jeszcze czuła potrzebę rywalizacji, słuchała mnie: malowała paznokcie na różowo, złoto albo srebrno, tak że migały jak klejnoty w blasku świecy. Zrobiłaby wszystko, żeby mnie uszczęśliwić, gdy robiła to na złość Heather. Teraz, po tym, jak mnie już zdobyła, to zupełnie inna gra.

– W torbie – odpowiada tym swoim tonem w stylu „pff, mężczyźni".

Sean rozgląda się po chaotycznych stosach i rozpaczliwie szarpie brzeg ziejącej reklamówki z Harrodsa. Rozpoznaje wyłącznie skórzaną kosmetyczkę, którą dał Claire w prezencie, gdy po raz pierwszy zabrał ją do Paryża, żeby przydać jej nieco szyku. W środku panuje ten sam chaos – wrzucone bezmyślnie cienie, maści i sztuczne rzęsy – ale przynajmniej opakowanie jest eleganckie. To metafora naszego życia, myśli Sean i przez chwilę czuje się błyskotliwy. Zaczyna grzebać. W czarnym worku na śmieci odkrywa zwinięte ubranka dziecięce, niewyprasowane. Co ten personel, któremu płacę, robi całymi dniami, skoro moje dzieci wyglądają jak strachy na wróble?

Wsadza rękę głębiej i wyciąga sztruksowy bezrękawnik z metką OshKosh. Musiał kosztować więcej, niż u matki Seana wynosił całoroczny budżet na ubrania, a został tu wepchnięty jak stara szmata. Otrząsa go, żeby pozbyć się najgorszych zagnieceń, a potem szuka dalej, aż wreszcie wyciąga paczkę wilgotnych chusteczek – samoprzylepne zapięcie jest otwarte i powiewa – po czym wraca na tylne siedzenie.

Coco już wyje, a Ruby zatyka uszy palcami.

– Już dobrze – mówi Sean, dumny ze swych rodzicielskich cnót. – Już wszystko w porządku, Coco, kochanie. Nic się nie poradzi. To się zdarza. Chodź.

Rozpina małej pas, bierze ją pod pachy i unosi z okrzykiem: „Hopsa!". Mimo klimatyzacji w samochodzie dziewczynka jest zgrzana, jej złote loki lepią się do głowy, a policzki rumienią się jaskrawą czerwienią. Sean dotyka jej czoła. Modli się w duchu, żeby nie brał jej jakiś bakcyl. Kiedykolwiek, tylko nie w ten weekend.

Rzuca mokre chusteczki Ruby.

– Przydaj się na coś – mówi. – Pościeraj.

Dziewczynka wpatruje się w ojca.

– Ona ma trzy lata – odzywa się Claire.

Bierze chusteczki i sama zaczyna wycierać kałużę lepkiego napoju. Wyrzuca przez okno pusty kubek, który ląduje w brudnym krzaku głogu. Będzie tam leżał przez wieczność, myśli Sean, a potem o tym zapomina, bo stawia córkę na twardym, suchym błocie i zaczyna jej rozpinać sukienkę.

. . .

Pod Southampton z pieluchy którejś z dziewczynek zaczyna wydobywać się podejrzany zapach. Claire patrzy na nie w lusterku wstecznym. To Ruby, myśli. Zaczyna mieć suche policzki. Na litość boską, jak bliźniaczki jednojajowe mogą się aż tak różnić? Coco już prawie nie potrzebuje pieluch – choć on oczywiście twierdzi, że obie powinny były przestać je nosić już dawno temu, bo India i Milly korzystały z nocnika, zanim jeszcze wypowiedziały pierwsze słowa – mówi dwa razy więcej niż siostra i cały czas się śmieje, a Ruby głównie się gapi. Gdyby nie to, że sama je urodziłam, trudno byłoby uwierzyć, że wyszły niemal jednocześnie z tego samego łona. Mam nadzieję, że Ruby nauczy się samodzielnie załatwiać, zanim pójdzie do szkoły. To nie może być normalne. Jakby robiła nam na złość.

Jej mąż bębni palcami w kierownicę. Zawsze tak robi, kiedy siedzi bez ruchu, a ją doprowadza to do szewskiej pasji. Jak przez niecałe sześć lat można przejść od miłości do rozdrażnienia i obojętności? Nie rozumiem tego, myśli. Choć z drugiej strony, owszem. Rozumiem naprawdę dobrze. Tak to jest, kiedy wyjdzie się za człowieka, który udawał kogoś innego. Człowieka, którego unieszczęśliwiał brak zainteresowania pierwszej żony, bo sam interesował się tylko sobą. Myślałam, że biorę ślub z mężczyzną skrzywdzonym przez brak miłości, ale okazało się, że brak miłości zaczyna się w domu.

Od klimatyzacji jest zimno jak na Syberii, ale Claire i tak czuje żar z zewnątrz bijący o przyciemnione szyby. Fantastyczny weekend na imprezę urodzinową! Szkoda tylko, że musi go spędzić ze znajomymi Seana. Chociaż własnych i tak już nie ma. Odpadali po kolei. Oczywiście Sean nigdy nie wysilił się, żeby poczuli się mile widziani. Kiedy mieli romans, nie dziwiło jej, że nie chciał się z nimi spotykać: dyskrecja, sekret, konieczność zachowania tajemnicy – tyle było powodów. Nie wpadła na to, że w rzeczywistości po prostu go to nie interesowało.

Wzdycha. Cztery dni. Cztery długie dni w towarzystwie ludzi, którzy ledwo chcą się do niej odezwać, którzy pamiętają Heather i choć nie mówią tego głośno, uważają, że Claire jest tu tylko przejściowo. Ale muszę być miła, myśli. Jeśli to małżeństwo ma przetrwać, muszę być miła.

. . .

W sobotę, myśli Sean, skończę pięćdziesiąt lat. To naturalne, że dobijając pięćdziesiątki, człowiek kwestionuje własne życie. Ja patrzę na swoje i powinienem być zadowolony. Osiągnąłem każdy cel, jaki ceni świat zachodni. Jestem bogaty, z perspektywy moich rodziców – wręcz niewyobrażalnie. Moje dzieci są zdrowe i w zasadzie nawet się do mnie odzywają. Jestem królem dobrze prosperującego interesu, a ci, którzy mnie nie szanują, w większości wciąż się mnie boją. Siedzę w nowym, drogim samochodzie, jadę do mojej wartej miliony funtów nieruchomości w jednym z najatrakcyjniejszych miejsc w kraju. Moi znajomi są wpływowi, znani i zamożni. Żona ma trzydzieści trzy lata i według wszelkich standardów jest piękna, nawet jeśli ostatnio się zapuściła. Mam basen. Moje życie to oszałamiający sukces. Więc dlaczego jestem taki nieszczęśliwy?

ROZDZIAŁ 4

India dzwoni, kiedy idę Clapham High Street. Pewnie w Auckland właśnie zaczyna się dzień pracy. Jest środek lata, więc pod skromnym kostiumem prawniczki na pewno ma bluzkę bez rękawów, a włosy mocno ściągnęła w babciny kok, ja tymczasem marznę w lodowatym deszczu, okutana w skórzaną kurtkę, z głową przykrytą chustką jak hinduską dupattą. Trudno o dwie bardziej różne osoby niż moja siostra i ja. Na chaos, w którym się wychowałyśmy, ona zareagowała narzuceniem porządku każdemu aspektowi swojego życia, podczas gdy ja go zaakceptowałam, nie chcę niczego planować, ledwo pamiętam, żeby zabrać z domu klucze, i nie mam pojęcia, gdzie we własnym mieszkaniu trzymam dokumenty. Ona kocha prawo, jego sztywne ramy, precyzję, z jaką można przyszpilić każdy detal. Wykorzystała spadek po babce, żeby wyjechać z kraju i urządzić się w mieszkaniu nad wodą, z podłogami z jasnego drewna i panoramicznymi oknami na całą ścianę, przed którymi co rano o wschodzie słońca zaczyna dzień od jogi, a wieczorem na balkonie pije lampkę sauvignon blanc. Ja natomiast ogarnęłam się na tyle, żeby kupić kilka pokoi przy tej samej ulicy, przy której wtedy mieszkałam w parę osób, i pewnie właśnie stamtąd kiedyś mnie wyniosą, pod warunkiem że w morzu papierów znajdą moje ciało.

– Cześć – mówię.

– Cześć – odpowiada. – Co u ciebie?

– W porządku. Wiesz, życie się toczy, no nie?

– Ano.

Ona też nie wydaje się szczególnie przybita. Ciekawe, jak poczułby się tata, gdyby wiedział, że do tej pory zapłakała po nim tylko pierwsza z żon, które nie były dla niego wystarczająco dobre. Na ile go znałam, pewnie nawet by tego nie zauważył. Co z oczu, to z serca – takie miał motto. Zawsze wydawał się zaskoczony, słysząc mój głos w czasach, kiedy jeszcze dla porządku do niego dzwoniłam.

– Jutro idę zidentyfikować ciało.

– Cholera. Jak się z tym czujesz?

– Dziwnie. Nie mogę się zdecydować, czy iść przed lunchem, czy po.

– Ja na twoim miejscu poszłabym przed. Lepiej zjeść później, niż zwymiotować. Coś wiadomo o dochodzeniu w sprawie przyczyny zgonu, o pogrzebie i tak dalej?

– Jak już go rozpoznam, zrobią sekcję zwłok. Podobno jeśli ustalą przyczynę zgonu, wydadzą ciało jeszcze przed dochodzeniem.

– Nawet mimo… całej reszty?

– Tak – odpowiadam. – Nawet mimo tego. Jeżeli miał zawał albo coś w tym stylu, kajdanki i tak dalej nie mają znaczenia. To mimo wszystko śmierć z przyczyn naturalnych.

– Aha – mówi z powątpiewaniem.

– Choć na szafce nocnej podobno były poppersy, więc fajnie.

– O Boże – wzdycha India. – Boże, Boże, więcej wstydu już nie mógł przynieść?

– Mogły jeszcze być zwierzątka.

– Dobra. Przestań.

– Kiedy przylatujesz?

Chwila ciszy.

– Nie przylatuję, Milly.

– Nie?

Wzdycha.

– Po co? I tak już nie żyje. Nie zauważy. Nie będzie żadnego wzruszającego pojednania na łożu śmierci. To by było… Nie. Nie przelecę przez pół świata tylko po to, żeby poklepać po plecach Wieczną Nimfę i udawać, że mi przykro. Wiem, że to był mój ojciec, ale ja go prawie nie znałam.

W głowie miga mi pewne wspomnienie. Całą czwórką jesteśmy w basenie w jakimś ciepłym kraju, Indy i ja na tyle małe, że pływamy w dmuchanych kółkach, mama śmicje się i śmieje, tata podrzuca nas, wysoko, wysoko, my piszczymy uradowane, wpadając z pluskiem w wodę, mącąc blask słońca na niebieskiej tafli. Kiedyś nas kochał, myślę. Kochał. Albo świetnie udawał.

– Ja… – zaczynam.

– Wyślę kwiaty – mówi siostra. – Ale nie jestem hipokrytką.

A co ze mną, India? Co z tym, jak ja się czuję? Będę musiała tam pójść za nas obie, a skoro tak, to robisz ze mnie podwójną hipokrytkę. Podwójną hipokrytkę, która wszystko musi robić sama.

– Dobrze – mówię. Ciekawe, co w swoim czasie jedna z nas zrobi z pogrzebem tej drugiej. Czy w ogóle będziemy się wtedy znały? – Ale na pogrzeb mamy przylecisz, prawda?

– Nie bądź głupia – odpowiada. – To zupełnie co innego. Słuchaj, muszę pędzić. O wpół do dziesiątej mam w sądzie wysłuchanie.

– Dobra – mówię.

Dyskusja jest bez sensu. India to jedna z takich osób, które jeśli coś już postanowią, to nie ma odwrotu. Postanowiła przeprowadzić się tak daleko, jak tylko możliwe bez dzielenia przestrzeni życiowej z górami lodowymi.

– Pewnie właśnie idziesz na miasto, prawda? – pyta.

Śmieję się.

– Jest wtorek. Niby gdzie indziej miałabym iść?

– Milly, nie myślałaś o tym, żeby znaleźć pracę?

Znowu parskam śmiechem.

– Proszę cię. Na co komu pracować, skoro ma się fundusz powierniczy?

Rozłączam się i pcham drzwi Handful of Dust.

. . .

Jestem córką swojego ojca. On kochał imprezy i ja też, zwłaszcza *in extremis*. Zresztą w imprezowaniu był dobry. Nikt nie umiał tak rozruszać sali jak Sean Jackson. Przez każdego był zauważony, każdemu pozwalał poczuć się wyjątkowym. Kiedy wchodził, ludzie dosłownie promienieli. Ten ściskacz rąk, opowiadacz dowcipów, człowiek wpływowy, zaklinacz kobiet. Wielu nazywało mojego ojca przyjacielem. A on nigdy nie zapominał niczyjego nazwiska.

W barze gwar, jak co wieczór. Poczciwa bohema z Clapham Common żyjąca za kasę rodziców: nie tak bogata jak w Chelsea, nie tak rozpaczliwie łaknąca uwagi jak w Notting Hill, nie tak owładnięta szałem hipsterstwa jak przy rondzie Old Street. Ale niezawodna i przewidywalna niczym mechaniczna lalka: ubrania, których krój (postrzępione rąbki, za długie rękawy) i kolor (czarny z jedną jedyną nutką innej barwy) znamionują przynależność do kontrkultury, ale nie ma na nich żadnej plamy ani przypalonego miejsca, sugerujących, że kupiono je w sklepie charytatywnym. Ludzie, którzy przedstawiają się jako artyści, jako pisarze, którzy nazywają się dziennikarzami, oraz ci spędzający dni na klikaniu w internetowe nazwy typu „wiralne wizjonerstwo". Moje plemię, to, do którego należę. Tutejszy personel nas nienawidzi. Widać to, gdy wzruszają ramionami, chowając głowę aż pod uszy, ilekroć ktoś składa zamówienie. Ale my to mamy gdzieś. Wydajemy tu za dużo pieniędzy, żeby coś mówili. Poza tym, jeśli ktoś pracuje w lokalu, który w roli barowej przekąski sprzedaje indonezyjsko-peruwiańskie pierożki fusion, to w sumie sam jest sobie winny.

Przeciskam się przez tłum i zamawiam wódkę z limonką i wodą sodową u kobiety, której kolczyk w wardze wygląda tak, jakby wdała się tam infekcja, a potem zmieniam zdanie i zamawiam dwie. Ulubiony napój pijaków na diecie: prawie bez kalorii, a dzięki bąbelkom szybciej się upijasz. A ja dzisiaj muszę się upić. Jeśli coś mogę zrobić dla upamiętnienia życia ojca, to właśnie to. Opieram się o bar i rozglądam po sali, wciągając pierwszego drinka przez słomkę tak szybko, jak tylko się da. Sprawdzam, czy jest tu już ktoś, kogo znam albo przynajmniej chciałabym poznać. Wkrótce ktoś się pojawi. Ludzie, których znam, nie siedzą w domu. A poza tym ja znam dużo ludzi, tak samo jak mój ojciec.

Czekając, gram w moją ulubioną grę: rozpoznaj zaburzenie osobowości. To fajna gra, zwłaszcza gdy jestem sama w tłumie. Grać można też we dwoje, ale idealnie sprawdza się w tych cichych chwilach, zanim zacznie się prawdziwa zabawa. W domu trzymam przy łóżku *Diagnostyczny i statystyczny podręcznik zaburzeń psychicznych* i często z niego korzystam. Szkoda, że nie poszłam na studia, na psychologię. Ciągle to rozważam. Parę razy brałam nawet formularze zgłoszeniowe, ale jakimś cudem czas płynie, a one nadal leżą na blacie w kuchni. Nagle mija kolejny rok, a ja ciągle wpadam do baru, zastanawiając się, jak spędzę wieczór. Osobowości unikającej na pewno nie mam, prawda? Nie, ja ciągle jestem poza domem, a unikających prawie nie widuje się w tłumie. Widuję ich natomiast w kącikach ciemnych restauracji, gdzie wymieniają monosylaby na tête-à-tête z zależnymi albo z rozżaleniem słuchają opowieści borderline'ów o tym, jak krzywdzi ich los.

Nie, bar taki jak Handful of Dust to centrala narcyzów. Wzdłuż ścian oczyszczonych do gołej cegły stoją pufy obite kremową skórą, a na każdej ścianie wiszą co najmniej trzy lustra. Tu można się przejrzeć pod każdym kątem. Otaczają mnie kobiety, które zerkają na nie z ukosa i wciągają brzuchy, ludzie, którzy pozują do selfie na Instagrama, stykając się głowami jak kosmiczne roboty wymieniające dane, ludzie otwarcie patrzący w swoje telefony, bo a nuż można się przenieść w jakieś lepsze miejsce. Ludzie, którym tak bardzo zależy na zameldowaniu się tutaj, że ich mózgi się wymeldowały. Na pewno jest wśród nich paru psychopatów, ale ich trudniej zlokalizować, chyba że wybuchnie jakiś dramat. Wtedy jest prosto: jako jedyni wciąż się uśmiechają.

Znam albo znałam kilka przebywających tu osób, ale żadnej, z którą chciałabym rozmawiać. O, tam jest Anne-Marie, jej farbowane ciemnobrązowe włosy przypominają górę wodorostów wyrzuconych na skałę po burzy. Robi dzióbka do mężczyzny w ciuchach od Armaniego, który najwidoczniej jeszcze nie zauważył obłąkańczego błysku w jej oku. Przez parę lat tolerowałam jej narcyzm, bo był tak ekstremalny, że mnie bawił, ale kiedy dorzuciła do tego wszystkiego ortoreksję i zaczęła gadać wyłącznie o swoich wypróżnieniach, przestało być fajnie. O bar opiera się Anthony mierzący wzrokiem ciała kobiet od stóp do głów jak skaner; jest za stary, żeby tu być, ale zbyt próżny, żeby to zauważyć. Srebrnosiwa grzywa zaczesana do góry opada dwoma luźnymi skrzydłami, co dodatkowo podkreśla jej wspaniałość. Nigdy się z nim nie pieprzyłam. Nigdy nie byłam aż tak pijana.

Kończę drinka, a drugiego biorę na obchód. Dwoje młodych ludzi wpatruje się w siebie nawzajem jak w lustra. Rozmawiają o brwiach.

– Ty swoje depilujesz woskiem? – pyta ona.

– Nie, nicią – odpowiada on. – Wtedy wyglądają dużo naturalniej.

Przestałam rozumieć brwi. Jego wyglądają jak naklejone z plastiku, skóra wokół nich jest łysa jak po chemioterapii, a końcówki – wyrównane z geometryczną precyzją.

– Wyglądają super – mówi ona i chyba rzeczywiście tak myśli.

– Powinnaś spróbować przezroczystego tuszu – sugeruje on. – Zrobisz ze swoimi porządek.

Nie mogę się powstrzymać i wędruję w kierunku Anne-Marie. Zachodzę ją od tyłu.

– O nie, nigdy tam nie chodzę – stwierdza właśnie – i klientom mówię, żeby też nie chodzili. Powiedziałam mu: „Popełniłeś wielki błąd, wkurzając rzeczniczkę celebrytów i organizatorkę ekskluzywnych imprez”.

– No tak – odpowiada jej ofiara. – Mnie się podobało. Jedzenie jest świetne.

– Możliwe – mówi Anne-Marie. – Ale o obsłudze nie mają zielonego pojęcia.

– A jak poszły wczoraj zdjęcia?

– O Boże, totalny koszmar. Fotografa już miałam umówionego pod restauracją, ale w ostatniej chwili się wycofał. Podobno ktoś przejechał mu syna.

– Boże! – mówi mężczyzna. – Coś strasznego!

– No właśnie. Masz pojęcie, jak trudno znaleźć paparazzo na już?

Widzę minimalne drgnięcie. Ach, Londynie, myślę. Jakże ja cię kocham. Potem w ogródku dostrzegam Sophie i Vickie, a później siedzących razem z nimi przy stole Jona, Luke’a i Sama, więc przeciskam się do nich przez tłum.

Na mój widok wiwatują. W moim świecie, jeśli ktoś nie wiwatuje na twój widok, jesteś nikim.

– Już jestem – mówię. – Możecie zacząć się dobrze bawić.

Wszyscy się śmieją. Śmieją się zawsze, kiedy to mówię. To żart, który nigdy się nie starzeje. Wślizguję się w wolne miejsce na ławie i stawiam drinka. Dzisiaj czuję się dziwnie. Jestem tu, ale jakby mnie nie było; cieszę się z towarzystwa, ale każdego z nich nienawidzę. Wokół stołu krąży joint, więc się zaciągam. Odkąd świat zaczął krytycznie patrzeć na papierosy, a do konopi indyjskich nabrał podejścia leseferystycznego, żal mi ludzi mieszkających w sąsiedztwie pubów. Nie pachną zbyt przyjemnie, prawda? Nie bez kozery nazywają je skunem. I rozkrzyczani pijacy wychodzą na dwór nawet zimą. Mam na sobie sukienkę wiązaną na szyi, skórzaną kurtkę, nieprześwitujące rajstopy i kowbojki. Halogenowe grzejniki powinny przegnać najgorszy mróz.

– Co dzisiaj słychać? – pytam. – Jakiś skandal? Aresztowali kogoś?

Wszyscy patrzą na mnie trochę dziwnie. Nie mówcie mi, że już wiedzą, myślę. Ale fakt, tego popołudnia wiadomość trafiła do Ramki Wstydu na stronie „Daily Mail", bo jakiś sukinsyn z hotelu miał ochotę dorobić do swojej płacy minimalnej. A ci ludzie tutaj, chociaż nigdy w życiu nie czytali gazety, w telefonach mają ustawione powiadomienia na artykuły z „Maila". Jeśli nie chcesz rozmawiać o własnych sprawach, łatwiej wypełnić chwile milczenia, gdy można wesoło dyskutować o wpadkach ludzi, których nigdy się nie spotkało.

– Vickie ma dzisiaj urodziny – mówi Luke.

– No nie! – odpowiadam. – Nie wiedziałam! Wszystkiego najlepszego!

Vickie uśmiecha się od ucha do ucha. Jaka ona jest kochana, ta nasza Victoria. Tępa jak noga stołowa i taka dobroduszna; zarabia wykonywaniem kolorowych moodboardów na zamówienie. W myślach nazywam ją Głuptoria. O ile w ogóle o niej myślę. Ona z całą pewnością nie jest narcyzem. Narcyz cieszy się urodzinami już na zapas, wypełnia umysł fantazjami, że tym razem, właśnie tym razem, przez cały dzień będzie w centrum uwagi i od każdego dostanie wymarzony prezent. A kiedy ten dzień już nadchodzi, taka osoba wygląda jak zbita dupa, rozczarowanie zachowaniem innych wprost się z niej wylewa, narasta w niej żal wobec tych, którzy zachorowali na grypę albo musieli zostać w pracy. Macam się po nadgarstku i wybieram srebrną bransoletkę. Kupuję je dziesiątkami od projektantki biżuterii z Southfields, która co sezon robi wyprzedaż. Świetnie nadają się na prezenty; ludzie myślą, że są znacznie droższe niż w rzeczywistości.

– Proszę. – Zdejmuję bransoletkę. – Przepraszam, gdybym wiedziała, zapakowałabym coś przyzwoicie.

Vickie jest oszołomiona. To fajna bransoletka, prosta i błyszcząca. Kosztowała chyba z piątaka.

– O nie – mówi. – Nie mogę.

– Nie, proszę – odpowiadam. – Wstyd mi, że to nie jest coś porządnego.

– Ale… – Patrzy na mnie dużymi brązowymi oczami. – To jest porządne. To jest twoje.

– A teraz twoje – mówię stanowczo i zamykam jej dłoń na bransoletce.

Znów uśmiecha się promiennie i wsuwa ją na nadgarstek. Obraca dłoń wte i wewte, żeby od ozdoby odbiło się światło. Wyjmuję papierosy i jednego zapalam. Popielniczka jest już pełna. Nachylam się do sąsiedniego stolika, żeby zamienić ją na pustą, która tam stoi. Vickie uśmiecha się do mnie tak, jakby widziała mnie po raz pierwszy. Niesamowite: żeby zyskać serdeczną psiapsiółkę, wystarczy tania biżuteria.

Rozmowa toczy się dalej. Kace, premiery, wakacje. Sam droczy się ze mną na temat tego jezusowatego, którego bzyknęłam wczoraj.

– Miał kok? – pyta.

– Nie – odpowiadam. – Nie bzyknęłabym gościa z kokiem. Myślisz, że skąd ja jestem? Z Shoreditch? – I wszyscy się śmieją.

Luke był z plecakiem w Tajlandii. Mówi, że są tam świetne plaże, a na imprezach podczas pełni księżyca nadal daje się czadu.

– O, powinieneś jechać do Mozambiku – mówi groźnie wyglądająca Australijka o imieniu typu Gaia, Euphrosyne albo coś innego wyciągniętego z kapelusza. – Tam jest świetna scena imprezowa.

Ma chustę Beduina owiniętą wokół głowy jak turban oraz kilkanaście piercingów. Wygląda, jakby wpadła tu przez dziurę w kontinuum czasoprzestrzennym prosto z lat dziewięćdziesiątych.

– Czy tam nie było jakiejś wojny? – pyta ktoś.

– No, ale już się skończyła i teraz chcą tylko imprezować – odpowiada Australijka. – To niesamowite, ile radości potrafią odczuwać ludzie, którzy nie mają absolutnie nic. Spałam na plaży. Minom trzeba pokazać, że się ich nie boisz.

Schizotypowa. Na sto procent. Do tego przed malarią pewnie zabezpieczała się homeopatią. Kończę drinka, a kiedy Sam mówi, że idzie do baru, zamawiam jeszcze dwa. Daję mu dwadzieścia funtów, bo tyle kosztują dwa drinki w barze takim jak ten, nawet pod koniec szalejącej recesji.

Sophie odwraca się do mnie.

– Czytałam o twoim tacie – mówi, zniżając głos. – Bardzo mi przykro. Dobrze się czujesz?

– W porządku – odpowiadam.

– Bo wiesz… Zdaję sobie sprawę, jak sama bym się czuła…

– No cóż, ty nie jesteś mną – ucinam, a potem myślę: rany, Mila, to było paskudne z twojej strony. Ale sama nie wiem. Ludzie ciągle chcą się czegoś dowiedzieć o mojej rodzinie, zwykle po to, żeby potem plotkować. Dobra, może jestem paranoiczna. Przynajmniej nie obsesyjno-kompulsywna jak moja siostra. – Przepraszam – dodaję. – Po prostu nie chcę o tym mówić, okay?

– Okay. Ale gdybyś potrzebowała… wiesz… Jestem w pobliżu.

Jezu, osobowość opiekuńcza. Niech Bóg mnie przed nimi strzeże, takimi, co próbują rozwiązać własne problemy, mierząc się z problemami wszystkich dokoła. Dzieci narcystycznych rodziców, oczywiście. Narcyzi zawsze sprowadzają na świat co najmniej jednego opiekuńczego, jeżeli ktoś w ogóle da się nabrać na spłodzenie z nimi potomstwa.

– Dziękuję – mówię i odwracam się, żeby skończyć tę rozmowę. Nie chcę o tym gadać. Naprawdę. Nie chcę o tym myśleć. Po co? Przez najbliższe parę tygodni i tak nie będę myślała o niczym innym. Dziś po prostu chcę się urżnąć i o tym zapomnieć. Czy nie po to właśnie spędzamy czas z innymi ludźmi? Żeby zapomnieć o sobie?

– To umówisz się z nim jeszcze? – pyta Jono.

– Z kim?

– Z jezusowatym.

Ach, z Tomem. Raczej mało prawdopodobne. Pożegnaliśmy się tak szybko, jak się tylko dało, chociaż grzeczność nakazała mu poczęstować mnie kawą rozpuszczalną – bez mleka, bo akurat zabrakło – a mnie z kolei nakazała tę kawę wypić. Żałowałam, że nie ma mleka, bo wtedy skończyłabym ją szybciej.

– No co ty – odpowiadam. – Myślisz, że jesteśmy w filmie Richarda Curtisa?

Wszyscy znowu się śmieją. Nienawidzimy Richarda Curtisa, bo uwielbiają go nasze matki.

– No, Hugh Grantem to on na pewno nie był – mówi Jono.

– Niech mnie, kurważ mać – wtrąca Vickie, naśladując akcent, z jakim poza filmami od trzydziestu lat nie mówi żaden Brytyjczyk.

Sam wraca z moimi drinkami. Połowę pierwszego wypijam jednym łykiem. Czuję się pusta i odległa, jakby między mną a tymi ludźmi, których nazywam przyjaciółmi, wyrosła ściana ze szkła. Ale z drugiej strony często tak się czuję, więc to nic nowego.

ROZDZIAŁ 5

2004 | czwartek | Camilla

– Boże święty – mówi India. – Mogłam być teraz na festiwalu.

Milly unosi brew.

– Jakim mianowicie?

India marszczy czoło.

– Tym… no…

– Creamfields? Glastonbury? Reading? T in the Park? – pyta Milly.

Jej siostra mruży oczy.

– Zamknij się już – mówi. – Mam lepsze rzeczy do roboty, niż całymi dniami czytać „NME".

Milly chętnie wkręcałaby ją dalej i zapytała, jakie to rzeczy. Uwielbia wkręcać Indię, dziurawić to jej poczucie własnej wartości, ale są na progu same, a wie, że siostra, mimo rodzinnej reputacji tej grzecznej, ma wybuchowy charakter i może eksplodować bez ostrzeżenia.

– Słuchaj – mówi – bez sensu tu tkwić. Co ty na to, żebyśmy przepłynęły promem na drugą stronę i napiły się czegoś w knajpie? Nie mamy po co siedzieć tutaj przez całe popołudnie.

India podnosi swoją torbę podróżną.

– Co ty robisz? – pyta Milly.

– Nie chcę, żeby ktoś ją ukradł.

Milly parska. Cegły podjazdu chłoną żar, więc czuje się, jakby siedziały na grillu. Nie wierzę, że to ty jesteś starszą siostrą, myśli. Wszystkiego się boisz.

– Kto ci ją ukradnie? Jesteśmy w Poole, nie w Peckham.

– Ale wszędzie są ludzie – mówi India. – Turyści. I, no wiesz, robotnicy.

Milly zaczyna się śmiać. Kiedy tu siedziały, robotnicy pracujący po sąsiedzku wchodzili i wychodzili przez furtkę, wykrzykując do siebie w języku, którego nie rozpoznaje. Każdy ma z metr osiemdziesiąt, niezłe mięśnie, a co drugi wąsy. Od aktorów gejowskiego porno odróżnia ich tylko luźny krój spodni.

– No, już to widzę. Zasadzą się na twoją sukienkę w groszki i pójdą w niej do pubu.

India rzuca torbę na podjazd.

– Zamknij się! Po prostu się zamknij!

Milly zastanawia się, czy jeszcze trochę nie podrażnić się z siostrą, ale jest za gorąco, a ona nie ma ochoty na kłótnię. Podnosi torbę Indii oraz swoją – płócienne, w dopasowane wzory kwiatowe, jedna czerwona, a druga niebieska; ich matka jest skrupulatna, nawet jeśli chodzi o podział bagażu. Niesie je w kierunku rododendronów rosnących wzdłuż ogrodzenia.

– Możemy schować je tutaj, patrz.

– Nie przyszło ci do głowy, że oni mogą mieć dziewczyny? – India nigdy nie umie dać za wygraną.

– Jasne – rzuca Milly przez ramię. – I one na pewno marzą o używanej sukience z What She Wants.

Schyla się pod nisko rosnące gałęzie, szukając miejsca, gdzie zmieszczą się torby. Zauważa coś i odwraca się do siostry.

– Ej, Indy, chodź, zobacz!

India podchodzi nadąsana.

– Co?

Milly przytrzymuje gałąź, żeby siostra mogła zajrzeć.

– Patrz!

W ogrodzeniu jest dziura. Najwidoczniej używana już kilka razy. Liście, które spadły z krzaka, odgarnięto na boki, tak że na drodze do otworu został tylko czysty piach.

– Ooo! – woła India.

– No nie?

– Myślisz, że powinnyśmy?

– To nasz dom, kretynko!

– No, tak jakby. Ale co będzie, jeśli on ma zabezpieczenia? Kamery i tak dalej?

– Daj spokój, kiedy ostatnio montował kamery w domu na sprzedaż? Zresztą mam legitymację studencką. Możemy udowodnić, że jesteśmy z rodziny. Chodź!

India nadal się waha.

– Dobra, rób, co chcesz – mówi Milly. – Ja nie będę tu siedzieć jak idiotka. Tam jest basen, są leżaki. Idę popływać.

Wczołguje się do ciemnej jamy pod krzakiem. Nie musi przeciskać się przez otwór, bo dzięki korzystaniu z niego ma on już dogodne rozmiary. Wystarczy kilka ruchów bioder, przeciągnięcie się na łokciach, i Milly już jest w klombie po drugiej stronie. Klomb obsadzono różami i azaliami: przyjemnymi kolorystycznie, łatwymi w utrzymaniu kwiatami, którymi ojciec zawsze przystraja ogrody nieruchomości wypuszczanych na rynek. Są na tyle wytrzymałe, żeby przetrwać to, że oszczędza na ziemi do roślin, przynajmniej do czasu sprzedaży domu. Milly przepełza obok nich, a potem wstaje na nowo rozłożonej trawie.

India rusza za nią kilka sekund później, pchając przed sobą torby. Czerwona na twarzy, doczołguje się na trawnik i pada na tyłek.

– Boże! – wzdycha.

Dom jest totalnie w stylu Seana i zarazem totalnie nie. W jego stylu, bo on właśnie na takich zarabia, ale jednocześnie sam nigdy by w takim nie zamieszkał. Domy, w których siostry mieszkały w dzieciństwie, zawsze były zabytkowe, pełne antyków i tulipanów w wazonach niczym holenderskie martwe natury, zawsze udekorowane na sprzedaż, nawet jeśli mieli się tam zatrzymać przez jakiś czas. Ale Sean nigdy nie pozwalał, żeby gust przeszkadzał mu w zarobkach. Zawsze dysponował także nowoczesnymi budynkami – ładnymi, pozbawionymi wad, czekającymi na wyburzenie albo renowację, żeby ukryć ich przeszłość. Z myślą o nich trzyma cały magazyn mebli: takich bez rączek, bez bajerów, drogich, pozbawionych charakteru sprzętów, jakie ludzie, którzy świeżo się wzbogacili i jeszcze nie są pewni swojego gustu, lubią kupować w sklepach uważanych za bezpieczne. Czasem nawet sprzedaje te domy umeblowane, czerpiąc z tego całkiem niezły zysk. Dom na Sandbanks – dokąd niczym w gorączce złota ściągają cyfrowi milionerzy i maklerzy z zamiłowaniem do żeglarstwa – to w stu procentach jedna z takich robót: wybrany ze względu na lokalizację, a nie wygląd, i wypełniony wszystkimi wygodami, żeby skusić japiszonów.

– O, hurra! – odzywa się India. – Dom z jakuzzi!

Ruszają na przeszpiegi. Na myśl o tym, co tu znajdą, od razu czują się fajniej. Sam dom niezbyt je interesuje. Trzykondygnacyjne betonowe pudło pomalowane na biało, tu i ówdzie upstrzone balkonami i rozsuwanymi drzwiami. Wiedzą, że w drzwiach i oknach będzie alarm. Ojciec może nie uważa za stosowne instalować tu kamer, ale to nie znaczy, że zostawi budynek na pastwę dzikich lokatorów albo włamywaczy gustujących w wystroju wnętrz z katalogu Conrana. Dość czasu na buszowanie po domu będzie później, kiedy przyjadą dorośli. Tymczasem mają do dyspozycji ogród, w którym stara jest tylko araukaria chilijska, a oprócz tego znajdują się tam trzy komplety mebli, zestaw do krokieta oraz – co za radość! – basen za białym płotkiem.

– Jak myślisz, dlaczego dom nazywa się Harbour View, skoro nie ma stąd widoku na port? – pyta Milly, patrząc na tył niedużego apartamentowca stojącego między nieruchomością ojca a wodą. On także został zasłonięty rusztowaniami. Można odnieść wrażenie, że całe Sandbanks jest teraz zabudowywane, żeby zarobić na modzie.

– Może kiedyś był.

– Ale teraz nie. To chyba łamie przepisy ustawy o ofertach handlowych.

– E tam. Na pewno stwierdziliby, że to ironiczna nazwa. Albo historyczna. W Londynie przy King's Road jest dom o nazwie Sea View Cottage. Wątpię, żeby ktokolwiek oczekiwał, że naprawdę zobaczy stamtąd morze.

Milly ma piętnaście lat, India siedemnaście. Są wysokie po matce, mają jej ciemną celtycką cerę, a po ojcu patrycjuszowski nos i szerokie czoło. Czasem ludzie przypisują im pochodzenie bardziej egzotyczne niż to ich nudne brytyjskie z kroplą żydowskiego, a one chętnie z tego korzystają. W zeszłe wakacje w Toskanii na imprezie nad basenem Milly przekonała chłopaka z ekskluzywnej szkoły Haberdashers' Aske's, że jest arabską księżniczką. Jego rodzice z Islington byli nią cali zachwyceni, dopóki nie przyszła po nią matka i nie przedstawiła się jako Heather Jackson.

Jest końcówka lata, więc obie są brązowe jak karmel, czarne czupryny mają przystrzyżone wokół twarzy, a paznokcie u nóg pomalowane neonowym pomarańczowym lakierem. Przez jakiś czas skaczą z piskiem i wpychają się nawzajem z trampoliny do basenu, a potem kładą się na leżakach i smarują przyśpieszającym opalanie kremem z niskim filtrem, który nosi w torbie India. Oto cała Indy: zawsze ostrożna, zawsze wyposażona, zawsze wlokąca się za swą zwariowaną młodszą siostrą z plastrami i maścią na użądlenia.

– Tata dawał głos? – pyta.

– Nie, za to ci robotnicy z sąsiedztwa hałasują jak cholera – odpowiada Milly. – Claire chyba odpadnie głowa, jeśli dalej tu będą, kiedy przyjedzie.

Znowu sprawdza telefon. Żadnych wiadomości na poczcie głosowej, żadnych połączeń. Najwyraźniej ojciec wjechał w długi ciemny tunel bez zasięgu.

– Myślisz, że powinnyśmy zadzwonić do mamy?

India piorunuje ją wzrokiem.

– A co ona zrobi? Przecież jest w samolocie. Poza tym będzie wściekła.

Milly przez moment wpatruje się w siostrę. Właśnie tym się różnimy, myśli. Indy zrobi wszystko, żeby uniknąć niezręcznych sytuacji, przez co ciągle jest na skraju wściekłości. Nic jej to zresztą nie daje. Wszyscy tak bardzo się jej boją, że nie ma praktycznie żadnych przyjaciół.

– No a co my zrobimy? – pyta Milly. – W zasadzie nie wiem, czy on w ogóle przyjedzie dzisiaj, no nie?

– Ja tym bardziej nie wiem – odburkuje India.

Milly wzdycha.

– Zadzwonię do niego jeszcze raz. – Wybiera numer ojca i od razu zostaje przekierowana na pocztę głosową. – Może prowadzi samochód – mówi tonem wiecznej optymistki. – Może to dobry znak, że nie odbiera.

India ma w torbie butelkę napoju porzeczkowego Ribena, a Milly wygrzebuje ze swojej paczkę m&m'sów. Dzielą się nimi w siostrzanym milczeniu, wylegując się pod lazurowym niebem w okularach przeciwsłonecznych w kształcie serc kupionych w Primarku.

– To kto przyjeżdża na weekend? – pyta Milly.

– Nie wiem. Pewnie ci, co zwykle. Na pewno będą Clutterbuckowie.

– A kiedy ich nie ma? Byle tylko było za darmo.

– No nie? Czasami wydaje mi się, że tata kocha Charliego Clutterbucka bardziej niż własną rodzinę.

– Wiadomo, koledzy ze szkoły – mówi Milly. – W prywatnych szkołach chłopcy nawiązują więzi na całe życie. Te wszystkie zimne kąpiele i młyny na meczach rugby. – Zastanawia się przez chwilę. – Młyny to w sumie miła rozjebka. Charlie Rozjebuck.

India chichocze.

– Charlie Rozjebuck. Świetne.

– Imogen Rozjebuck – dodaje Milly i obie się śmieją.

– No dobra, Rozjebuckowie. Kto jeszcze?

– Pewnie Gavilowie.

– O Boże – jęczy India – tylko nie Smętna Simone. Powiedz, że jej nie przywiozą.

– Nie wiem. Czy wszyscy będą z dziećmi? Nawet nie pomyślałam.

– Maria nigdzie się nie ruszy bez Joaquina. Pamiętasz, jak się uparła, żeby go wziąć, kiedy tata brał ślub z Claire?

– Ale darł mordę! – przypomina Milly.

– I zrzygał się w urzędzie stanu cywilnego! Bezcenne!

– Uczciwie trzeba mu przyznać, że po prostu zrobił to, na co wszyscy mieliśmy ochotę.

– Jaką Claire miała wtedy minę!

– Inną niż zwykle? Dla mnie ona zawsze wygląda jak zbita dupa. – Milly majstruje przy telefonie. Jeszcze raz bez skutku próbuje dodzwonić się do ojca. – To już wszyscy? Słabo jak na pięćdziesiąte urodziny, nie?

– Chyba kiedy ktoś jest taki stary, to już nie ma energii na imprezy. Boże, jaka będzie nuda. Może przyjedzie ktoś jeszcze, ale tylko ludzie z pracy. Jedna babka, która przejęła u niego projektowanie wnętrz albo coś w tym stylu. I jej dzieci.

– Matko. Świat Seana Jacksona to sama zabawa, co nie? Ile tych dzieci?

– Chyba troje. Tiggy, Fred i Inigo.

Znowu udają, że zbiera im się na wymioty.

– No tak – mówi India. – Chyba rzeczywiście trzeba dużo pracować, kiedy ma się drogą żonę.

Obie milkną, rozmyślając nad wyborami życiowymi ojca. Niezbyt fajnie mieszka się z wściekłą matką.

– Zabawne, co? – rzuca Milly. – Ostatnio wręcz nie mogę się doczekać powrotu do szkoły. Tam jest dużo łatwiej, nie? Przynajmniej zna się zasady.

India przewraca się na brzuch.

– Mhm. I nie ma bachorów, dla których trzeba być miłym, bo to twoje siostry. Fuj. Nie mogę uwierzyć, że on w tym wieku jeszcze się rozmnaża. To… nie w porządku.

– Fuj – powtarza po niej siostra. – Właśnie. To taka męska potrzeba, nie? Pokazania, że wszystko ciągle działa.

– Wolałabym, żeby tego nie robił. Obrzydlistwo.

Milly dojada m&m'sy i popija łykiem ribeny.

– Chyba powinnyśmy obmyślić plan. Na wypadek gdyby nie przyjechali.

– Oj, przestań, Milly – mówi India. – Oczywiście, że przyjadą. To wszystko przez nią, nie? Ona nigdy nie jest punktualna. Zdziwiłabym się, gdyby wyszli z domu przed dziesiątą.

Milly zerka na zegarek.

– No, pora lunchu już minęła.

– Daj spokój. – India szczypie siostrę w bok. – Raczej nie umrzesz z głodu, jeśli ucieknie ci jeden posiłek, co?

– O ty suko! – piszczy Milly i tylko częściowo żartuje.

Podczas spożywanych w milczeniu posiłków, które charakteryzowały koniec małżeństwa ich rodziców, weszło jej w nawyk jedzenie, ile tylko się dało, bo przy pełnym żołądku ból był jakimś cudem przytłumiony. Teraz, gdy nie musi już codziennie uprawiać sportu, taki tryb odżywiania zaczyna się mścić i Milly o tym wie.

Nie podoba jej się to, nie umie się powstrzymać, ale wie. Z otwartej butelki, którą wciąż trzyma w dłoni, wytrząsa trochę napoju na gołe plecy siostry. India wrzeszczy i zrywa się na równe nogi. A potem pędem ruszają przed siebie, gnane jednym z tych nagłych przypływów nastoletniej energii, India w promieniach słońca goni Milly przez ogród, aż w końcu ta w ucieczce znowu rzuca się do wody. India skacze za siostrą, podtapia ją, a potem wycofują się na przeciwne strony basenu i chlapią sobie wodą w twarz, śmieją się, ale z nutką desperacji, bo może ten weekend to ostatni raz, kiedy dobrze się bawią.

Robią tyle hałasu i tak bardzo chcą korzystać z chwili przyjemności, że nie zauważają, że nie są już same, dopóki na ramię Milly nie pada cień, a głos ojca nie przebija się przez ich krzyki.

– Co wy tu wyrabiacie? – pyta.

ROZDZIAŁ 6

Personel kostnicy chyba przeszedł szkolenie. Może nie ma tu tłumu psychologów ani nic w tym stylu, ale recepcjonistka sama zaprowadziła mnie do poczekalni, zamiast wskazać mi miejsce machnięciem ręki – i nie zastaję tam twardych ławek typowych dla państwowej służby zdrowia, tylko stosunkowo wygodną kanapę. Stolik zarzucony jest pomocnymi ulotkami. Spodziewam się tytułów w stylu *A więc Twój Tata odszedł*, ale łzawy protekcjonalizm epoki Księżnej Ludzkich Serc minął i teraz znajdujemy się na etapie Szczerego Mówienia do Zapracowanych Rodzin. Czekając, kartkuję *Przewodnik po usługach dla żałobników*. Podzielono go na części typu „Co to jest świadectwo autentyczności testamentu?" i „Wybór zakładu pogrzebowego". W sumie cieszę się, że zostało mi jeszcze parę lat, zanim sama będę się musiała orientować w takich sprawach. Wykonawcą testamentu, jako prawnik taty i ojciec Simone, został Robert. Ja tylko muszę stwierdzić, czy ten człowiek na stole to naprawdę mój ojciec.

Przez cały ten czas obserwuję samą siebie, studiuję Milę w Żałobie i zastanawiam się nad własnymi emocjami, bo jak dotąd żadnych nie zauważam. Tylko ciekawość. Fascynację tym, że robię coś, czego nigdy jeszcze nie robiłam i czego nie robił nikt, kogo znam. Co najwyżej chwilami czuję lekki gniew. Oto, czego do tej pory nauczyłam się o śmierci: wszystko, co chowamy gdzieś z tyłu głowy, co postanowiliśmy po prostu ignorować, bo protesty niczego nie przyniosły, po czyjejś śmierci wypełza zza barier. Cały mój żal z powodu niepowodzeń, zaniedbań i egoistycznych decyzji ojca, których już nigdy nie będę mogła mu wypomnieć: mój mózg przechodzi od sprawy do sprawy niczym małżeństwo, które utknęło w korku, powtarza w kółko: „i jeszcze coś, i jeszcze coś". Ale żebym za nim tęskniła? Nie. Wiecie dlaczego? Bo nie ma za czym. To jedna z tych rzeczy, których ludzie nie rozumieją, jeśli chodzi o dzieci rozwiedzionych rodziców: większość żałoby przepracowałam, kiedy miałam dziewięć lat.

Otwierają się drzwi i wchodzi kobieta w białym kitlu. Domyślam się, że jest lekarką.

– Camilla Jackson? – pyta.

Kiwam głową. Odkładam *Wszystko o sekcji zwłok* i patrzę na nią.

– Jestem doktor Badawi, dyżurny patolog. On już na panią czeka – mówi i rzuca mi miły lekki uśmiech, który musiała ćwiczyć latami.

Nie wiem, czy teraz w akademii medycznej mają zajęcia z podejścia do pacjenta, ale znam ten uśmiech. Nie za wesoły, nie za smętny, współczucie jest zasygnalizowane nieznacznym przekrzywieniem głowy, ale bez popadania w poufałość. Jeśli zadbamy o spokój bliskich zmarłego, mówi ten uśmiech, to zakłócenia naszego dnia pracy, te irytujące przerwy w bardzo ważnym procederze siekania i odkrawania wierzchów czaszek, uda się skrócić do niezbędnego minimum. Ale dziwnie mi z tym, że powiedziała „on", jakby za drzwiami na drugim końcu korytarza czekał człowiek, a nie po cichu gnijące zwłoki.

Prowadzi mnie do sali oględzin.

– Odsłoniliśmy tylko jego twarz – mówi po drodze. – To standardowa procedura. Niestety, w sali wszystko jest dość kliniczne.

Ale proszę się nie obawiać. To nie tak jak na filmach. Tam leży tylko on. Obawiam się jednak, że dla wielu osób procedura i tak jest przykra. Powie mi pani, jeśli zrobi się pani słabo albo... cokolwiek, prawda? Mamy tam krzesła, gdyby pani potrzebowała. Wejdę z panią, dam pani spojrzeć, a potem zapytam, czy to on, posługując się jego pełnym imieniem i nazwiskiem, a pani musi tylko powiedzieć „tak" lub „nie". W porządku?

– Tak.

Sala jest inna, niż przypuszczałam. *Milczący świadek* i te wszystkie filmy kłamią. To zwykły szpitalny gabinet z szerokimi dwuskrzydłowymi drzwiami, żeby zapewnić dość miejsca dla wózków i grubych ludzi. Ściany bielutkie i gładkie jak w kaplicy pogrzebowej i żadnych wyróżniających elementów, nie licząc ciała na stole na kółkach pośrodku. Nakryto je prześcieradłem, które przed naszym wejściem lekko odchylono, żeby odsłonić twarz. Zero teatru w stylu „podano do stołu", który widuje się w telewizji. Po prostu... mój ojciec, martwy.

Przez moment go nie poznaję. Po śmierci ciało na twarzy robi się obwisłe, uwydatniają się kości. Pod wpływem grawitacji cofnęła mu się szczęka, tak że wygląda, jak gdyby nie miał zębów. Ale potem widzę, że to on, pięć lat starszy, z nieco dłuższymi włosami, jakby dla zrównoważenia faktu, że zaczynają się wyżej na głowie, oraz siateczką popękanych żyłek na górnej części policzków. Gapię się. I gapię, i gapię. W głowie mam pusto.

– Na co umarł? – pytam.

– Niestety, jeszcze nie możemy powiedzieć. Przeprowadzimy sekcję, kiedy go pani zidentyfikuje.

– Niech pani strzela.

– Przepraszam, nie mogę. Procedury i zasady prawne. Czy mogę panią spytać, czy to jest ciało Seana George'a Jacksona?

Kiwam głową.

– Tak.

Czuję nagłe ukłucie żalu gdzieś głęboko. Ach, jesteś wreszcie, myślę. Już zaczynałam wątpić, czy w ogóle się pojawisz. Sean George Jackson. Już cię tu nie ma. Ciekawe, co myślałeś, umierając. Czy wiedziałeś, że to już? Czy w ogóle o nas myślałeś?

– Może pani zostać, jak długo zechce – mówi serdecznie lekarka. – Niektórym to pomaga.

– Nie – odpowiadam. – Nie, już skończyłam. Dziękuję.

ROZDZIAŁ 7

2004 | czwartek | Sean

Kiedy pod pretekstem sprawdzenia, czy wszystko w porządku, wreszcie ma okazję być sam w przybudówce, wysyła SMS-a do byłej żony. Dmuchane materace wciąż znajdują się w pudełkach, wszystkie pięć; po powrocie do biura będzie musiał zamienić parę słów z personelem na temat odhaczania pozycji na listach. Kiedy zamyka drzwi, odcinając dźwięk młota pneumatycznego pracującego w sąsiednim domu, w Seawings, uświadamia sobie, że zrobiło się stosunkowo cicho po raz pierwszy, odkąd wysiadł z samochodu. Kolejna rzecz, o której trzeba będzie porozmawiać, myśli. Gdy już zrobię to.

Kiedy ustaliliśmy, że w ten weekend dziewczyny są u mnie?

Odpowiedź przychodzi po niespełna minucie. Wyraźnie czekała na wiadomość od niego. Co oznacza, że zrobiła to celowo.

Sean, czy naprawdę muszę za ciebie prowadzić kalendarz? To standardowy grafik.

Gwałtownie wciąga powietrze przez nos. Cholerne kobiety. To dla niej typowe, żeby zasabotować jego plany. Minęło sześć lat, a ona wciąż jest rozgoryczona i nie umie sobie odmówić rewanżu, kiedy z rzadka nadarza się okazja.

Skoro prowadzisz za mnie kalendarz, to świetnie wiesz, że w ten weekend mam urodziny.

Tak! Dziewczyny nie mogą się doczekać, żeby świętować razem z tobą!

Ale ja...

Przerywa, kasuje, zaczyna od nowa. Nie może dostarczać jej amunicji.

Oczywiście bardzo się cieszę, że je widzę. Ale myślałem, że zamieniliśmy się weekendami.

Nie.

Tak.

Przykro mi, że nie chcesz, żeby twoje córki zakłóciły ci urodziny, Sean. Wiem, to taki kłopot, kiedy człowiekowi zostają dzieci. Niestety, sąd uznał, że powinieneś mieć z nimi kontakt. Jeśli nie chciałeś stanąć na wysokości zadania i zrobić, co do ciebie należy, trzeba było o to nie prosić.

Sean aż stęka.

– Ja nie… Boże, ty cholerna… uch!

Wpycha telefon z powrotem do kieszeni. Zrobiła to specjalnie, jest o tym przekonany. Heather ma absolutną obsesję na punkcie dat, terminów i miejsc. Zawsze ją miała. Zdarzało jej się wykreślać ludzi z listy zaproszonych, jeśli spóźnili się więcej niż raz. Prawdopodobieństwo, że zapomniała o dacie, do której przywiązywała wielką wagę przez dwanaście lat, jest tak minimalne, że żaden bukmacher nie przyjąłby na to zakładu. Sean wraca do kuchni, żeby zmierzyć się z konsekwencjami.

India i Milly, wciąż ubrane w bikini, siedzą na chromowanych stołkach barowych przy wyspie kuchennej i jedzą tosty. Kostium Milly jest o rozmiar za mały i piersi, które jakby nagle wyrosły przez miesiąc, odkąd widział ją po raz ostatni, grożą wylaniem się na masło.

– Dziewczynki – mówi Sean – czy mogłybyście się przebrać w coś przyzwoitszego, zanim przyjadą goście?

Obie patrzą na niego wybałuszonymi oczami.

– Co chcesz powiedzieć? – pyta Milly. – Że zadajesz się z pedofilami?

Sean powstrzymuje się przed wybuchem. Milly i ta jej niewyparzona gęba. Ona kocha prowokować i prowokować, a potem zawsze udaje zszokowaną, gdy ktoś w końcu zareaguje.

– Chcę powiedzieć tylko tyle, że bikini jest dobre na plażę i na basen – odpowiada Sean. – Kiedy wchodzicie do domu, musicie się czymś przykryć.

– Szczerze mówiąc – odzywa się Claire, wchodząc do pokoju – uważam, że te bikini w ogóle nie nadają się do tego, żeby pokazywać się w nich publicznie. Powinniśmy kupić Milly jednoczęściowy kostium. Ostatnio przytyła.

Milly opada szczęka, a jej oczy napełniają się łzami. Boże, nastolatki i ta ich wrażliwość! Ale naprawdę, jeśli nie chce, żeby ludzie komentowali jej wagę, powinna spróbować mniej jeść. Gdy teraz Sean przygląda się córce, widzi wałek tłuszczu w dole pleców. Nie akceptuje kobiet, które nie dbają o siebie. Poważnie, chociaż tyle mogą zrobić. Claire również przytyła o rozmiar, odkąd urodziła bliźniaczki, i też go to nie cieszy. Jeśli Milly nie zacznie się pilnować, wkrótce będzie nosiła rozmiar 42, a wtedy nikt na nią spojrzy oprócz facetów, których kręcą grubaski.

Milly wbija zęby w tost i patrzy na nich oboje, jakby wyrosły im dodatkowe ręce.

– Może trochę mniej tostów, a trochę więcej ruchu? – sugeruje Sean. – To powinno pomóc.

– Aha, spierdalaj – odpowiada Milly. – Może tobie przydałby się przeszczep włosów.

– I korony zębowe – dodaje India. Zawsze wspiera siostrę, kiedy przychodzi co do czego. Straszne z nich dwuosobowe plemię. Sean czasami ma wrażenie, że utworzyły przeciwko niemu konsorcjum. Cóż, nic się na to nie poradzi, kiedy po rozwodzie dzieci robią się rozgoryczone. Są tak egocentryczne, że nie przyjdzie im do głowy, że rodzice mają prawo do szczęścia. – Ostatnio na twoich zębach widać te wszystkie wypalone cygara.

Claire wydyma wargi. Nie możesz pozwalać, żeby tak się do ciebie odzywały, mówi jej spojrzenie. Są gośćmi w moim domu.

– Po prostu coś na siebie włóżcie – mówi Sean. – Proszę was o to, więc tego oczekuję.

– Proszenie chyba wygląda trochę inaczej – odpowiada Milly.

– Dobrze. W takim razie wam każę.

. . .

Poleca dziewczynkom przenieść materace do pokoi i je nadmuchać. Przynajmniej do czegoś się przydadzą. Słyszy, jak tupią nad jego głową, chichoczą i wyciągają różne rzeczy. Na dworze, na budowie na sąsiedniej posesji, ktoś uruchamia silnik koparki. Słychać łomot, a potem chór polskich wulgaryzmów. Muszę się zorientować, jak załatwić sobie paru Polaków, myśli Sean. Podobno kosztują znacznie mniej niż przeciętny brytyjski murarz i nie robią sobie co dziesięć minut przerwy na herbatkę. Niech żyje wspólny rynek. Przed końcem dekady ten kraj będzie pełen ludzi z Europy Wschodniej. Wspaniale, że outsourcing sam przychodzi do Mahometa, więc nie trzeba iść go szukać. Irytująca była świadomość, ile call centers oszczędzają na outsourcingu do Indii, podczas gdy samemu nie można było skorzystać na tańszej sile roboczej dostępnej w innych częściach świata.

– Cudownie – mówi Claire. – Gdzie one będą spać? W służbówce jest pełno pudeł. Chociaż przy tym łomocie za oknem i tak nikt się nie wyśpi.

– Od jutra weekend – odpowiada Sean. – O trzeciej po południu robotnicy będą już w pubie. Dziewczynki po prostu muszą podzielić się miejscem z Simone w przybudówce.

– Wspaniale. Na pewno się uda. – Jej głos ocieka sarkazmem.

– Będą się dobrze bawić. Jak na piżama party.

– Wątpię, żeby Simone była tego samego zdania.

– To co mam zrobić? Jakieś propozycje, skoro na wszystkim znasz się najlepiej?

Claire znowu rzuca mu to spojrzenie.

– Ja cię tylko uprzedzam, Sean – odpowiada nosowym głosem, którego zaczął się lękać. – Idę się rozpakować. Może zechciałbyś zajrzeć do bliźniaczek, jeśli nie jest to dla ciebie zbyt duże obciążenie? Wiesz, do twoich pozostałych córek?

Rusza zdecydowanym krokiem. Sean idzie za nią jak zbity szczeniak i patrzy, kiedy ta wchodzi po schodach. To nowiutkie schody zamówione przez Lindę, ze stopniami wykonanymi z hartowanego szkła i startymi na krawędziach, żeby wyglądały jak wyrąbane w całości z żywego kryształu. Warte trzydzieści tysięcy funtów, a cena domu wzrośnie dzięki nim o dobre sto tysięcy. Chociaż Sean nie widzi twarzy Claire, jej tył emanuje oburzeniem. Nie ma pojęcia, jakim cudem pośladki mogą wyglądać na oburzone, ale takie właśnie są i pną się po schodach całe zbulwersowane. Sean pokazuje im środkowy palec i wykrzywia się.

Posadziła bliźniaczki na białym chodniku z wyprawionej owczej skóry przed lśniącym gazowym kominkiem w formie misy, która stoi dumnie w otwartej podmurówce komina. Zburzyli ścianę, żeby z dwóch ciasnawych pokoi stworzyć jedną dużą otwartą przestrzeń, ale kominek zostawili jako punkt centralny. Wydatek dziesięciu tysięcy, który przyniesie kolejne sto pięćdziesiąt, kiedy w czwartek dom trafi na rynek. Sean nie widzi już w domach miejsc. Dla niego to wyciągi bankowe, arkusze wydatków, trójwymiarowe ilustracje stosunku inwestycji do zysku.

W ten weekend upiecze dwie pieczenie na jednym ogniu: zaoszczędzi parę kafli na wynajmie lokalu na imprezę urodzinową i przetestuje na oswojonej widowni, jakie ten dom robi wrażenie. Po raz pierwszy skorzystał z usług Lindy Innes ze względu na jej umiejętności projektanckie i przypuszcza, że nie po raz ostatni.

Zespół robotników czeka w pogotowiu, żeby dokonać prędkich zmian, gdyby ktoś zauważył coś, co bardzo, bardzo mu się nie spodoba, ale Sean swoim wprawnym okiem ocenia, że każda decyzja Lindy perfekcyjnie trafia w ten rynek. Bez żadnych wskazówek wybrała z magazynu nawet idealne meble dla japiszonów: kanciaste kanapy z białej skóry, puszyste dywany, niski stolik ze szklanym blatem i gablotami pod spodem, w których umieściła pamiątki z morskich wybrzeży oddalonych od tutejszego o tysiące kilometrów: olbrzymią konchę, wysuszoną tęczową rozgwiazdę, kawałek koralu wielkości strusiego jaja. Misę kominkową wykonano z polerowanej miedzi, drzwiczki szafek nie mają uchwytów, podłogę pokrywają płyty granitu z Aberdeen. W ciemnym, bezużytecznym kącie stoi olbrzymia gliniana waza w stylu arabskim pełna monstrualnych bambusowych wiechci. W takim miejscu lepiej się nie przewracać, ale jest ono idealne, żeby zachwycić dyrektora do spraw sprzedaży.

Dziewczynki nie są natomiast pod wrażeniem. Przystąpiły już nawet do własnej aranżacji wnętrz. Na pierwszy ogień poszły chodnik i kredki świecowe. Zignorowały szkicownik formatu A3 leżący obok na podłodze, usiadły naprzeciw siebie w swoich bezrękawnikach OshKosh i kolorują kolejno każde włókno, przeciągając po nim kredką.

O Boże. Sean przykuca i pyta córeczki, co robią. Patrzą na niego uśmiechnięte od ucha do ucha.

– Claire! – woła. A potem głośniej: – Claire! Kto dał bliźniaczkom pudełko kredek?!

Następne trzysta funtów w plecy.

ROZDZIAŁ 8

Gazety są zachwycone. Łykają gorący temat. Czuję się, jakbym znowu miała piętnaście lat, kulę się i krzywię, kiedy moja rodzina ponownie zostaje obnażona, tylko że teraz nikt nie wysyła mnie do sklepu po wydania papierowe. Teraz mamy internet, a Facebook rekomenduje, żebym przeczytała o wszystkim na stronie Mail Online.

Siedzę w łóżku z laptopem i zastanawiam się, o której godzinie nie jest już za wcześnie na drinka. Spałam do dziesiątej, ale potem zaczął dzwonić telefon i nie przestał na tyle długo, że później już nie zasnęłam. Internet wrze od wiadomości o śmierci mojego ojca. Ludzie udostępniają artykuły i oznaczają moich znajomych, jakby nie wiedzieli, że widzę, co piszą. Victoria, to ojciec twojej przyjaciółki? Toby, OMG, on był przykuty kajdankami do łóżka w hotelu Dorchester, ale wstyd LOL! Sophie, zawsze uważałam, że z nim coś jest nie tak. Jak myślisz, co tak naprawdę stało się z tym dzieckiem?

Wreszcie poddaję się i klikam. Równie dobrze mogę sprawdzić, co ma do powiedzenia „Daily Mail". Bądźmy szczerzy: nikt nie będzie bardziej nienawistny niż oni i nie będzie z większą przyjemnością rozwodzić się nad szczegółami. Miejmy już najgorsze za sobą.

W papierowej gazecie byłby to duży artykuł. W świecie elektronicznym trafia się do niego przez Ramkę Wstydu na stronie głównej.

SAMOTNA ŚMIERĆ MILIONERA Z SANDBANKS
Pokojówki w hotelu Dorchester znajdują ciało ojca Coco zaginionej w tajemniczych okolicznościach

Sean Jackson (62 l.), ojciec zaginionej dziewczynki Coco Jackson, został w niedzielę rano znaleziony martwy w szykownym hotelu Dorchester w Mayfair. Jackson, który przyjechał do Londynu w interesach ze swej pałacowej rezydencji na północnym wybrzeżu Devonu, nie wymeldował się o ustalonej godzinie. Po nieudanych próbach obudzenia go telefonicznie personel otworzył drzwi pokoju i odkrył ciało. „Był przykuty kajdankami do łóżka – informuje źródło – i wyraźnie nie żył już od paru godzin".

Źródło. Jakaś pokojówka, koleś z ochrony albo przesiadująca za ladą recepcji osoba, która udaje, że cię nie zauważa, ale robi obszerne notatki. Z hoteli pochodzi więcej przecieków niż z domów publicznych. Przy tamtejszych zarobkach nic dziwnego, że ludzie dorabiają forsą z gazet. Czytam dalej.

Według adwokata rodziny Roberta Gavili, męża rzeczniczki celebrytów Marii Gavili, Sean Jackson, deweloper budowlany, przebywał w Londynie od czwartku wieczorem, uczestniczył w zaplanowanych spotkaniach i uzupełniał dokumentację prawną związaną ze zjazdem, który planował przy Cheyne Walk w Chelsea. „Wszyscy jesteśmy zdruzgotani – powiedział Gavila. – Znałem Seana całe moje dorosłe życie. Razem rozwijaliśmy się w biznesie i zawsze byliśmy ze sobą blisko. Jego odejście to straszliwy wstrząs. Myślami łączymy się z jego rodziną".

„Tak, mieszkał u nas od czwartku – potwierdziło źródło w hotelu. – Był uroczym człowiekiem, miłym dla personelu, a do tego częstym gościem, choć wydaje nam się, że miał mieszkanie w Knightsbridge. Pewnie nie chciał zajmować się sobą i towarzystwem, kiedy nie było z nim żony. W czwartek i piątek zjadł z gośćmi kolację w naszej restauracji, a w sobotę zamówił posiłek do pokoju. Mówił, że następnego dnia wcześnie rano wraca do Devonu. Zamówił chateaubriand i dwie butelki szampana Dom Perignon. Nie wiem, czy miał gościa, ale chateaubriand to zwykle danie dla dwóch osób".

Jackson zostawił żonę i małą córeczkę. W 2011 roku ożenił się po raz czwarty, po śmierci jego trzeciej żony, Lindy. Przyjaciele, od ministrów po miliarderów, opisują go jako „inspirującego", „imponującego", „człowieka o niespożytej energii", „czarującego" i mówią o „ogromnej stracie". Żył pełnią życia, wydawał mnóstwo pieniędzy, był szczodry wobec przyjaciół, udostępniał domy, udzielał pożyczek, urządzał imprezy w dalekich krajach, zapewniając transport odrzutowcem, był też hojnym darczyńcą na rzecz Partii Konserwatywnej.

Większość ludzi znała go jednak z powodu tragedii, która wstrząsnęła jego drugim małżeństwem w 2004 roku, gdy trzyletnia córeczka Coco zniknęła ze świeżo odnowionego domu letniego w Osiedlu Milionerów na półwyspie Sandbanks w Bournemouth. Kiedy rodzina świętowała tam pięćdziesiąte urodziny Jacksona, Coco zniknęła w środku nocy z pokoju na parterze, który dzieliła z siostrą bliźniaczką, Ruby. W ogrodzeniu oddzielającym teren od drogi znaleziono dziurę, a zamek rozsuwanego okna do głównego salonu okazał się zepsuty. Żadna z wielu osób obecnych w domu nie słyszała nic przez całą noc, a Ruby wszystko przespała. Od tamtej pory wszelki ślad po Coco zaginął.

Ruby. O Boże. Musi mieć teraz… ile? Czternaście, piętnaście lat? Tyle co ja, kiedy zniknęła Coco. W ogóle o niej nie myślałam. Nie mogę uwierzyć, że aż tak.

Wstaję i idę włączyć czajnik. Przypominam sobie, że skończyło się mleko, więc zamiast kawy robię sobie gin z tonikiem. Mam to gdzieś. Mam gdzieś, co powiedzą ludzie – choć teraz i tak nikt by mi nic nie powiedział. Nie wychodzę dzisiaj z domu. Muszę pomyśleć. O tacie, o tym, co robić. Szykuję sobie tosta, żeby nie pić na pusty żołądek, i wracam do łóżka. Dziś moje mieszkanie wydaje mi się małe. Małe i bezpieczne.

Sprawa prędko osiągnęła krajowy rozgłos. Ówczesna żona Jacksona i matka Coco, Claire, była sekretarka, odkryła w sobie talent medialny, który nadał impetu kampanii Znaleźć Coco. Wielokrotnie zwracała się do społeczeństwa z prośbą o pomoc w poszukiwaniu zaginionej córeczki. Mieszanka bogactwa i renomy gości – w tamten weekend w domu oprócz państwa Gavilów przebywali minister zdrowia w gabinecie cieni, Charles Clutterbuck, oraz lekarz z Harley Street łączony z wieloma sławami show-biznesu – sprawiła, że historia stała się jedną z najgłośniejszych w owym czasie. Maria Gavila, znana pośredniczka wiadomości dla tabloidów, uruchomiła łańcuszek e-mailowy, który trafił do jej wielu kontaktów. Wkrótce rozszedł się szeroko i prawdopodobnie jako pierwszy w historii osiągnął miliard odbiorców na całym świecie. Powtarzające się apele telewizyjne, łańcuszki e-mailowe oraz kampanie plakatowe sprawiły, że buzia ślicznej Coco na krótko stała się jedną z najlepiej znanych twarzy świata.

Powszechne współczucie prędko jednak osłabło, gdy na światło dzienne wypłynęły informacje o zachowaniu Claire Jackson w czasie, kiedy zniknęła jej córka. Okazało się, że zostawiła bliźniaczki mężowi i gościom, a sama wyjechała wcześniej do Londynu, gdzie widziano ją wydającą ogromne sumy w designerskich sklepach, podczas gdy córki bez opieki czekały na jej powrót. Dawni pracownicy, sąsiedzi i byli przyjaciele opisywali ją jako „harpię", „osobę niezrównoważoną" i „okropną, egoistyczną matkę".

Małżeństwo Jacksonów nie przetrwało tej tragedii. Rozwiedli się w 2006 roku, a wkrótce potem Sean ożenił się ze swoją „serdeczną przyjaciółką" Lindą Innes, która również uczestniczyła w tamtej feralnej imprezie. Innes pracowała wtedy dla firmy budowlanej Jacksona jako projektantka wnętrz, a później w dalszym ciągu tworzyła wystrój w jego inwestycjach. „Pocieszała mnie, czego nie dało się powiedzieć o mojej żonie – mówił wtedy Jackson. – Mam nadzieję, że to początek nowego szczęścia".

Jackson zaskoczył wszystkich, kiedy mimo zszarganej reputacji byłej żony nie wniósł o opiekę nad Ruby. Wkrótce przed rozwodem Claire zapadła się pod ziemię. Coraz bardziej niezadowolona z negatywnej prasy na swój temat opuściła Londyn razem z Ruby i zniknęła, tak jak wcześniej jej córka. Powszechnie uważano, że wyjechała z kraju i żyje na emigracji, gdzie nikt jej nie zna. Teraz „Mail" może już wyjawić, że Claire Jackson wynajmuje małe gospodarstwo rolne w Sussex i mieszka bez rozgłosu w trzypokojowym domu ze swą jedyną córką, praktycznie niezauważana przez otoczenie. Kiedy nasi reporterzy odwiedzili ją, żeby zapytać o reakcję na śmierć byłego męża, odmówiła otwarcia drzwi, a Ruby nie było widać. Oświadczenie przekazane za pośrednictwem Marii Gavili brzmiało: „Jestem głęboko zasmucona śmiercią mojego byłego męża. Od pewnego czasu nie mieliśmy kontaktu, ale łączyło nas oddanie naszym dwóm córkom, które nigdy nie osłabło. Moja córka jest zdruzgotana utratą ojca i obie prosimy o uszanowanie naszego spokoju, żebyśmy mogły pogodzić się z tym smutnym wydarzeniem".

Sąsiedzi nie mieli ochoty rozmawiać na jej temat. „Nie znam jej – powiedział Norman Colbeck, którego farma sąsiaduje z dwoma polami, gdzie Claire Jackson wypasa zaniedbane świnie, kury i kozy. – Nie zadaje się z miejscowymi. Raczej nie znajdziecie tu nikogo, kto miałby wam coś do powiedzenia". W sąsiednim miasteczku, Mills Barton, mieszkańcy byli mało rozmowni. „Tak, od czasu do czasu przychodzą do kościoła – powiedziała pastorka Ruth Miller. – To miłe osoby, lecz ciche. Raczej nie utrzymują tu kontaktów, ale zawsze chętnie uczestniczą w wydarzeniach kościelnych i zbiórkach pieniędzy". W szkole nikt nie chciał udzielić komentarza. „Nie jest naszą uczennicą – powiedział dyrektor Daniel Bevan. – Nie znamy ich. Choć oczywiście bardzo im współczujemy".

Tak więc tajemnica zniknięcia Claire Jackson wreszcie się wyjaśniła, w przeciwieństwie do tajemnicy zniknięcia Coco. Po tym, jak dziewczynka zaginęła, wiele osób wierzyło, że jej matka wie na ten temat więcej, niż przyznaje. Pod krzyżowym ogniem pytań wyłączała się jak robot, powtarzała szablonowe zdania i historie, jakby nie ufała sama sobie i nie chciała nawet na moment oddalać się od przyjętego przekazu. Jak napisała felietonistka „Maila" Dawn Hamblett tuż przed zniknięciem Claire: „Zupełnie tak, jakby Coco była uciekinierką ze Stepford, a nie ukochanym dzieckiem".

Śmierć Seana Jacksona to zdecydowanie niejedyna katastrofa, która dotknęła życie Wspólników Jacksona – bo tak wkrótce po zniknięciu dziewczynki nazwano gości w tym domu. W 2010 roku Jacksona spotkał kolejny wstrząs, kiedy jego trzecią żonę, Lindę, znaleziono u stóp marmurowych schodów w domu w Leyton, w Essex, którego wnętrze projektowała. Doznała pęknięcia czaszki i wkrótce zmarła.

Latem 2008 roku jej były partner, doktor James Orizio, został uznany za winnego zaniedbania obowiązków lekarskich i pozbawiony uprawnień po tym, jak Miranda Chace, wokalistka hiphopowej grupy Ton Ton Macoutes, zmarła wskutek zażycia środków przeciwbólowych, które wcześniej podczas trasy koncertowej przepisał jej Orizio bez przeprowadzenia niezbędnych badań. W późniejszym dochodzeniu odkryto mnóstwo recept na środki przeciwbólowe, takie jak vicodin i „heroina dla ubogich", czyli oxicontin, oraz inne środki przyśpieszające metabolizm, które przepisywał co najmniej zbyt beztrosko. W 2009 roku trafił do więzienia, a opuścił je w 2012 roku.

Charles Clutterbuck, niegdyś wschodząca gwiazda torysów, po dojściu jego partii do władzy w 2010 roku został zepchnięty na tylne ławy parlamentu. Wcześniejsza kariera pozwalała wróżyć mu świetlaną przyszłość i co najmniej stanowisko w rządzie, nietrudno się więc domyślić, że do jego marginalizacji przyczyniło się uczestnictwo w pechowym weekendzie. Sam Clutterbuck przypisywał swój los temu, że „chodził do niewłaściwej szkoły", co stanowiło przytyk do Davida Camerona, najchętniej otaczającego się innymi absolwentami Eton. W 2013 roku Clutterbuck zrezygnował ze swego bezpiecznego miejsca w parlamencie z ramienia torysów. Przeszedł do nowo powstałej antyimigracyjnej, eurosceptycznej partii Brytania Razem, ale w wyborach uzupełniających nie odzyskał mandatu. Obecnie na swym profilu na LinkedIn przedstawia się jako „konsultant", ale „Mail" nie dotarł do żadnych firm korzystających z jego usług. Clutterbuck z żoną Imogen mieszkają na wybrzeżu Dalmacji, gdzie z parlamentarnej emerytury – jak ujął to dowcipnie jeden z jego byłych kolegów – „można wyżyć znacznie lepiej, pod warunkiem że nie przeszkadza komuś picie lokalnych trunków".

Jak pokazał powrót Seana Jacksona do telewizji w dziesiątą rocznicę zniknięcia córki, nigdy nie porzucił nadziei, że pewnego dnia dziewczynka się odnajdzie. Wraz z jego śmiercią oraz wobec niechęci drugiej żony Jacksona do kontaktu ze światem zewnętrznym perspektywa rozwikłania zagadki Coco nieco bardziej się oddala. Wczoraj bramy położonej w Bideford i utrzymanej w stylu królowej Anny rezydencji Jacksonów pozostawały zamknięte. Wpuszczono tam jedynie Roberta i Marię Gavilów. Data pogrzebu nie została ustalona, ponieważ koroner jeszcze nie wydał ciała. Skoro jednak do nagrobków na zielonym angielskim cmentarzu wkrótce dołączy kolejny, może czas, aby na jego granitowej powierzchni pojawił się jeszcze jeden wpis.

Artykuł ilustruje sześć zdjęć taty, w tym trzy z bliźniaczkami i jedno sprzed dwudziestu lat, kiedy India i ja byłyśmy jeszcze częścią rodziny. Przyglądam się mu długo i uważnie. Siedzimy przy stole gdzieś w cieniu, w tle jest słoneczna plaża, na blacie stoi czerwone wino. Ojciec trzyma nas obie, wszyscy troje jesteśmy opaleni i szeroko się uśmiechamy, zapewne do mamy, która robi to zdjęcie. Był przystojnym mężczyzną, teraz to widzę. W dzieciństwie też mi się tak wydawało, ale przecież wszystkie dziewczynki myślą w ten sposób o swoich ojcach, prawda? Teraz, gdy jestem już tylko nieco ponad dekadę młodsza od niego na tej fotografii, widzę, że nie muszę używać wyobraźni, żeby czterdziestoletni mężczyzna był dla mnie przystojny. Gęste rudawozłote włosy naznaczone na skroniach siwizną, ciało wciąż wysportowane i lśniące, trzydniowy zarost na szczęce, która jeszcze w ogóle nie obwisła.

Nie pamiętam, kiedy było zrobione to zdjęcie. I nie wiem gdzie. Gdy byłam mała, często jeździliśmy na wakacje i niektóre z nich były szczęśliwe.

Nagle czuję ucisk gdzieś głęboko w kościach. Bolą mnie stawy, jakbym miała gorączkę. Mój Boże, myślę, czyli jednak coś jest. Jednak za nim tęsknię. Odkładam laptopa i przewracam się na bok. Obejmuję się ramionami i ściskam. Tatusiu. Kochałyśmy cię, kiedy byłyśmy małe. Myślałyśmy, że z twoich oczu bije światło.

Przypominam sobie, jak się czułam w objęciach tych dużych, silnych ramion, zanim przestał nas dotykać. Kiedy to było? Chyba w okolicach rozwodu. Pamiętam dzień, gdy wreszcie odszedł, kolejny jasny, słoneczny dzień. Patrzyłam, jak idzie ścieżką do swojego bmw i ani razu się nie ogląda. Obserwowałyśmy go z okna pokoju Indii, a mama stukała rzeczami w kuchni, jakby chciała pokazać, że nic ją to nie obchodzi. Miał na sobie okulary przeciwsłoneczne typu aviator. Od tamtej pory nigdy nie byłam w stanie polubić mężczyzny, który takie nosi.

A potem płaczę. Nie wiem dlaczego. Dlatego, że już go nie ma, czy dlatego, że odszedł? Nie wiem nawet, w czyim imieniu płaczę. Mnie jako dziewięciolatki czy tej ruiny, którą jestem w wieku dwudziestu siedmiu lat? Smutek szarpie mnie jednak za pierś jak uwięzione zwierzę, które próbuje się uwolnić, a moja twarz jakby żyje własnym życiem. Zaciskam zęby, czuję, że je obnażam, rozchylając wargi, łzy spływają mi po nosie i wsiąkają w poduszkę.

– O… – jęczę na głos. A potem: – O… o… o… o!

Jestem sama. Nie mam nikogo, kto by mnie pocieszył. Wszyscy, których znam, są gdzie indziej, zajęci własnymi sprawami, a ja przez lata zadbałam o to, żeby nie mieć do kogo się zwrócić. Łapię poduszkę, oplatam ją ramionami i w tym znajduję jakieś ukojenie. Och, tato. Byłeś takim gnojem, a i tak po tobie płaczę.

Na szafce przy łóżku zaczyna wibrować telefon. Ocieram oczy rękawem i siadam. Nieznany numer. Przez moment rozważam nieodebranie. Nie da się wykluczyć, że mój numer dorwał ktoś z prasy. Ale potem myślę: to może być każdy. Może India, Maria albo Robert dzwonią, żeby podzielić się wiadomościami, może to ktoś z kostnicy, policji i tak dalej. Naciskam „odbierz" i przykładam telefon do ucha.

– Halo.

Cisza. Przez sekundę, dwie. Zaczynam myśleć, że to pomyłka albo może call center w Indiach powolnie łączy mnie z konsultantem, który zapyta, czy mam już ubezpieczenie spłaty zadłużenia, ale wtedy w słuchawce odzywa się głos, którego nie słyszałam od lat, i włosy na karku stają mi dęba.

– Milly? Mówi Claire.

– Jaka Claire?

– Claire Jackson – odpowiada.

ROZDZIAŁ 9

2004 | czwartek | Maria

Maria Gavila czuje się trochę zmęczona, kiedy przepływają obok promu. Czas na pokładzie *Gin O'Clock* jest cenny, bo tylko tam nie są wystawieni na widok publiczny. I choć Harbour View ma ogrodzenie oraz – według Roberta – bramy jak w więzieniu, to gdy tylko tam dotrą, znów zacznie się przedstawienie, a ona znów będzie dawać ludziom to, czego potrzebują albo przynajmniej tak im się wydaje. Robert stoi za sterem w swojej komicznej czapce kapitańskiej, uradowany, jakby ktoś mu nasrał w kieszeń. Ten weekend będzie wyczerpujący. Imprezowe apetyty Seana i Charliego są niemal niewyczerpane, a robotę na kacu i opiekę nad dziećmi, tak by w ciągu dnia nie zawracały głowy, oczywiście zostawią kobietom.

Jej wódka z limonką i wodą sodową prawie się skończyła, a do cumowania na zarezerwowanym miejscu w marinie zostało za mało czasu, żeby pójść po kolejną. Simone siedzi w fotelu kajakowym i czyta *Harry'ego Pottera i Zakon Feniksa*. Czy po raz pierwszy, czy kolejny, tego nie wiadomo. To taka długa książka, a Simone czyta tak wolno, że dotarcie do połowy równie dobrze mogło jej zająć rok. Linda i Jimmy siedzą przy stole na rufie z butelkami piwa i ciągle grają z dziećmi w wojnę, choć pewnie przestało ich to bawić w okolicach Southampton. Maria przypuszcza, że robią to głównie po to, żeby nie musieli rozmawiać. Ja też już dawno miałabym dość Jimmy'ego z tą jego pozą „rockandrollowego medyka". Tylko dlatego są jeszcze razem, że przez połowę roku Jimmy jest w trasie i przepisuje farmaceutyki przepłacanym muzykom. Zresztą pewnie sama przestałabym się z nimi spotykać, gdyby nie te wszystkie plotki, które wylewają się z niego po każdym tournée. Bogu dzięki za przysięgę Hipokratesa!

Maria prostuje nogi, wstaje z fotela i rusza do męża. *Gin O'Clock* to jak dotąd ich największa łódź – cztery małe koje pod pokładem, meble obite białą skórą, opuszczane ściany, dzięki którym przy złej pogodzie baldachim można przerobić w prowizoryczny salon – ale i tak dociera na miejsce, przytrzymując się barierki, w niecałe pół minuty. Staje za Robertem, obejmuje go i opiera brodę na jego ramieniu. Jest go trochę więcej, niż kiedy się poznali; zaokrąglił się, wraz z poprawą statusu zrobił się bardziej pokaźny. Marii to nie przeszkadza. Sama zachowała dawną figurę, mimo że niemal co wieczór bywa na imprezach. Zawsze ogranicza się do jednego kieliszka szampana i odmawia tartinek, żeby móc konkurować ze swymi klientkami – aktorkami, modelkami i piosenkarkami, młodszymi od niej o dwadzieścia lat i chudymi jak szczapy – bo każda chce mieć na ściance zdjęcie ze swoją megarzeczniczką. Ale u mężczyzny w średnim wieku dodatkowe kilogramy wypadają lepiej, pod warunkiem że się nie trzęsą. Robert to jej wpływowy mąż, druga połówka wpływowej pary, i lubi go takiego, jakim jest.

– Jeszcze nie za późno, żeby powiedzieć, że na wyspie Wight mieliśmy wyciek – mówi.

Robert kręci głową.

– Maria, przecież wiesz, że nie możemy tego zrobić. Kazaliby nam przypłynąć promem.

– Ty masz dobrze. Od ciebie nikt nie oczekuje, że przez cały weekend będziesz bawił się w dom z resztą lejdis.

Robert wzdycha.

– To tylko weekend. Wynagrodzę ci to, obiecuję.

Łódź dociera do pomostu i Robert zaczyna manewrować. Maria puszcza go, a potem opiera się o reling i patrzy na słoneczne Poole. Do broszury *Odwiedź Anglię* to miejsce raczej się nie nadaje. Ale ludzie w domach spokojnej starości potrzebują wielu ramp i poręczy.

– Simone! – woła Robert. – Wstań do cumowania, dobrze?

Córka odkłada książkę na pokład, powoli wstaje z fotela i prostuje się. Jak kot, myśli Maria, albo marmozeta. Wielkie nieba, skąd jej się wzięły te nogi? A biust? Mogłabym przysiąc, że kiedy wyruszaliśmy, była jeszcze dzieckiem, a teraz?

Simone ma na sobie obcisłe białe szorty oraz bluzkę w drobną kratkę, którą zawiązała pod piersiami, żeby pokazać trochę opalonego brzucha i podkreślić ładny dekolt. Jej zupełnie proste – nie potrzebuje ceramicznych prostownic, które wszystkie kobiety noszą teraz w kosmetyczkach – kasztanowe włosy do pasa połyskują złotymi nutkami, jakby ktoś przyszedł i zanurzył je w lakierze z brokatem. Maria patrzy na córkę jak zaczarowana. Mój Boże, myśli, jest już kobietą. Potem do głowy przychodzi jej obrzydliwa myśl: Muszę jej pilnować przed Charliem Clutterbuckiem. Tłumi tę myśl w zalążku, zanim zdąży ona zapuścić korzenie. Charlie zna Simone, odkąd była niemowlakiem. Przecież by nie… To nie Woody Allen, nawet jeśli lubi odgrywać popędliwego *monseigneur*. Dobry Boże, przez większość kariery patrzył, jak jego parlamentarni koledzy jeden po drugim padają ofiarą brukowca „News of the World". To wystarczy, żeby do końca życia nie zbliżył się do żadnej nastolatki.

Simone, w różowych kwiecistych drewniakach, kołysząc biodrami, idzie przez pokład w kierunku małej bramki w relingu. Jest umalowana. Przez cały rejs, od mariny do mariny, począwszy od St. Katharine Docks, buzię miała gołą jak dziesięciolatka, a gdy nie wylegiwała się w słońcu na dziobie ubrana w bikini, zawsze nosiła luźne bluzki i legginsy. Teraz jest brązowa jak czekoladka, skórę, zwykle piegowatą i naznaczoną śladami burzy hormonów, ma gładką niczym marmur, oczy obwiedzione czarną kreską jak u kotki i... dobry Boże! Czy to są sztuczne rzęsy? Co się dzieje? Czyżby miał przyjechać jakiś chłopiec, o którym nie wiedziałam?

Dudnią kroki i zza Marii wyskakują młodsze dzieci w dmuchanych kamizelkach, odpychają ją na bok i pędzą przed nią do bramki.

– Ja! – woła Joaquin, syn jej i Roberta. Ma siedem lat i głos jak syrena.

Simone przywiera do ściany kabiny i rzuca im spojrzenie pełne nastoletniej pogardy. Ogląda swoje paznokcie, a Maria widzi, że są pomalowane. Dzięki Bogu tylko na delikatny róż, ale pomalowane.

– Ja! Ja! – wołają dzieci Oriziów tuż za Joaquinem: trzy-, cztero- i sześcioletnie, zafascynowane swoim bohaterem. W tym wieku wszystko się małpuje.

– Ładnie wyglądasz – mówi na próbę Maria.

Simone przez zasłonę lśniących włosów odpowiada bez słów, żeby dała jej spokój.

. . .

– Słuchaj – odzywa się Robert, kiedy idą drogą przez Poole, a ich podopieczni ciągną się za nimi. Ci najmłodsi dźgają patykami, co popadnie. Robert i Maria cieszą się ostatnimi chwilami, zanim wróci zwykły świat. – Mam propozycję. Przetrwaj ten weekend, a obiecuję, że już nigdy nie będziemy musieli tego powtarzać. Pięćdziesiąte urodziny on ma tylko raz, a gwarantuję, że do sześćdziesiątych jej już przy nim nie będzie.

– Naprawdę? – Maria promienieje.

– Właściwie wątpię, żeby była do pięćdziesiątych pierwszych. Róża z całą pewnością przekwitła.

– Dzięki Bogu.

– Do świąt będzie po niej. Pewnie byłoby już wiele lat temu, gdyby nie bliźniaczki. Tak się składa, że na horyzoncie chyba jest już inna.

– Serio? Kto? – Maria rozgląda się i widzi, że Simone idzie kilka kroków za nimi, bawiąc się telefonem. – *Attends! Pas devant les enfants!* – mówi.

Simone podnosi wzrok i odzywa się po raz pierwszy w ciągu całego dnia:

– Wiesz, tak się składa, że mówię po francusku. Pewnie nawet lepiej niż ty. Takie są skutki wysłania mnie do prywatnej szkoły.

. . .

Kolejka do promu łańcuchowego jest tak długa, że schodzi z półwyspu Sandbanks i ciągnie się aż na przedmieścia. Idą drogą, mijając kolejne auta pełne dzieci o czerwonych buziach, beznadziejnie wyglądających przez okna w poszukiwaniu morza. Dorośli stoją na asfalcie, opierają się o dachy, palą papierosy, a Maria ma dotkliwą świadomość tego, ile spojrzeń śledzi ledwo przysłonięte pośladki jej pasierbicy. Rodzicielstwo to niekończące się troski, myśli. Ledwo człowiek przestaje się martwić tym, że najedzą się wybielacza, a już krzyczy: UWAŻAJ, zanim przejdziesz przez jezdnię. Teraz z kolei: Och, skarbie, nic nie wiesz o podłych mężczyznach na tym świecie, proszę, bądź ostrożna. Wcale nie byłam lepsza. Chodziłam w koszulach do rugby i kabaretkach i nawet nie przyszło mi do głowy, że to coś więcej niż zwykłe strojenie się.

Podbiega do nich Jimmy.

– Powiedzcie mi coś o tym Charliem Clutterbucku.

– Co chcesz wiedzieć?

– To złoty chłopiec torysów, nie?

– Zajadły wolnorynkowiec – odpowiada Robert. – To na pewno. Zawsze taki był, nawet na studiach, kiedy my wszyscy chuchaliśmy, dmuchaliśmy i wspieraliśmy górników. Typują go do rządu, jeśli kiedyś odzyskają władzę, zwłaszcza odkąd ma taki pewny mandat. Gdyby miał prywatne źródło dochodu, od razu poszedłby do polityki z taczerystami. Ale najpierw musiał spędzić piętnaście lat w City, żeby dorobić się oszczędności.

– No właśnie – mówi Jimmy. – Bo chciałbym wiedzieć, jak bardzo musimy być grzeczni. MI5 nie będzie mi się potem dobijało do drzwi?

– O to bym się nie martwił. Napuszczanie na ludzi MI5 to bardziej w stylu Nowych Laburzystów. Poza tym nasz Charlie ostro pracował nosem, odkąd tylko było go na to stać. Nigdy nie robił nic na pół gwizdka, czy chodzi o rozrywkę, czy o faszyzm. Ostatnio chyba trochę zszedł pod ziemię, ale znasz torysów. Raczej nie da rady długo się z tym kryć. Pewnie nawet zacznie szybciej niż ty.

– Dobra – odpowiada Jimmy. – Trzeba improwizować.

– Będzie dużo alkoholu – wtrąca uspokajająco Maria. – Całe litry doskonałych win.

– Aha – mówi Jimmy. – Stary dobry alkohol. Ależ tradycyjnie.

. . .

Maria właśnie zaczyna się zastanawiać, czy nie przeoczyli domu, kiedy zauważa Seana, który stoi z ręką na biodrze i rozmawia z mężczyzną w kasku ochronnym. Obok niego na ziemi leży kamienna tablica z wymalowanymi złotą farbą pisanymi literami: „Seawings". Tablica ewidentnie czeka na powieszenie na jednym z brzydkich słupów z czerwonej cegły, nowo zbudowanych z myślą o ciężkiej bramie.

– Chryste – mówi Maria, zerkając na rozciągający się za nimi dwoma plac budowy. Mężczyzna z czterodniowym zarostem siedzi wysoko za sterami koparki JCB i patrzy w dół. Nagle Maria uświadamia sobie, jak musi wyglądać z góry jej sukienka na ramiączkach. Mocno otula biust rozpinanym swetrem i odpowiada piorunującym spojrzeniem. – To chyba nie tu, prawda? Przecież mówił, że dom jest skończony.

Na podjeździe za koparką chaos: błoto i rusztowania. Na szczycie pochyłości sześciu ludzi dźwiga jakieś płyty. Patio? Obrzeżenie basenu? Tak czy inaczej, jeszcze nieskończone. Wygląda na to, że są przeznaczone nad basen, bo na zrytej trawie stoi gotowa powłoka z niebieskiego szkła akrylowego rozmiarów sześć na trzy metry, wciąż pokryta folią ochronną. Maria domyśla się, że dźwig, który majaczy za murem, sprowadzono po to, żeby opuścić powłokę po wykopaniu dziury. Wszystko jest grą pozorów, nawet najdroższe domy. Oderwij ze ściany pałacu plecionkę obrzucaną gliną, a zobaczysz, że wszystko zbudowano z gruzów. Za gromadą robotników jakiś mężczyzna wychyla się przez okno i maluje metalową framugę jaskrawym odcieniem morskiego błękitu. Serio? W sypialniach ciągle są faceci w zabłoconych butach? I my tu mamy nocować?

– Co on sobie wyobrażał? – pyta.

– Może robotnicy się ociągali – odpowiada Robert. – Nie byłby to pierwszy raz.

Podchodzą do dwójki mężczyzn. Budowlaniec zerka ponad ramieniem Seana i kiwa głową, jakby mówiąc: „Podejdę do państwa za chwilę".

– Przykro mi – odzywa się doskonałą angielszczyzną, ale brak redukcji głosek zdradza, że to dla niego język obcy. – My tylko wykonujemy naszą pracę. Niech pan pamięta, że jeszcze wczoraj pana dom też był pełen robotników. Budowa zajmuje nam dłużej, niż myśleliśmy, bo do wczoraj byli tu pana ludzie, na pewno zdaje sobie pan z tego sprawę. I nie dało się z nimi współpracować. Do dzisiaj blokowali podjazd, więc nie mogliśmy wprowadzić koparki. Dlatego teraz nadrabiamy stracony czas.

Wzrusza ramionami tak mocno, że w ruch idą całe barki. Tym wszystkim mogliśmy się podzielić, mówi ten gest. Słynny napływ

Polaków, myśli Maria. Przekleństwo brytyjskiego budowlańca. Niesamowite, jak szybko wszyscy zapomnieli, ile forsy w poprzedniej dekadzie zarobili na hiszpańskim wybrzeżu. Większość naszych rodaków wyobraża sobie, że Europa powinna działać tylko w jedną stronę.

– Czyli… ile to potrwa? – pyta Sean. – Mam małe dzieci, a lada chwila przyjadą goście.

Kolejne ekspresyjne wzruszenie ramion.

– Umowę mamy do końca soboty. Ale wie pan… im szybciej się uporamy, tym szybciej będzie po sprawie, nie?

Wskazuje ruchem głowy na Marię i pozostałych. Jimmy i Linda już ich dogonili, dzieci zgromadziły się wokół ich nóg, a Joaquin przygląda się gąsienicom koparki, jakby zrobiono je z prawdziwych gąsienic.

– Ci ludzie chyba chcą z panem rozmawiać.

Sean się odwraca. Jest zaróżowiony na twarzy i spocony. Żar z nieba oraz nietypowa dla niego trudność z przekonaniem kogoś do swojego punktu widzenia podniosły mu temperaturę ciała.

– Rzeczywiście. – Podchodzi, całuje kobiety, zostawiając wilgotne plamy na ich policzkach, i ściska dłonie mężczyzn. – Przepraszam za to wszystko. Miło was widzieć.

– Opóźnienie robotników? – pyta Robert.

Znają się od trzydziestu lat, dzielili mieszkanie w Sheffield, nie muszą zawracać sobie głowy czasownikami i zaimkami, gdy rozmawiają.

– Na szczęście nie moich – odpowiada Sean. Odwraca się do polskiego budowlańca, który tymczasem zdjął kask i brudną chustką wyciera pot z jego wnętrza. Jest wysoki i żylasty. Wszyscy tacy są. To zupełna nowość w porównaniu z tłustymi zadkami, do których widoku przywykła przez lata na brytyjskich budowach. – To co, możecie trochę ciszej?

Znów wzruszenie ramion.

– Pan sam jest budowlańcem, prawda? To już nie potrwa długo. Obiecuję. Wszyscy chłopcy… aż się palą do powrotu do Krakowa.

– Przyjedzie pewien facet – mówi Sean. – Dużym samochodem. Pewnie mercedesem. Zabierze pan chłopaków, żeby mógł zaparkować na naszym podjeździe? I nie uszkodzą go?

– Benz! Jasne! Będziemy go traktować jak własny!

– Chodźcie do domu. Simone, nocujesz z Milly i Indią. Chyba nie masz nic przeciwko temu.

Maria widzi, że jej córka przewraca oczami, kiedy Sean bierze walizki Lindy. Potem gospodarz rusza przodem przez ogromną elektryczną bramę, świeżo pomalowaną na czarno. Po obu jej stronach znajdują się tabliczki, na których w przyszłości zapewne pojawią się inicjały nabywcy domu. Do Sandbanks, przedmieścia Bournemouth, które w tajemniczy sposób stało się najdroższą lokalizacją w Wielkiej Brytanii, zaczęły napływać rosyjskie pieniądze – zupełnie jak do każdego zakątka Londynu, skąd można łatwo dojechać limuzyną do Harrodsa – a Rosjanie uwielbiają złote monogramy. Założę się, że są tu również pozłacane kurki, myśli Maria. I prysznice z gigantycznymi deszczownicami. Wygląda na to, że w Seawings robią to samo. Czterdzieści lat temu, kiedy ludzie przygotowywali się na epokę lodowcową i lodowcem miała być cała zatoka Poole Harbour, nikt nie chciał tu nic kupować.

– O, bardzo w stylu Wspólników Jacksona – mruczy pod nosem Robert.

– Ja tu projektowałam wnętrza – mówi z dumą Linda.

– Wiem – odpowiada Maria.

Zaczyna się domyślać, kim może być wspomniany przez Roberta Ktoś na Horyzoncie.

ROZDZIAŁ 10

Zła macocha.

Nie poznaję jej po głosie. Minęło ponad dziesięć lat. A zresztą od tamtej pory coś się zmieniło. Jasne, brzmi niepewnie, nawet nerwowo. Ale to nie to. Głos jej się obniżył. Nie ma już tego skrzekliwego tonu, przez który miało się wrażenie, że zrzędzi, gdy tylko otwierała usta.

– Claire – mówię. Myślę przez chwilę, po czym dodaję odpowiednią grzecznościową formułkę: – Jak się masz?

– Całkiem… dobrze – odpowiada. – Ważniejsze pytanie: jak ty się masz?

Za żadne skarby teraz nie oczyszczę zatkanego nosa. Nie chcę, żeby ktokolwiek wiedział, że płakałam. Skończyłam płakać przez ojca, kiedy przestałam się z nim kontaktować, więc na pewno nie zdradzę przed nikim, że teraz to się zmieniło. A zwłaszcza przed Claire. Nie pamiętam, żebym płakała z powodów innych niż zwykłe dziecięce, zanim nie pojawiła się ona.

– W porządku, dziękuję – mówię ostrożnie.

Znowu chwilę milczy.

– Milly, tak mi przykro z powodu twojego ojca. To musiał być straszny wstrząs.

– Na pewno wiesz, że nie byliśmy ze sobą blisko – odpowiadam, pozwalając, żeby oskarżenia wpisane w te słowa odbiły się echem na drugim końcu linii.

Nie łyka przynęty.

– Wiem, ale mimo wszystko. Na pewno… wiążą się z tym emocje.

– Jasne – mówię. – Dziękuję.

Chyba nie dzwoni tylko po to, żeby złożyć mi kondolencje, prawda?

– Jak Ruby? – pytam.

Ponownie chwila ciszy. A potem:

– Niestety niedobrze. Jest zrozpaczona.

Aha. Znowu czuję dziwny przypływ emocji i mija chwila, zanim rozpoznaję, że to zazdrość. A potem jestem sobą zdegustowana. Nie miałam pojęcia, że wciąż to we mnie siedzi: że ciągle myślę o Ruby i Coco jako o uzurpatorkach, jakbym tylko ja miała prawa do uczuć w tej kwestii.

Myślę o mojej siostrze przyrodniej, o tej obcej osobie zdruzgotanej naszą wspólną żałobą. Piętnastoletniej. Nie wiem nawet, jak teraz wygląda. W moim umyśle, tak samo jak mała zaginiona Coco, jest zatopiona w bursztynie: na zawsze ma trzy lata. Naprawdę nigdy o niej nie myślałam, dorastając. Przeżywając koszmary wieku młodzieńczego, żyjąc ze stratą tak wielką, że aż trudno to sobie wyobrazić. Ona i Coco grały tylko epizodyczne role w moim własnym nieszczęściu. Nie były pełnoprawnymi ludźmi.

– Przykro mi to słyszeć – mówię.

Claire wzdycha.

– To chyba nic dziwnego. Ostatnio rzadko się widywali, ale go kochała.

Czuję kolejne ukłucie żalu nad sobą. Ja kiedyś też.

– Bardzo mi przykro.

– Nie przestaje płakać – mówi Claire. – Jest teraz w swoim pokoju. Próbowałam z nią rozmawiać. Ale… nie wiem, co jej powiedzieć. To trudne. My… twoja matka i ja… Ruby wie, że nie przepadałyśmy za sobą i…

Nie mój problem. Nie mój. Wbiłaś klin między moich rodziców i zabrałaś nam ojca, a potem nagle zaczął opowiadać, że moja matka jest szalona i że nigdy nie był szczęśliwy. I teraz mam ci współczuć, bo nie umiałaś tego poukładać? Nie odpowiadam za świat, który stworzyłaś, Claire. Mam dość trudności z utrzymaniem się na powierzchni we własnym.

– Claire… – zaczynam.

– Nie, posłuchaj, przepraszam. Wiem, że nie chcesz tego słuchać. Ale muszę cię poprosić o przysługę i zdaję sobie sprawę, że proszę o dużo, ale ja nie mogę iść na jego pogrzeb. Po prostu nie mogę. Nie mogę. Nie mogę!

W jej ostatnich słowach pobrzmiewa histeria. Claire jest w panice. Musiała nad tym rozmyślać godzinami, zanim w końcu nabrała dość odwagi, żeby do mnie zadzwonić, a teraz, gdy już zaczęła, rozpaczliwie chce wydusić z siebie prośbę, zanim straci panowanie. Ale ja jej tego nie ułatwię. Ona nigdy niczego mi nie ułatwiała. Chce, bym powiedziała, że nikt tego od niej nie oczekuje, że ją rozumiem, ale nie zrobię tego. Ilekroć jeździłyśmy do taty, była coraz bardziej nadąsana, coraz bardziej nieprzystępna, rzucała mu pasywno-agresywne przytyki, którymi wyraźnie dawała do zrozumienia, że nie jesteśmy mile widziane, że nie ma tam dla nas miejsca. Wiem, że okazał słabość, godząc się na to, ale nigdy nie zapomnę jej zapędów, by tak wyedytować jego życie, żeby nie miało znaczenia nic, co wydarzyło się, zanim ją poznał.

– Więc ja… – kontynuuje – ja nie wiem, co robić. Milly, przepraszam, że cię o to proszę, naprawdę przepraszam, ale ona bardzo chce pojechać…

– Chcesz, żebym wzięła Ruby na pogrzeb?

Kolejna pauza. Claire nie zorientowała się, że jeszcze o to nie poprosiła.

– Tak.

– Aha.

– Przepraszam. Po prostu nie wiem, kogo innego mogłabym poprosić. No i przecież jesteś jej siostrą.

– Przyrodnią – odpowiadam chłodno.

– Tak. Ale ona nie ma już nikogo. – Imię Coco wisi między nami, prowokuje, byśmy wymówiły je na głos.

Nie odpowiadam. W głowie mi szumi.

– Wiesz już, kiedy to będzie? – pyta Claire. – Jesteśmy trochę nie w temacie.

– Jeszcze nie. Koroner musi wydać ciało.

– Czyli dopiero po dochodzeniu?

– Jeżeli znajdą przyczynę medyczną, to wcześniej. Ale chyba trzeba go pochować, a nie skremować, żeby w razie potrzeby mogli go odkopać. To nic. Zawsze chciał mieć duży, krzykliwy nagrobek obok swojej matki w wiosce, w której się wychował. Nie ma lepszej zemsty niż sukces, co?

Claire głośno przełyka ślinę, słuchając surowych faktów i tego, w jaki sposób je wygłaszam. Nie dodaję, że nie będą go też mogli zabalsamować, co oznacza, że mała Ruby nie pożegna się z tatusiem przy otwartej trumnie.

– Zastanowisz się? – pyta.

– Jeszcze nie zdecydowałam, czy sama pojadę – odpowiadam niechętnie.

– Aha – mówi Claire i słyszę, że w jej gardle nabrzmiewa płacz. – To smutne, Milly. Przykro mi. Myślałam, że może byś… Nie wiem. Żadne z jego dzieci nie będzie na pogrzebie? Mogłabym… Nie wiem. A gdybym przywiozła ją do Devonu i poprosiła, żeby ktoś ją odebrał? Ja po prostu… Ja nie mogę. Naprawdę nie mogę.

Brzmi zupełnie inaczej niż kobieta, którą znałam. Chyba już w ogóle nie ma w niej złości, tylko strach.

– Pomyślę o tym, Claire – mówię. – Więcej nie mogę ci obiecać.

Ciężko wciąga powietrze i przestaje płakać.

– Dziękuję – mówi. – Dziękuję. Nie wiem, co robić, to wszystko. Ona płacze i płacze i boję się, że nigdy... – Urywa.

– Dam ci znać, kiedy pogrzeb.

– Dziękuję. Masz mój numer?

– Tak, wyświetlił mi się.

– No tak. Zawsze o tym zapominam.

Rozłączam się, zanim zdąży powiedzieć coś jeszcze. Siedzę pod kołdrą, a mój wzrok błądzi po pokoju. Nie okazałam temu miejscu zbyt dużo serca, odkąd się tu wprowadziłam. Nie przemalowałam nawet ścian po dawnych właścicielach, po prostu postawiłam przy nich meble po babci i poprzybijałam jej obrazki. W mieszkaniu oprócz ubrań jest bardzo niewiele rzeczy, które trafiły tu z mojego wyboru. Może właśnie dlatego poświęcam tyle czasu garderobie, dlatego cenię swoje tatuaże, dlatego chcę się wyróżniać, ilekroć wyjdę za próg. Nawet garnki w kuchni są babcine. Wtedy India wybierała się już na drugą stronę Pacyfiku, więc nie chciała bagażu, a mama skończyła pięćdziesiątkę i miała dorosłe wersje prawie wszystkiego, co potrzebne w domu, dlatego mogłam wybierać. To trochę jak wprowadzić się do umeblowanego mieszkania. Ładnego, z naczyniami kuchennymi Le Creuset, ale jednak – coś jak te domy na sprzedaż, w których się wychowałyśmy. Tyle że każdą wolną powierzchnię pokryłam książkami, nieprzeczytaną pocztą i opakowaniami po jedzeniu, jakbym próbowała ukryć ten fakt. Bardzo dziwne, że dotąd tego nie zauważyłam.

Moje łzy ustały. Jak często bywa po napadach emocji, czuję się zmęczona, ale i osobliwie spokojna. I prawie nie umiem sobie wyobrazić, że takie silne emocje w ogóle mogły zaistnieć albo że kiedykolwiek się powtórzą.

Myślę o Ruby. Tak dawno temu miałam piętnaście lat, że już nie pamiętam, jak to było, jak wyglądał ten okropny, niezrozumiały czas zawieszony między dzieciństwem a dorosłością, kiedy niezależność była w równym stopniu przedmiotem tęsknoty, co czymś wywołującym przerażenie. Świat był wtedy strasznym, ekscytującym miejscem, a dom – takim, które chciało się opuścić. Mama po rozwodzie usiłowała znaleźć swoją osobowość, tata płodził potomstwo w tempie, które według nas było odrażające u kogoś tak starego, a chłopcom rosły dodatkowe ręce. Właściwie nigdzie nie pasowałyśmy, nie miałyśmy takiego domu, gdzie można by przyprowadzać ludzi. A kiedy skończyłam piętnaście lat, stała się ta rzecz z Coco i wtedy anonimowe nieszczęście zmieniło się w całkowitą publiczną izolację.

Moja herbata jest już ledwie letnia. Dopijam ją i wstaję, by zaparzyć następną. Boże, co za rodzina. Na pogrzeb ojca, gdy już się odbędzie, przyjdzie dużo ludzi, jestem tego pewna. To bogaty człowiek, a bogaci ludzie mają władzę. Są lubiani, bo choć skapywanie bogactwa jako reguła dotycząca ogółu społeczeństwa nie działa, to doskonale sprawdza się wtedy, gdy ktoś umie się ustawić obok człowieka z pieniędzmi. Ojciec był czarującym mężczyzną, miał cztery żony i mógł pewnie mieć jeszcze z sześć kolejnych, gdyby tylko znalazł czas. Jego imprezy to były najlepsze imprezy, z najlepszym szampanem i najlepszymi tartinkami, a pogrzeb okaże się taki sam. Ludzie są gotowi wiele zrobić i powiedzieć dużo miłych rzeczy, by powąchać bollingera z dobrego rocznika i skubnąć foie gras z truflami.

Czy w ogóle zauważą nieobecność rodziny? To, że spośród czterech żon i piątki dzieci przyszła tylko ta ostatnia oraz maluch, który nie może uciec? Czy to ma znaczenie? Nie my byłyśmy ważne w życiu Seana Jacksona. Ledwo przystanął, żeby zaczerpnąć tchu po zniknięciu trzeciej córki, zanim rzucił się w kolejne małżeństwo, kolejne nadmorskie apartamenty w Dubaju, żucie grubych hawańskich cygar i poklepywanie się po plecach z uśmiechniętymi politykami. Oczywiście, że na jego pogrzebie będą ludzie. A ja nie mogę zostawić Ruby, by znosiła to sama. By stała sama w tym morzu towarzyskich żałobników. Nie mogę.

ROZDZIAŁ 11

Atak serca. Zawsze wydawało mi się to niepoważną nazwą jak na coś tak groźnego, ale z drugiej strony moje ucho Brytyjki przyzwyczajone jest wychwytywać z odległości tysiąca kroków dźwięk puszczania gazów, więc fakt, że chodzi o przyczynę śmierci mojego ojca, nic tu nie zmienia. Kilka razy czytałam maila od Marii, ale jego sens dotarł do mnie dopiero za czwartym czy piątym razem. Atak serca. Po prostu muszę to nazywać zawałem mięśnia sercowego. Tylko w ten sposób wyda mi się czymś prawdziwym.

Zerkam na maila za każdym razem, kiedy staję w korku, na światłach albo przed małymi rondami na posępnej drodze przez Croydon w kierunku autostrady M23 i „zaniedbanego gospodarstwa rolnego" Claire. Skoro Maria przesłała mi szczegóły, zapewne wysłała je również Claire, ale muszę je sobie uporządkować w głowie, na wypadek gdybym to ja musiała wyjaśnić wszystko Ruby. Spędzimy razem prawie pięć dni, a nie da się w kółko gadać o niczym.

Mieszkają w Sussex, na skraju wzgórz kredowych Downs, niedaleko jednej z tych wiosek, które pozostały urocze dzięki temu, że w całości należały do posiadłości arystokratów. Gdy przez nią przejeżdżam, jestem pod wrażeniem jej piękna: ogródki przed domami uporządkowane nawet zimą, w zasięgu wzroku nigdzie pojemnika na śmieci na kółkach ani przyczepy kempingowej.

Sklep z uroczym oknem ze szprosami, które sprawia, że wygląda jak z obrazów Thomasa Kinkade'a w przyczepach amerykańskiej biedoty; sprzedają w nim pesto i „produkty z lokalnych upraw". Widać, kto tutaj mieszka.

Kupuję tartaletkę z kozim serem i pomidorem, a potem przysiadam na schodkach pomnika poległych na wojnie, żeby ją zjeść. Nigdy nie czuję się na tyle dobrze, żeby jadać śniadania, dlatego umieram z głodu, a nie wiem, na co mogę liczyć przez resztę dnia. Tartaletka z kozim serem i pomidorem. Gdzie się podziały kornwalijskie paszteciki? Przynajmniej nie poszli na całość i nie piszą z francuska *tartelette*.

Siedząc na schodkach, znów wyjmuję wydruk maila, wygładzam go na kolanie i jedząc, czytam. Zastanawiam się, czy ta miła pani, która zaprowadziła mnie do sali oględzin, to ta sama osoba, która przepiłowała mojemu ojcu mostek i otworzyła czaszkę. Pewnie tak. Nikogo nie stać na utrzymywanie patologa na pokaz specjalnie dla odwiedzających. Maria ucięła nazwisko, napisała tylko, że są pewni, że przyczyną śmierci był atak serca – tak rozległy, że nawet gdyby ten ktoś, kto z nim był, wezwał karetkę, nic by to nie zmieniło. To wystarczy, żeby wydać ciało do pogrzebu.

Dochodzenie odbędzie się później. Ciało nie jest do tego potrzebne. Ale kajdanki, poppersy na szafce przy łóżku, ślady kokainy we krwi... To raczej oczywiste, co się stało. Ciekawe, jak czuła się ta kobieta – przynajmniej tego, że była to kobieta, jestem w miarę pewna – kiedy on wił się na pościeli z egipskiej bawełny, i czy zanim uciekła, przeszło jej przez głowę, żeby go odpiąć. Co za śmierć. Co za straszna, samotna śmierć.

Główną ulicą zbliża się powoli mężczyzna. Po dziurach na łokciach kraciastej koszuli oraz po tym, że spodnie ma chyba związane sznurkiem, wnioskuję, że to właściciel olbrzymiego domu w dole drogi. Potwierdza to, kiedy otwiera usta i wylewa się z nich potok samogłosek ledwo spiętych spółgłoskami.

– Zgubiła się pani?

– Nie – odpowiadam miło. – Jem wyborną tartaletkę z kozim serem i pomidorem.

Przygląda mi się badawczo. Domyślam się, że moja spódniczka w tureckie wzory, z falbankami, buty w panterkę i kurtka ze strzyżonej jagnięcej skóry to nie jest ubranie, jakie często się widuje na tej ulicy.

– Grunt, że się pani nie zgubiła. W odwiedziny?

– Niedaleko. Przyjechałam trochę wcześniej, więc robię sobie przerwę. Ładną tu macie miejscowość.

– Dziękuję – mówi, po czym grzmoci laską kępkę paskudnych pokrzyw wyrastających u stóp drogowskazu. – Do kogo w odwiedziny?

– A potrzebuję zgody?

– Tylko pytam.

– Do byłej macochy i siostry przyrodniej.

– Nazwisko?

Unoszę brwi.

– Niech się pani tak nie jeży – uspokaja. – Pytam z ciekawości.

– Jackson. Mieszkają w Downside.

– Tam myślałem. Nie lubimy tu dziennikarzy, wie pani? Dlaczego nie zostawicie tej biednej rodziny w spokoju?

– No… bo zostałam przez nią zaproszona.

– Nie widziałem tu pani wcześniej.

– Fakt. Przyjechałam pierwszy raz.

Rzuca mi kolejne spojrzenie człowieka z prowincji. Przyjechałaś z Tego Londynu, mówi jego wzrok, ale już ja cię znam.

– No to smacznej tartaletki.

– Dziękuję – odpowiadam i odgryzam kolejny kęs.

. . .

Droga przez wioskę prowadzi w dół do bramy dużego domu, a potem skręca w prawo w las i zaczyna piąć się po wzgórzu. To jedna z tych biegnących powoli dróżek, za które ludzie dopłacają, kupując letnie domki. Mimo braku liści na drzewach las jest ciemny i wszechogarniający. Zaskoczyło mnie, że znalazłam tu takie miejsce, miejsce, które wydaje się pradawne. Sussex rzeczywiście jest pradawne, ale wydawało mi się, że atmosferę druidów i wiedźm już dawno stłamsił świat rozprzestrzeniających się przedmieść.

Wyłaniam się na trawiastej równinie graniczącej ze wzgórzami Downs. Droga skręca i prowadzi równolegle do cypla. Po drugiej stronie wzgórza jest morze, rozciąga się stamtąd rozległa panorama w kierunku Francji, ale tutaj ma się wrażenie, że zatopiliśmy się głęboko w centrum kraju. Po prawej mijam farmę. To na pewno gospodarstwo Colbecka wspomniane przez „Daily Mail". Nie takie urocze, szykowne gospodarstwo z oknami pomalowanymi na wysoki połysk, jakie wykupują uciekający z miasta londyńczycy, ale prawdziwa farma ze stosem olbrzymich bel siana owiniętych czarną folią, sięgającym wyżej niż rury kominowe, z fragmentami kilku pojazdów rozsypanymi wzdłuż pobocza oraz cudowną wonią krowich placków. Trzysta metrów dalej szosa kończy się przed bramą. Dalej nieutwardzona droga opada w kierunku linii drzew. Na płocie wisi tabliczka z napisem wypalonym w drewnie: DOWNSIDE. DROGA PRYWATNA.

Zatrzymuję się, żeby pomyśleć. Wysiadam z samochodu i opieram się o bramę. Postanawiam dla uspokojenia nerwów zapalić papierosa. Nie podałam dokładnej godziny przyjazdu, a do zachodu słońca jeszcze dużo czasu, więc jeśli nie ociągać się w taki dzień, to kiedy?

Po prawej ręce mam skrzynkę na listy – autentyczne pudełko, w którym zmieściłyby się ze dwie skrzynki wina. Wieczko jest otwarte, a w środku pusto. Opieram się o słupek i zwijam skręta. Zapalam i patrzę w niebo.

Wciąż nie jestem przekonana, czy to dobry pomysł. Moja matka powiedziała, że tak, India powiedziała, że tak, Maria powiedziała, że dzięki temu „zasłużę na miejsce w niebie", ale łatwo im mówić. Nie je czeka to zadanie. Boję się najbliższych pięciu dni, ale najbardziej – dzisiejszego wieczoru. Claire mówi, że powinnyśmy się poznać, zanim wyruszymy na wspólną wycieczkę, i dostrzegam w tym logikę, ale Boże, to znaczy, że spędzę z nią pierwszy wieczór od dwunastu lat.

Pnie buków pośród mchu porasta cała masa grzybów. To chyba żółciak, ale głowy bym za to nie dała. W zimnym, wilgotnym powietrzu papieros smakuje wspaniale, jak zawsze, kiedy wiadomo, że długo nie zapalimy następnego. Jak znam Claire, to cała jej działka będzie strefą wolną od dymu. Tata celowo zapalał w domu cygara kilka kroków od okna, żeby ją zirytować. W rezultacie zawsze lubiłam ich zapach; dla mnie cygara pachną walką o wolność osobistą.

– A, jesteś wreszcie – odzywa się jakiś głos, więc się obracam.

Sześć metrów ode mnie na podjeździe stoi kobieta. Drobna, chuda, w średnim wieku, ubrana w polar, kalosze i grube dżinsy. Gdybym ją zobaczyła w Londynie, wzięłabym ją za lesbijkę – Boże, błogosław mnie za skłonność do stereotypów – z powodu krótko przyciętych siwiejących włosów i ciepłej kurtki zapiętej pod szyję. Mija kilka sekund, zanim rozpoznaję moją macochę.

– Claire?

– Spodziewałam się ciebie trochę wcześniej – mówi. – Tiberius dzwonił dwadzieścia minut temu, żeby dać znać, że jedziesz. A właściwie to, że po wiosce kręci się jakaś dziennikarka. Zaczynałam myśleć, że zabłądziłaś, że nie zdjęłam łańcucha z bramy albo coś w tym stylu.

– Nie, przepraszam – odpowiadam. – Ja po prostu... – Z zawstydzeniem wskazuję papierosa. Znowu jestem nastolatką.

– O, czyli nigdy z tego nie wyrosłaś?

Rusza w moją stronę i uśmiecha się. A potem jest już przy bramie i nie mogę dłużej się zastanawiać, jak się z nią przywitać. Całujemy się niezręcznie, tylko w jeden policzek, nad górnym prętem bramy, dzięki czemu nie musimy myśleć, co zrobić z ciałami. Jej policzek jest szorstki. Widać, że dla Claire Jackson czasy Crème de la Mer i cotygodniowych zabiegów kosmetycznych dawno się skończyły.

– Wyglądasz świetnie – mówi, mierząc wzrokiem moje ubranie. – Ruby będzie zachwycona. Ale ty zawsze ubierałaś się pomysłowo. Tiberius mało nie zszedł przez ciebie na tętniaka.

– Naprawdę ma na imię Tiberius?

– Strangowie od lat osiemdziesiątych siedemnastego wieku nazywają najstarszych synów imionami cesarzy. Jego ojciec nazywał się Julius, a najstarszy syn to Darius. Krążą słuchy, że trzeba mu było wybić z głowy imię Khosrow.

Odpina haczyk bramy i otwiera ją szeroko. Brama jest stara, ale w dobrym stanie: naoliwiona i mocno osadzona na słupku, tak że nawet nad poboczem nie trzeba jej ciągnąć siłą.

– Zapraszam – mówi Claire.

. . .

Jedziemy moim samochodem do jej domu. Między drzewami dróżka znów skręca pod górę. Claire mówi, że to dla zapewnienia większej prywatności. A potem wyjeżdżamy na pole i jestem oszołomiona. To wszystko takie… nie w jej stylu. To znaczy nie tej Claire, którą pamiętam. Ale oczywiście wtedy mieszkała w domach mojego ojca. Widzę dużą wiatę, pod nią stoi stos bel siana oraz kilka kubłów na śmieci, a dalej, za płotem, są dwa wybiegi. Na jednym osioł i dwie kozy patrzą na nas z ciemnego wnętrza zagrody; na drugim dwie uśmiechnięte świnie rasy Tamworth taplają się w błocie przed miniaturowym blaszanym barakiem o półkolistym kształcie. Stado rozgdakanych kur ucieka, machając skrzydłami, gdy brnę między nimi. Pędzą do dużego ogródka warzywnego, który w tej chwili nie bardzo ma się czym pochwalić, nie licząc jarmużu, wczesnej odmiany brokułu oraz kilku ostatnich główek kapusty.

– To takie miłe z twojej strony – mówi Claire. – Jestem ci bardzo wdzięczna.

Próbuję wymyślić, co powinnam odpowiedzieć. Zwyczaj nakazywałby zbagatelizować to wszystko jako nic wielkiego, samą przyjemność, ale jeszcze do tego nie dojrzałam.

– Nie przejmuj się – mówię.

– Wyraźnie się uspokoiła, odkąd powiedziałaś, że ją weźmiesz. Twoja zgoda bardzo pomogła.

– Cieszę się.

Niezbyt to rozumiem. Trudno mi sobie wyobrazić mniej porywającą perspektywę niż pójście na pogrzeb z kimś obcym. No, ale proszę. Różni są ludzie.

– Wiesz, ona cię pamięta.

Czerwienię się. O Boże, jakie my byłyśmy dla nich okropne.

– Ojej.

– Nie, spokojnie. Nic się nie martw. To także jedno z niewielu jej wspomnień o Coco. Chyba z plaży Studland. Mówi, że popłynęła tam łódką, czyli pewnie promem łańcuchowym. Właściwie to jest dość dziwne wspomnienie. – Claire się śmieje. – Kiedy się nad tym zastanawiam, dochodzę do wniosku, że może to wcale nie wspomnienie.

– Jak to?

– Mówi, że znalazłaś meduzę i ukroiłaś kawałek, jakby to było ciasto.

Nagle przypominam sobie bardzo wyraźnie. To było dzień przed tą straszną kłótnią z tatą, po której wróciłyśmy do Londynu i urządziłyśmy w domu imprezę, bo mama była u babci w Szkocji.

Zresztą gdyby nie Coco, pewnie nikt by nas nie nakrył; przecież nigdy nie porównywali swoich wersji wydarzeń. A tak zostałyśmy na cały miesiąc bez telefonów, kasy i z zakazem wychodzenia z domu, podczas gdy ekipy poszukiwawcze przeczesywały wybrzeże Purbeck, a flotylle łodzi z wyspy Wight sprawdzały morze. Ostatni raz, gdy widziałam Coco. Kolejna rzecz, o której zapomniałam. India znalazła na plaży jakichś chłopaków i wylądowałyśmy na łódce mieszkalnej nawalone na maksa. Poszłam sobie z jednym takim Joshem, na którego miała oko India, ale byłam taka napruta, że nawet nie pamiętam, czy się z nim pieprzyłam. Jezu, jako nastolatce wszystko uchodziło mi na sucho.

– O tak! – mówię. – Pamiętam! To było miłe popołudnie.

– Aha. Szkoda, że nigdy nie poznałyście się na dobre.

A czyja to wina? – myślę i nic nie odpowiadam.

Mijamy kilka rzędów nagich tyczek fasoli i moim oczom ukazuje się dom. Kolejne zaskoczenie. Nie tego spodziewałabym się po domu Claire. Jest przysadzisty, zbudowany z czerwonej cegły, wygląda tak, jakby zrobiono go z kilku chatek robotników rolnych. Przed domem pordzewiały datsun, minitraktor, różne rzeczy, które można do niego podpiąć, oraz kilka szop. Zbiornik na olej wielkości mojej sypialni bez entuzjazmu przysłonięty treliażem i chyba bezlistną winoroślą. Połać nierównego trawnika upstrzonego wczesnymi krokusami, donice zimowych bratków po obu stronach drzwi frontowych oraz garstka marnych wiszących koszy.

– No to jesteśmy w domu – mówi Claire. – Obawiam się, że nie oglądasz go w najlepszej porze roku.

– Spokojnie – odpowiadam. – Po Clapham North wszystko wygląda luksusowo.

Claire, którą znałam, nie pozwoliłaby, żeby jej przestrzeń życiową zaśmiecał jakikolwiek żywy organizm bardziej chaotyczny niż pojedyncza biała orchidea. Wtedy w stu procentach liczył się naturalny kamień i misy tybetańskie feng shui. Choć z drugiej strony, w przypadku mojej matki też nikt nie zorientowałby się, że przytulny domek z perskimi dywanami i poduszkami w oknach, który urządziła sobie z Barneyem w Sutherland, należy do tej samej kobiety, która wyszła za mojego ojca.

. . .

Jest również pies. Duży żywotny, czarny labrador wystrzeliwuje przez drzwi frontowe, jakby nie widział Claire od wielu dni. Tańczy wokół jej kaloszy, dysząc i merdając ogonem, a potem podchodzi do mnie, podnosi łeb i po prostu opiera mi się o nogę.

– To jest Błonnik – mówi Claire. – Lubi się opierać.

Błonnik szeroko się do mnie uśmiecha, a potem jeszcze szerzej, kiedy czochram go za uchem.

– Cześć, Błonnik – mówię.

– Mam go na włamywaczy i dziennikarzy – mówi Claire, szturchając go kolanem. – Uważam, że zawsze warto mieć w domu kogoś, kto ich przywita i zaprosi na herbatę. Wejdź.

Nadproże jest podniszczone, a wewnątrz panuje raczej półmrok. Mimo że dzień szary, Claire przechodzi obok włącznika światła, jak gdyby w ogóle nie istniał, i lawiruje korytarzem. Musi lawirować, bo droga jest pełna pudełek. Są one jednak inne niż kolekcja kartonów Toma; to nie opakowania po xboxie, które ktoś zapomniał wyrzucić, ale starannie zalepione i ustawione jedno na drugim pudła. Widzę, że sam korytarz jest dość przestronny, ale trasa z posadzką z kamiennych płyt ma niecały metr szerokości i skręca w połowie. Pudełka piętrzą się po obu stronach. Pudełka i takie plastikowe skrzynki, które kupuje się w sklepach „wszystko za funta", a gdzieś pod spodem parę stolików i krzeseł, kilka dywanów zwiniętych i ustawionych na stosie pod ścianą, psie miski, kolekcja kaloszy tak duża, jak gdyby się tam rozmnażały, na samym wierzchu zaś sterty płaszczy i szalików jakby przypadkiem rzuconych na pudła. Jest ich dosyć, żeby odziać całe schronisko dla bezdomnych, i żaden nie nadaje się do noszenia nawet w miejscu publicznym takim jak wioska.

– Wybacz rozgardiasz – mówi Claire od niechcenia, jakby chodziło o kilka filiżanek po kawie i parę butów. – Mamy tu małe porządki.

Wcale nie, myślę. Sama zawsze mówię to samo, kiedy już muszę przyjąć kogoś u siebie. „Właśnie robię porządki. To ten etap, kiedy jest gorzej, zanim będzie lepiej. Zaniosę te książki, buty, paski i torebki do sklepu charytatywnego". I wszyscy wiedzą, że to nieprawda, ale robią dobrą minę do złej gry, bo zdają sobie sprawę, że nigdy się nie zmienię.

Ja także robię dobrą minę do złej gry.

– Nie przejmuj się – mówię. – Powinnaś zobaczyć, co się dzieje u mnie. – Bo tak właśnie mówią wszyscy do mnie, kiedy obchodzą łukiem kolekcję pustych butelek po winie i zbierają na kupkę moje ręczniki kąpielowe, żeby zrobić sobie miejsce na kanapie.

Po drodze zerkam do pokoju dziennego i jadalni. Między pudłami zostawiono trochę przestrzeni, żeby dało się dojść do drzwi. Ściany jadalni obstawione są regałami, a regały – słoikami: od wielkich słoików Kilnera aż po malutkie, w których kiedyś musiał być kawior. Każdy ma staranną etykietkę, a każda etykietka opisana jest czarnym markerem. Są ich całe rzędy: „pomidory", „papryka", „zielona fasolka", „cannellini", „fasola limeńska", „kwaszona kapusta", „chutney", „rabarbar", „agrest", „galaretka z czerwonej porzeczki" – tych jest co najmniej ze dwadzieścia – „jabłka duszone", „pieczarki". Od kąta do kąta, od podłogi do sufitu. Dostrzegam wnętrze jednego z kartonów, który ma uchylone wieczko. W nim również pełno słoików. Claire najwyraźniej szykuje się na apokalipsę zombie. Ale przynajmniej w zorganizowany sposób.

– Przepraszam – rzuca. – Nie mogę znieść, jak coś się marnuje. Myślałyśmy, że sprzedamy to na targu, ale… no cóż. Uznałam, że może w tym roku pozwolę ziemi odpocząć. Wiesz, uprawa w stylu Jethro Tulla. Staram się nie używać zbyt dużo chemicznych nawozów, więc odpoczynek pewnie by się jej przydał. Zbieram odchody osłów i to, co wygarnę z kurników, wszystko przerabiam na kompost, ale… ostatecznie pewnie nie wystarczy.

– A świnie?

– O nie, do warzyw się nie nadaje. Przez pasożyty.

– Wygląda na to, że spokojnie przetrwasz cały rok na tym, co masz – mówię wyrozumiale.

Claire obraca się i patrzy na swój korytarz jakby całkiem świeżym wzrokiem.

– Chyba rzeczywiście. Ojejku. Chodź, napijesz się herbaty. Albo drinka. Masz ochotę na drinka? Po długiej jeździe?

Chciałabym drinka. Bardzo. Ale myślę, że lepiej zacząć powoli. To będzie długie kilka dni.

– Poproszę herbatę – odpowiadam.

– Zostało mi sporo wina agrestowego – mówi. – I rabarbarowego, i jeżynowego, i bzowego.

Żyje z płodów ziemi na całego, nie ma co. Nie mogę uwierzyć, że to ta sama kobieta. Ta, którą znałam, przeżywała szok, kiedy złamała sobie paznokieć. Teraz dłonie ma szorstkie i czerwone, a paznokcie przycięte do samego ciała.

– W ogóle coś kupujesz? – pytam.

– Jak najmniej – odpowiada. – Wiesz, we wszystkim tyle chemii. I dodatków. Barwników. Nawet, wydawałoby się, w najprostszych produktach. Masz pojęcie, że w chlebie ze sklepu jest pełno innych rzeczy? Najchętniej hodowałabym własną pszenicę, ale nie da rady. Zamawiam organiczną mąkę i same pieczemy chleb. Nie pozwolę, żeby Ruby miała kontakt z tymi rzeczami.

Zatrzymuje się u stóp schodów i woła w górę:

– Ruby! Milly przyjechała!

– Mila – mówię. – Teraz używam imienia Mila.

– O! Od kiedy?

– Od czasów uniwersytetu.

To niezupełnie prawda. Zmieniłam imię przed pójściem na studia, a potem w końcu nigdy na nie nie poszłam. Jak na mój gust w prasie przez lata za dużo było wzmianek o „siostrze Coco, Milly". Poza tym Milly są porządnickie. Mają pokrowce na biżuterię i układają bieliznę według koloru. Pracują w human resources i aspirują do zamieszkania w Tunbridge Wells. Mając imię takie jak Milly, możesz albo je zmienić, albo porzucić wszelką nadzieję.

Słychać ruch gdzieś w dalekiej części domu. Po schodach niesie się ciche:

– Idę!

– Zrobię herbatę – mówi Claire. – Może sobie usiądziesz w pokoju dziennym, a ja przyniosę?

– Jasne – odpowiadam.

– Miętowa – dodaje. – Może być? W lodówce mam imbirową, jeśli wolisz.

Zastanawiam się, czy nie za późno zmienić zamówienie i poprosić o kawę. Potem myślę o dodatkach i uznaję, że nie ma szans, by były w tym domu.

– Miętowa będzie super – mówię, po czym zaczynam rozmyślać, jak szybko mogę udać, że muszę zatankować, i skoczyć na stację benzynową.

Wchodzę do pokoju dziennego. Niskie sufity, wyblakły dywan, który kiedyś miał kwiatowy wzór, dwie kanapy w kwiatki oraz jeden fotel. Błonnik wskakuje na tę ładniejszą, stojącą bliżej kominka, który pali się i jest jedynym wyczuwalnym źródłem ciepła w domu. Wyciąga się wśród poduszek i wzdycha.

Tu nie ma zapasów żywności, ale nie licząc miejsc do siedzenia, pokój jest pełny po sufit. Kolejne regały, tym razem wyładowane pamiątkami i bibelotami. Muszelka, piórko, kawałek drewna wybielonego solą. Pluszowy miś, para maleńkich różowych bucików, puchar z okazji chrztu, maskotka My Little Pony. I inne, dziwniejsze rzeczy. Kubek z dzióbkiem. Łyżka i popychacz do jedzenia z czerwonymi plastikowymi uchwytami, wykonane z myślą o małych rączkach. Gumka do włosów z malutkimi pandami. Kilka klocków z alfabetem. Trochę lego. Okulary przeciwsłoneczne dla niemowlaka. Maleńki kapelusik. Wiem, co to jest. Na stoliku przed regałami pali się kościelna świeca na spodku, jedna z tych piętnastocentymetrowej grubości świec starczających na tydzień, otoczona fotografiami w ramkach. Zdjęciami Coco.

Ściany również są nimi pokryte. Coco uśmiechnięta, Coco wśród gwiazdkowych opakowań na białym dywanie na zimnej kamiennej podłodze, Coco na plaży, Coco i Ruby identyczne, ubrane w zwiewne sukienki, jakie Claire wkładała im wtedy przy każdej okazji, Coco w nadmuchiwanym kole ratunkowym obok brodzika, Coco w czapce z pomponem na szczycie zjeżdżalni, Coco i Ruby jako niemowlęta splecione w łóżeczku tak jak niegdyś w łonie matki. Koślawe dziecięce rysunki – nierówny kwiatek, bazgroł, ludzik z kresek – oprawione w złoto i przykryte szkłem niczym cenne dzieła sztuki.

Ten pokój to kaplica.

Słyszę, że ktoś idzie na piętrze nad moją głową, a potem zbiega po schodach. Mam dziwne poczucie winy, wpatrując się w te symbole straty Claire, plastikowe badziewie, które dawno temu powinno się wyrzucić. Podchodzę do kominka i przykucam, żeby pogadać z psem w oczekiwaniu na pojawienie się mojej siostry.

ROZDZIAŁ 12

2004 | czwartek | Simone i Milly

Pierwszy raz marzyła o Seanie, gdy miała siedem lat, i od tego wspomnienia nadal czuje dreszcze. Właściwie wtedy to jeszcze nie było marzenie w porównaniu z tym, co nastąpiło potem, kiedy hormony i wiedza zaczęły kształtować jej mózg. Ale ten pierwszy raz – ten dreszcz, gdy poddawała mu się w myślach i gdy obejmowały ją jego wyimaginowane ramiona – na zawsze pozostanie na dnie jej umysłu.

A on nawet nie wie, że istnieję, myśli. Odpicowałam się, a on ledwo na mnie spojrzał. Nienawidzę mojego wieku. To z jego powodu on mnie nie widzi. Nie widzi, że zrobiłabym dla niego wszystko. Wszystko. A to Wszystko, które mi powierzono, polega na zabraniu dzieci na plażę, żeby jego rozpieszczona żonka mogła sobie odpocząć.

Patrzy wzdłuż piasku. Milly z Indią wzięły bliźniaczki i Joaquina. Zebrali się wokół czegoś leżącego na plaży. Tiggy i Inigo Orizio kolebią się na skraju wody, trzymając się za ręce, i odskakują w szoku za każdym razem, gdy malutka fala – raczej ślad po przepływających statkach niż prawdziwa fala, bo Poole Harbour w pełni lata to bardziej jezioro niż morze – przelewa im się przez stopy w plastikowych sandałkach. Tiggy ma wokół pasa nadmuchiwane koło ratunkowe, a Inigo rękawki. Nic im nie będzie. Wejście zbyt głęboko zajęłoby im tyle czasu, że dużo wcześniej można by postawić na nogi straż przybrzeżną. Fred siedzi nieopodal i za pomocą blaszanej łopatki pracowicie zakopuje sobie nogi w piasku.

Simone kładzie się na plecach z *Harrym Potterem*. Nie czyta. Rzadko czyta, ale udając, że to robi, sprawia wrażenie mniej samotnej. Bardzo chciałaby popływać, ale zanadto przykłada się do swej pracy i nie chce zostawić trójki dzieci, które jakimś cudem wylądowały pod jej opieką, podczas gdy dwie pozostałe dziewczyny zajmują się wyłącznie własnymi siostrami. Bikini, to w drobną różową kratkę z dwoma lśniącymi guzikami między piersiami, które wybrała tak starannie, kiedy dowiedziała się, że tu jedzie, nawet się nie zamoczyło. Ale ze mnie idiotka, myśli Simone. Ja o nim marzę, a jemu wydaje się, że jestem tylko dzieckiem. Muszę przestać. Ma nową żonę. Nie było szans, żeby taki mężczyzna zaczekał.

Och, ale gdybym ja miała jego dzieci… nie szukałabym ludzi, żeby mnie od nich uwolnili. Byłyby czymś najcenniejszym w moim świecie, a nie kłopotem, z którym trzeba się uporać, zatrudniając personel. Nie każda kobieta jest stworzona do kariery jak Maria. Ja nie chcę kostiumów, telefonów BlackBerry i funduszy reprezentacyjnych. Chcę mieć dom. Dom, który będzie mój i w którym będzie wzrastać moja miłość.

Myśli o Claire. O jej pasemkach, idealnym manikiurze i podejrzanie nieruchomym czole, choć skończyła dopiero trzydzieści trzy lata. Nienawidzę jej, myśli. Nie tylko dlatego, że ma coś, co powinno należeć do mnie, ale dlatego, że po prostu jej nienawidzę. Ma moje życie. Życie, które powinno być moje, kiedy dorosnę, i nawet tego nie docenia.

. . .

– Widziałaś, w co ona się ubrała? – pyta India.

Joaquin w nagłym przypływie chłopięcej energii pobiegł na wydmy, co bardzo się przydaje, kiedy chce się trochę pomędzić.

– Trudno przeoczyć – odpowiada Milly.

– Ciągle jej nie przeszło z tatą.

Milly śmieje się wrednie.

– Boże święty. Normalnie jak można być tak żałosnym?

– Coś obrzydliwego. Jakby nie rozumiała, ile on ma lat.

Pięćdziesiąt, co dla nich obu jest czymś odległym niczym księżyc. Już same bliźniaczki to dla nich nienaturalne zjawisko, dowód, że ojciec i Claire uprawiali nienaoliwiony starczy seks. Myśl, że ktoś z ich wspaniałego pokolenia mógłby w nim widzieć cokolwiek poza obiektem współczucia, przyprawia je o dreszcze.

– Ale ona jest dziwna – mówi Milly. – Zawsze była. Małe kaczątko tatusia. Chyba nie myślisz, że ona naprawdę… no wiesz…

– Smętna Simone? Proszę cię! Jest dziwaczna, ale nie aż tak.

– Nie, masz rację. Poza tym raczej nie jest, no wiesz, seksowna, prawda?

– Straszny chudzielec.

– I te jej włosy jak strąki. Wiszą na plecach jak wodorosty.

– Myślisz, że kiedyś się z kimś całowała?

– Oszczędza się dla naszego tatusia – odpowiada Milly, a potem obie tarzają się w piasku i udają, że mają mdłości.

Coco szturcha patykiem meduzę. Ruby, wieczna naśladowniczka, siedzi i patrzy. Claire znowu ubrała je jednakowo, jak dwie laleczki, w kostiumy kąpielowe z riuszkami, elastyczne spódniczki i różowe bawełniane kapelusiki. Skórę mają białą od kremu z filtrem 50. Fajne maleństwa, myśli Milly. To nie ich wina, kto jest ich matką.

Coco patrzy na nią z zainteresowaniem.

– Co to? – pyta.

Są natomiast lekko tępawe, dodaje w myślach Milly. W tym wieku już powinny chyba czytać albo coś.

– To meduza – mówi. – Meduza. Zobacz, jest jak galaretka.

Szturcha martwe zwierzę palcem u nogi i myśli sobie: właściwie to wcale nie jak galaretka. Nie dygocze, jest raczej jak z gumy.

– Rybka! – woła Ruby i wysoko podnosi rączki.

– Rybka – mówi India.

– O której mamy wracać? – pyta Milly.

– A kogo to obchodzi? Jak chcą darmowe opiekunki, to dostają darmową jakość.

– Płacisz grosze, to cierp?

– Żeby nam jeszcze płacili. Ale jestem wkurzona! Widać, że stary dziad się nas nie spodziewał. Więc teraz wykorzysta nas jako personel, żeby razem z Claire mogli się nawalić. Szczerze mówiąc, może się pieprzyć.

Milly stęka coś w odpowiedzi.

– Mam ochotę wrócić do Londynu – mówi India.

– Oj, daj spokój, nie jest aż tak źle.

– Chrzanić. Ubawu tu raczej nie będzie, co? Kupa starych nadętych facetów chlających brandy. Jeżeli Charlie Clutterbuck znowu będzie się do mnie przystawiał, chyba się porzygam.

– On jest niegroźny – odpowiada Milly. – Za to ten nowy, Jimmy… co do niego w ogóle nie mam pewności.

– Ćpun – stwierdza fachowo India. – Źrenice jak kropeczki.

– Nie!

– A ta jego żonka? Co to ma być?

– Całkiem ładna – mówi Milly.

– No, może jeśli ktoś gustuje w takim czymś – odpowiada India. – Jak dla mnie, trochę za bardzo typ „córeczka tatusia". Założę się, że w łóżku gada jak bobas.

– Masz obsesję na punkcie seksu – stwierdza Milly.

– Przyganiał kocioł garnkowi. Nie żebym w ten weekend

miała na co liczyć – mówi India ponuro. A potem zauważa trzy chude sylwetki zbliżające się plażą i rozpogadza się. – Oho! Może za wcześnie się martwiłam!

. . .

Simone słyszy śmiech i podnosi wzrok znad książki. Siostry Jackson przyciągnęły kilku chłopców. Jest ich trzech, mają ogorzałą skórę, a rozjaśnione słońcem loki wpadają im do oczu, kiedy oglądają coś na piasku. Jeden, najwyższy, grzebie w kieszeni surferskich szortów do kolan – równie przydatnych na tym skrawku wybrzeża jak sieć na rekiny – i podaje Milly przedmiot, który gdy dziewczyna otwiera ostrze, okazuje się szwajcarskim scyzorykiem. Bliźniaczki zadowolone siedzą obok siebie z wyprostowanymi nogami i palcami stóp wycelowanymi w niebo. Brat przyrodni Simone kołysze się na piętach, z podnieceniem wymachując rozczapierzonymi dłońmi w ten swój głupi sposób.

Zaciekawiona Simone zostawia Freda i podchodzi wolnym krokiem. Milly widzi to, robi minę, a potem udaje, że jej nie zauważa. Nie lubią mnie, myśli Simone po raz stutysięczny. Nigdy mnie nie lubiły. Jakby były wobec mnie podejrzliwe. Nieważne, co zrobię, i tak odwracają się plecami, gdy tylko zauważą, że idę. Nawet w dzieciństwie było tak samo. Ciekawe, czy wiedzą, że wiem, jak mnie nazywają. Smętna Simone. Rzep. Mała Syrenka. A w tym roku Szlamone. Pewnie nie. Pewnie nie przyjdzie im nawet do głowy, że jeśli kogoś nie widzą, to jeszcze nie znaczy, że go tam nie ma.

Dociera do grupy i dostrzega przedmiot zainteresowania. To meduza wielkości talerza, głębokowodne zwierzę, które morze przyniosło Bóg wie skąd. Piękne na swój sposób: białe, półprzezroczyste, z jaśniutkoróżowym wewnętrznym kręgiem. A India rozkroiła je nożem. Jak ciasto.

– Patrzcie – mówi. – Ma bąbelki powietrza. To pewnie dzięki nim pływa. Skąd one tam biorą powietrze?

– Pewnie takie się rodzą – mówi jeden z chłopaków.

– Tak, ale kiedy rosną, potrzebują go więcej. Nie rozumiesz? Skąd je biorą?

– Jesteście pewni, że nie żyje? – pyta Simone.

Jeden z chłopców podnosi głowę, mierzy ją wzrokiem i uznaje, że nie jest fascynująca.

– Teraz już tak – odpowiada, po czym patrzy na Milly ochoczo, niemalże łapczywie. – Poza tym nic nie czuje. Meduzy nie mają mózgów. To jedyne bezmózgie zwierzęta.

– No, nie jedyne – rzuca Milly, znacząco patrząc na Simone, po czym cała grupa parska śmiechem.

Simone czuje, że palą ją policzki.

– To jest Simone – mówi India, a w jej głosie znów słychać nutkę żartu. Żartu, do którego Simone jak zwykle nie została dopuszczona.

– Cześć, Simone – mówi najmłodszy z chłopców, a ona ponownie wyczuwa wśród nich wesołość.

Odsyła swoich podopiecznych, żeby dołączyli do reszty, a potem idzie popływać. Płynie pod prąd przez dwadzieścia metrów, powtarzając w kółko swoje codzienne mantry. To już niedługo. Niedługo. Nie potrzebuję przyjaciół. Nie potrzebuję ich aprobaty. Nie potrzebuję przyjaciół. Potrzebuję tylko Seana. Czas, czas, czas. Potrzebuję tylko, żeby minął czas. Pewnego dnia to wszystko będzie za mną.

Nikt nie wierzy w miłość tak jak ja. Gdybym im powiedziała, śmialiby się ze mnie. Myślą, że kiedy ma się piętnaście lat, a co dopiero siedem, nie zna się własnego umysłu, ale ja zawsze go znałam. Po prostu wiedziałam. Tak samo jak wiedziałam, jak jeść i oddychać. Wiedziałam to wtedy i wiem to teraz. A jeśli poczekam, poczekam, poczekam, pewnego dnia on też będzie to wiedział.

. . .

Wychodzi z morza, dysząc ze zmęczenia, i ubiera się powoli, przykładając wagę do szczegółów, bo wkrótce przyjdzie pora wracać do domu. Przyniosła dużą torbę plażową ze wszystkim, co jej potrzebne. Podskakując w miejscu, lepka od wody i soli, wbija się z powrotem w białe szorty i ponownie wiąże bluzkę nad brzuchem. Wciera w każdą kończynę krem do ciała, lawendowy – słyszała, jak on kiedyś wołał, że zakochał się w zapachu południa Francji, gdy miał dziesięć lat – i upewnia się, że erodujący piasek nie uszkodził jej lakieru na paznokciach u stóp. Rozpuszcza włosy, które do pływania związała w kok, i rozczesuje powoli, powoli, dodając nieco serum, żeby lśniły i falowały, opadając na ramiona i plecy. Wyjmuje lusterko, żeby sprawdzić wodoodporność tuszu do rzęs. Lekko smaruje usta jasnobrązową szminką. Dopiero kiedy kończy i pakuje rzeczy do torby, dociera do niej, że śmiech, który słyszy z głębi plaży, to śmiech z niej.

. . .

– Jezu, patrzcie na nią. Jeszcze trochę i zacznie sobie perfumować cipkę.

Chłopcy śmieją się niezręcznie. Są dość prości w porównaniu z gośćmi, których Milly i India spotykają w Camden Town: to pewnie kwestia różnicy między Londynem a Salisbury, skąd pochodzą. Ale to chłopcy, a najstarszy z nich, dziewiętnastolatek Josh, jest całkiem niezły, nawet jeśli trochę patykowaty.

India rozciąga się w swoim bikini, z przebiegle beztroską miną prezentując piersi. Przy niej Milly czuje się dość młoda i nieporadna. Rok temu India na dwa ostatnie lata szkoły przeniosła się do Camden i od tego czasu wystrzeliła naprzód. Sama nie wiem, czy jestem już gotowa na dorosłe rzeczy, myśli Milly. Tylu nowych ludzi, którzy pewnie chodzą do nocnych klubów od lat. Chyba powinnam trochę się wprawić, ale... właściwie nie wiem, co robić z chłopakami. Nie są interesujący w taki sposób jak dziewczyny.

W głowie im tylko piłka nożna i szpan. Miała parę przygód na imprezach, bo to obciach nie pokazać, że się z kimś liżesz i macasz, ale faceci wydali się jej niezdarni i nieseksowni, skórę mieli szorstką, a palce drętwe. Kiedy spotkam kogoś, kto mi się spodoba, będzie w porządku, myśli. Po prostu jestem bardziej wybredna niż India. Ona właściwie nigdy nie kaprysi. Śmieszne. Zwykle to ja chcę fikać, łamać zasady i tylko patrzę, dokąd zaprowadzi mnie przygoda, ale gdy chodzi o chłopaków, wydaje się, jakby dzieliło nas dziesięć lat.

– To co tu można robić wieczorem? – pyta, zerkając na Josha znad okularów przeciwsłonecznych.

ROZDZIAŁ 13

Opisując nastoletnie dziewczęta, ludzie często posługują się metaforami zwierzęcymi. Nic dziwnego: na widok długich nóg i dużych oczu trudno nie myśleć o sarnach czy kotach. Grupka szesnastolatek ubranych w halkowe sukienki i kołyszących się na niebotycznych obcasach, które pojawiły się na pokazie w pewnej galerii, gdzie byłam ostatnio, skojarzyła mi się właśnie ze stadkiem żyraf w Serengeti.

Ruby wygląda jak roczny źrebak. Roczny źrebak rasy Clydesdale. Ze stukotem wchodzi do pokoju na nielichych koturnach, zatacza się, zatrzymuje, parska i odrzuca grzywę. No dobra, parskanie zmyśliłam, ale reszta to prawda. Kiedy widzi, że jestem sama, na moment wpada w panikę, lekko się cofa i wykonuje niezdarny krok do gawota.

– O – mówi. – Cześć.

Prostuję się i wstaję. Góruje nade mną. W tych butach ma dobrze ponad metr osiemdziesiąt wzrostu.

– Cześć – odpowiadam.

Rzuca mi niepewny uśmiech, pokazując gruby aparat ortodontyczny na górnych i dolnych zębach, dokładnie taki sam, jaki musiałyśmy ścierpieć Indy i ja, tylko że jej ma niepokojący odcień basenowego błękitu.

– Jesteś Milly.

– Jestem.

– Wyglądasz… inaczej.

– Ty też.

Mało powiedziane. Kiedy widziałam ją po raz ostatni, ledwie sięgała mi do pasa. Wtedy obie były karłowatymi chochlikami o ustach jak łuk Kupidyna i miękkich blond włosach, których kosmyki ciągle wpadały im do wielkich niebieskich oczu. Serio, Coco stanowiła dla brukowców wymarzoną ofiarę porwania. Uosabiała wszystkie fantazje białych ludzi, do których już się nie przyznają, o tym, jak mają wyglądać ich dzieci. Nigdy w życiu nie przyszłoby mi do głowy, że jeden z tych niesamowitych klonów w przyszłości będzie wyglądał właśnie tak. Najwidoczniej zresztą nie wyobrażali sobie tego także artyści specjalizujący się w postarzaniu portretów, którzy przygotowali plakat z trzynastoletnią Coco na dziesiątą rocznicę jej zaginięcia.

Na takie jak Ruby mówi się: kawał dziewczyny. Mierzy prawie metr osiemdziesiąt, na ramionach mogłaby dźwigać belki na budowie, a dłonie i stopy pokazują, że raczej jeszcze nie przestała rosnąć. Może w dzieciństwie były podobne do matki, ale teraz nie ma wątpliwości, w kogo wdała się Ruby. A włosy ma czarne. Oczywiście to czerń syntetyczna, jest też prosto przycięta grzywka i różowe – jaskraworóżowe niczym w gabinecie ginekologicznym – końcówki opadające na ramiona. Dziewczyna ma bladą skórę – nie bladą jak śnieg, ale jak wyrośnięte ciasto – pokrytą warstwą niezdarnie nałożonego podkładu oraz dziecinnie pulchne policzki. Usta pozostały jednak takie same: to idealny łuk Kupidyna uderzająco kontrastujący barwą z resztą twarzy. Nad butami na koturnach ma czarne legginsy, czarną sukienkę z dżerseju oraz zapinany sweterek, który musiał kosztować na Etsy ładne parę funtów, bo jest gęsto pokryty drobnymi naszywanymi różyczkami z krepy. Poruszając się, Ruby grzechocze.

Ma z kilkanaście bransoletek na rękach, kilka na kostkach u nóg, cztery czy pięć naszyjników, sześć kolczyków w uszach i jeden w nosie. Oczy, wciąż niebieskie, obrysowała chwiejną kreską czarnego eyelinera. W sumie: nie lada widok. Z miejsca jestem nią zachwycona.

Niepewnie stoi w drzwiach. W końcu mówi:

– Dziękuję, że przyjechałaś.

– Nie ma za co – odpowiadam. – Ostatecznie chyba tylko my dwie to rozumiemy, no nie?

Jej broda drży i widzę, że z Ruby na pewno nie jest dobrze. Że umalowała się ze względu na mnie, by ukryć, że oczy ma zaczerwienione, a górną część policzków szorstką od słonych łez. Och, biedne dziecko, myślę, i nagle sama mam ochotę się rozpłakać. Mila, nie, mówię sobie. To ty tu jesteś dorosła.

– Jak się dowiedziałaś? – pytam.

– Zadzwoniła moja matka chrzestna, Maria.

– Ruby, tak mi przykro…

Na jej szyi, pod wisiorkami, pojawia się czerwona plama. Dziewczyna przestępuje z nogi na nogę, załamuje ręce.

– Muszę nakarmić kury, zanim będzie ciemno – oznajmia i ucieka.

. . .

Herbata okazuje się wstrętną miętową breją w dzbanku, z którego chyba nie da się jej odcedzić. W moim kubku na powierzchni pływają kawałki nasiąkniętych wodą ziół otoczone oleistymi aureolami. Próbuję się napić – smakuje jak zmywacz do paznokci.

– Pewnie nie masz cukru, prawda? – pytam.

Claire wydaje się zaskoczona taką prośbą.

– No, nie, niestety – mówi. – Ale jeśli chcesz, dam ci miodu. Mam ul. Oczywiście nie gwarantuję, że pszczoły nie latają do roślin GMO, ale lepsze to niż nic.

Ach. Czyli potrzeba kontrolowania rzeczywistości nie zniknęła, po prostu uległa transformacji. Koniec z krążeniem po Knightsbridge w poszukiwaniu odpowiedniej manikiurzystki; teraz jesteśmy na etapie „cukier to szatan" i „czy w tym aby nie ma fosfatów?". Typowa paranoiczka/histrioniczka. Z wyraźnym dodatkiem zespołu obsesyjno-kompulsywnego. Claire idzie do kuchni i wraca ze słoikiem do połowy wypełnionym miodem. MIÓD – informuje naklejka na szkle. Ciekawe, czy na szczoteczce do zębów ma naklejkę z napisem SZCZOTECZKA.

– Chcesz tosta? – pyta. – Niestety, nie mamy herbatników.

Oczywiście, że nie macie. Pewne rzeczy nigdy się nie zmieniają. Pamiętam te długie, głodne popołudnia po lunchu złożonym tylko z sałatki. Założę się, że masła też nie robisz z mleka tamtej kozy. Bóg raczy wiedzieć, czego tu używasz jako tłuszczu. Tost pewnie będzie suchy. Po apokalipsie zombie można będzie pożegnać się z herbatnikami.

– Nie, dziękuję – mówię, a w duchu żałuję, że w miasteczku kupiłam tylko jedną tartaletkę.

. . .

Ruby wraca po zmroku z twarzą zaczerwienioną od chłodu i odwija szalik z szyi.

– Nakarmiłam kury, świnie i osły – mówi.

– O, dziękuję, kochanie – odpowiada Claire.

Ruby gapi się na mnie, jakby liczyła na to, że pod jej nieobecność zniknę.

– Herbaty? – pyta Claire.

Ruby robi minę.

– Nie, dziękuję.

– Chodź, porozmawiaj z nami.

Przez ułamek sekundy na jej twarzy miga coś jakby strach, a potem dziewczyna podchodzi do kanapy Błonnika i ciężko siada. Pies wydaje z siebie ciche piśnięcie, a potem opiera brodę na jej udzie. Patrzy na mnie.

– To czym się teraz zajmujesz, Milly? – pyta Claire.

– Mila – poprawiam. – Jestem projektantką.

Zawsze mówię, że jestem projektantką. Jeśli przedstawisz się jako artystka, wszyscy natychmiast myślą: „bohema, która żyje za kasę rodziców". Jeśli powiesz, że właściwie nic nie robisz, mają takie miny, jakby głowy miały im zaraz odpaść od zastanawiania się nad następnym pytaniem. A poza tym rzeczywiście zaprojektowałam parę logo dla różnych biznesów moich znajomych. Głównie tych zajmujących się importem bibelotów z miejsc, które uważają za uduchowione, typu Indonezja, albo związanych z konopiami. Boże, nienawidzę swoich znajomych.

– Projektantką! – odpowiada Claire. – Co projektujesz?

– No wiesz – mówię nonszalancko. – Głównie identyfikacja wizualna firm, logo i tak dalej. I etykiety. Jestem dobra w etykietach.

Mogłabym zaprojektować ci parę etykiet, myślę. Na pewno zrobiłabyś z nich użytek.

– O, świetnie. Zawsze byłaś bardzo twórcza. Pracujesz w firmie?

– Jestem freelancerką.

Na jej twarzy pojawia się mina mówiąca: „Ach tak". No cóż, Claire, i tak nie zamierzałam robić na tobie wrażenia. Jesteś tylko sekretarką, która bzykała się z moim ojcem.

– Ruby chce iść do szkoły plastycznej – mówi.

Ruby się czerwieni.

– Kręci cię sztuka? – pytam.

– Lubię ją – odpowiada. – Ale nie wiem, czy jestem w tym dobra.

– Pff! – parska Claire. – W zeszłym roku zdała egzamin GCSE na najwyższą ocenę. Z francuskiego i angielskiego też.

– Wow! – wołam. Ciekawe, po kim ona ma taki mózg. – Gdzie chodzisz do szkoły?

– Nie chodzę – mówi Ruby.

– Uczę ją w domu.

– W domu?! Myślałam, że edukacja domowa jest dla chrześcijan i w ogóle. Zostałaś chrześcijanką? Jak to załatwiłaś z kuratorium?

Gdy tylko wypowiadam te słowa, uświadamiam sobie, że trochę palnęłam. Claire ma nieco poirytowaną minę.

– Bardzo łatwo – odpowiada. – Można by powiedzieć, że GCSE z trzech przedmiotów w wieku czternastu lat to niezły wskaźnik tego, że takie rozwiązanie działa, nie sądzisz?

– A z przedmiotów, na których mama się nie zna, mam zajęcia z prywatnymi nauczycielami. Matematyki i fizyki uczę się w Lewes, a filozofii w Hove.

– Właśnie – potwierdza Claire i unosi brew.

Ale czy nie martwisz się, chcę ją zapytać, że wyrośnie na upośledzoną, jeśli utknie tu na wzgórzu, ty będziesz jej stale nawijać o dodatkach do żywności i nie będzie mogła pogadać z nikim innym? Bo możesz mi wierzyć: rozmawiając o Wittgensteinie, nie znajdzie sobie znajomych, zanim nie skończy co najmniej siedemnastu lat, a i wtedy tylko na pół roku.

– Chodzi do klubu młodzieżowego w miasteczku – mówi Claire, jakby czytała mi w myślach. – I ciągle ktoś zaprasza ją do siebie. I wychodzimy razem, bardzo często. Do galerii, do teatru, do kina i tak dalej.

Ruby zerka to na mnie, to na matkę. Ale nic nie mówi. Postanawiam zmienić temat.

– To kiedy się tu sprowadziłyście?

Claire oddycha głęboko. Idzie na tę zmianę.

– Kiedy Ruby miała pięć lat. Na rok wyjechałyśmy do Hiszpanii, ale... sama rozumiesz. Było pięknie i słonecznie, ludzie dawali nam spokój, ale czułyśmy się jak na wygnaniu.

Bo jesteście na wygnaniu, myślę. Ukryłyście się w miejscu,

gdzie nikt was nie znajdzie, trzymacie się maleńkiego miasteczka, w którym wyraźnie rządzi tamten duży dom.

– A potem uratował nas Tiberius. Dosłownie – opowiada dalej Claire. – Znaliśmy się w młodości. Odnalazł mnie, kiedy byłam w największym dołku. To miejsce było prawdziwym kołem ratunkowym. Nie wiem, co bym bez niego zrobiła. Tiberius powiedział, że ze względu na położenie trudno mu wynająć ten dom. Wtedy myślałam o Walii. Na przykład o Snowdonii. Bo tam tanio. Ale tu jest lepiej. Nie chcę, żeby Ruby dorastała bez kontaktu ze światem, nawet jeśli nie posyłam jej do szkoły.

W tych ostatnich słowach brzmi ostra nuta. Właściwie chyba wiem, co ma na myśli. Moje trzy ostatnie lata szkoły, po sprawie z Coco, były istnym piekłem; każdy mój eksperyment z wyglądem kończył się wizytą u psychologa, a rodzice kolegów i koleżanek nie pozwalali mnie zapraszać, bo… nie wiem, bali się, że wykradnę im młodsze dzieci? Albo znajdę ich egzemplarze „Sunday Timesa" z długimi artykułami o mojej rodzinie?

– Tak czy owak – ciągnie Claire – muszę wziąć się za kolację. Jadamy tu wcześnie. Wcześnie się kładziemy i wstajemy. Tak jest zdrowo. Na pewno nie skusisz się na kieliszek wina rabarbarowego?

. . .

Znowu jesteśmy same z Ruby. Drapie Błonnika po karku, a on mruczy z zadowoleniem.

– Mama po prostu się o mnie troszczy – mówi. – Od czasu Coco się boi, wiesz? Nie chce stracić również mnie.

Nie śpieszę się z odpowiedzią, a mój wzrok błądzi po ścianie Coco. Kosmyk blond włosów związanych wstążką. Sponiewierana Barbie, która wygląda tak, jakby ktoś odgryzł jej twarz. Chusta chrzcielna oprawiona w ramkę i powieszona na ścianie obok regału. Odciski dłoni w bryłce gipsu z Paryża. Claire wciąż się nie otrząsnęła. Czy można się jej dziwić?

– W dzisiejszej żywności jest pełno świństw – mówi Ruby, jakby recytowała mantrę. – Ludzie chorują przez to na raka. Mama po prostu o nas dba.

To choroba współczesności: nerwica na punkcie trującego jedzenia. Nasza dieta jeszcze nigdy nie była tak zdrowa, żywność tak łatwo dostępna, lekarstwa tak skuteczne, a tymczasem ludzie fundują swoim dzieciom krzywicę, bo uważają, że są uczulone na laktozę. Czy Ruby została też pozbawiona wszystkich szczepień?

– W porządku – odpowiadam. – Bylebyś była szczęśliwa.

Nic nie mówi, schyla się tylko i kilka razy całuje Błonnika w pysk. Jezu. Na jej miejscu nie zbliżyłabym twarzy do tych zębów.

– Jak się czujesz przed weekendem? – pytam.

Siada prosto i znów na mnie patrzy.

– Nie wiem.

– Będzie ciężko.

– Wiem. Ale chcę tam być.

– Muszę napisać mowę pogrzebową – mówię. – Pomożesz mi?

Rozpromienia się.

– Jasne!

– Może parę anegdotek? I kilka poetyckich słów o tym, co do niego czułaś?

– Czuję – poprawia mnie i jej twarz znowu się wykrzywia.

Och, Ruby, myślę. Co ja mam zrobić? Tak bardzo potrzebujesz, żeby ktoś cię przytulił, żeby mocno cię objął i powiedział, że wszystko będzie dobrze, a ja się do tego nie nadaję. Twoja matka też nie.

– Spakowałaś się? – pytam. – Powinnyśmy wyruszyć o przyzwoitej godzinie. Droga zajmie jakieś pięć godzin, a potem musimy jeszcze trafić na miejsce.

– Trafić? Nie wiesz, gdzie to jest?

– Znam adres – odpowiadam.

– Nigdy tam nie byłaś?

– Nie. Ja... No wiesz, Simone...

Wygląda na zaskoczoną, a potem oddycha z ulgą.

– Aha. Myślałam, że to tylko ja – mówi i odwraca wzrok.

– Nie – odpowiadam. – Nie tylko ty.

. . .

Na kolację są kotlety wieprzowe z jarmużem i komosą ryżową.

– Nie zapytałam, czy jeszcze jesz mięso – mówi Claire, stanowczym ruchem stawiając kieliszek wina rabarbarowego obok mojej podkładki pod nakrycie.

Stół jest długi i solidny, to duży kawał grubo ciosanego czegoś i byłby nawet dość piękny, gdyby było go widać. Piętrzą się jednak na nim stosy różnych rzeczy. Papiery, nieotwarte koperty, narzędzia, złożone ubrania, reklamówki pełne pustych słoików, kilkadziesiąt podręczników szkolnych. Claire przełożyła to i owo, by zrobić dla mnie trochę miejsca, i postawiła między nami parę świeczek na spodkach, żeby wyglądało ładniej. Blaty kuchenne też są zagracone. Obok kuchenki jest pusta przestrzeń szerokości niespełna pół metra, gdzie Claire pewnie wciska deskę do krojenia. Kiedy otwiera szafkę, żeby przynieść mi sól, zauważam, że odruchowo wkłada rękę do środka, żeby zawartość nie runęła jej na twarz. Na lodówce wiszą kolejne dziecięce rysunki poprzypinane magnesami, pożółkłe i pozaginane na brzegach.

– Dziękuję – mówię. – Uwielbiam mięso.

– To była Różyczka – oznajmia Ruby z ponurą wesołością.

– Mówiłam, żebyś nie nadawała im imion – rzuca Claire. – Zawsze ci to powtarzam, prawda?

– Była wyjątkowo miłą świnią – ciągnie Ruby, nie zwracając uwagi na matkę. – Lubiła ogryzki jabłek i mocne drapanie za uchem.

Odkrawam kawałek Różyczki i wkładam go do ust. Jest dość suchy, grillowany bez tłuszczu, ale wybornie kruchy.

– Na pewno miała szczęśliwe życie – stwierdzam. – Czuć to w mięsie.

Claire podchodzi do zlewu, żeby nalać wody do dzbanka, a ja ukradkiem rozsypuję sól po talerzu. Jarmuż jest przyrządzony na parze, bez przypraw, a komosa gotowana i bez masła. Zastanawiam się, jakim cudem Ruby tyle waży, skoro żyją na diecie całkowicie wyzutej z przyjemności. Dziewczyna przykłada palec do ust i sięga po solniczkę.

– Nie! – odzywa się Claire, cały czas odwrócona do nas plecami. Musiała obserwować nasze odbicia w oknie. – Sól jest tylko dla gości, pamiętasz?

Ruby siada na krześle i wraca do dźgania widelcem jarmużu.

– W warzywach już i tak jest dużo soli – mówi jej matka. – Nie ma co sobie zatykać tętnic.

Zastanawiam się, czy powinnam jej powiedzieć, że tylko co dziesiąty człowiek reaguje na sól, ale postanawiam nie ruszać tematu. Dawno nauczyłam się, że kiedy ktoś nabrał jakiegoś przekonania, nie ma sensu próbować mu go wyperswadowywać. Poza tym usiłuję oduczyć się małostkowości.

Claire wraca do stołu i nalewa nam wody do szklanek. Nie zdziwiłabym się, gdyby była to jakaś wykwintna woda ze studni głębinowej filtrowana torfem, ale to zwyczajna kranówka. Claire siada. Nabiera trochę komosy na widelec i żuje przez jakieś dwadzieścia minut.

– Jejku, jak dobrze cię widzieć – mówi.

– Nawzajem – odpowiadam uprzejmie.

Nigdy nie wyzbyłam się rodzinnego wychowania. Kłamię odruchowo, gdy chodzi o grzeczność, ale nie potrafię ukryć braku entuzjazmu w głosie.

. . .

Idziemy spać o dziesiątej, a ja już padam z nóg. Wysiłek, jakiego wymaga podtrzymywanie rozmowy z osobą, której nienawidziło się przez całe życie, kompletnie wysysa z człowieka energię. Mój pokój znajduje się na końcu korytarza, obok maleńkiej łazienki z instalacją wyglądającą tak, jakby założono ją w latach czterdziestych. W pokoju jest pojedyncze łóżko, drewniana skrzynia nakryta kawałkiem batiku, który gryzie się z kwiecistą tapetą, lampa stojąca na tej skrzyni, stelaż na walizkę oraz kolejne kilkadziesiąt pudeł ustawionych na stosach w trzech rzędach pod ścianami. Kusi mnie, żeby zajrzeć do środka i sprawdzić, co ona tu trzyma, ale wszystkie zalepione są taśmą i nie sądzę, żebym umiała przykleić ją z powrotem na tyle dobrze, żeby Claire nie poznała, że grzebałam w środku. Tutaj nie ma żadnych etykietek. Tylko gładki karton i warstwa kurzu na parapecie. Zadowalam się otwarciem po cichu drzwi szafy. Jest wyładowana po brzegi zwiniętymi ubraniami, wypchana jak materac. Pęcznieją, grożąc, że wybuchną wprost na mnie i bezpowrotnie zaleją pokój, więc czym prędzej zamykam szafę, zanim zdążą uciec.

Szoruję zęby w łazience i pobieżnie się myję, ubrana w koszulę nocną, bo na piętrze jest lodowato. Nie wyobrażam sobie, żeby ktokolwiek urządził sobie długą kąpiel w tej wannie z wężem od prysznica owiniętym wokół kranów, przynajmniej nie zimą.

Jak to się stało? Przez lata ojciec nieraz mamrotał, że puściła go z torbami, więc jakim cudem teraz żyją tak ubogo? Trzeba przy tym zaznaczyć, że to samo mówił o mojej matce, kiedy domagała się udziału w fortunie, która pochodziła z jej spadku. Sean chyba zawsze miał skłonność do mentalności typu „co moje, to nie rusz". A co twoje, też chciałoby być moje. To w ten sposób bogaci się bogacą. I dlatego są tacy podejrzliwi wobec pobierających zasiłki.

W każdym pokoju jest kaloryfer, lecz nastawiony co najwyżej na odladzanie. W kuchni, gdzie dominuje wiekowy żeliwny piec Aga, było ciepło, a żar pachnącego kominka w pokoju dziennym przynajmniej przeganiał ziąb z pomieszczeń na parterze, ale tutaj wyobrażam sobie, że rano zobaczę szron po wewnętrznej stronie okien. Łóżko wydaje się lekko wilgotne, lecz może to po prostu długotrwały chłód wlewa się ze sprężyn do mojego ciała. Na koszulę nocną wciągam sweter, nie zdejmuję skarpet i kulę się pod kołdrą, rozmyślając nad tym, ile osób – jeśli w ogóle – spało w tym pokoju, odkąd mieszka tu Claire. Nie wiem nawet, czy poza Ruby ma ona jakąś rodzinę. W czasach Coco nic na to nie wskazywało. To ponure pomieszczenie, niezachęcające gościa do dłuższego pobytu. W rogu pod sufitem tapeta zaczyna się łuszczyć, a dywan jest przetarty.

Wiem, że trudno nazwać ten dom pustym, ale co się stało ze wszystkimi rzeczami? Pamiętam Claire jako zakupoholiczkę wypełniającą domy bezkształtnymi dziełami „sztuki współczesnej" z chromu i szkła, cackami na stoły, wyładowującą garderobę kolejnymi parami nienoszonych szpilek, jakby stanowiły cenny dowód jej życiowego sukcesu. „To dla twojego ojca" – mawiała, przesuwając palcem po kawałku haftowanego atłasu, wycinku plisowanej lycry, w obcisłej sukience z nazwiskiem jakiegoś dawno emerytowanego Włocha wyszytym na dekolcie. W pewnym sensie był to rodzaj zbieractwa. Tylko... takiego akceptowanego przez społeczeństwo, w przeciwieństwie do gromadzenia zardzewiałych części samochodowych albo wściekłych kotów. W tamtej garderobie było znacznie więcej, niż Claire zdołałaby włożyć przez cały rok, mimo to z niemal religijnym zapałem wciąż dodawała kolejne ciuchy, a z każdą zmianą pór roku personel musiał zastępować zawartość garderoby rzeczami trzymanymi w magazynie w Battersea. Tutejsze zbiory są tak samo poukładane, ukryte przed wścibskimi spojrzeniami dzięki obsesyjnemu zastosowaniu pojemników, ale ponieważ widziałam zawartość szafki w kuchni, wiem, że wnętrza pudeł to jak portal do świata chaosu.

Ona chyba zawsze taka była. Bezwzględna kontrola na wierzchu i wyjąca pustka pod spodem. To dlatego tylu ludzi tak kurczowo trzyma się pozorów dyscypliny: swoich nawyków, rozkładów, zwyczajów, diet, trenerów osobistych, higieny osobistej, teorii moralności. Zawsze chodzi o lęk przed chaosem pod powierzchnią.

Na pewno właśnie tak jest z Indią. W jej życiu nic nie jest prawdziwe, jeśli nie zostało odhaczone na liście. My tę pustkę rozpoznałyśmy tak wcześnie, że od początku była nam pisana jedna z dwóch dróg: albo tak jak ona spędzić życie na dzielnej walce z napierającą falą, albo jak ja pogodzić się z rzeczywistością i oddać władzę chaosowi.

ROZDZIAŁ 14

2004 | czwartek | Charlie

– Dlaczego nie możemy kazać, żeby zrobiły to dziewczynki?

Claire Jackson przewraca oczami.

– Które? Bo jeśli masz na myśli córki mojego męża, to spróbuj je znaleźć. Powodzenia.

– Aha – odpowiada Charlie rozczarowany. – Zboczyły z trasy, co?

– Można tak powiedzieć. Pół godziny temu Linda widziała, jak idą na prom. W miniówkach.

Claire kroi warzywa. Tnie na pół pomidorki cherry, marchewki i seler – na cienkie paseczki; gotuje na parze kalafiora. Na blacie obok deski do krojenia leżą supermarketowe paczki anemicznego gotowanego kurczaka, szynka koloru sukni ślubnej i razowe pity. Imogen układa na stole miniaturowe sztućce i talerze z plastiku, nalewa soku rozcieńczonego wodą do kubków z dzióbkiem, a potem prowadzi pozornie niekończący się sznur maluchów, żeby poprzypinać je do krzesełek. Czy to wszystko w ogóle są nasze dzieci? – zastanawia się Charlie. Strasznie ich dużo. Może kiedy nie patrzyłem, Imogen przygarnęła kilka po drodze, żeby dostosować się do ogólnego trendu płodności? Przecież ta cała Linda nie mogła wyprodukować aż trojga. Brzuch ma płaski jak rozlewiska w Norfolk.

– Chyba nie zaszły daleko, prawda? – pyta z nadzieją.

– Nie oszukuj się – odpowiada Claire. – Jeśli znam się na takich miniówkach, w które się ubrały, to bez trudności złapią stopa. Mogą być teraz wszędzie na półwyspie.

– Nie martwisz się? – pyta Imogen.

Claire wzrusza ramionami. Nigdy nie robiła wielkiej tajemnicy z niechęci do pierwszej rodziny Seana.

– Jesteśmy w Purbeck, nie w Peckham. Poza tym to dzieci Seana, nie moje – mówi po prostu. – Zresztą mają telefony.

O rany, myśli Charlie. Niezły z ciebie numer, co? Nic dziwnego, że on ma cię już dość.

– To co zrobimy?

Claire się krzywi.

– Powiedziałabym, że my nic – mówi. – Ty weźmiesz przykład z mojego męża i pójdziesz pić szampana w ogrodzie, a kobiety nakarmią dzieci i położą je do łóżek.

Charlie robi wdech, żeby jej odpowiedzieć, ale zanim zdąży się odezwać, dostrzega spojrzenie żony. Nie – wyczytuje z jej wzroku. Nawet się nie waż. Jest z Imogen zbyt długo i zbyt wiele razy wyczytywał opinie z jej twarzy na parlamentarnych koktajlach, by lekceważyć jej zdanie we wszelkich kwestiach towarzyskich. Patrzy na dzieci. *En masse*, z tymi swoimi wybałuszonymi oczami, rozdziawionymi ustami i strużkami śluzu między nosem a górną wargą, wydają mu się dość przerażające, niczym stado miniaturowych zombie. Po cichu cieszy się, że sami żadnych nie mają, choć wnioskując z gotowości Imogen do zajmowania się cudzymi, jej zdanie jest mniej jednoznaczne. Charlie korzysta z sugestii i wychodzi.

. . .

W altance przy basenie Sean zebrał towarzystwo na ławkach z indonezyjskiego drewna tekowego. Ten dziwny doktor, Jimmy, już skręca jointa; Robert i Maria Gavilowie trzymają się za ręce; projektantka wnętrz Linda zwinęła się niczym kot syjamski i jakimś cudem wygląda zarazem stosownie i obscenicznie w krótkiej, obcisłej sukience, w której widać wyraźnie wszystkie godziny spędzone na siłowni. Dziwna mała Simone, przebrawszy się z przerażających, szczerze mówiąc, obcisłych szortów, w których przyjechała, w długą turkusową sukienkę, wpatruje się w Seana jak królik w węża. A może jak wąż w królika? Tak czy owak, Sean przynajmniej udaje, że tego nie zauważa. Dziewczyna patrzy na niego w ten sposób, odkąd miała dziesięć lat, myśli Charlie. To jej gigantyczne zadurzenie byłoby krępujące, gdyby on choć na moment pokazał, że jest go świadom.

Sean zapalił cygaro. Siedzi oparty o poduszki jak pasza w haremie.

– Ach, Clutterbuck! – woła. – W samą porę! Napijesz się bąbelków, staruszku?

– A jakże! – odpowiada Charlie, po czym sam rzuca się na ławę.

Na początek tego weekendu przyszło czekać znacznie dłużej, niżby mu się podobało. To ostatni weekend przed rozpoczęciem nowej sesji parlamentu, więc już w środę wróci za biurko. A ponieważ za rok wybory, pracy będzie w bród. Charlie czuje się trochę jak przed końcem szkolnych wakacji, dlatego chce w pełni wykorzystać pozostały czas.

Maria nalewa mu kieliszek veuve clicquot. On jednym haustem wypija połowę i głośno wzdycha z zadowoleniem. Sean i Robert to jego najdawniejsi przyjaciele. Rzadko ma okazję czuć się aż tak swobodnie.

– Ach, od razu lepiej – mówi.

Bardzo chętnie wciągnąłby kreskę, ale ze względu na obecność Simone chyba jeszcze będzie musiał poczekać.

– W domu wszystko dobrze? – pyta Robert.

– Podwieczorek – odpowiada Charlie, kiwając głową.

– Aha – mówi Maria. – Z dziećmi w porządku? Joaquin też tam jest?

– Tak. Odkrył bongosy w rogu salonu.

Linda zmienia łokieć, na którym się opiera.

– Są z prawdziwej skóry zebry – oznajmia z dumą. – Godzą rozdźwięk między białymi płytkami podłogowymi a czernią marmurowego kominka.

Pięć par oczu zerka na nią, a potem znów na Charliego.

– Może powinnam pójść pomóc – rzuca niechętnie Maria. Chyba dobrze jej tu, gdzie jest, opartej o przykryty kilimem podgłówek.

– Ja pójdę – ofiaruje się Simone swym dziewczęcym głosem.

– O, dobra dziewczynka – mówi Sean.

Simone promienieje, jakby ktoś zaświecił jej w twarz jupiterem. Boże, to prawie żałosne, myśli Charlie. Ona jest jak szczeniak spaniela łaszący się o uwagę.

Dziewczyna wstaje powoli, mocno wciągając brzuch. Prostuje się i wypina malutki biust. Wszyscy dorośli przyglądają się jej w milczeniu, kiedy idzie przez trawnik, kołysząc biodrami.

– Dorasta – odzywa się Charlie, gdy Simone znika w domu.

– Przestań – odpowiada Maria. – Będę musiała zamknąć ją w ciemnym pokoju albo coś takiego.

– He, he, nie martwiłbym się zbytnio. Ją interesuje tylko jeden mężczyzna.

– Uważaj – wtrąca Sean. – Wyrośnie z tego.

– Mam nadzieję, cholera – mówi Robert. – Jeśli myślisz, że poprowadzę ją do ołtarza na twoim ślubie, to niedoczekanie, kolego.

Maria wzdryga się melodramatycznie. Linda znów zmienia ciężar ciała, sama wciąga brzuch i wypina piersi. Nic nie wskazuje na to, żeby zamierzała dołączyć do szału karmienia; wyznaje godną uznania zasadę, że jeśli ona nic nie zrobi, inni zrobią to za nią. Jej piersi są nieproporcjonalnie duże w porównaniu ze smukłą sylwetką. Powiększane, myśli Charlie. Będą musieli zmienić standardowe rozmiary, skoro te wszystkie ambitne dziewczyny przyczepiają sobie biust DD do ciała o rozmiarze 36. On sam nie przepada za sztucznymi cyckami. Lubi, kiedy kobieta nie rzuca się w oczy. Ale wiadomo, człowiek nie chce, by jego żona wyglądała jak dziwka, gdy celuje w fotel ministerialny.

– O co chodzi z tą nianią? – pyta Charlie.

Sean głęboko zaciąga się cygarem, a potem wypuszcza w wieczorne powietrze długi strumień dymu. Po drugiej stronie stolika Jimmy zapala jointa. Wstrzymuje oddech niczym nurek głębinowy.

– Tak, przepraszam – mówi Sean. – Ta paranoiczka ubzdurała sobie, że ją zwolni, i to właśnie w ten weekend.

– Dlaczego?

Sean sięga po butelkę szampana. Na bocznym stoliku stoją już trzy puste. Widać wyraźnie, że nikt nie planuje nic robić na pół gwizdka.

– Szczerze mówiąc, gdybym pieprzył tyle kobiet, ile ona myśli, że pieprzę, już dawno padłbym na zawał.

– Boże, kobiety! – wzdycha Charlie, jakby każde kobiece podejrzenie naturalnie było skutkiem problemów ze zdrowiem psychicznym. Imogen nigdy nie narzekała na dużą rotację asystentek przewijających się przez jego biuro.

– W pewnym sensie to chyba nieuniknione, biorąc pod uwagę, w jaki sposób zaczęła się wasza znajomość – stwierdza Robert.

Charlie parska gromkim śmiechem.

– W samo sedno, Robbo! W samo sedno!

– O ty gnoju – odpowiada Sean, ale nie wygląda na urażonego.

Jimmy przekazuje jointa Lindzie, ta zaciąga się krótko i podaje go Seanowi. Przy tej okazji ich palce ocierają się o siebie, zbyt wolno, żeby był to przypadek. Oho, myśli Charlie. Wygląda na to, że konkurencją wcale nie była niania.

– I tyle? – pyta. – Żadnej opieki do dzieci przez cały weekend? Nie mogłeś znaleźć kogoś tymczasowego?

Sean kręci głową.

– Boże – mówi. – Widać, że nigdy nie miałeś dzieci.

– Uznałem, że przekażę ci swój przydział – odpowiada Charlie. – Ty to, zdaje się, lubisz.

Sean zaciąga się dymem i przez chwilę wygląda tak, jakby zaraz miał go z powrotem wykrztusić. Według Charliego, to cuchnie. Nie tak pachniała trawka, kiedy chodzili na studia. Z tamtych czasów pamięta, że była aromatyczna, nie miała tego gryzącego zapachu, który wisi na londyńskich przystankach niczym smród roztopionej smoły całe wieki po tym, gdy użytkownik już sobie pójdzie.

– Próbowałeś kiedyś znaleźć pracowników na już w sierpniowy długi weekend? Nie ma mowy, bracie. Musimy radzić sobie sami.

– Cóż, przynajmniej mamy dziewczyny – mówi Maria. – Mogą pomóc.

– Na moje bym nie liczył – odpowiada Sean. – Wkurzyły się, bo zapomniałem o ich przyjeździe. Zdaje się, że już się oddaliły ku jaskiniom rozpusty w Purbeck.

– Zapomniałeś o ich przyjeździe?

– Albo Heather chciała mi zepsuć urodziny. Co chyba bardziej prawdopodobne, nie sądzisz?

– Ładnie mówisz o własnym potomstwie – rzuca Robert.

– Piekło nie zna furii takiej jak kobieta wzgardzona – wtrąca Jimmy.

Charlie zauważa, że mówi przeciągle, tonem nieco wyższym, niż powinien, lekko niewyraźnym, lekko wpadającym w akcent cockney. To głos ćpuna. Muszę się pilnować, żeby nigdy nas razem nie sfotografowali, myśli Charlie. Założę się, że przed końcem dekady czeka go afera z utratą licencji. Ale mimo wszystko przynajmniej wiadomo, że nowi w tej grupie nie pobiegną paplać do brukowców.

Sięga do kieszeni koszulki polo po plastikową torebkę. Linda przezornie ustawiła na środku altanki stolik ze szklanym blatem.

– No – mówi, pochylając się – chyba nie pozwolimy, żeby zepsuło nam to weekend, prawda?

Zaczyna dzielić kreski.

ROZDZIAŁ 15

2004 | czwartek | Claire

– Nie mogę spać.

Joaquin stoi na szczycie schodów i trze oczy.

Claire zerka na zegar. Już po dziesiątej. Mężczyźni na moment podnoszą wzrok, po czym dalej do siebie krzyczą. Linda ani drgnie; siedzi wśród nich na wyspie kuchennej niczym mała figurka chochlika. Pali vogue'a i strzepuje popiół do zlewu.

Maria rusza po marmurowej posadzce, stukocząc obcasami.

– Cześć, kochanie – mówi. – Dlaczego nie jesteś w łóżku?

– Strasznie hałasujecie. Nie mogę spać.

Maria wchodzi po schodach. Podnosi syna i znika z nim. Tego wieczoru to trzecia wizyta dzieci na dole. On był tu już raz, były też bliźniaczki. Trzymając się za ręce, stanęły na szczycie schodów o krok od katastrofy, aż Claire musiała tam popędzić i je zabrać. Nie ma cienia wątpliwości, że wkrótce wrócą.

– Może powinniśmy gdzieś przejść – sugeruje ogólnikowo. – Rzeczywiście hałasujemy.

– Niby gdzie? – odpowiada Charlie miażdżącym tonem.

On zawsze tak się do niej odnosi, ten Charlie Clutterbuck. Żaden mężczyzna tak niski jak on nie powinien z taką wprawą patrzeć z góry na kobiety. Claire nie wie, czy jego niechęć związana jest z lojalnością wobec Heather, czy może nie cierpi jej z przyczyn czysto osobistych albo może to po prostu kwestia płci, ale nie ma ochoty się o tym przekonać. Jego źrenice są jak zaostrzone czubki ołówka, a zęby błyskają w uśmiechu, który zastygł mu na ustach i brak w nim wesołości, choć Charliemu pewnie wydaje się, że wygląda, jakby dobrze się bawił. Może powinnam wciągnąć kreskę, myśli Claire. Oto problem z kokainą. Nie do zniesienia jest towarzystwo ludzi, którzy ją biorą, jeśli sama tego nie robisz. To tak jak być psem otoczonym przez wilki.

Charlie zamaszystym gestem wskazuje otwartą przestrzeń. Nie ma drzwi, które stłumiłyby hałas, nie ma nic miękkiego, co mogłoby go wchłonąć. To miejsce przypomina piekło. Wszędzie walają się porzucone szkła i popielniczki, przewrócone buty, butelki pod meblami. Wielki blat stołu kuchennego z polerowanego drewna wiśniowego zawalony jest talerzami z niedokończonym jedzeniem i kieliszkami niedopitego wina. Jutro będę musiała to wszystko posprzątać, myśli Claire. Co za weekend. Sean narzeka na brak niani, ale kiedy mówił, że nie chce gosposi, bo musimy mieć prywatność, wiedziałam, że tak to się skończy.

– Kiedy ja byłam mała, nie śmieliśmy wstawać z łóżka, gdy już nas położyli – oznajmia Imogen. Ma bardzo dużo do powiedzenia na temat wychowywania dzieci jak na kogoś, kto nigdy tego nie robił.

– To dużo wyjaśnia – odpowiada zgryźliwie Claire.

Nie potrafi się powstrzymać. Naprawdę: Imogen albo kompletnie zapomniała, co znaczy być dzieckiem, albo wtłoczono jej do głowy zestaw sztywnych reguł skutkujących tym, że dzisiaj zagroziła trzylatkowi zabraniem nuggetsów, jeżeli nie zje groszku.

Imogen nie odpowiada. Może nie usłyszała. Bądź co bądź, jej mąż hałasuje niczym wóz strażacki.

– Widzę, że przynajmniej dzieci Jimmy'ego i Lindy rozumieją reguły – mówi.

– No, my mamy technikę – odpowiada Jimmy, wymachując jointem jak dyrygent batutą.

– Może ogród? – proponuje Claire.

Wszystkie oszklone drzwi są otwarte, żeby trochę przewietrzyć pokój, wpuścić w tę duszną atmosferę nieco morskiej bryzy. Chciałaby tam teraz być. W chłodzie na jednej z kanap w altance. Może pójdę mimo wszystko, myśli. Przez ostatnią godzinę i tak nikt nie zauważył mojej obecności. Nawet Marii nie chce się już ze mną gadać. Jestem wczorajszą kobietą. Odkąd przestałam być księżniczką Seana, nie jestem już interesująca.

– Czy w ogrodzie można gdzieś podłączyć elektroniczne nianie? – pyta Imogen, na krótki moment podnosząc wzrok znad kresek kokainy usypanych na blacie wyspy.

Jakich to się człowiek rzeczy dowiaduje. Imogen wygląda jak matrona z wiadomości o dziesiątej drepcząca z surową miną za swym nadętym mężem, a narkotyki wciąga jak dziwka z Frankfurtu.

Claire wzdycha. Elektroniczne nianie stoją jedna obok drugiej przy kuchence: jedna Gavilów, jedna Jacksonów. Niani Oriziów nie ma. „Nam niepotrzebna – powiedziała z samozadowoleniem Linda, kiedy je podłączali. – Nie obudzą się. Wytresowaliśmy je". Claire przykłada ucho do swojej. Słyszy, jak jej dzieci posapują w mroku piętro wyżej. Wstaną o świcie, właśnie wtedy, kiedy dorośli będą kładli się spać. Na samą myśl czuje się zmęczona do szpiku kości.

– Nie – odpowiada, godząc się z perspektywą długiej nocy spędzonej w blasku halogenów.

Linda należy do tych projektantów, którzy sądzą, że celem oświetlenia jest obnażenie każdej nierówności farby, każdej drobinki kurzu. To nie pokój do odpoczynku.

. . .

Tarty rybnej, tak starannie przygotowanej, a potem przetransportowanej z Londynu w lodówce turystycznej, prawie nikt nie je, bo Charlie Clutterbuck przywiózł tyle kokainy, że w ten weekend chyba wszystkich dilerów w północnym Kennington stać na wolne.

Claire nienawidzi Charliego Clutterbucka. Gdyby poznała go dostatecznie wcześnie, żeby móc się wycofać, chyba poważnie przemyślałaby znajomość z Seanem ze względu na towarzystwo, z jakim się zadaje. Nie przepada za wieloma znajomymi męża, ale Charlie jest najgorszy: to chodzący stereotyp torysowskiej męskości. Czerwony na twarzy, zęby ma wybielone tak bardzo, że wyglądają jak sztuczne, kosmyk tłustych włosów odkleił mu się od przylizanej fryzury i opadł na czoło, dudniący głos zagłusza wszystko dokoła, a nerwowa żona śmieje się tym śmiechem w stylu „ech, ci chłopcy!", ilekroć on opluje kolejną grupę ludzi. Przerobiliśmy już lewaków, pedałów, ćwoków i podmiejskie bydło – takich słów nigdy by nie użył, zacierając rączki w jednym z wielu występów w *Newsnight* na BBC, ale chętnie rzuca nimi, kiedy myśli, że jest za zamkniętymi drzwiami. To tylko kwestia czasu, zanim dojdziemy do czarnuchów i ciapatych, myśli Claire. Tylko kwestia czasu.

Chłopcy rozmawiają o interesach. Konkretnie omawiają ustawę o zagospodarowaniu przestrzennym i to, jak utrudnia Seanowi marsz ku dominacji nad światem.

– Jedno wam powiem – mówi Charlie. – Urzędowi ochrony zabytków zaraz po wyborach przytnie się skrzydła. Cholerni lewaccy upierdliwcy.

– I jeszcze coś – dodaje Sean. – Te idiotyczne miejsca o szczególnym znaczeniu dla środowiska. Na moich inwestycjach straciłem w sumie całe lata. Zasrane lęgowiska nietoperzy i wyjątkowe jaszczurki zwinki.

Robert Gavila, partner w kancelarii prawnej Kendall, Wright i Macy, członek rady szkoły, oddany członek Partii Konserwatywnej z Wandsworth, pochyla się nad wyspą kuchenną i napełnia sobie nos koksem. Prostuje się z prędkością światła, liże palec i wciera resztkę w dziąsła.

– Aaaaach! – wzdycha.

– Dla mnie to jest skandal – mówi Sean – że Tesco ciągle dostaje zgody na hipermarkety, a ja nie mogę dobudować garażu do domu tylko dlatego, że jest elżbietański.

– Słuchajcie – wtrąca Jimmy – próbowaliście kiedyś wciągać nosem wódkę?

. . .

Claire przestała pić o dwudziestej, gdy uświadomiła sobie, że ona i Simone to jedyne trzeźwe osoby w całym domu. Ktoś tu musi być odpowiedzialny, myśli. Simone poszła do przybudówki z laptopem i ogląda *To właśnie miłość* na DVD, więc wszystko zostało na mojej głowie. Nie ufam, że ktoś z tych ludzi na pewno nie zrzuci dziecka ze schodów.

Przygląda się gościom jednemu po drugim. Czterej mężczyźni: trzej pulchni z miłości do chateaubrianda oraz doktor chudy w sposób wskazujący na to, że są mu dobrze znane noce, kiedy zapomina coś zjeść. Jimmy ma różowoszarą skórę i czuprynę czarnych loków, w której siwe kępki zdradzają jego wiek. Śmieje się ze wszystkiego, ale w tym jego śmiechu brak radości. Nie dociera do niego nic, co mówią inni, myśli Claire. Śmieje się tylko po to, by pokazać światu, że dobrze się bawi. Ta jego Linda długo z nim nie wytrzyma. Jest ambitna, tak samo jak ja, kiedy byłam głupia. Mimo urodzenia dzieci zachowała figurę, bo nie chce zamykać sobie żadnych drzwi, i ćwiczy flirtowanie z mężami wszystkich innych kobiet.

I co to za mężowie! Pełni samozadowolenia królowie świata. Dawniej blondyni, dziś przeważnie łysi, z kępkami włosów w uszach. Pochodzą ze środowiska, które skutecznie izoluje ich od myśli, że powodzenie w jakimś stopniu mogą zawdzięczać szczęściu. „Ciężko pracowałem, żeby zajść tu, gdzie jestem" – powiedzieliby jak jeden mąż, gdyby zasugerowano coś takiego, i rzeczywiście pracowali ciężko. Harowali do późna w nocy i od samego świtu, płaszczyli się, przed kim trzeba, i bezwzględnie miażdżyli wrogów. A jednak. Uprzywilejowani zdają sobie sprawę z własnego uprzywilejowania. Sean ciągle narzeka na podatki i jakoś zawsze zapomina, że płaci się je wyłącznie od zarobionych pieniędzy.

Charlie nagle zainteresował się tartą rybną i wyjada ją łyżką prosto z naczynia, w ogóle nie przejmując się higieną. Gdyby pod ręką nie było łyżki, pewnie jadłby palcami, myśli Claire. Muszę się poważnie zastanowić, czy rano dam resztki dzieciom. Pewnie mleko też pije z kartonu, a potem odstawia go do lodówki.

Przywykła do bycia jedyną trzeźwą osobą w pokoju pełnym nawalonych ludzi. Dawniej chodziło o kalorie, a kiedy mężczyźni popiją, nie zauważają, czy jesteś trzeźwa, czy pijana; zawsze wychodzą z założenia, że jesteś w takim samym stanie jak oni. Sean był mocno wcięty, gdy pięć lat temu poznała go na imprezie gwiazdkowej u Gavilów. Przez dłuższy czas żałowała, że go tam nie zostawiła.

. . .

Wychodzi do altanki z kieliszkiem montracheta. Zsuwa buty, zwija się na kanapie i próbuje nie słyszeć śpiewów dochodzących z domu. Mężczyźni przestawili się na whisky, za czym prędko poszły przyśpiewki z meczów rugby. Nie tak to sobie wyobrażałam, myśli. Kiedy go poznałam, robił wszystko, żeby zaimponować mi swoim wyrafinowaniem. Ciągle tylko paryski Ritz i prywatne salki w restauracjach, choć pewnie chodziło głównie o to, żeby nie zauważyli nas znajomi Heather. A teraz jestem żoną pięćdziesięcioletniego prymitywa, który je z otwartymi ustami. Uważaj, czego sobie życzysz, bo jeszcze się ziści, myśli i sarkastycznie parska śmiechem. Chciałam pieniędzy, chciałam pozycji, a kiedy zobaczyłam, że Sean ma jedno i drugie, chciałam jego. No to mam za swoje, bo on nigdy nie był dla mnie. I oto nagle zostałam po prostu kolejną kobietą, która wykradła innej męża, a tego nigdy się nie wybacza, bez względu na to, co mówią.

Sączy wino. Jest wyborne na języku. Są też dobre rzeczy, myśli. Muszę pamiętać o tym, co dobre. O samochodach, domach, brylantach, które tłumią wyrzuty sumienia, o tym, że nigdy więcej nie będę musiała zatruwać wątroby tanim winem. A moim córeczkom niczego nie zabraknie. Zważywszy na to, ile forsy Sean wlewa w Milly i Indię – niekończące się alimenty, czesne, wycieczki na narty, cholerne lekcje jeździectwa – moje też nie będą mogły się skarżyć, nawet jeśli kiedyś zamieni mnie na nowszy model. Może nawet lepiej, żeby to zrobił. Wtedy mogłabym siedzieć w spokoju, pić wino i nie musiałabym dłużej znosić jęczenia o jego hemoroidach.

Słyszy, że ktoś ryczy jej imię przez otwarte drzwi.

– Co?! – odpowiada.

W Seagulls, nobliwie rozsypującym się, pokrytym tynkiem kamyczkowym bliźniaku za płotem, znacząco zatrzaskuje się okno na piętrze. Sąsiedzi muszą nas kochać, myśli Claire. Najpierw przez pół roku robotnicy, a teraz to.

– Bliźniaczki się obudziły! – krzyczy Sean.

Claire przez chwilę ma ochotę powiedzieć mu, żeby sam się nimi zajął, a potem wzdycha. W tym stanie pewnie upuściłby Ruby głową w dół na kafelkowaną posadzkę. Z żalem stawia kieliszek na stoliku i podnosi się z wygodnego siedzenia.

– Idę! – woła.

. . .

– Boże święty – mówi Charlie. – Czy one, kurwa, nigdy nie śpią?

– Charlie, mówisz o naszych chrześniaczkach – mamrocze Imogen.

– Wiem, ale powinny już spać. Teraz jest czas dla dorosłych.

– Dla dorosłych? – pyta Claire.

Charlie leży rozwalony na krześle w jadalni niczym strach na wróble, nogi ma wyprostowane jak trzonki od miotły, koszulę poplamioną winem, whisky, tartą rybną i popiołem, spod rozpiętych guzików wyłażą sztywne siwe włosy. Robert i Maria całują się na kanapie jak para nastolatków. Jimmy leży na wznak na chodniku z owczej skóry, płonące kawałki kolejnego jointa spadają na zniszczone włosie. Linda wykonuje jakiś taniec – skrzyżowanie Bollywoodu ze striptizem – a jej mąż gapi się na jej wąską talię i obciągnięte bandażową sukienką krągłe pośladki niczym Beduin, który zobaczył oazę. Imogen huśta Coco przy piersi. Mała z powrotem zasnęła, znużona ciągłym zamieszaniem. Jej główka zwisła luźno na ramieniu kobiety. Imogen rzuca spojrzenie, które sprawia, że Claire najchętniej zaczęłaby okładać ją pogrzebaczem. A widzisz? – mówi to spojrzenie. Przy mnie zasypia. Przy mnie zawsze jedzą groszek. Nie wiem, o co tyle krzyku. Opieka nad dziećmi jest prosta.

– Już druga – mówi Maria. – Chyba powinniśmy iść spać.

– Ja tylko… – mamrocze Charlie. – Ej!

Podnosi wzrok na Lindę i chwieje się na krześle, gdy widzi jej piersi kołyszące się na nocnym wietrze.

– Co? – Ona obraca się w miejscu, podnosi ręce niczym baletnica i robi ruch biodrem.

– Jakim cudem wasze tu nie przyszły?

– Zopiklon – odpowiada Linda.

– Zopiklon?

– Zopiklon.

– Fantastyczna rzecz – skrzeczy Jimmy z chodnika. – Wspaniale być lekarzem.

ROZDZIAŁ 16

Nagle budzę się w ciemności. Ktoś skrada się korytarzem. Słyszę skrzypienie drzwi, jakiś szept, odpowiedź, a potem zapala się słabe światło. Włamywacze, myślę. Mam włamywaczy. A potem przypominam sobie, gdzie jestem, i dociera do mnie, że to Claire i Ruby, które wstają przed świtem jak dwie obłąkane sekciarki. Po omacku znajduję telefon na skrzyni i sprawdzam, że jest siódma trzydzieści. Prowadząc życie bohemy w wielkim mieście, człowiek zapomina, że zimą dzień zaczyna się późno, a kończy wcześnie.

Leżę w mroku, słuchając ich ruchów. W łazience leci woda, a potem kroki przemieszczają się w stronę schodów. Kilka minut później zamykają się drzwi frontowe. Na pewno Claire i Ruby poszły pracować w obejściu. Mam taką nadzieję. Chyba nie zabrały się stąd i nie zostawiły mnie samej, co? Pełznę po łóżku, ciągnąc ze sobą kołdrę, żeby wyjrzeć przez zasłony. Szyby pokrywa skroplona para wodna, ale wycieram kawałek dłonią i widzę, że obie przy świetle latarki brną przez podwórko w kierunku szopy, na nogach mają kalosze, a na głowach kaptury kurtek dla ochrony przed ostrym powietrzem. Nie rozumiem wsi. Nie pojmuję, dlaczego zwierzęta trzeba karmić po ciemku. Słabiej by rosły, gdyby trochę poczekały? Czy pokarm traci właściwości? Wracam po łóżku. Miejsce, z którego zabrałam kołdrę, już jest zimne w dotyku. Idę spać dalej.

. . .

Kiedy znowu się budzę, jest dzień, a telefon mówi mi, że minęła dziewiąta. Zrywam się z łóżka, wskakuję w ubranie, ściągam pościel, a po chwili namysłu zostawiam ją złożoną na łóżku. Nigdy nie wiem, czy ludzie wolą, żeby brudy po tobie zajmowały ich przestrzeń mieszkalną. Zdjęcie pościeli wydaje się takie ostentacyjne, jakby oczekiwało się gratulacji za dość podstawową oznakę dobrych manier. Nie zawracam sobie głowy myciem zębów. Wczoraj napuszczenie ciepłej wody zajęło całe godziny, a chyba i tak już jestem spóźniona.

Obie są na swoich miejscach przy kuchennym stole i jedzą tosty z miodem. Kiedy wchodzę, Claire zrywa się, żeby postawić czajnik na piecu.

– Nie wiedziałam, czy cię budzić – mówi. – Ale uznałam, że lepiej nie. Wiem, że wy, miastowi, lubicie długo spać.

Długo? Jezu. Tam, skąd pochodzę, o tej porze człowiek dopiero kładzie się do łóżka.

– Przepraszam – odpowiadam.

Przychodzący później zawsze przepraszają tych, którzy przyszli wcześniej: takie są zasady.

– Herbaty miętowej?

Myślę, czy nie zapytać o kawę, ale z góry znam odpowiedź.

– Nie, dziękuję. Ale chętnie napiję się wody.

Wzrusza ramionami, z powrotem zdejmuje czajnik z ognia, po czym napełnia mi szklankę. Siadam. Na stole stoją przezroczysty pojemnik na płatki śniadaniowe wypełniony czymś, co składa się głównie z owsa, oraz słoik mleka. Z niewyspania kręci mi się w głowie i umieram z głodu jak zawsze po napadzie bezsenności. Sięgam po płatki.

– Domowe musli – mówi Claire z aprobatą. – I świeże kozie mleko z rannego dojenia. Jeśli chcesz dosłodzić, w lodówce jest sok jabłkowy.

Już za późno. Nie mogę odstawić pojemnika tak, by nie wypadło niegrzecznie. Wsypuję symboliczną ilość do miski i ochlapuję mocno pachnącą białą cieczą. Jest jeszcze ciepła. I to na pewno nie dlatego, że dopiero chłodzi się po pasteryzacji.

– Nałóż sobie więcej! – rzuca Claire. – Przed tobą długa podróż!

Zabawne, że ludzie, którzy żywią się trocinami, zawsze chcą cię dokarmiać. Burczy mi w brzuchu z tęsknoty za kanapką z bekonem. Różyczka pewnie nie poszła na bekon, bo w bekonie jest sól.

– Muszę zostawić sobie trochę miejsca na te pyszne tosty – odpowiadam. – To wasz miód?

– Nie. W pewnym sensie. Wiosną jeden pszczelarz na miesiąc stawia swoje ule na łące pełnej polnych kwiatów. Płaci nam swoimi wyrobami. I pszczoły oczywiście wspaniale zapylają warzywa.

– Oczywiście – mówię. – Bardzo sprytne.

Mieszam płatki w misce, a potem nabieram nieco na czubek łyżki. Chyba w ogóle nie nasiąknęły mlekiem. Wkładam łyżkę do ust i zaciskam wargi. Niech to szlag, trzeba iść do dentysty. Odkąd wymyślono biały chleb, gwałtownie wzrosła długość życia; ludzie muszą zachowywać własne zęby. Mleko smakuje trochę dziwnie, ale wcale nie tak źle, jak mówią. Za to płatki... Oblepiają mi podniebienie, ocierają się o język i dziąsła, opierają się zębom trzonowym. Zauważam, że Ruby mi się przygląda. W jej oku widzę błysk rozbawienia. Przełykam jedzenie.

– Pyszne – mówię. Nasze spojrzenia się spotykają, więc odwracam wzrok. – Na pewno bardzo zdrowe.

– Doskonałe na serce – informuje Claire. – W tych ze sklepu jest pełno cukru.

– Naturalnie – odpowiadam.

Nabieram kolejną łyżeczkę i żuję. We współczesnym świecie hasło „domowej roboty" oznacza „drugi raz bym tego nie kupił".

Tost okazuje się znacznie lepszy. Pieczywo jest pulchne, orzechowe, pełne ziaren, a miód to… cóż, miód. Wciąż jednak dziwnie mi jeść śniadanie bez kofeiny. Mogę się przekonać, jak musiały wyglądać poranki w średniowieczu, i nie jest to przyjemna wizja.

– Jak myślisz, o której godzinie musicie wyruszyć? – pyta Claire.

– Koło dziesiątej. Mamy kawałek drogi.

– Jasne. – Odwraca się do Ruby. – Spakowałaś się?

– Mniej więcej.

– Co to znaczy?

– Prawie – odpowiada Ruby. – To znaczy, że prawie.

Claire wzdycha westchnieniem rodziców nastolatków na całym świecie.

– To lepiej idź dokończyć. I zdejmij te stare dżinsy. Ludzie nie mogą myśleć, że o ciebie nie dbam.

Ruby kręci głową i kolejno oblizuje palce z miodu.

– Co spakować na pogrzeb?

– Coś czarnego – mówię. Wiem, że Sean życzyłby sobie pełnej pompy.

– Jakieś rajstopy bez dziur – dodaje Claire. – I buty, w których nie wyglądasz jak Béla Lugosi. – Kiedy Ruby odchodzi niezgrabnym krokiem, odwraca się do mnie. – Zaopiekujesz się nią, prawda?

– Zrobię, co mogę, Claire.

Jak mogę jej to obiecać? Ludzie robią to zbyt beztrosko. Nie chcę być jedną z tych, co składają obietnice, a potem je łamią.

– Wiem, że wygląda, jakby było z nią wszystko w porządku, ale nie jest. Wzięła się w garść, bo przyjechałaś, ale wątpię, czy długo tak wytrzyma. Ma dopiero piętnaście lat. A ci ludzie…

Urwane zdanie rozwiewa się w powietrzu. Przypominam sobie przyjaciół ojca: obcesowego, chełpliwego, snobistycznego Charliego Clutterbucka; tę Imogen o ostrej twarzy, niezaszczycającą cię nawet spojrzeniem, jeśli nie uważała, że jej się przydasz, albo jeśli jej mąż cię ignorował. Tych wszystkich pochlebców i pieczeniarzy, mężczyzn za głośno śmiejących się w restauracjach i kobiety, których twarze przestały się poruszać, dziwaków w stylu Jimmy'ego Orizo, który gdzieś na boku mglistym wzrokiem gapił ci się w dekolt; Simone…

– Będą Robert i Maria – przypominam.

Claire marszczy nos, jakby poczuła smród amoniaku.

– O Boże, oni.

– Myślałam, że pozostaliście w kontakcie.

– A miałam wybór? Byli jedynymi rodzicami chrzestnymi, którzy wykazywali jakiekolwiek zainteresowanie. Cała reszta, ci wszyscy ludzie – ostatnie słowa wypowiada w taki sposób, jakby je wypluwała – odsunęli się byle dalej. Kiedyś bym się odcięła. Ale w naszym życiu nie została ani jedna osoba z tamtych czasów. Ani jeden dorosły, którego Ruby znała od dzieciństwa. Straciła wszystko. Co miałam zrobić? Skazać ją na jeden jedyny prezent pod choinką?

– Mnie zawsze wydawali się w porządku.

– Relatywnie – odpowiada. – Relatywnie.

– Tak, możliwe. Przynajmniej nie są psychopatami.

– Rzeczywiście. Chociaż tyle.

Zastanawiam się przez chwilę.

– Claire – mówię – co się stało z twoimi znajomymi z dawnych czasów?

Właśnie to sobie uświadomiłam. Nie wiem o niej nic z czasów, zanim poznała mojego ojca. Ich dom ciągle był pełen, ciągle byli w drodze na kolację, drinka albo przyjęcie, ale zawsze ze znajomymi Seana. Z tymi wszystkimi ludźmi, którzy nie zawracali sobie głowy utrzymywaniem kontaktu z moją mamą, żyli dalej jak gdyby nigdy nic, jakby żony były tylko dekoracją w tle, dostarczycielkami jedzenia i czystej pościeli niczym trochę lepsze gosposie. Byli tam wszyscy, cały czas, Linda też. Zupełnie jakby warunkiem małżeństwa z moim ojcem był brak bagażu.

Claire znowu wzdycha.

– Wiesz co? Wiele razy zadawałam sobie to pytanie. To przecież nie jest tak, że żadnych nie miałam. Właściwie nie pamiętam, co się stało. Ale twój ojciec był taki... absorbujący, wiesz? Wypełniał każdy zakamarek i na moich znajomych jakoś nigdy nie starczało czasu albo nie dało się ich pogodzić z ludźmi, z którymi on chciał się spotykać. Albo pojawiał się w ostatniej chwili z helikopterem i rezerwacją w paryskim Ritzu, a słysząc, że planujemy już coś innego, potwornie się złościł, jakbym niedostatecznie go kochała.

Kiwam głową. Nic nigdy nie mogło przeszkodzić zachciankom Seana Jacksona. Ten weekend, kiedy zniknęła Coco, był tylko jednym z dziesiątków przypadków, kiedy „zapomniał" o naszej wizycie. Oczywiście zawsze obwiniałyśmy Claire. Trudno nam się dziwić.

– Byłam ślepa i głupia – mówi. – Powiedział, że całe jego życie zaczęło się, kiedy mnie poznał, a ja mu uwierzyłam. Powiedział, że oboje powinniśmy zachowywać się tak, jakby wcześniej nie było nic, i wydało mi się to romantyczne, mimo że jakimś cudem sam nigdy nie stosował się do własnych słów. I wiesz... większość ludzi nie lubi, kiedy po latach pojawiasz się w potrzebie, skoro do tej pory nie miałaś dla nich czasu. Zwykle źle to przyjmują, zwłaszcza po tym... no, wiesz... gdy tak często pisano o mnie w prasie. Ale jest kilka osób. Takich, które wróciły bez proszenia. Tiberius. Nie widziałam go, odkąd miałam dwadzieścia trzy lata, a on zachowywał się tak, jakby mu to wcale nie przeszkadzało. Ale to nieliczni, rzeczywiście.

I za bardzo się bałaś, żeby poznać nowych, myślę. Kiedy ktoś staje się publiczną własnością, już nigdy nie ma pewności co do innych ludzi. W mojej klasie było kilka dziewczyn, które nagle się do mnie przylepiły, gdy wróciłam po wakacjach, natomiast cała reszta traktowała mnie ozięble. Wesoła ciekawość tych nielicznych, ich lukrowana empatia, była gorsza niż całe niezręczne milczenie razem wzięte. Tamtego roku India i ja obie oblałyśmy egzaminy. India poszła na studia dopiero w wieku dwudziestu lat.

– Ja… – zaczyna Claire. – Proszę, opiekuj się nią, to wszystko. Przez to, jak wygląda, ludzie zwykle myślą, że jest silna, ale naprawdę jest wrażliwa. Bardzo.

– Rozumiem – odpowiadam.

– Czy możesz… czy mogę dać ci jej leki? Ja po prostu… No wiesz, odpowiedzialni dorośli i tak dalej.

– Leki?

– Nie denerwuj się. Głównie suplementy. Multiwitamina, olej rybny, żeń-szeń i jagody goji.

Czuję, że unoszą mi się brwi i zaczynam przewracać oczami, ale szybko się powstrzymuję. To jej sposób. Tak pokazuje, że jej zależy. Nie możesz jej tego odebrać. Nie jest tym potworem, którego wtedy znałaś.

– I antydepresant – dodaje i robi się purpurowa.

Wstyd dosłownie bije od niej przez długość stołu. Tyle troski, tyle kontroli, a moje dziecko i tak jest pojebane. Zawiodłam, a teraz muszę o tym powiedzieć dziecku, które pojebałam wcześniej.

Panuję nad głosem, próbując ukryć zaskoczenie.

– Och, biedulka – mówię. – Co bierze?

– Sertralinę. Regulator poziomu serotoniny. To nie głupi jaś. Ona nie jest psychotyczką ani nic w tym rodzaju. Po prostu cierpi na brak równowagi chemicznej.

Zaczyna się tłumaczyć. Robię jej prezent.

– Brałam to przez jakiś czas. Dobra rzecz.

Claire dziwnie na mnie patrzy. Trochę z ulgą, trochę… z poczuciem winy? Serio?

– Życie jest wredne – mówię. To jeszcze nie tak, że pogłaszczę ją po ręce i w ogóle, ale odrobina życzliwości nikomu nie zaszkodziła. – Robimy, co możemy, żeby to wytrzymać.

– Przykro mi – odpowiada, próbując spojrzeć mi w oczy. – Chyba miałam w tym swój udział.

Zbywam tę uwagę. Nie jestem aż tak szlachetna, żeby po latach pogardy z dnia na dzień dojść do wybaczenia.

. . .

Ruby hałaśliwie schodzi po schodach z torbą na ramieniu. Przebrała się w rajstopy z motywem pajęczyny, wąską spódnicę w olbrzymią kurzą stopkę oraz pasiastą marynarską bluzkę z narzuconym na wierzch długim workowatym swetrem zsuniętym z jednego ramienia. Całość bardzo w stylu lat osiemdziesiątych. W ręce niesie zniszczone buciory z ośmiocentymetrowymi obcasami. Nasza Ruby nie boi się, że będzie wyższa od chłopaków. W sumie ją za to podziwiam.

– Dobra – mówi.

– Wzięłaś inhalator? – pyta Claire.

– Tak.

– I niebieski, i brązowy?

– Tak.

– Krople Bacha?

– Tak.

– Antyhistaminy?

– Tak.

– Maść na egzemę?

– Tak, mamo – mówi Ruby tonem, który oznacza: „już wystarczy”. Wnioskując z tej listy, musi mieć dość myślenia o alergiach.

– Przepraszam – odpowiada Claire. – To normalne, że się martwię.

– Mamo, nic mi nie będzie. Obiecuję.

– Masz telefon i ładowarkę?

Ruby stoi plecami do matki, więc pozwala sobie na przewrócenie oczami.

– Tak.

– I będziesz dzwonić, prawda? Żeby mi mówić, co u ciebie? Codziennie? Przyjadę po ciebie, jeśli będziesz potrzebowała, wiesz o tym, prawda? – Na zmarszczonym czole Claire maluje się troska. – Tak mi przykro, że nie mogę jechać z tobą. Żałuję, ale po prostu nie mogę. Rozumiesz to, prawda, kochanie?

Dziewczyna odwraca się i zarzuca matce ręce na szyję, przytula się do jej biustu.

– Wszystko w porządku, mamusiu – mówi. – Nie martw się. Dam sobie radę. Naprawdę. Proszę, nie denerwuj się.

Po kilku sekundach uświadamiam sobie, że Claire płacze. Ruby przytula ją, głaszcze po włosach, uspokaja jak małe dziecko.

– Będzie dobrze. Poradzisz sobie. Nie bój się. Nic ci nie będzie. Dasz sobie radę. Niedługo wrócę. Nie bój się.

. . .

Ładujemy rzeczy do samochodu i wyruszamy z niewielkim opóźnieniem. Ruby opuszcza szybę i macha, dopóki nie znikniemy za zakrętem. Patrzę na Claire w lusterku wstecznym; stoi na podwórku mocno owinięta swetrem. Wygląda smutno, taka krucha i samotna. Po tylu latach nienawiści teraz zaczyna mi jej być żal.

Ruby wysiada, żeby otworzyć bramę, potem zamyka ją za nami, ponownie siada w fotelu i zapina pas.

– Niedługo będę musiała zjechać po benzynę – mówię.

– I pewnie po kawę – odpowiada.

Uśmiecham się.

– Jak się domyśliłaś?

– Nie trzeba geniusza. Jeżeli wytrzymamy do Arundel, to potem jest taka z McDonaldem.

Ha!

– Dobrze – mówię. – Akurat będzie pora na drugie śniadanie.

– A tymczasem – Ruby obraca się, opiera plecami o drzwi i patrzy mi w oczy – możesz mi powiedzieć, co tak naprawdę stało się z moją siostrą.

ROZDZIAŁ 17

2004 | piątek | Sean

Robotnicy zaczynają pracę. Głowę przykrył poduszką, żeby odgrodzić się od koszmaru światła dziennego, ale ta bariera nie powstrzymuje dźwięku młota pneumatycznego. Obok niego Claire stęka i zwija się jak embrion.

– Na litość boską – mamrocze. – Która godzina, do cholery?

Sean obraca się i znajduje zegarek.

– Jezu – mówi. – Szósta trzydzieści!

Siada i spuszcza nogi z łóżka. Mózg obluzował mu się w czaszce. Chlupocze parę razy tam i z powrotem, zanim się uspokoi. Ciągle jestem pijany, myśli Sean. Ile ja wczoraj wypiłem? Chryste.

– Każ im spierdalać – rzuca Claire.

– Zaraz pójdę – bełkocze Sean. – Nie gorączkuj się.

Ma na sobie bokserki i koszulę, w której chodził wczoraj. Pamięta jak przez mgłę, że skakał po sypialni, ściągając dżinsy i śmiejąc się niczym hiena, a ona patrzyła na niego bykiem, leżąc na łóżku. Czy wszystkie kobiety tak mają, czy to tylko mój fart, że każda, z którą się żenię, w niecałe dwa lata zmienia się z imprezowiczki w cnotkę? Kiedyś uwielbiała ze mną imprezować. Nie kładła się przez całą noc, śmiała się ze wszystkich moich żartów i zawsze miała ochotę się pieprzyć. Jeśli z wczorajszej nocy pamiętam cokolwiek, to jej twarz wykrzywioną jak kocia dupa za każdym razem, kiedy otwierałem następną butelkę. W ten weekend są moje urodziny, na litość boską. Czy nie należy mi się z tej okazji trochę dobrej zabawy?

W kącie pokoju bliźniaczki wiercą się na dmuchanym materacu. Ruby zaczyna się mazać. Boże, tylko tego mi trzeba, myśli Sean. Jak się rozpłaczą, to zacznie się dzień, a Claire będzie jęczała, że nie pomagam zrobić im śniadania.

Wstaje. Chwieje się. Szuka czystej koszuli.

. . .

Na podłodze w salonie Jimmy owinął się chodnikiem z owczej skóry, leży i chrapie z otwartymi ustami, strużka śliny łączy jego twarz z poduszką z kanapy, którą ktoś wsunął mu pod głowę. Sean odnotowuje w myślach: kazać mu wstać, zanim pojawią się dzieci. No i cholera jasna. To była dobra okazja, żeby wymknąć się na miłą chwilkę z Lindą, choć przy tylu dzieciach te chwile będą raczej krótkie. Może spróbuję dopilnować, by została tu ze mną przez parę dni, żeby nadzorować ostatnie prace wykończeniowe i upewnić się, że dom jest gotowy na sprzedaż. Claire z całą pewnością nie zechce tu siedzieć ani minuty dłużej, niż trzeba, a pijanych wsadzimy w pociąg.

Kolejny piękny ranek. Złote słońce świeci wysoko na błękitnym niebie, zza ogrodzenia płyną chmury kurzu i ryk maszyn. Zanim dom pójdzie na sprzedaż, będę musiał znowu ściągnąć firmę sprzątającą, myśli Sean. Wsuwa żeglarskie mokasyny i wychodzi na patio. No cóż. Pewnie i tak byłoby to konieczne. Jimmy i Charlie są ustawowo niezdolni wysiedzieć w jednym miejscu dłużej niż pięć minut, nie zostawiając po sobie śladów swej obecności. No i dzieci. W kuchni metr nad podłogą wzdłuż całej ściany ciągną się lepkie ślady rąk. Może będą musieli wrócić nawet malarze.

Budowlańcy. Dziwne, hałaśliwe istoty. W młodości Sean sądził, że to brytyjska kwestia klasowa, ale każdy plac budowy, jaki widział na całym świecie – w Dubaju, Hongkongu, nawet u uśmiechniętych Tajlandczyków – pełen był ludzi, którzy potrafią porozumiewać się tylko za pomocą ryku. Wygląda na to, że Polacy są tacy sami. Ich bluzgi i zawołania mają mniej samogłosek, a więcej spółgłosek, ale poza tym mogliby się wywodzić ze szkoły dobrych manier angielskiej deweloperki.

Sean mija dźwig i pnie się po schodach biegnących wzdłuż brzegu pochyłości. Koparka stoi na szczycie i nakłada na wywrotkę piaszczystą glebę – choć tutaj to raczej przypominający glebę piasek. Obok kół stoją czterej mężczyźni w kaskach ochronnych, którzy wykrzykują coś do siebie ponad zgrzytem maszyn. Sean jest pod wrażeniem wysportowanych sylwetek tych wszystkich Polaków masowo napływających do kraju, odkąd otwarto rynek. Pod kamizelkami odblaskowymi ani jednego tłustego brzucha czy tyłka wystającego znad spodni. U Seana na budowie był kierowca wózka widłowego, który dosłownie musiał podnosić sobie bebech, żeby wsiąść za kierownicę. Nie przeszkadzało mu to komentować każdej nastolatki przechodzącej drogą. Na szczęście zdążyli wyjechać przed przybyciem córek Seana. Nie ma gwarancji, że ci grzeczni katoliccy chłopcy są pod tym względem inni, ale ta perspektywa jakoś mniej mu przeszkadza, skoro dziewczyn nie będą pożerać wzrokiem faceci, u których pod nisko zawieszonymi spodniami na pewno w błyskawicznym tempie rozwija się grzybica.

Podchodzi do robotników i krzyczy:

– Przepraszam!

Za pierwszym razem go nie słyszą. Dostosowuje głośność:

– HALO! PRZEPRASZAM!

Cztery pary oczu obracają się w jego stronę.

– Kierownik! – woła Sean. – Który z was to kierownik?

Mężczyźni gapią się na niego pustym wzrokiem. Oczywiście. Żadnemu nie chciało się nauczyć języka, zanim ruszyli przez Europę, żeby być tutaj pierwszego maja, kiedy Polska wstąpiła do Unii.

– Szefa! – krzyczy Sean. – Chcę mówić z waszym szefem!

Nic do nich nie dotarło. Ale jeden z nich wali w drzwi koparki i woła po polsku: „Janusz! Wrócił ten dupek z domu obok!", a wtedy silnik gaśnie. Nie wiem, czy doczekam się szefa, myśli Sean, ale chyba przynajmniej sprowadzą mi kogoś, kto mówi po angielsku.

Drzwi koparki się otwierają i ze środka wyłania się człowiek, który rozmawiał z nim wczoraj. Woła coś do jednego ze swoich ludzi, a wtedy ten wdrapuje się do kabiny i kontynuuje jego robotę. Wielofunkcyjni, myśli Sean. Muszę załatwić sobie paru takich. Nie będę patrzył, jak za moje pieniądze robotnicy siedzą i piją herbatkę, kiedy pracuje tynkarz.

– Jest wpół do siódmej rano! – krzyczy mimo wszystko. Nigdy nie miał trudności z myśleniem o dwóch rzeczach naraz.

Pod pachami Janusz ma duże plamy porannego potu. Sean również się poci. Ostatni wypity armagnac sączy się nieprzetrawiony porami skóry. Ponadto upiornie go suszy. Pewnie to ode mnie czuć, myśli. Ale nic mnie to nie obchodzi. Bez znaczenia, czy mam kaca, czy nie; to zupełnie bez związku ze sprawą.

– Tak, przepraszam, *mister* – mówi Janusz. – Mamy terminy.

Idzie w zaparte, jak oni wszyscy. Na całym świecie nie ma ani jednego budowlańca, który nie znałby lokalnych przepisów dotyczących hałasu i mimo to ich nie łamał.

– Obaj dobrze wiemy, że nie wolno używać ciężkiego sprzętu przed ósmą trzydzieści! – krzyczy Sean. – Wyłączcie to!

Janusz unosi obie ręce.

– My tylko robimy swoje, *mister*! – woła.

Sean wzywa wszystkich patrycjuszowskich bogów, którzy wynieśli go na piedestał. Z władczą godnością patrzy facetowi prosto w oczy i odpowiada:

– Pech!

Janusz krzyczy coś do robotnika w kabinie. Silnik gaśnie.

– Niech pan posłucha – mówi Polak. – Już mamy spóźnienie.

– Nie mój problem.

– Ale to trochę pana wina. Gdyby wasze ciężarówki nie zastawiały naszych, już dawno wstawilibyśmy ten basen.

– Powtarzam, nie mój problem. Macie przestać do czasu, aż będzie wam wolno pracować dalej, albo zadzwonię do urzędu. Zobaczymy, ile wtedy będziecie mieli opóźnienia.

Janusz woła coś do swoich ludzi i wszyscy zdejmują kaski. Każdy parska przy tym, wydymając dolną wargę, co pewnie ma stanowić komentarz do bieżących wydarzeń, ale na komentarze robotników Sean jest niewrażliwy. Od ponad dwudziestu lat mówi ludziom na budowach, co mają robić.

– Bardzo dobrze – rzuca.

Zaczyna mieć dreszcze. To będzie bardzo, bardzo długi dzień.

. . .

Kiedy schodzi po nasypie, słyszy za sobą wybuch śmiechu. Wie, że rozmawiają o nim, ale lekceważy to. Załatwił wszystkim jeszcze co najmniej dwie godziny snu. Może jeśli zaraz po powrocie do domu wypije Alka Seltzer i z litr wody, to zanim maszyny znowu pójdą w ruch, najgorsze cierpienie minie. Ale wątpi. To chyba taki kac, który będzie trzymał przez cały dzień. Dzięki Bogu, że urodziny mam dopiero jutro, myśli. Claire wkurzyła perspektywa spędzenia tu dodatkowej nocy, ale pierwsza zawsze jest huczna i nazajutrz nikt do niczego się nie nadaje.

Drogą prędko idą w słońcu dwie chude postacie z nogami jak bociany. Każda niesie w dłoniach parę butów na wysokich obcasach. Ktoś tu spędził jeszcze huczniejszą noc niż ja, myśli Sean; jeśli to nie jest marsz wstydu, to chyba oślepłem. A potem dostrzega, że te dwie postaci to jego córki, i staje jak wryty.

– Gdzieście były? – pyta.

Nagle uświadamia sobie, że przez całą noc nikt nie poszedł sprawdzić, czy wróciły. Simone, jak zwykle bezproblemowa, po prostu siedziała w przybudówce z książką i przekąskami. Przynajmniej tak mi się wydaje, myśli. Szczerze mówiąc, nikt z nas tego nie wie.

Dziewczyny zerkają na siebie nawzajem, a potem znowu na niego.

– Wstałyśmy i poszłyśmy się przejść – mówi India. – Dzień taki piękny.

Mógłbym się bez tego obyć, myśli Sean, chwiejąc się w blasku słońca. Czy nie da się po prostu spędzić radosnego weekendu, tak by nikt nie wsadzał mi kija w szprychy?

– Ubrałyście się we wczorajsze ciuchy i wymazałyście make-upem po całej twarzy, żeby przespacerować się do promu?

– Zawsze narzekasz, że za mało się staramy – odpowiada Milly. Jest taka pyskata, że czasami Sean ma ochotę strzelić ją w twarz. – Myślałam, że się ucieszysz.

– Nie wciskaj mi kitu. Nie wróciłyście na noc, prawda?

– Co? – pyta Milly. – Wiesz to na pewno, czy tak ci się wydaje?

Nie spodziewał się takiej riposty i to go irytuje. Z nasypu stacza się chyba jakaś sprośna uwaga, a po niej śmiech. Wracajcie do swojej kiełbasy, to nie wasza sprawa.

– Dobra, obie macie szlaban.

Dziewczyny wymieniają spojrzenia, a potem obie parskają śmiechem.

– Chyba żartujesz! – mówi India. – Ale jaja!

Sean jest osłupiały. Czuje, że życie przelewa mu się przez palce. Kiedy córki przestały go szanować? I dlaczego dopiero teraz to zauważył?

– Zaraz pewnie obetnie nam kieszonkowe – odzywa się Milly teatralnym głosem.

– Serio? – India wymachuje rękami, udając przerażoną. Potem gwałtownie opuszcza je z pogardą. – Najpierw musiałby nam je dać…

– A, fakt – zgadza się Milly. – Zapomniałam.

– Jesteście już dostatecznie duże, żeby mieć jakąś pracę w sobotę – stwierdza Sean.

– O! – woła India. – To znaczy, że zgadzasz się zrezygnować z wizyt wyznaczonych przez sąd, żebyśmy mogły iść do pracy?

– Właśnie – mówi Milly. – Bo tak jakby trochę przeszkadzają w regularnym zatrudnieniu.

– Ale, ale – dodaje India – grunt, żebyś był szczęśliwy ze swoją nową rodziną, no nie?

– Oby! – odpowiada Milly. – Inaczej byłby strasznie samotny. Zwłaszcza że zwykle nawet nie pamięta o naszym przyjeździe.

Sean czuje się tak, jakby uderzyło w niego tornado.

– Posłuchajcie – próbuje – kiedy jesteście w moim domu, macie żyć według moich reguł, zrozumiano?

– Świetnie! – mówi Milly, mija go i rusza w stronę domu. – Indy, ja otworzę brandy. Ty idź po trawkę.

ROZDZIAŁ 18

Powinnam była zapytać. Cholera, powinnam była zapytać. Albo przynajmniej Claire powinna była mnie ostrzec, skoro tak długo trzymała wszystko w tajemnicy. Uświadomić mnie, jaka jest linia partii. A może właśnie o to chodziło. Może przez tyle lat czekała, aż zrobi to za nią ktoś inny?

– Co wiesz? – pytam ostrożnie.

– To, co mi powiedzieli. I wiem, że to gówno prawda. Gdyby rzeczywiście utopiła się w basenie, po śmierci taty nie roiłoby się tu od dziennikarzy. I to nie pierwszy raz. Byli tutaj dwa lata temu i kiedy miałam osiem lat. Już dawno policzyłam, że to była piąta i dziesiąta rocznica. Więc właśnie. Gówno prawda. Nie jesteśmy sławni. Wiem, że tata jest bogaty, ale to za mało, żeby się interesowali. Dzieci ludzi przy kasie częściej toną w basenach niż dzieci biednych, to fakt, bo mają więcej basenów, w których można utonąć, ale nikt nie wypytuje o to później latami.

O rany.

– Opowiedz, co ci mówili – proszę, grając na zwłokę.

Głupi, głupi ludzie. Chyba nie myśleli, że na zawsze to przed nią ukryją? A teraz na mnie spadło nie tylko powiedzenie jej prawdy, ale siłą rzeczy również tego, że jej rodzice są kłamcami. Zresztą i tak wykombinowałaby to w ten weekend. Przecież Claire musiała to przewidzieć.

Ruby nie jest tępa. Widzi, co kombinuję, ale wchodzi w to.

– Miałam siostrę bliźniaczkę. Na imię miała Coco. Utonęła w basenie na wakacjach, kiedy byłyśmy małe. Tyle wiem. Nie pamiętam tego. Wydawałoby się, że coś powinnam zapamiętać, prawda? No bo skoro to się stało na wakacjach, ja też tam byłam, no nie? Ledwo ją sobie przypominam. W sumie gdyby nie ta... kapliczka, którą mama urządziła w domu, pewnie nie pamiętałabym jej wcale.

– Aha – mówię.

– Nie – odpowiada. – Więcej czasu na zastanowienie już nie dostaniesz. Opowiadaj.

Sprytnie. Czekała, żeby wziąć mnie znienacka, bo myśli, że jeśli będę miała czas na ułożenie sobie całej historii, nie powiem jej prawdy. Pewnie ma rację.

– I nigdy nie próbowałaś się dowiedzieć? Nie sprawdziłaś w internecie? Nie widziałaś nic w telewizji?

– No właśnie – mówi. – Zawsze się zastanawiałam, dlaczego nie mamy telewizora. To znaczy wiem, matka uczy mnie sama, a dzieci uczone w domu często wyrastają na świrów, ale myślałam, że po prostu chroni mnie przed tym całym chłamem. Wiesz, pornografią i tak dalej. Bo w internecie jest sama pornografia, prawda?

– Inne rzeczy też – odpowiadam, a potem gryzę się w język, bo dociera do mnie, że Ruby mnie podpuszcza. – Aha – mówię znowu.

– Jeszcze mnie na świecie nie było, jak już istniały smartfony, babuniu. A mama tak kompletnie nie ogarnia tematu, że nawet nie zauważyła, jakie aktualizacje dostawałam na konto firmowe taty.

– Aha – mówię po raz kolejny. – To dlaczego udawałaś, że nic nie wiesz?

– Żeby sprawdzić, czy zastosujesz się do linii partii.

A ja jeszcze nawet nie piłam dziś kawy.

– Pewnie zastosowałabym się, gdybym w ogóle ją znała. Wiesz, nie byłyśmy z twoją mamą najlepszymi kumpelami. Nie prowadziłyśmy długich rozmów do białego rana.

– Więc co się stało? – pyta ponownie. Jest wytrwała jak ojciec.

– Nie było mnie przy tym, Ruby. Nie powiem ci nic więcej, niż mnie powiedziano.

– Czyli?

– Krótką wersję. Tę samą, którą znasz. Którą wyczytałaś w gazetach. Zniknęła.

Ruby gwałtownie zamyka usta. Nie wiem, jakiej odpowiedzi się spodziewała, ale nie tej. Chyba przez te ostatnie tygodnie wmawiała sobie, że jeśli weźmie mnie znienacka, wydusi ze mnie tajemnicę, do której nie udało się dotrzeć połączonym siłom całej brytyjskiej prasy. Rozumiem ją. Wiem, co czuje. Cała historia śmierdzi, ale od dwunastu lat wszyscy trzymają się jednej wersji i jeśli ktoś wreszcie nie pęknie, nie dowiem się więcej niż inni.

Docieramy do miasteczka, mijamy sklep i jedziemy w kierunku głównej drogi. Jakaś kobieta strzyże dużym sekatorem i tak zadbany żywopłot. Ogląda się za nami. Ruby uśmiecha się szeroko i macha do niej. Tamta rozpoznaje ją, odpowiada tym samym gestem, a potem wraca do pracy. W tym miasteczku nic nie uchodzi uwagi miejscowych. Środki bezpieczeństwa lepsze niż w więzieniu w Wandsworth.

Kiedy tylko kobieta zostaje w tyle, z twarzy Ruby znika uśmiech i dziewczyna znów się do mnie odwraca.

– Jak to zniknęła? Co się stało?

Gdybyśmy to wiedzieli, Ruby, tobyśmy ją znaleźli, prawda?

– Słuchaj – mówię – mogę ci powiedzieć tylko to, co wiem. Nie było mnie przy tym. Przyjechałam na weekend i orientuję się, kto tam wtedy był, ale razem z Indią zabrałyśmy się stamtąd znacznie wcześniej. Pamiętasz tamto popołudnie na plaży? Tę meduzę?

To właśnie ten weekend. To musiało być w czwartek, bo już w piątek wyjechałyśmy, a Coco zniknęła dopiero w niedzielę w nocy albo w poniedziałek rano. Nie dogadywałyśmy się z tatą, w ogóle zapomniał, że będziemy, a my nie mogłyśmy znieść tych ludzi. Nigdy ich nie tolerowałam. Kiedy myślę o cholernym Charliem Clutterbucku, chce mi się rzygać. Więc wróciłyśmy do domu. I chyba nigdy nie przeszło mi przez głowę, że gdybyśmy zostały, mogło do tego nie dojść. Myślałam o tym wiele razy. Byłyście fajnymi maluchami. Obie was lubiłam, bez względu na to, co myślałam o waszej mamie, o moim ojcu i o całym cholernym syfie, którego narobili. Nie zasługiwałyście na to. Coco na to nie zasługiwała.

Ruby milczy przez chwilę, trawiąc moje słowa, a potem jeszcze raz pyta bardzo spokojnie, bardzo stanowczo:

– To co się stało?

Daję słowo, ta dziewczyna mogłaby pracować w Stasi.

Oddycham głęboko i zwalniam. Staram się poukładać myśli, żeby odpowiedzieć w jakimś porządku. Skoro wygooglowała cały ten żałosny syf, niewiele mogę dodać. Co najwyżej wysonduję, które teorie spiskowe wchłonęła razem z faktami.

– To nie tak, że ich nie winię – mówię. – Ale twojej mamy nie. Mam masę powodów, żeby czuć do niej niechęć, ale nie za to. Ona też wyjechała, bo tata zachowywał się nierozsądnie. Nie mam mentalności „Daily Mail". Nie rozumiem, dlaczego nie miałaby zostawić swoich dzieci pod opieką ojca. Tylko że oni przez cały weekend chlali. Przez sen nie usłyszeliby wybuchu bomby, a co dopiero kogoś skradającego się na parterze.

Ruby siedzi bez ruchu i patrzy na mnie w milczeniu.

– Ja… – mówię i urywam.

Dojeżdżamy do głównej szosy, więc przez moment mogę się skupić na włączeniu się do ruchu.

– Po prostu mi powiedz – prosi, gdy zaczynamy toczyć się zewnętrznym pasem.

– Nie wiem, co chcesz ode mnie usłyszeć – odpowiadam. – Nie ma jakiegoś… zaplecza, w którym trzymamy całą historię. W środku nocy zniknęła z pokoju, gdzie spałyście. Nikt jej nie znalazł i nie natrafił na żaden ślad.

– Miło – stwierdza Ruby. – Czyli widać, że miało to wielki wpływ na twoje życie.

– Nie, ja…

Oczywiście ma rację. Nie fair tak zostawić temat. Koniec końców, to właśnie Ruby najmocniej odczuła skutki tego wydarzenia, nawet mocniej od matki, a mimo to nic nie wie.

– Dobrze – mówi. – Więc opowiedz mi wszystko swoimi słowami, to sama się przekonam.

O czym się przekonasz? Odrywam wzrok od drogi, żeby przez moment popatrzeć na Ruby. Jest spokojna i śmiertelnie poważna. No dobra, myślę. I tak przecież nie zmienię tematu. Wzdycham, po czym zaczynam od początku.

– To były pięćdziesiąte urodziny taty. Słyszałaś o Sandbanks? To w zatoce Poole Harbour.

– Jasne, jasne.

Widać, że chce czym prędzej przejść do soczystych konkretów, ale nie zrobię tego tak po prostu. Jeśli mam przekazać jej wszystko, co wiem, musi wysłuchać tego, o co prosiła: historii opowiedzianej moimi słowami.

– No więc brukowce lubią tę okolicę, bo gdzieś w latach dziewięćdziesiątych nagle stała się najdroższą lokalizacją w kraju. Nie bardzo wiadomo dlaczego. To podmiejska mierzeja przecinająca prawie całą zatokę. Na końcu jest prom łańcuchowy do Purbeck. Kiedyś było to takie miejsce, gdzie na emeryturze osiedlali się księgowi. Stał tam zaniedbany hotel z piaszczystą plażą w stylu takich przeznaczonych na rodzinne wakacje. A potem ni z tego, ni z owego nieruchomości zaczęli wykupywać milionerzy z branży informatycznej i cały rynek zwariował. Dlatego tata zaczął na szybko odnawiać tam domy. Z każdego miał od ćwierć do pół miliona zysku. Tarzał się w łatwej forsie.

Ruby stęka. Najwyraźniej uważa, że lekcja historii brytyjskiego rynku nieruchomości do niczego jej nie doprowadzi.

– Mówię ci o tym, bo właśnie dlatego tam byliśmy – wyjaśniam. – Tam, a nie na przykład na południu Francji. Przypuszczam, że gazety do tego nie dotarły. Za bardzo zajmował je temat Osiedla Milionerów. Ojciec właśnie skończył odnawiać dom, który tydzień później miał pójść na sprzedaż. To była najbardziej luksusowa przeróbka w jego karierze, więc uznał, że może wykorzystać obiekt, za który zapłacił, i urządzić tam urodziny.

– Poole Harbour jest w Bournemouth, prawda? To nie za bardzo w jego stylu.

– Właśnie. Szczerze? Chyba chciał udawać, że znów jest nastolatkiem, a to dużo łatwiejsze, kiedy nie trzeba przechodzić przez kontrolę celną.

Ruby zastanawia się przez chwilę.

– Mówisz, że brali narkotyki?

– Sama chciałaś wiedzieć.

Ma zdegustowaną minę, jaką miewają wyłącznie nastolatki na myśl o kimś dojrzałym, kto robi numery w stylu gwiazd rocka. Matko. Ta cała historia z Simone musiała być dla niej jeszcze obrzydliwsza niż dla mnie. Trauma pierwotna to jedno, ale stary cap z kobietą, która ma tylko kilka lat za dużo, żeby być jego wnuczką? Zwłaszcza gdy tą kobietą jest Simone. Kiedy się dowiedziałam, byłam chora tygodniami.

– Tak. Co mogę powiedzieć? Tak. Myślę, że brali kokainę, a z całą pewnością palili trawę. Tego zapachu nie da się przegapić.

– Też tak słyszałam – odpowiada figlarnie.

Ignoruję to.

– I pili, obżerali się i wydzierali do siebie, jak robią dorośli, kiedy chlają. Naprawdę nie mam pojęcia, po co wzięli dzieci. Skoro sami chcieli się zachowywać jak dzieci, trzeba było to sobie ułożyć. Ale nie ułożyli, a twoja mama ścięła się z nianią, więc do czarnej roboty zostałyśmy my i Simone. A potem oczywiście już tylko Simone. W domu były straszne schody, które Linda zamontowała, żeby podobało się japiszonom: hartowane szkło, ostre krawędzie, ziejące barierki. A wy weszłyście w fazę łażenia, dlatego po pierwszej nocy uznali, że przeniosą was do przybudówki. Uznali, że tam będziecie bezpieczniejsze.

– Prawo niezamierzonych konsekwencji – komentuje Ruby.

– Nie myślałam o tym w ten sposób. Nie bądź zła na swoją mamę. Obwiniał ją cały świat i pewnie nie ma dnia, żeby sama się nie obwiniała.

Ruby milczy. Krzyżuje ręce na piersiach i patrzy przez szybę na rozwijającą się przed nami szosę. To będzie długa droga.

ROZDZIAŁ 19

2004 | piątek | Simone

Z leżaka przy basenie słyszy, jak nadchodzą z drugiej strony ogrodu. Głosy dziewcząt są piskliwe, słychać, że z czegoś się tłumaczą; soczysty tenor Seana niesie się gromko w nieruchomym powietrzu. Maszyny budowlane, które zbudziły ją ze snu pół godziny temu, zamilkły, więc po okolicy rozchodzi się każde słowo ich kłótni.

– Pierdol się, tatusiu! – krzyczy India. – Po prostu się pierdol!

– Jak śmiesz tak się do mnie odzywać?! Nie wolno tak mówić do starszych! Boże, wstyd mi, że was wychowywałem!

Głos Milly:

– No to całe szczęście, że ci nie wyszło! Może z następnymi lepiej ci się uda, co?

– Och, na litość boską!

Simone powoli siada i wychyla się przez krawędź leżaka, żeby obejrzeć tę scenę. Milly i India, wciąż we wczorajszych ubraniach – nic dziwnego, skoro przybudówkę przez całą noc miała dla siebie – stoją plecami do niej. Zaciśniętymi pięściami zaparły się pod boki jak przekupki. Sean sfrustrowany łapie się za włosy palcami obu dłoni.

– Zawsze będziesz miała do mnie urazę? Naprawdę?

– Tak – odpowiada Milly. – Jeżeli chcesz znać szczerą odpowiedź, to tak, czemu nie?

– Zawsze nam to powtarzasz – mówi India. – Jeżeli nie chciałeś ponosić konsekwencji, trzeba było nie podejmować decyzji.

– Zrobiłem wszystko, co w mojej mocy, żebyście nie odczuły tego na własnej skórze. Przykro mi, że wasza mama i ja nie mogliśmy się dogadać, ale nie możecie mnie za to karać do końca życia.

India parska mu prosto w twarz sarkastycznym śmiechem.

– Wszystko, co w twojej mocy? Serio? Boże, nawet nie pamiętałeś, że przyjeżdżamy w ten weekend!

Simone widzi, że Sean czerwieni się po uszy. Przez chwilę wygląda tak, jakby rzeczywiście miał się przyznać do winy, a potem prostuje się i mówi:

– Nonsens.

Muszę to zapamiętać, myśli Simone. Samce alfa w typie Seana nigdy nie przepraszają. To po prostu nie w ich stylu. Musisz z tym żyć, jeśli takiego mężczyzny pragniesz.

– Po prostu oczekiwałem, że zadzwonicie i powiecie, kiedy przyjeżdżacie, zamiast pojawić się jak gdyby nigdy nic i przeleźć przez ogrodzenie, nic nikomu nie mówiąc. Kto wie, co się mogło stać.

– Pieprzenie – odpowiada India. – Boże, jak ty pieprzysz, stary dziadu. A tak w ogóle to nie przeszłyśmy przez ogrodzenie, tylko dziurą. Twoje zabezpieczenia wcale nie są tak dobre, jak myślisz.

Milly kręci głową.

– Pewnie kiedy już człowiekowi kłamanie wchodzi w nawyk, zaczyna być to jego drugą naturą – dodaje.

Odwraca się do siostry i Simone widzi, że dochodzi między nimi do dziwnej mentalnej komunikacji, która zdarza się tylko u rodzeństwa.

– Chyba naprawdę w to wierzy – stwierdza Milly. – W każdym razie teraz już wierzy. Zajęło mu to z godzinę, ale wszystko poprzestawiał sobie w głowie tak, żeby dobrze wypaść.

– Czy takie rzeczy opowiada wam terapeuta, na którego wykładam po sto funtów tygodniowo? – pyta Sean. – Widzę, że moje pieniądze nie idą na marne.

– Weź spieprzaj – rzuca Milly. – Skoro nie chciałeś, żebyśmy chodziły do terapeuty, trzeba było przy pierwszej okazji nie brać dupy w troki.

Sean prawie się krztusi. Potem nagle patrzy na nią ze złośliwie triumfalną miną.

– Oj, Milly – odpowiada – bynajmniej nie przy pierwszej, możesz mi wierzyć.

Zapada przerażająca cisza. Czy on naprawdę to powiedział? – zastanawia się Simone. Musiał mieć coś innego na myśli. Sean nigdy umyślnie tak by kogoś nie zranił.

Milly odwraca się. Jej twarz to obraz nędzy i rozpaczy. Dziewczyna rusza sztywno w kierunku przybudówki. Jej siostra robi dwa szybkie kroki, żeby ją dogonić.

– Nie, słuchajcie – mówi Sean. – To nie tak miało zabrzmieć. Dziewczynki, poczekajcie…

– Zamknij się, tato – odpowiada India i zatrzaskuje mu drzwi przed nosem.

. . .

Sean przez kilka sekund stoi w słońcu, patrząc za córkami. W tej chwili rzeczywiście wygląda na swoje lata, i nie jest to korzystne. Simone zawsze podobali się dojrzali mężczyźni, odkąd tylko pamięta. Lubi ich siłę, autorytet, pewność siebie. Nigdy nie widziała niczego ciekawego w pryszczatych wyrostkach, którzy przesiadują z dziewczynami w jej szkole, w tych ich długich, błądzących dłoniach i w tym, jak nieudolnie naśladują gwarę rasta, kiedy czują się niepewni. Teraz jednak widzi starego człowieka, którym Sean się stanie, i przez chwilę ją to przeraża. Nie wiem, czy powinnam się ujawnić, myśli. Chyba przydałby się mu teraz ktoś do rozmowy. Zanim jednak zdąży podjąć decyzję, Sean odwraca się i powoli rusza z powrotem do domu, zgarbiony i z opuszczoną głową.

. . .

Simone odczekuje kilka minut, a potem sama idzie do przybudówki. Kieruje nią ciekawość, a troszeczkę również złośliwa satysfakcja. Siostry Jackson zawsze były wobec niej wredne i chętnie wynajdywały okazje, żeby z niej drwić. Siłą rzeczy ma ochotę napawać się ich nieszczęściem.

Pakują się.

– Cześć! – mówi Simone. – Co robicie?

India gwałtownie się obraca, zaskoczona jej nadejściem, jakby całkiem o niej zapomniała.

– Zbieramy się – odpowiada. – Będziesz miała całą przybudówkę dla siebie.

Simone robi zaskoczoną minę.

– Ale dlaczego? Dopiero przyjechałyście.

– Pilnuj własnych spraw – radzi jej Milly, a potem obie odwracają się do swoich toreb. Wrzucają do nich byle jak ubrania z wściekłą energią. Nie potrafią się jednak, mimo obecności Simone, powstrzymać przed wypowiadaniem na głos myśli. Zaczynają rozmawiać, jak gdyby była niewidzialna. – Nie wolno mu tak do nas mówić. Nie wierzę, że sobie na to pozwala.

– Wie, że nie – odpowiada India. – Głupi stary gnój. Typowe. Świetnie wie, że nie wolno, a i tak to robi. Koniec. Dość tego.

– Jeżeli myśli, że przyjadę do niego na następną głupią wizytę, to się myli. Niech ją sobie w dupę wsadzi.

India rzuca się na materac i dzwoni z komórki do biura numerów.

– Poproszę numer do firmy taksówkarskiej w Bournemouth – mówi. – Oj, nie mam długopisu. Może mnie pani połączyć? – Podnosi wzrok na siostrę. – Spokojnie, Mills. Przecież wiedziałyśmy, jaki jest.

Milly wzdycha. Jej twarz zaczyna się wykrzywiać. Po chwili dziewczyna potrząsa głową jak pies na deszczu.

– Właśnie – odpowiada. – Pieprzyć go.

– Halo, dzień dobry – mówi India. – Chciałybyśmy zamówić taksówkę na Sandbanks. Będziemy jechać na stację. Tak. Jak najszybciej.

. . .

Simone patrzy, jak odchodzą w kierunku podjazdu przed domem, a potem wraca na leżak. Niedługo dorosłym będzie potrzebna jej pomoc. Zapowiada się cudowny dzień.

ROZDZIAŁ 20

Na stacji za Arundel Ruby wpada w gniew. Ja staję w kolejce po kawę i big maki, a ona idzie do łazienki. Kiedy wraca, ma dwie pionowe kreski na grzbiecie nosa i rozpalone policzki. Maszeruje ciężko przez salę, a rodzice rzucają się, żeby zabrać z jej drogi swoje dzieci.

Krzesła są przymocowane do stołów w takiej odległości, by zniechęcić do dłuższego siedzenia. Szpara jest za wąska, żeby Ruby się tam rzuciła, a mimo to udaje jej się wykonać wślizg, którym sygnalizuje gwałtowność emocji.

– Kupiłam ci big maca, frytki i shake'a waniliowego – mówię uspokajająco.

Nie chce na mnie spojrzeć. Otwiera burgera i z obrzydzeniem pochłania go trzema kęsami. Przeżuwa niczym wilk pożerający bezbronną owieczkę, a shake'a wsysa przez słomkę tak mocno, że aż robi się sina z wysiłku. W końcu widzę u niej drżenie, jakie zwykle towarzyszy uderzeniu zimna do głowy. Z hukiem stawia kubek z powrotem na tacy. Potem zrywa wieczko i do reszty napoju zaczyna wrzucać frytki. Boże. Czego to ludzie nie wymyślą.

– Ona mnie, kurwa, okłamała – mówi.

Dzięki, Claire. Jasne, zostaw mi rozmowę ze swoją córką, nie ma sprawy. Przecież zawsze byłyśmy sobie takie bliskie.

Słodzę moje poczwórne espresso i wypijam łyk. Jest ledwie letnie, potwornie spalone zbyt gorącą parą, ale to zawsze kawa. Jeszcze jedna taka, a może dotrwam do lunchu. Tęsknię za papierosem. Nie paliłam od prawie szesnastu godzin. Ci ludzie nawet sobie tego nie wyobrażają.

– Wszyscy mnie, kurwa, okłamali – mówi Ruby. – Nic dziwnego, że trzymała mnie w domu jak dziwoląga, udając, że robi to dla mojego dobra. Po co? No, kurwa, po co? Naprawdę myśleli, że się nie dowiem? Przecież nie zostanę w domu do końca życia.

Jest jak królewna z bajki. Trzymana z dala od świata, bo król nie chciał, żeby poznała jakiegoś fiuta.

– To chyba bardziej skomplikowane – ośmielam się powiedzieć.

– Nie chcę tego słuchać.

– Ona bardzo cię kocha.

– Litości!

Wraca do frytek, wkłada je sobie do ust jedną po drugiej niczym papier do niszczarki, a ja chwilowo godzę się z porażką. Sączę kawę i czekam, co będzie dalej. Ruby nie jest wierzbą płaczącą, jaką sobie wyobrażałam, jadąc po nią. Myślałam, że będę aniołem miłosierdzia jaśniejącym własną cnotą, pocieszę, otrę łzy, krzepiącym objęciem otulę dygoczące ramiona. Amazonki nie łapią się na poziom współczucia, który przypada osobom kruchym. Są od tego, żeby nieść pocieszenie, a nie go szukać. Wygląda na to, że Ruby dobrze się tego nauczyła.

– To wszystko cholerne kłamstwo – mówi. – Jak wrócę do domu, rozpieprzę tę zasraną kapliczkę. Wiesz, jak to jest codziennie na nią patrzeć? Matka cały czas się maże. Nic tylko Coco, Coco, Coco, a ja siedzę cicho, bo... sama nie wiem. W sumie nawet nie mam pojęcia dlaczego. Ona mnie okłamuje, a ja robię wszystko, żeby ją chronić. Nie miałam ani jednych urodzin, które byłyby tylko moje. Przez dwanaście lat każde kończą się tym, że ryczy do tortu. A każde lato jest do niczego, bo wiem, że znowu zacznie żałobę. Myślałam... Kurwa! Kiedyś myślałam, że to dlatego, że Coco nie żyje. Ale teraz patrzę na matkę i zastanawiam się: dlaczego? Dlaczego mnie okłamujesz?

Tak, myślę, jest jeszcze gorzej. Claire czeka na dziecko, które nigdy nie wróci do domu, i wmawia sobie powierzchowne kłamstwo, bo w głębi duszy wie, że to się nigdy nie stanie. Nie umiem wyobrazić sobie nic gorszego. Zawsze się zastanawiałam, jak ojciec potrafił sobie z tym tak dobrze radzić. Chyba po prostu mężczyźni są inni. Rozumiem, dlaczego opowiadała to głupie kłamstwo, kiedy Ruby była za mała, żeby zrozumieć wszystkie zawiłości, ale ten czas dawno minął i teraz obie ugrzęzły w pułapce. Ogół społeczeństwa w swej nieskończonej mądrości miał o jej matce tak dużo do powiedzenia – a Ruby nie miała kogo zapytać. Przed ich najbliższą rozmową muszę ją uspokoić. Jeśli Claire dowie się, że jej córka, tkwiąc samotnie w muzeum Coco, przez cały czas wszystko wiedziała, będzie chciała umrzeć. Ja na jej miejscu bym chciała. Chciałabym umrzeć każdego dnia od chwili zniknięcia Coco.

– Przykro mi, Ruby – mówię.

– A tobie dlaczego? – pyta podejrzliwie. – Co ty takiego zrobiłaś?

– To nie fair. Przecież wiesz, że to nie zawsze oznacza przeprosiny.

– Ach tak, czyli współczucie. Ja to mam szczęście.

Kończy frytki, zgniata karton i wyrzuca go do śmieci. Piorunuje mnie wzrokiem, gdy z powrotem wbija słomkę w wieczko shake'a i pije.

– Dalej mi nie powiedziałaś, co się stało – mówi. – Swojej wersji. Nie cudzej.

– Dobra. Ale zrobimy to na zewnątrz. Muszę zapalić.

. . .

Wychodzimy z napojami na parking i siadamy na zwale ziemi przysypanej sosnowymi igłami. Skręcam papierosa. Dzięki nałogowi poznałam wiele olśniewających miejsc na świecie.

– Kiedy w poniedziałek rano przyszli po was przed śniadaniem, ty smacznie spałaś, a Coco nie było – mówię.

– Tak po prostu?

– W ogrodzeniu była dziura. Znalazłyśmy ją z Indy w czwartek po południu, kiedy przez tatę musiałyśmy tkwić na ulicy, więc weszłyśmy sobie popływać. Pewnie była tam przez całe lato. Nawet nad morzem ludzie nie potrafią oprzeć się pokusie niestrzeżonego basenu. Założę się, że o dziurze wiedziała połowa nastolatków z okolicy. A zamek w drzwiach wychodzących na patio był zepsuty. Żadnych odcisków palców. To znaczy oprócz odcisków wszystkich, którzy spędzili tam weekend, sprzątaczek, robotników i rzemieślników, ale ich po kolei skreślono i nie został nikt inny. Zero DNA, zero śladów czegoś, czego nie powinno tam być. Zupełnie jakby… jakby rozpłynęła się w powietrzu.

– A ja się nie obudziłam?

Kręcę głową. Zapalam papierosa, piję kawę i choć przez krótką chwilę wszystko w świecie znów jest na swoim miejscu.

– Gdzie byli wszyscy? Nie rozumiem. Jak mogli nic nie słyszeć? Jeżeli ktoś się włamał, musiał narobić hałasu, no nie?

– Nie wiem, Ruby. Możliwe, że zamek był zepsuty już wcześniej. Nikt nie pamięta, czy rzeczywiście działał, kiedy przyjechali. Jeśli ktoś przed obróceniem klucza nie pociągnął za klamkę, musiał myśleć, że zamek normalnie zamyka się i otwiera, choć tak naprawdę nic się nie działo.

– Na parterze nie spał nikt inny?

– Była elektroniczna niania z alarmem – odpowiadam.

– I nic nie słyszeli?

Boże, to brzmi okropnie. Jest okropne. Zasłużyli na każdy zarzut z cyklu „Co to za ludzie?", jaki pojawił się w prasie. Co za ludzie robią coś takiego? Założę się, że Sean wziął proszek nasenny, chociaż nigdy się do tego nie przyznał. Nie słyszał alarmu, bo chrapał w najlepsze po całym weekendzie pijaństwa i Bóg wie czego jeszcze.

– Był tylko tata. Twoja mama wróciła do domu w sobotę wieczorem. No, w zasadzie raczej w niedzielę wczesnym rankiem. Chyba się pokłócili, choć według oficjalnej wersji od początku zamierzała wyjechać, bo w poniedziałek z samego rana miała zacząć szukać niani.

– Więc zostawiła mnie z tymi ludźmi?

– Zostawiła cię z twoim ojcem. To nic niezwykłego, Ruby. Zaczynasz brzmieć jak te gazety.

– Bo mają rację – odpowiada nadąsana.

Nie mogę się na nią złościć. Przecież to samo wiele razy powtarzali ludzie, którzy nie mieli ze sprawą nic wspólnego. Skoro każdy, kto kiedykolwiek kupił „Daily Mirror", ma prawo do opinii, to tym bardziej Ruby.

– Wiesz co? Spędziłyście cudowny weekend. Cudowny. Lody, muszelki, zamki z piasku, chlapanie się w wodzie i wszystko, co dzieci uwielbiają. Wszyscy razem poszliśmy na plażę. Pamiętasz to, prawda? Pamiętasz meduzę? Cały weekend był właśnie taki. Wspaniale się bawiłyście. Musisz o tym pamiętać. W wasz ostatni wspólny weekend ty i Coco byłyście bardzo szczęśliwe. Musisz o tym pamiętać.

– Nie – odpowiada Ruby. – Nie pamiętam. Nic nie pamiętam. Właściwie nie pamiętam nawet jej. W ogóle. Codziennie widzę jej zdjęcie, ale nie pamiętam, jaka była. – Nagle wygląda na potwornie nieszczęśliwą. – A chciałabym.

ROZDZIAŁ 21

2004 | piątek | Claire

– Sama nie wiem, Sean. To chyba nie w porządku.

– O Boże. – Sean upuszcza swój koniec materaca, szykując się na kłótnię. – Znowu się zaczyna.

– Ale ja…

Robi się czerwony na twarzy tak jak zawsze, kiedy wyczuwa, że coś pokrzyżuje mu szyki. Claire nigdy się do tego nie przyzwyczai, do tej przemiany czarującego mężczyzny, który kiedyś nie widział w niej żadnych wad. Ale oczywiście zanim za niego nie wyszła, nie krzyżowała mu szyków.

– Tak, ty, ty, ty. Wiecznie tylko ty. Nie przyszło ci do głowy, że na świecie są jeszcze inni ludzie?

Zawsze to samo. Kiedy Sean czuje, że coś pójdzie nie po jego myśli, lecą oskarżenia. Jesteś taką egoistką. Nigdy nie pomyślisz, czego ja bym sobie życzył, prawda? Rujnujesz mi życie. Udawałaś kogoś zupełnie innego. Nie ożeniłbym się z tobą, gdybym wiedział, jaka jesteś naprawdę.

– Ale Sean – protestuje słabym tonem. – Przecież to małe dzieci!

Ich spory zawsze przebiegają identycznie. Sean czegoś chce, a kiedy ona zwraca uwagę na wady pomysłu, on natychmiast cofa się do dzieciństwa. Zachowuje się jak wielki berbeć, który wierzga nogami i wydziera się, że nienawidzi podłej mamy. Latami ustępowała z pola walki, unikała konfliktu, jeśli tylko mogła, ale przez cały ten czas jej frustracja znajdowała upust w formie biernej agresji. Słyszy swój cichy, urażony, ściśnięty głos, który mówi:

– O, rób, co uważasz, jak zwykle. – I nienawidzi się za to. Bądź co bądź, bierna agresja to wciąż agresja. Tylko w wersji nieuczciwej.

– No oczywiście – odpowiada Sean. – Wszystkie lata akademii medycznej są niczym w porównaniu z twoimi trzema latami doświadczenia w macierzyństwie. Myślisz, że Jimmy dawałby to własnym dzieciom, gdyby było niebezpieczne? Poważnie?

Chyba nie przyszło mu nawet do głowy, że to możliwe, myśli Claire. To, co do tej pory wiem o Jimmym Orizio, nie pozwala mi przypuszczać, że zastanawia się uważnie nad swoim postępowaniem. Nawet z kanapy zwlókł się dopiero na lunch, taki był skacowany. Leżał tam sobie z wczorajszą śliną zastygłą na trzydniowym zaroście. Dzieci musiały pomyśleć, że nocą wszedł do domu jeden z pijaków spod pomnika poległych na wojnie.

Sean znowu podnosi materac i rusza przed siebie.

– Może – mówi – trzeba było dbać o lepsze relacje z personelem, jeśli nie chciałaś, żebyśmy musieli kombinować, jak sobie poradzić z tyloma dziećmi.

Claire nie potrafi się powstrzymać.

– Może – odpowiada – gdybyś potrafił utrzymać relacje ze swoimi poprzednimi dziećmi, to teraz nie musielibyśmy tego robić.

Sean przewraca oczami, aż znikają źrenice.

– O Boże, znowu – wzdycha, a potem szarpie materacem, tak że ten przesuwa się jej w dłoniach.

Claire czuje pęknięcie paznokcia. Pieprz się, myśli. Zaczniesz gadać, że się zapuszczam, jeżeli teraz nie poświęcę pół soboty, żeby się tym zająć, zanim zacznie się ta twoja wspaniała kolacja. Inaczej dostaniesz szału.

– Au! – woła. – Złamałeś mi paznokieć.

Mąż ją ignoruje.

– Niezła z ciebie zołza, wiesz? Wszystkiego się uczepisz, jeżeli wiesz, że mnie tym zranisz.

Znowu płaczliwy chłopiec. Jaka musiała być jego matka? Mówi, że ojciec był potworem, ale o niej praktycznie nie wspomina. Pewnie istniała tylko po to, żeby spełniać potrzeby mężczyzn w rodzinie. Wiem, co mówią dupki: że zanim ożenisz się z kobietą, powinieneś zobaczyć jej matkę, ale gdybym mogła, tę samą zasadę zastosowałabym do mężczyzn. Ich stosunek do matek mówi wszystko o stosunku do kobiet w ogóle. Jeśli matka wygląda na sponiewieraną, uciekaj gdzie pieprz rośnie.

Przenoszą materac przez drzwi patio i wynoszą go na słońce. Dzisiaj Claire widziała tego słońca niewiele. Od rana sprzątała po imprezie i bez końca robiła kanapki z bekonem dla dorosłych, a makaron z serem i groszkiem dla dzieci. Nikomu nie chciało się nawet przestrzegać pór posiłków. Po prostu na moment odrywali się od śmiechów nad basenem, żeby wpaść do kuchni i powiedzieć: „Oooch, tak, cudownie", kiedy Claire po raz kolejny zdejmowała rondel z suszarki. Jimmy i Linda już prawie doszli do przybudówki z materacami wyniesionymi z ich pokoju. Imogen Clutterbuck stoi w drzwiach otoczona wianuszkiem dzieci.

– No i czy rzeczywiście chcemy zostawić je pod opieką samej Simone? – pyta Claire.

– Ona jest bardzo chętna – odpowiada Sean. – To znaczy jasne, jeśli zamiast niej ty chcesz zostać w domu, na pewno się nie obrazi. Miałbym chociaż trochę spokoju od twojego zrzędzenia.

Och, jakie to niesprawiedliwe. Ale Claire zastanawia się chwilę i myśli: tak, w porządku, przynajmniej nie będę musiała patrzeć, jak wino leci ci po brodzie. Sean zarezerwował miejsca w knajpce po drugiej stronie przeprawy promowej. Przez kilka rozkosznych godzin nie będą nawet przebywać na tym samym kawałku lądu.

– Dobrze – mówi. – Jasne. Tak. Dziękuję. Dobry pomysł. To chyba sensowne, nie uważasz? Wiesz, żeby został tu ktoś dorosły, kiedy po raz pierwszy narkotyzujemy nasze dzieci?

Sean znowu się zatrzymuje, obraca i wbija w nią wzrok.

– To nie jest narkotyzowanie. Boże, jak ty przesadzasz.

– A jak byś to nazwał?

– Tak jak Jimmy. To są lekarstwa, nie narkotyki. Słuchaj, on tak robi od lat z własnymi dziećmi i nic im się nie stało, prawda? To nic groźnego. Absolutnie nic groźnego. Jeśli nie można ufać lekarzowi, że zna się na takich sprawach, to niby komu?

. . .

Dmuchane materace zostały rozmieszczone, a pościel ułożona na wierzchu. Joaquin, najstarszy, dostanie łóżko Milly, a sześcioletnia Tiggy – rozkładaną kanapę, na której miała spać India. Przynajmniej dzięki temu, że córki Seana na nich nie spały, nikt nie domaga się zmiany pościeli. Coco i Ruby będą leżeć razem na jednym materacu, a Fred i Inigo na drugim. Łóżko Simone jest pedantycznie posłane, a walizka przepakowana i wsunięta pod spód. To nie nastolatka, myśli Claire, tylko robot. Ale bycie wychowywaną przez rodziców, których praca polega na ukrywaniu przed światem krętactw innych ludzi, zapewne sprzyja paranoi na punkcie własnej prywatności.

Simone, Maria i Imogen zagoniły dzieci do kuchni, gdzie napełniają im brzuszki kiełbaskami i purée ziemniaczanym, żeby zrobić podkład pod zopiklon. Mężczyźni przenieśli się z butelką szampana do altanki. W wieczornym powietrzu niesie się woń cygara Seana. Cieszę się, że z nimi nie idę, myśli Claire. Będzie znacznie szczęśliwszy w towarzystwie tej zaślepionej dziewczyny spijającej każde słowo z jego ust, niż gdybym ja zamartwiała się przy nim o moje maleństwa. Może brak mi dostatecznej siły charakteru, żeby ich przed tym powstrzymać, ale przynajmniej będę na miejscu, gdyby coś poszło nie tak.

Zamyka drzwi, żeby dym cygara nie dostawał się do domu, a potem wchodzi na górę.

. . .

Tiggy opiera się łokciami o szklany stół w jadalni i nie chce jeść marchewki.

– Nie cierpię – mówi. – Okropna, okropna, okropna marchewka.

Czteroletni Fred papuguje po niej, bębniąc rączką widelca w stół:

– Okłopna, okłopna, okłopna małchewka.

Nie nauczył się jeszcze wymawiać „r", więc te wszystkie „ł" sprawiają, że brzmi jak mały Elmer Fudd.

Claire naprawdę im współczuje. Linda gotuje okropnie. Rozgotowała warzywa na papkę bez smaku i rzuciła je na talerz bez żadnego dodatku – masła czy oliwy – dzięki któremu byłyby bardziej apetyczne. Ja też nie cierpiałam marchewki, kiedy byłam mała, myśli Claire. Zabawne. Wydawałoby się, że wszystko, co słodkie, dzieci powinny łykać jak żelki Haribo. Reszta maluchów też niechętnie grzebie widelcami w jedzeniu, ale tylko Tiggy głośno wyraziła niezadowolenie. Jest najstarszym dzieckiem Oriziów, więc wykazuje dominację wskazującą na to, że przywykła do podejmowania samodzielnych decyzji, choć ma dopiero sześć lat.

Nawet jeśli to nieprawda, myśli Claire. Wątpię na przykład, żeby miała coś do gadania w kwestii spania. Zerka na zegarek. Minęła siódma, a stolik zarezerwowano na wpół do dziewiątej. Jeśli dzieci mają zostać odurzone i położone do łóżek w porę, żeby towarzystwo zdążyło na prom, trzeba się bardziej pośpieszyć.

– Wiecie co? – odzywa się pogodnie, przyglądając się twarzom swoich córek, które tylko patrzą w posiłek. – Ponieważ jesteśmy na wakacjach, co wy na to, żeby każdy mógł nie dojeść jednej rzeczy z talerza? Przecież musimy zostawić trochę miejsca na lody, no nie?

Sześć par oczu obraca się ku niej i obdarza ją spojrzeniem pełnym nieskrywanej ulgi. Dzieci entuzjastycznie kiwają głowami. Joaquinowi, który obnosi się ze swym statusem jedynego siedmiolatka, nie chce się na nią spojrzeć, ale nawet on przytakuje.

– Nie powinnaś tak robić – wtrąca się Imogen z wyrzutem. – Uczysz ich, że mogą grymasić bez konsekwencji.

Claire tylko wykrzywia wargę.

– No, raz, raz! – mówi. – Kto skończy ostatni, ten gapa!

. . .

Udając, że szuka lodów, podchodzi do Lindy przy wyspie kuchennej. Linda zdążyła się ubrać na wieczór w obcisłą elastyczną sukienkę tak białą, że chyba potraktowano ją jakimś środkiem chemicznym, żeby świeciła w świetle ultrafioletowym, platynowe kolczyki, naszyjnik i bransoletkę, wszystko do kompletu – widać, że Jimmy nie rozdaje tych swoich spidów i zamulaczy w ramach działalności charytatywnej – i przezroczyste klapki na obcasach, w których widać każdą kość jej bardzo kościstych stóp. Claire odnotowuje z nutką satysfakcji, że choć po Lindzie widać nawyk chodzenia na siłownię – ma brązowawą skórę, a na twarzy zaczynają się pojawiać zmarszczki od robienia grymasów na przyrządach – to jej uda wcale nie są najszczuplejsze. On niedługo zacznie je krytykować, myśli złośliwie, nawet sobie nie wyobrażaj, że będzie inaczej – ponieważ wie, choć nikt jej tego nie powiedział, że Linda pieprzy się z jej mężem. Jest dla niej zbyt słodziutka, mimo że do wczoraj prawie się nie znały, a kiedy przyjechali,

Sean przyniósł jej kieliszek schłodzonego chardonnay, nie pytając, czego się napije.

Linda położyła na blacie blister proszków oraz przecinacz do tabletek i teraz starannie kroi każdą pastylkę na pół, a potem raz jeszcze. Ćwierć dorosłej dawki dla moich trzylatek? – myśli Claire. To chyba żarty.

– Wiesz, nie musimy tego robić – mówi. – Zostanę z nimi. Może tylko powiemy, że dałyśmy im proszki?

– Wyluzuj, kochana – odpowiada Linda. – My robimy to stale, naprawdę. Nie masz się czym martwić.

– Ale mnie jeden taki proszek usypia na amen, a ważę sześćdziesiąt kilo.

– To znaczy, że działa, skarbie.

Nie traktuj mnie protekcjonalnie, ty suko, myśli Claire. To, że twój udomowiony rogacz jest lekarzem, nie znaczy jeszcze, że ty też.

– Bezpieczny margines błędu jest olbrzymi – mówi Linda. – Dopiero sześć czy siedem całych pastylek byłoby dla nich niebezpieczne. Poważnie. Jimmy nie robiłby tego, gdyby uważał, że to groźne.

– Ale… Bliźniaczki ważą niewiele ponad dziesięć kilo. Są drobne na swój wiek. Nie możemy dać im czegoś innego?

Linda wzrusza ramionami.

– Na przykład co?

– Nie wiem. Paracetamol w syropie?

Linda parska złośliwym śmiechem. Układa ćwiartki proszków w rządku, pastylkę, która została, chowa do blistera, a blister wraz z przecinaczem – do górnej szuflady wyspy kuchennej, tam gdzie sztućce.

– Nie możemy o nich zapomnieć w poniedziałek – mówi i puszcza oko. – Podniecą każdego potencjalnego kupca. Paracetamol, no naprawdę! Moje jeszcze o dziesiątej wieczorem skakałyby do sufitu.

– Ale to dzieci. Przecież wiesz, że nie wolno im dawać leków dla dorosłych. Na litość boską, piszą o tym na każdym pudełku.

Znowu ten śmiech.

– Oj, Claire – rzuca Linda. – Nie rozśmieszaj mnie. Te ostrzeżenia są dla głupich ludzi.

Imogen wyjmuje sześć małych misek i sześć łyżeczek, do każdej miski nakłada dwie łyżki lodów waniliowych i zalewa złotym syropem.

– Będą zachwycone – stwierdza. – W zamrażarce syrop zmienia się w toffi. To znacznie tańsze niż lody Ben & Jerry's.

– Posypka – wtrąca Simone. – Kiedy byłam mała, uwielbiałam posypkę.

– Lindo, nie mów, że zapomniałaś o posypce – rzuca Maria. – Myślałam, że ten dom jest odpowiednio wyposażony.

Wszystkie się śmieją. Claire odwraca się gwałtownie i patrzy na Marię, szuka znaku, że to tylko nic nieznacząca uwaga. One wiedzą, myśli. Wszystkie wiedzą. To dlatego w ten weekend nie zawracają sobie mną głowy. Wiedzą, że jestem na wylocie, i w ich głowach ta tutaj już zajęła moje miejsce. Jestem dla nich pośmiewiskiem. Pewnie są uradowane, że na kolacji będą miały ode mnie spokój.

Imogen, w koszulowej sukience z deseniem w wędzidła i szpilkach profesjonalnej żonki, niesie miski do stołu – stuk, stuk, stuk. Włosy ma sztywne jak drut od tych wszystkich środków chemicznych, dzięki którym układają się w przedklimakteryjne loki. Biżuterię ma oczywiście złotą; to eleganckie złoto, a dla efektu tylko jeden pięciokaratowy szafir w pierścionku. (Szafir! Oczywiście! Nawet jej biżuteria musi być po torysowsku niebieska).

– No dobra! – woła. – Kto ma ochotę na lody?

Linda kołysze się za nią z proszkami w dłoni.

– Najpierw witaminy, Imo – mówi. – Znasz zasady! Nad morzem wszyscy dostają witaminy!

Dzieci odwracają wzrok od hipnotyzujących słodkości i patrzą jej w oczy.

– Nie chcemy, żebyście jutro były zmęczone, prawda? – pyta Linda. – No już. Każdemu po witamince na wzmocnienie, żebyście miały dużo energii! Raz, dwa, a potem deser!

. . .

Claire przygląda się kobietom. Maria ma na sobie swą firmową czerwoną sukienkę bez pleców, która podkreśla jej fantastyczny dekolt, wciętą w pasie jak we włoskich melodramatach, z rozkloszowanym plisowanym dołem do kolan. Simone wzięła z niej przykład i włożyła podobną, dwa numery mniejszą, w odcieniu bladego błękitu podkreślającym jej skórę w kolorze kości słoniowej. I zrobiła sobie makijaż. Pełen makijaż, jakby szła na imprezę, a nie do hamburgerowni na plaży.

Zebrały się przy stole niczym stado harpii, pochylają się słodko nad dziećmi, karmią je środkami nasennymi i pomagają popić wodą. Mierzwią maluchom włosy, całują w czubki głów, gratulują grzecznej współpracy. Tiggy nie chce łyknąć swojego proszka – przechodzi teraz fazę mówienia „nie" – ale groźba, że będzie musiała patrzeć, jak matka zjada jej porcję lodów, łamie silną wolę dziewczynki. A potem jest po wszystkim. Miski lądują na stole i zaczyna się jedzenie.

Nie zniosę tego, myśli Claire. Jestem okropną matką. Powinnam umieć postawić się im wszystkim, nie dać się tak podporządkować dla ich wygody. Jeśli dziewczynki dowiedzą się o tym, gdy dorosną, nigdy mi nie wybaczą.

– Wiecie co? – odzywa się. – Zmieniłam zdanie. Chyba jednak pójdę na tę kolację.

Kobiety obracają głowy.

– O… – mówi Imogen. – Ale kto wtedy popilnuje dzieci?

– Simone się zaoferowała. Prawda, Simone? Nie będziesz

miała nic przeciwko temu? Bądź co bądź, to urodzinowy weekend mojego męża. – Patrzy Lindzie prosto w oczy. – Nie chciałabym, żeby poczuł się beze mnie samotny.

Biegnie na piętro, żeby się przebrać, wciąga letnią sukienkę Chanel i szpilki od Stuarta Weitzmana, w których przejście piaszczystą ścieżką od promu do knajpki będzie koszmarem. Spryskuje włosy połyskliwym lakierem i upina sobie grecką fryzurę przy użyciu blond warkocza na spince. Loki opadają na jej długi, gładki kark tak, jak on kiedyś lubił. Mawiał, że Claire z tą swoją smukłą szyją przypomina mu łabędzia sunącego przez życie jak przez krystalicznie czystą wodę. Nie założę dziś biżuterii, myśli Claire. Niech Linda wygląda krzykliwie, wulgarnie i staro wśród nadmorskiej młodzieży i klientów warsztatu szkutniczego, którzy zwykle kręcą się przy knajpie. W ostatniej chwili zrzuca głupie buty i zamiast nich wkłada baletki. Brylanty, które Sean dał jej w dniu ślubu, zostawi na jutrzejszy wieczór, żeby mu przypomnieć.

. . .

W kuchni proszki zaczynają działać. Simone siedzi przybita na wysokim stołku, dłonie trzyma między udami, jeden but dynda z palców stopy. Przykro mi, myśli Claire. To nie twoja wina. Dałaś się wplątać w sprawy dorosłych, choć zasługujesz na coś lepszego. Ale to moje życie, moje małżeństwo i nie ma mowy, żebym przez współczucie dla ciebie dała się upokorzyć we własnym domu. Pozwoliłam się zmusić do głęboko niemoralnego czynu. Nie może to pójść na marne.

Dzieci przy stole milczą. Buzie już im się otwierają, plecy garbią, a Inigo oparł głowę na wyciągniętej ręce. Fred ziewa, a potem to ziewanie przechodzi kolejno przez całą grupę niczym meksykańska fala.

– Pięknie wyglądasz – mówi Maria życzliwym tonem, jak mówi się do skrępowanej nastolatki przed pierwszą potańcówką.

Spierdalaj, myśli Claire. Za późno na udawanie mojej przyjaciółki.

– Pora spać! – oznajmia pogodnie. Tiggy otwiera usta, żeby zaprotestować, ale jej myśl, jakakolwiek była, ucieka, zanim zdąży zmienić się w słowa. Claire podchodzi do drzwi patio i woła w wieczorne światło: – Panowie! Dzieci są gotowe do łóżek! Pomoże mi ktoś?

– Już idę! – odpowiada głos od strony altanki.

Claire obraca się i patrzy na córki. Oczy Coco zamykają się powoli, a potem mała wzdryga się na krześle, jakby śniło jej się, że spada.

ROZDZIAŁ 22

2004 | piątek | Sean

Zostawia towarzystwo i idzie do przybudówki, żeby sprawdzić, jak się mają. Pozostali są pogodni, beztroscy i nikomu, nawet Claire, nie chciało się do nich zajrzeć, więc robi to sam. To był nerwowy wieczór. W porównaniu z czasami jego młodości knajpka z widokiem na srebrzystą wodę i ciemniejący garb wyspy Brownsea wyporządniała – dawny jadłospis złożony z pasztecików z mikrofali oraz zapiekanki z mięsa i ziemniaków zastąpił szeroki wybór ryb, skorupiaków i tiramisu – ale atmosfera była niezręczna.

Sean wciąż nie rozumie, dlaczego Claire, która przez cały dzień tylko mnożyła trudności, nagle postanowiła pójść na kolację, choć wcześniej tak strasznie troszczyła się o dzieci. W rezultacie, zamiast poflirtować sobie z kochanką, podczas gdy jej konkubent upija się do nieprzytomności jackiem daniel'sem z colą, Sean musiał znosić, jak ta ścina się z jego źle ubraną żonką nad kraciastym obrusem niczym Bette Davis z Joan Crawford. Teraz zaś Claire przyczepiła się do Lindy jak rzep, więc szansa, żeby spędzić z kochanką trochę czasu sam na sam, jest zerowa. Sean ma ochotę usiąść i zapalić cygaro, więc równie dobrze może skorzystać z okazji teraz.

Rolety i okiennice w przybudówce są zamknięte, ale przez szpary między listewkami sączy się słabe światło. Sean stuka do drzwi i słyszy ruch po drugiej stronie. Na szybę pada cień, po czym otwiera mu Simone.

– O, wróciliście – mamrocze. – Dobrze się bawiliście?

– Było sympatycznie – odpowiada Sean. – Choć oczywiście brakowało nam ciebie. Przyniosłem ci kieliszek szampana i kawałek pysznego ciasta czekoladowego, które tam teraz serwują.

– O! – Simone czerwieni się aż po czubek głowy, jakby zaskoczył ją brylantami.

Ach, te młode dziewczyny, myśli Sean. Podniecają je nawet najdrobniejsze prezenty. Szkoda, że moje córki takie nie są. One nie doceniają niczego.

– Dziękuję – wybąkuje Simone. Jej rzęsy trzepoczą o policzki niczym ćmy. – Jak miło z pana strony.

– Nonsens. Choć tyle mogę zrobić, kiedy ty zaoferowałaś się z cenną pomocą. Co u nich?

– A... – Przez moment dziewczyna ma taką minę, jakby całkiem zapomniała o dzieciach. Ogląda się przez ramię i szerzej otwiera drzwi, żeby Sean mógł zobaczyć sześć cichych, nieruchomych ciałek na materacach. Są niczym kamienne rzeźby na grobowcach w średniowiecznym kościele. – Wszystko w porządku. Przez cały wieczór nawet nie pisnęły.

– Doskonale – mówi Sean. – Doskonale. A jak tobie minął czas?

Simone promienieje.

– Dobrze. Czytałam książkę i oglądałam filmy na YouTubie. – Na jej szyi wiszą słuchawki. Obraca jedną w palcach, żeby pokazać, że robiła to, nie hałasując.

– Jadłaś coś?

– Zrobiłam sobie kanapkę, ale nie chciałam wychodzić na długo, bo któreś dziecko mogło się obudzić.

– Byłaś bardzo sumienna. Ale nie wiem, czy to konieczne. Czy jakieś w ogóle się poruszyło?

– Ani trochę.

Sean czuje przypływ poufałej wielkoduszności.

– To wyjdź z tym ciastem na świeże powietrze – mówi. – Idę posiedzieć w altance, może pójdziesz ze mną?

Simone dosłownie drży z radości.

– Oczywiście – odpowiada. – Dziękuję.

. . .

Pięknie tu i spokojnie. Z kuchni suną ku nim odgłosy rozmów, nie głośniejsze niż szum morza w tle. Noc jest idealna, ziemia wciąż ciepła po dniu, wietrzyk lekki i łagodny. Simone siedzi spokojnie obok Seana, nie zrzędzi, nie zabiega o jego uwagę, zadowolona sączy szampana. Ciasto znajduje się w pudełku z plastikowym widelcem. Dziewczyna otwiera je, próbuje i wzdycha z zadowoleniem.

– Dobre? – pyta Sean i zapala cygaro, a ona kiwa głową.

Sean kładzie wolne ramię na oparciu kanapy i zakłada nogę na nogę. Mimo ciężkiego wieczoru przepełnia go dobry humor i radość życia. Gdyby wszystkie kontakty z kobietami były równie łatwe... W miarę jak dojrzewają, coś się z nimi dzieje. Nieubłaganie gorzknieją. Gdyby tylko mogły wiecznie mieć szesnaście lat – byłyby legalne, w przeciwieństwie do Simone, ale wciąż słodkie, podatne na wpływy i wdzięczne za okazywaną im uwagę.

– Chce pan spróbować?

– Nie, nie – odpowiada. – Najadłem się na kolacji. Na zdrowie.

Simone bierze jeszcze dwa kęsy, po czym z żalem odsuwa od siebie pudełko. Sączy szampana i stwierdza, że jest znakomity.

– Nie mów, że już skończyłaś.

– Pyszne – zapewnia dziewczyna – ale bardzo sycące.

– Chyba nie martwisz się o figurę? – droczy się Sean.

– Nie, nie. – W półmroku wydaje się zawstydzona. Może po prostu nie chce wyjść na żarłoczną; może martwi się o to.

– Masz śliczną figurę – mówi Sean z galanterią. Wypija łyk whisky i dodaje: – Na pewno chłopcy łażą za tobą jak sznur kaczątek.

Włosy spadają dziewczynie na twarz, kiedy spuszcza wzrok na stolik.

– Raczej nie – mówi.

– Daj spokój, za taką ładną dziewczyną jak ty?

Simone podnosi głowę i patrzy na Seana.

– Chłopcy w moim wieku są tacy niedojrzali – odpowiada. – Wolę mężczyzn.

Jej słowa zawisają między nimi w nocnym powietrzu. W oddali dojrzały, soczysty śmiech Charliego Clutterbucka niesie się przez otwarte drzwi. W obłożonym tynkiem kamyczkowym bliźniaku po drugiej stronie płotu znacząco trzaska okno. Zgrzybiały stary pedzio, który tam mieszka, przez całe lato narzeka na hałas i najwidoczniej jest coraz bardziej rozżalony. Życzę powodzenia, myśli Sean. Wątpię, żeby ludzie, których stać na wyłożenie trzech milionów za taki dom, chodzili po ogródku w brązowych blezerach i podlewali hortensje.

Zerka na zegarek i widzi, że już północ.

– Niech mnie! – mówi. – Już są moje urodziny!

– O! – Simone wierci się na kanapie. – Wszystkiego najlepszego! – Unosi kieliszek, stukają się szkłem i piją.

– I w jaki piękny sposób wszedłem w ten dzień – stwierdza Sean. – Nie mógłbym sobie wymarzyć milszego towarzystwa.

– Mam nadzieję, że czeka pana wspaniały rok – mówi Simone. – Oby był najlepszy ze wszystkich.

Sean ciężko wzdycha.

– Na to się, niestety, nie zanosi. – Uświadamia sobie, że jest dość pijany i nieuważny, jeśli chodzi o wyznania. Ale z drugiej strony właśnie dlatego, że jest pijany, dochodzi do wniosku, że ma to gdzieś. Przecież i tak wszystko wyjdzie na jaw. Co piętnastolatka zrobi z taką wiedzą? – Nie wiem, czy zauważyłaś – mówi – ale nie układa nam się z Claire.

Simone zakłada włosy za ucho i wraca do jedzenia ciasta.

– Tak – odpowiada. – Trudno nie zauważyć. Nie jest dla pana zbyt miła, prawda?

– Bogu dzięki! – Sean siada prosto, zadowolony, że w końcu znalazł życzliwego słuchacza. – Wreszcie ktoś mi wierzy! Nie wyobrażasz sobie, jak trudno być mężczyzną. Kiedy coś idzie nie tak, wszyscy zawsze winią nas.

– To takie niesprawiedliwe. Tata i Maria też ciągle mają z tym problemy w gazetach. Tata mówi, że nie ma nic gorszego, bo kiedy kobiety sprzedają swoje historie, wszyscy im wierzą, a kiedy mężczyźni robią to samo, wychodzą na drani.

– Właśnie.

– Nie powinna tak do pana mówić. To obraźliwe.

– Nie była taka, kiedy ją poznałem. Czasami mam wrażenie, że oszalała.

Simone zdaje się poważnie rozważać tę możliwość.

– Nie wiem, czy powinnam coś mówić… W końcu to pana żona.

– Nie przejmuj się. – Sean przez moment ma wyrzuty sumienia. – Przepraszam, nie powinienem cię w to mieszać.

– Nic nie szkodzi – uspokaja go dziewczyna. – Przecież nic nie powiem. Poza tym… sama zaczęłam. Niepotrzebnie się odzywałam. To nie moja sprawa. Po prostu…

Sean czeka.

– Gdybym to ja była pana żoną – mówi Simone coraz bardziej drżącym głosikiem – nigdy nie odzywałabym się do pana tak jak ona. Pan jest taki… a ona w ogóle tego nie docenia.

– Haruję jak wół, żeby miała, co zechce, a ona ciągle ma do mnie pretensje.

– Pan tak ciężko pracuje – powtarza po nim Simone. A potem: – Dlaczego się nie rozstaniecie?

Sean wypija następny łyk whisky, zaciąga się cygarem. Ona przygląda mu się w milczeniu. Jaka jest urocza. Taka delikatna, łagodna i miła. Gdybym mógł zacząć życie od nowa…

– To nie takie proste – mówi. – Rozwód… to ciężka sprawa. Widzisz, jak traktują mnie India i Milly. Ich matka zatruła im umysły, nastawiła je przeciwko mnie, bo tak to już bywa z rozwodami. Dzieci trafiają do matek, a ojcowie zostają z niczym. Nie zniósłbym tego po raz drugi. W tej chwili bliźniaczki mnie uwielbiają. Nie dopuszczę do tego, żeby zaczęły patrzeć na mnie krzywo, tak jak dziewczyny. Gdyby nie bliźniaczki, byłoby inaczej. Gdyby się nie urodziły. Ale są i dlatego jesteśmy związani na całe życie. Nawet gdybyśmy się rozstali. Kiedy ma się dzieci, to już nie takie łatwe. Nigdy bym z nich nie zrezygnował. – Dobrze się czuje z tą swoją szlachetnością. Jestem dobrym ojcem, mówi sobie. Może India i Milly tego nie widzą, ale jestem. – Poza tym jaką one miałyby przyszłość, gdyby poszły z nią? Zmarnowałaby je. Sama widzisz, jaka jest. Ma nierówno pod sufitem.

Nagłe wspomnienie. Siedzi z Claire na ławce nad Tamizą i mówi to samo o Heather. Czy to właśnie tak jest? – pyta sam siebie. Czy po jakimś czasie wszystkie kobiety szaleją? W moim życiu chyba wszystkie. Najpierw mnie uwielbiają, ale potem gorzknieją. Moje żony, moje dziewczyny. To nie fair. Najwidoczniej rzecz w tym, jakie kobiety wybieram. Maria Gavila jest inna, a Charlie Clutterbuck ma tę samą żonę od dziewiętnastu lat, choć to przecież kompletna niedojda.

– W każdym razie – mówi Sean – dziś są moje urodziny. Nie rozmawiajmy o tym. Powinniśmy świętować. Proszę. – Podnosi plastikowy widelec, nadziewa trochę ciasta i zbliża je do ust Simone. – Zjedz kawałek.

– Nie mogę! – protestuje dziewczyna, a Sean zauważa, że jej źrenice są ogromne.

– Oczywiście, że możesz – mówi, po czym przysuwa kawałek bliżej.

Simone rozchyla swe ładne usta i pozwala się nakarmić.

ROZDZIAŁ 23

W Yeovil zaczyna padać. To typowa dla West Country gęsta ulewa i wichura, niosąca ze sobą ciemne niebo, które nie rozjaśni się aż do rana. Dopiero czternasta, a wszystkie samochody włączyły reflektory. Nie cierpię stycznia. Mniej więcej co kilometr silny podmuch szarpie autem i pcha je pół metra w prawo. Przestajemy rozmawiać. Potrzebuję wszystkich resztek mojego mózgu, jeśli mamy dojechać żywe.

Godzinę później mrok to już bardziej skutek zmierzchu niż chmur burzowych, my zaś brniemy wąskimi drogami, przy których sterczą białe drogowskazy skierowane w przypadkowe strony. Na jednym skrzyżowaniu wszystkie cztery wskazują na Barnstaple, a GPS twierdzi, że znajdujemy się na środku pola. Ruby otrząsa się ze śpiączki nieszczęścia i wygląda przez okno.

– Pamiętam to miejsce – mówi. – Trzeba skręcić w prawo.

Skręcam. Droga się zwęża: jest teraz pojedynczym pasem biegnącym między nasypami porośniętymi żywopłotem, które przesłaniają resztki światła dziennego. Nad nami olbrzymie drzewa splatają nagie gałęzie, tworząc widmowy zimowy tunel. Nie wyobrażam sobie tu Seana. Wiem, że tutaj się wychował, ale zawsze gustował w białych gzymsach i upalnym słońcu; w morzu, w którym, jak mówił, można pływać, i w restauracjach z tarasami, gdzie wszyscy przechodnie widzą, że pijesz szampana. Co dwieście metrów nasyp przecinają drogi dojazdowe, ale w mroku nie widać żadnych świateł. Tutaj nie rozlały się przedmieścia. Chyba Sean wrócił w te strony, żeby skonfrontować się z własnym dzieciństwem, być tym, któremu się powiodło. Czy zastał tu jeszcze kogoś z tamtych czasów, tego nie wiadomo.

Z tyłu w ciemności nadjeżdża samochód. Jest znacznie większy od naszego, ma reflektory LED, które płoną niczym tysiąc maleńkich słońc. Opuszczam lusterko, żeby je przyciemnić, a kierowca zbliża się z rykiem silnika. Siada mi na zderzaku.

– O, patrz – mówi Ruby. – Dupek.

– Aha – odpowiadam.

Usiłuję skupić się na drodze, ale jego reflektory rozświetlają naszą kabinę upiornym, obłąkańczym blaskiem. Czuję się tak, jakby śledził nas smok. Wbrew sobie zaczynam przyśpieszać, tak że wkrótce boję się nie tylko tego, że tamten wjedzie we mnie z tyłu, ale i tego, że coś wyskoczy przed nami.

W ciemności majaczy kolejny drogowskaz, tym razem do Orfordu. Te okolice zamieszkiwane są od dawien dawna. Kiedyś drogi biegły tu po ponurych pastwiskach przez niedostępny las. Nasypy powstawały przez tysiące lat, gdy trakty zapadały się coraz głębiej w ziemię. Nikt ich nie zbudował; wyrobiły się same.

– Tutaj – mówi Ruby. – Skręć w prawo.

Lekko wciskam hamulec i włączam kierunkowskaz. Ten za mną prawie nas taranuje, a potem zaczyna trąbić. Owszem, wiem, że prowadzi mężczyzna. Jak można się nie zorientować? Boże, co za ludzie! Kupują wielkie auto i od razu myślą, że cała droga należy do nich. Zostaje nieco w tyle, a ja skręcam. Potem on robi to samo.

– Kurna – rzucam.

– Może powinnyśmy go puścić – proponuje Ruby.

– Tak – odpowiadam, po czym zwalniam, szukając miejsca, w którym mógłby wyprzedzić.

Znów dojeżdża mi do zderzaka i ryczy silnikiem. Podnoszę rękę, żeby zasłonić lusterko; światło jest tak oślepiające, że ledwo widzę drogę.

Po lewej pojawia się przerwa w nasypie, więc w nią wjeżdżam. Tamten samochód mija nas i przyśpiesza. Na fotelu pasażera dostrzegam kobietę. Ma sztywne blond włosy i patrzy wprost przed siebie, jakbyśmy nie istniały. Potem błyska złośliwe czerwone światło hamowania, kiedy auto dojeżdża do następnego zakrętu, a później znikają. Mercedes. Oczywiście, że mercedes. Ci w mercach to najgorsi kierowcy świata. Może z wyjątkiem bydła w audi.

– Chryste panie – mówię.

– Co za fiut – rzuca Ruby. – Oby złapał gumę. – Potem dodaje: – To już chyba niedaleko, po lewej. Jeszcze parę zakrętów. Będzie znak.

Jestem trochę wzburzona. Toczę się trzydzieści kilometrów na godzinę, czekając, aż puls mi zwolni. Po trzech zakrętach w mroku pojawia się tablica. Jednocześnie jest dyskretna i nie jest, odwrócona w stronę drogi, utrzymana w charakterystycznych zielono-złotych barwach jak znaki PRZEJŚCIE DLA DZIECI ustawiane przy szkołach podstawowych.

BLACKHEATH HOUSE

TEREN PRYWATNY

Podjazd przecina wysoka metalowa brama w stylu tych, jakie zwykle widzi się przed domami piłkarzy, przed nią zaś stoją dwa samochody. Jednym jest właśnie tamten mercedes. Z drugiego wysiadają dwaj mężczyźni w parkach i ruszają w stronę kierowcy.

– To dziennikarze – stwierdza Ruby.

Nie odkryła Ameryki. Nikt nie siedzi w samochodzie w masywnej kurtce z mnóstwem kieszeni, chyba że planuje pośpiesznie z niego wysiąść.

W pobliżu nie ma nikogo innego. Sto metrów dalej na prawo i na lewo wąska szara dróżka zakręca za rogami muru posiadłości. Kierowca mercedesa otwiera drzwi i wychodzi na podjazd. To Charlie Clutterbuck. Mogłam się domyślić. Rusza w stronę interkomu, ale pismaki doskakują do niego. Jeden ma aparat fotograficzny, a drugi kołonotatnik i jakiś sprzęt do nagrywania.

– Cholera! – mówię. – Będziemy tu tkwiły sto lat. Ten człowiek niczego tak nie kocha jak dźwięku własnego głosu.

Charlie zerka w naszą stronę i macha do nas. Opuszczam szybę, żeby posłuchać.

– ...wiem, że tylko wykonujecie swoją pracę... – Jego głos, gęsty niczym pudding z wołowiny i nerek, huczy w ciemniejącym powietrzu.

Otwierają się drzwi od strony pasażera i z auta wysiada Imogen. W świetle moich reflektorów widzę, że przez ostatnią dekadę nie tyle się postarzała, co... utrwaliła. Włosy, które na Sandbanks czasem ruszały się na wietrze, teraz wyglądają jak powleczone plastikiem, a skóra jest lśniąca i gładka. Imogen ma na sobie kostium od Chanel – choć może teraz, odkąd Charlie stracił dietę parlamentarną i powiązane z tym posady w radach nadzorczych, to tylko podróbka – oraz czarne lakierki ze skromnymi obcasami, które w miarę sobie radzą na zniszczonym asfalcie. Przecina podjazd i wsuwa dłoń w dłoń męża. Stoją w blasku świateł samochodów, robiąc poważne miny, kiedy fotograf trzaska zdjęcia.

No, na pewno się ucieszą, że po tylu latach ich fotografia znów pojawi się w prasie. Bardzo lekko naciskam klakson. Podskakują, jakby nie zdawali sobie sprawy, że za nimi ktoś czeka.

– Poznaję tego człowieka – mówi Ruby.

– Nic dziwnego. To Charlie Clutterbuck. Były poseł i zawodowy bufon. Pamiętasz? Zwiał do nazistów i z kretesem przegrał wybory. Ten gargulec na fotelu pasażera to jego żona Imogen. Wiedziałam, że kogoś mi przypomina. Podjadę. Nie martw się. Siedź spokojnie i nie otwieraj okna.

Imogen puszcza dłoń Charliego i wciska guzik interkomu, a tymczasem jej mąż huczy o lojalnych przyjaciołach i pięćdziesięcioletniej znajomości i złowrogo patrzy w naszą stronę. Dziennikarze też ku nam spoglądają, po czym nachylają się do siebie, żeby się naradzić. Pytają o coś Charliego ściszonymi głosami, a on kiwa głową, zarozumiały do samego końca. Brama zaczyna się rozsuwać. Clutterbuckowie wracają do samochodu, ja tymczasem wrzucam bieg, żeby ustawić się za nimi.

– Owiń głowę szalikiem – mówię do siostry przyrodniej. Może uda nam się przebrnąć przez komitet powitalny bez szwanku.

Ruby powoli wraca do życia, zapina pas i oplata sobie głowę szalikiem w stylu Meryl Streep. Merc rusza, a ja powoli toczę się za nim. Fotograf rzuca się naprzód i robi parę zdjęć, ale przypuszczam, że z powodu odbić flesza w szybie większość do niczego nie będzie się nadawać. Merc przejeżdża przez bramę, po czym zapalają mu się tylne światła. Staje pół metra za granicą Blackheath.

– Nie – mówię. – Nie, nie, kurwa, nie.

Wduszam klakson, by dać mu znak, żeby się ruszył. Żadnej reakcji. Celowo mnie zablokował. Walę ręką o kierownicę, oglądając zasuwającą się bramę. Światła stopu gasną i mercedes znika w ciemności.

– Dlaczego on to zrobił? – pyta Ruby. – Dlaczego? Jak tak można?

– Bo to gnój. Bo zawsze był gnojem – odpowiadam. Teraz jest do tego zdesperowanym gnojem, a tacy są najgorsi. – Zostań tutaj. Masz piętnaście lat, więc nie mogą zrobić ci zdjęcia, ale nie pozwolę, żeby cię obskoczyli.

Ruby znieruchomiała z ręką na klamce. Po raz pierwszy w życiu znalazła się w świecie, w którym jest się w centrum uwagi, czy się tego chce, czy nie. Bez względu na motywy, Claire dobrze wywiązała się z zadania, więc dziewczyna nie ma pojęcia o własnej sławie. Ludzie powinni zrozumieć, jaki to skarb dorastać w przekonaniu, że jest się nikim.

Wysiadam. W powietrzu wisi mocna woń wilgotnej gleby, a podwyższone pobocza porasta mech. W mroku pod drzewami kępka przebiśniegów dzielnie podnosi biało-zielone głowy. Tata nie żyje już na tyle długo, że nie mógł widzieć wybijających liści. Wkrótce zakwitną krokusy. A wiosną tutejsze lasy na pewno są pełne dzwonków. Czuję kolejne ukłucie. Nie mam pojęcia – i teraz już nigdy się nie dowiem – czy natura obchodziła go poza tym, jak można ją wykorzystać, żeby lepiej sprzedać nieruchomości, ale dziwnie mi z myślą, że już nigdy nie zobaczy tych kwiatów.

Fotograf unosi aparat i zaczyna robić zdjęcia. Migawka robi pstryk, pstryk, pstryk. Powoli ruszam do interkomu, udając, że dziennikarzy tam nie ma.

– Camilla?! – woła ten z kołonotatnikiem. – Przykro mi z powodu pani ojca.

Cholerni psychopaci. Nagle są pełni współczucia, kiedy myślą, że coś na tym zyskają.

Ignoruję ich. Naciskam guzik interkomu i czekam, przyglądając mu się z udawaną fascynacją.

– Zastanawialiśmy się tylko, czy są nowe wiadomości. Pogrzeb w poniedziałek, prawda? Jak się czuje rodzina? Jak pani macocha? Czy w samochodzie jest Ruby? Jak się miewa? Na pewno jest zrozpaczona. Czy coś mówiła?

Kiedy ponownie naciskam przycisk, aparat znowu robi pstryk, pstryk, pstryk. Dziwne, jak głęboko zakorzenione w nas jest przyzwyczajenie, żeby uśmiechać się w obecności aparatu fotograficznego. Muszę się mocno koncentrować, żeby zachować kamienną twarz. Tylko tego mi potrzeba, żebym wylądowała na pierwszych stronach uśmiechnięta od ucha do ucha nad trumną ojca.

– Czy widziała się pani z Claire? Jak ona się czuje? Czy jest smutna?

Rzucam mu wściekłe spojrzenie. Aparat robi pstryk, pstryk, pstryk.

– Widzę, że bardzo pana interesuje, kiedy ludzie są smutni – mówię. – Co to znaczy?

Zawsze odpowiadać pytaniem na pytanie. Sean nauczył mnie tego dawno temu. Czasem bierna agresja to rzeczywiście najlepsza obrona.

Dziennikarz nie jest tym zmieszany.

– Po prostu wykonuję swoją pracę, Camillo – odpowiada. – Pozostawali w dobrych stosunkach, prawda? To robi wrażenie, biorąc pod uwagę wszystko, co zaszło. Jak pani myśli, co się stało z Coco?

– To znaczy z moją siostrą? Chce pan, żebym plotkowała o jednej tragedii rodzinnej w samym środku drugiej? Czy pan oszalał?

– Zostanie pani na pogrzeb? Czy myśli pani, że przyjdzie dużo ludzi? Domyśla się pani kto? Pani tata znał wiele ważnych osób, prawda? Sądzi pani, że zniechęcą je pogłoski o tym, jak zmarł?

– Wow. Czy pan naprawdę zadał mi to pytanie?

Nareszcie, nareszcie interkom ożywa z brzękiem:

– Blackheath.

– Camilla Jackson – przedstawiam się.

– O! – dziwi się głos. – Clutterbuckowie przyjechali dosłownie przed chwilą. Nie widziałaś ich?

– Tak – odpowiadam. – Widziałam.

– Aha – mówi głos. Nie poznaję go. Ale z drugiej strony padło niewiele słów, na których mogłabym się oprzeć.

Zamek zgrzyta i brama zaczyna się rozsuwać. Wracam do samochodu najspokojniej, jak potrafię, podczas gdy miniaturowy tłumek biegnie za mną, wpycha mi obiektyw w twarz i zarzuca pytaniami. Wiedzą, że zostało im tylko kilka sekund na wywołanie mojej reakcji, zanim znajdę się poza ich zasięgiem. Dziennikarze są jak wampiry. Mogą wejść, tylko jeśli się ich zaprosi.

Ruby siedzi nieruchomo z półotwartymi ustami, jej aparat ortodontyczny połyskuje srebrem w słabym świetle. Wskakuję za kierownicę i zamykam drzwi.

Zapnij pas. Oni kochają, kiedy ktoś łamie prawo.

– Ruby! – woła pismak. – Jak się czujesz? Przykro mi z powodu taty…

. . .

Podjazd wije się między drzewami, tak że z drogi w ogóle nie widać domu. Na szybie rozpryskują się wielkie krople wody spadające z nagich gałęzi, a nasypy po obu stronach drogi przysypane są czarnymi liśćmi. Pomiędzy koleinami rośnie mech. Granicę między trawą a asfaltem wyznaczają pokryte porostami kamienie, tak by samochody nie zjeżdżały na miękkie pobocze. Kiedy dojeżdżamy do zatoczki, zjeżdżam. Wciąż trzęsę się po tym przeżyciu. Bóg raczy wiedzieć, co teraz myśli Ruby. Kładę rękę na jej ramieniu.

– Dobrze się czujesz?

Powoli odwija szalik i upuszcza go na kolana.

– Chyba tak. Na pogrzebie też będą się tak zachowywać?

– Mam nadzieję, że nie. – To by było jak pikieta Kościoła Baptystycznego Westboro.

– O co im chodziło? – Widzę, że trochę drży.

– Boże, to dziennikarze. Im w zasadzie o nic nie chodzi. Robią to jak przez sen. Dlatego tak często się rozwodzą.

– Nie, miałam na myśli Clutterbucków.

– Ile znasz przekleństw, Ruby?

– Z osiemnaście.

– Dobrze. Właściwie wszystkie tu pasują. Narcystyczne zaburzenie osobowości.

– O cholera.

– Wiesz, co to jest?

– Powtarzam ci, Milly, nie wychowałam się w lesie. Uwielbiam ciekawe zaburzenia osobowości.

– Ja też! Nie mów, że to rodzinne. Trzymam przy łóżku egzemplarz *DSM-IV*!

– Żartujesz! Ja mam *DSM-V*!

Patrzymy na siebie i wyczuwamy lekką zmianę atmosfery w samochodzie. Czujemy do siebie nieco więcej szacunku. Kto by pomyślał, po tylu latach rozłąki? Mamy ze sobą coś wspólnego – coś bardzo konkretnego. Obie kochamy psycholi.

– Zrobimy zakłady w weekend? – proponuję.

– O, dobry plan – odpowiada. – W kościele będzie pełno ludzi z problemami. – Potem przypomina sobie, dlaczego będziemy w kościele, i raptownie milknie.

Znowu wrzucam bieg i toczymy się naprzód za kolejny zakręt. Naszym oczom ukazuje się ostatnie osiągnięcie Seana Jacksona: Blackheath House. Wiejska rezydencja przerobiona na wiejski hotel dzięki jego niezrównanemu oku. To dom w stylu królowej Anny, oczyszczony, otynkowany i odmalowany. Dachówki leżą w równiutkich rzędach, a balustradę wzdłuż podwyższenia na parterze przed drzwiami frontowymi wymieniono za sumę, jaką płaci się raczej na wzgórzach Hollywood. Dom jest równie stary jak otaczające go drzewa, ale Sean odarł go z zabytkowości i uczynił przerażająco, boleśnie idealnym. Nawet gdybym nie wiedziała, do kogo należał, na pierwszy rzut oka rozpoznałabym jego rękę. Wszystko błyszczy jak w Disneylandzie.

Na żwirowym łuku przed wejściem stoi kilka samochodów: dwa mercedesy, bentley, range rover oraz kilkunastoletni ford fiesta z wgniecionym przednim błotnikiem. Są rozrzucone jak zabawkowe auta, które zostawiło tu roztrzepane dziecko. Clutterbuckowie kręcą się przy swym wielkim lśniącym wozie na numerach z wypożyczalni – powracając na wieś, trzeba dbać o pozory. Z tylnego siedzenia wypakowują olbrzymi szpetny bukiet.

Parkuję na skraju trawnika, który albo pielęgnowano z miłością od czterystu lat, albo położono zeszłej jesieni. Obstawiam to drugie. Wysiadamy. Dom jest cichy. Nikt nie wyszedł nam na powitanie, żeby przyjąć nas czule na łonie rodziny.

Podchodzę do Charliego.

– Co to miało znaczyć, do cholery?

Podskakuje z udawanym zaskoczeniem, jakby wcześniej nie zauważył, że się zbliżam. To musi być sztuczka polityków; dam głowę, że widziałam, jak tę samą pantomimę odstawiają Cameron, Boris Johnson, a nawet John Prescott. Mówi ona: jesteś kimś nieistotnym, tak mało znaczącym, że czuję się zaskoczony tym, że się do mnie odzywasz – ale mówi to w taki sposób, by nie dało im się tego wypomnieć, bo kto wie, może akurat rzeczywiście się nas nie spodziewali.

– Słucham?

Imogen cofa się do walizek i mierzy mnie wzrokiem od stóp do głów, próbując ustalić, czy w ogóle warto reagować na moją obecność. Zawsze taka była. Odzywała się do mnie, wyłącznie kiedy byłam w towarzystwie ojca. W końcu w tamtych czasach nie miałam do zaoferowania nawet głosu w wyborach. Nie wiem, dlaczego wcześniej tego nie zauważyłam, ale ta Imogen to książkowy przykład osobowości zależnej. Nic nie zrobi bez zgody Wielkiego Boga Charliego. Oczywiście. To dlatego tak długo są małżeństwem. Tylko zależna wolałaby życie z Charliem Clutterbuckiem od życia w rynsztoku.

– Daj spokój, Charlie. Nie udawaj, że zrobiłeś to przypadkiem. Po cholerę mnie zablokowałeś? O co ci chodziło?

Przygląda mi się.

– A pani to...?

I nagle uświadamiam sobie, że nie wie, kim jestem. Ci dorośli, którzy odgrywali tak dużą rolę w naszym życiu... łatwo zapomnieć, jak niewiele my znaczyłyśmy dla nich. Nasza własna samoświadomość, buzująca mieszanka emocji, nie pozwoliła nam zrozumieć, że dla Charliego i Imogen, jak również zapewne dla całej reszty, byłyśmy tylko niewyraźnymi plamami. Akcesoriami dorosłych. Wcale nie ludźmi. Ruby wysiadła z samochodu i niezdarnie szura nogami po żwirze. Jej Charlie pewnie też nie poznaje. Jesteśmy tylko małymi osobami w małym samochodzie, prawdopodobnie służbą.

– Milly – mówię. – Jestem Milly Jackson. A to Ruby. Córki. Pamiętasz nas?

Charlie natychmiast się ożywia.

– Ależ Milly, moja droga! Jak ty się zmieniłaś. I Ruby! Jak się macie? Moje drogie, tak mi przykro.

– Z powodu waszej straty – dodaje Imogen.

– ...z powodu waszej straty. Wasz ojciec był wspaniałym człowiekiem. Jednym z moich najstarszych przyjaciół, jak wiecie.

Zamknij się już, ty nadęty bucu.

– Miałybyśmy się lepiej, gdybyś nas nie przyblokował. Nie mogę uwierzyć, że to zrobiłeś. Coś ty sobie wyobrażał?

– Ja... – Nie przychodzi mu do głowy nic, co nie stawiałoby go w złym świetle.

Jestem zaskoczona własną śmiałością. Nie wychowano nas tak, żebyśmy rozmawiały z dorosłymi jak równy z równym. Nawet jeszcze parę lat temu zwracałabym się do niego per pan. Przez lata bardzo zsiniała mu twarz. Nawet w mroku widzę popękane żyłki na jego nosie.

Z ganku odzywa się głos:

– Witajcie! Co wy tam robicie na tej zimnicy? Na pewno bardzo chce się wam pić.

Wszyscy odwracamy się i w otwartych drzwiach frontowych widzimy Marię Gavilę w miękkiej czerwonej sukience z dżerseju, z wielką dramatyczną fryzurą na głowie. Ramiona owinęła chustą i kuli się z zimna.

Ruby wybucha płaczem.

ROZDZIAŁ 24

2004 | sobota | Simone

Na zewnątrz rozlegają się jakieś krzyki, a potem silnik milknie i prace w Seawings ustają. Wszystkie kobiety podnoszą głowy jak wtedy, gdy na ulicy samochód strzela z rury wydechowej.

– Aaach – odzywa się Maria. – To jak z waleniem głową o ścianę, prawda? Cudownie, kiedy się kończy.

Reszta się śmieje. Wszyscy uwielbiają Marię, nawet gdy wygaduje banały. Dosłownie bije od niej empatia. Simone wciąż pamięta radość, którą czuła, mając pięć lat, kiedy ojciec znalazł sobie kogoś tak ciepłego i serdecznego. Maria sprawiła, że poczuła się wyjątkowa. Minęło sporo lat, zanim zrozumiała, że tak czują się przy niej wszyscy. Codziennie. To nie osobowość Marii, to jej zawód.

Maria zarabia na sprzedawaniu prasie historii oraz odwracaniu uwagi gazet od tematów, które ich bohaterowie woleliby wyciszyć. Robi to, wystawiając do wiatru innych, mniej znaczących klientów. Zwłaszcza byłych. Wynajmując kogoś takiego jak Maria, by nadał im rozgłosu, ludzie nie zdają sobie sprawy, że kiedy już to zrobi, kiedy staną się osobami, o których chcą pisać gazety, będą musieli płacić wiecznie. Empatia i serdeczność są po to, by nakłonić klienta, żeby puścił farbę, zmiękczyć go przed nieuchronnym „skoro mam cię reprezentować, muszę wiedzieć wszystko. Nie dam rady utrzymać trupów w szafie, jeśli nie wiem, że tam są". I biada temu, kto poróżni się z Marią. W jej biznesie nowy klient to po prostu eksklient, którego jeszcze nie zdradziła. Obecnie, kiedy w niedzielnych gazetach wybucha stary skandal z udziałem członka dawno nieaktywnego boysbandu, Simone w pierwszej kolejności zastanawia się, kogo z obecnych klientów Marii przyłapano na jeździe na dwa baty.

Mimo wszystko ją podziwia. Trzeba mieć szacunek do kobiety, która pozostaje w kontakcie z pierwszą żoną i ma serdeczne relacje z drugą. Maria i Linda śmieją się, krojąc melony i winogrona na śniadanie dla dzieci, wymieniają żarty na temat kostiumów kąpielowych. Linda jest w bikini, choć nie minęła jeszcze dziewiąta i nie ma nikogo nad basenem. Na wierzch włożyła krótką białą tunikę z pozłacanym łańcuchowym paskiem na biodrach, ale tak prześwitującą, że równie dobrze mogłoby jej nie być. Na nogach ma białe klapki. Claire, która właśnie przypina bliźniaczki do wysokich krzesełek, patrzy na nią kwaśno. Nic dziwnego. W oczach Simone Linda uosabia szczyt wyrafinowania, jakby wyszła na pokład jachtu przy Cap Ferrat. Choć ma ciało starzejącej się kobiety, przynajmniej robi wysiłek, żeby je pielęgnować, nawet po urodzeniu trojga dzieci.

Claire po bliźniaczkach właściwie nie odzyskała dawnej figury, choć mają już trzy lata. Brzuch wciąż wisi jej pod sukienką; już nigdy nie włoży bikini. Ten widok napawa Simone smutkiem. Ja bym się tak nie zapuściła, myśli. Ćwiczyłabym i ćwiczyła, aż wreszcie miałabym brzuch twardy jak Linda. Biedny Sean, skazany na coś takiego do końca życia. Nic dziwnego, że jest taki wrażliwy. Niektóre kobiety nie rozumieją, jakie mają szczęście.

Maria dostrzega jej spojrzenie i puszcza oko. Na nowo wciąga Simone w swój krąg życzliwości. Jestem po twojej stronie, mówi to mrugnięcie. Simone odpowiada jej uroczym uśmiechem. Uczyła się od najlepszych.

Dzieci wciąż są otępiałe. Kiedy matki przyszły po nie do przybudówki, tylko Joaquin już nie spał, ale i on był dosyć spokojny; po prostu siedział na łóżku i patrzył na muchy, zamiast jak zwykle skakać do sufitu. Inigo ziewa i rozciąga się nad miską z płatkami i mlekiem. Choć Simone nie łykała pastylek, dokładnie wie, co on czuje. Tego ranka jest ospała, a kończyny ma niczym z waty, jakby zanurzyła się w miodzie, zaczadziła własną rosnącą siłą. Byłby mój, myśli, gdyby nie to, że jest takim szlachetnym człowiekiem. Czułam to między nami, to elektryczne przyciąganie, kiedy karmił mnie ciastem. Nie miałam pojęcia, że coś tak prostego może tak hipnotyzować.

– To jeszcze jedna zaleta – mówi z dumą Linda. – Żadnych awantur rano. Naprawdę, karmiłabym ich tym codziennie, gdyby to nie było nielegalne.

– Kiedy dojdziemy do władzy – odpowiada Imogen, zapewne mając na myśli partię męża – przystopujemy te wszystkie kontrole. Inspektorat zdrowia kompletnie oszalał. Jak tak dalej pójdzie, wychowamy całe pokolenie mięczaków.

– I kogo wtedy wyślemy na wojnę? – rzuca Claire. – Pomyślcie tylko.

Imogen jako jedyna nie zwraca uwagi na zadrę w jej głosie. Simone zdążyła to zauważyć u żon polityków przewijających się przez ich dom, kiedy rodzice pomagają im ukrywać jakieś grzeszki, jakieś drobne nieprawidłowości w wydatkach: jedyny humor, który do nich dociera, to ten rodem z charytatywnej bitwy na balony z wodą. Imogen nie dostrzegłaby ironii, nawet gdyby dostała nią w twarz.

– No wiesz – mówi – to naprawdę wpłynie na gospodarkę. Pewien stopień strat wśród młodych mężczyzn pomaga ograniczyć przyrost ludności. No i wypłatę emerytur. – Uśmiecha się od ucha do ucha. – Jak dobrze być w miejscu, gdzie można mówić takie rzeczy. Mając do czynienia z elektoratem, trzeba się okropnie pilnować. Blairowie tak nakręcili ludzi w kwestii uprzedzeń, że teraz wszystko może ich oburzyć.

Claire przygryza wargę i rozlewa sok pomarańczowy do kubków z dzióbkiem. Dwa stawia przed córeczkami i głaszcze je po ciepłych, aksamitnych włosach. Coco przywiera do matki, która obejmuje ją ramieniem i mocniej przytula. Simone patrzy na to z zawiścią. Dlaczego urodziłam się tak późno?

– Ale przecież koszty opieki nad rannymi na pewno to zrównoważą, prawda? – zauważa Linda.

– Wcale nie – odpowiada Imogen. – Chodząc o kulach, nie można wywoływać tylu bójek w barach, nie?

Po tym stwierdzeniu następuje chwila ciszy, a później cichy wybuch śmiechu.

– Oj, Imogen – mówi Linda. – Jesteś taka dowcipna.

– No co? Przecież mówię prawdę. Wystarczy obejrzeć statystyki.

Jesteś największą idiotką, jaką znam, myśli Simone, a poznałam Spice Girls. Nic dziwnego, że twój okropny mąż się z tobą ożenił. Jesteś dokładnie taka, jakie według niego są kobiety.

Z ogrodu dobiega jakiś dźwięk, a potem mężczyźni kolejno wmaszerowują przez drzwi patio. Oprócz Jimmy'ego wszyscy jak jeden mąż ubrali się w nadmorskim stylu sportowym rodem z podlondyńskich hrabstw: luźne szorty w kratę, bawełniane koszule na guziki oraz – ponieważ słońce dopiero zaczęło wypalać rosę z trawy – swetry z wycięciem w szpic, żeby było cieplej. Jimmy ma na sobie dżinsy i spraną koszulkę z trasy koncertowej Nirvany z 1992 roku. Przypomina członka cover bandu, który gra po kempingach. Są zadowoleni z siebie, jakby odnieśli wielkie zwycięstwo.

– Brawo – mówi Maria. – Co im powiedziałeś?

– No cóż – odpowiada Sean – koniec końców pozwoliłem, żeby przemówiły za mnie pieniądze. Po co być milionerem, jeśli nie można kupić tego, na co ma się ochotę, co?

– Ile?

– Tysiąc – rzuca od niechcenia, jakby chodziło o grosze. – Połowa teraz, a połowa później, jeśli wstrzymają się do jutra do południa.

– Próbowali się upierać, że w umowie mają termin do dziś do północy, a potem zaczną płacić karę – włącza się ojciec Simone – ale zapytałem, czy naprawdę myślą, że przed końcem długiego weekendu ktoś przyjedzie sprawdzić, czy skończyli. Nie znaleźli na to odpowiedzi.

– Zaproponowałem, że karę też pokryję – dodaje Sean. – Chciałem, żeby nie pracowali do poniedziałku, ale jutro wieczorem płyną z powrotem do Polski, więc...

– Brawo! – woła Maria. – Moi bohaterowie.

– Oczywiście zapytałem, czy mają w porządku wszystkie papiery – wtrąca Charlie. – A oni wyskoczyli mi z prawem do swobodnego przepływu osób. Cholerna Unia. Wspomnicie moje słowa, przed końcem dekady w tym kraju będzie się roić od ludzi z Europy Wschodniej.

– A wtedy nasi murarze zaczną się pieklić, że zabierają im pracę – mówi Imogen. – Trzeba było o tym myśleć, zanim pozakładali związki zawodowe.

W jej oczach przeciętny brytyjski budowlaniec głosuje na Partię Pracy. Bardziej by się martwiła, gdyby do City zjeżdżali się Czesi.

– Dostaniemy kawy w biegu? – pyta Jimmy. – Czuję się tak, jakby coś zdechło mi w ustach.

– Może powinieneś czasami myć zęby – mówi Linda, nie patrząc na niego.

Jimmy śmieje się i pokazuje jej środkowy palec. Simone jest dostatecznie wyczulona na zmiany atmosfery, żeby zauważyć lekkie napięcie. Zaczyna rozumieć, że złośliwe żarty to jedno z narzędzi, którym nieszczęśliwe pary posługują się w towarzystwie, by kamuflować wzajemny wstręt. Linda i Jimmy, Sean i Claire: fruwają między nimi sztylety owinięte w szerokie uśmiechy i nikt – teraz Simone to widzi – nie daje się na to nabrać. Jej ojciec i Maria nigdy, przenigdy tak nie rozmawiają. Ale też nigdy nie widziała, żeby się kłócili. Są jak dobrze naoliwiona maszyna, każda ich myśl, każda emocja jest tak zharmonizowana, że potrafią kończyć wzajemnie swoje zdania, podskórnie rozumieją wspólny cel, tak że nigdy nie muszą go omawiać. Iść naprzód. Pomagać naszym dzieciom iść naprzód. Zdobywać to, co chcemy. Nie robić sobie wrogów.

– Jedzcie – rzuca Linda, zwracając się do wszystkich obecnych – żebyśmy mogli iść na plażę.

– Ja nigdzie nie idę – oznajmia Jimmy. – Skoro zapłaciliśmy tysiąc funtów za ciszę i spokój nad basenem, to ja tu, cholera, zostaję.

– My? – pyta Linda, niewinnie otwierając oczy. – A skąd my wzięliśmy tysiąc funtów?

Jimmy mruży powieki i podchodzi do ekspresu ciśnieniowego. Zaczyna się z nim szarpać, podnosi wieczko, zagląda do środka, porusza miarką do kawy.

– Moment – odzywa się Simone, ruszając do niego przez kuchnię. – Ja się tym zajmę.

– O, cudownie. – Na jej karku ląduje dłoń. Dziewczyna się wzdryga. – Jednak jest w tym domu ktoś, kto pomoże staremu człowiekowi.

Simone wykręca się od jego dotyku. Jimmy pachnie kwaśno. To pewnie chemikalia parują mu przez skórę, a ponadto od przyjazdu nawet nie zbliżył się do prysznica. Widocznie do kąpieli wystarcza mu basen. Simone odnotowuje w pamięci, żeby więcej tam nie wchodzić.

Linda podnosi filiżankę kawy.

– No, ja idę wypróbować jakuzzi – oznajmia. – Skończycie ze śniadaniem, drogie panie? Jak wrócę, załaduję zmywarkę.

– O! – odzywa się Sean, po czym rusza tropem jej kołyszących się bioder. – Jakuzzi brzmi wybornie.

– Bawcie się dobrze – mówi Maria. – My się tu uporamy, a potem zabierzemy maluchy na plażę.

– Nie – rzuca gwałtownie Claire. – Przykro mi, Sean, ale ja muszę się zająć paznokciem. Tym, który złamałeś mi wczoraj materacem, pamiętasz? Do mojego powrotu sam zajmiesz się bliźniaczkami.

Simone podchodzi do wyspy kuchennej w poszukiwaniu łyżki do nasypania kawy. W szufladzie są wczorajsze proszki, zostawione tam przez Lindę. Głupie miejsce, myśli. Co najmniej trójka dzieci jest na tyle duża, żeby tu sięgnąć. Chowa proszki pod stojak na sztućce, gdzie będą niewidoczne, ale dostępne na później, wybiera łyżkę i wraca do ekspresu.

– Aha – mówi Sean.

– Może poszłyby z tobą i Lindą do jakuzzi? – proponuje Claire przesłodkim głosem, a potem tak długo patrzy mu w oczy, aż on odchrząkuje i odwraca wzrok. – Nie byłoby super? Będą zachwycone. Dziewczynki, co wy na to? Co powiecie na gorącą kąpiel z bąbelkami? Spędzicie trochę czasu z tatusiem!

Pomysł chyba nie robi wrażenia na bliźniaczkach, ale na razie są ledwo przytomne.

– Nie możesz zrobić tego później? – pyta Sean. – Albo zabrać ich ze sobą?

– Przykro mi. Muszę zaparkować gdzieś w mieście, a potem chodzić do skutku, aż czegoś nie znajdę.

– Niech pani wygoogluje na telefonie – sugeruje Simone.

– To tak można? – dziwi się Imogen. – Czego to nie wymyślą!

– Tak, proszę zobaczyć. – Simone bierze telefon Claire i uruchamia przeglądarkę internetową. – Widzi pani? A tu jest Google. Można wyszukać manikiurzystki w Bournemouth.

– No proszę – mówi Claire, ale wygląda, jakby było jej niedobrze. – Słyszałam, że w nowych telefonach można robić takie rzeczy, ale nie sądziłam, że w moim też.

– Na litość boską – parska Sean ze zniecierpliwieniem. – Czy ty się w ogóle przyglądasz tym urządzeniom? Oczywiście, że kupiłem ci telefon z internetem. Całe biuro takie ma.

– Wydał mi się dosyć ciężki. Poprzedni był taki mały i zgrabny. No i te drobne literki. Pomyślałam, że to trochę głupie tylko do wysyłania SMS-ów. Ale jak się płaci za ten internet? Przyjdzie straszny rachunek?

– Masz to w abonamencie. Chryste. Kobiety! Czy ty w ogóle coś czytasz?

– To jest telefon, Sean – mówi Claire tym swoim urażonym głosikiem. – Wiem, jak się obsługuje telefon.

– Ja nie wierzę w internet – wtrąca Imogen.

– To powiew przyszłości – odpowiada jej Maria. – Wszystkie gazety robią wersje online. Charlie też ma swoją stronę. Nie wiedziałaś?

Imogen robi zaskoczoną minę, jakby ktoś właśnie oznajmił, że jej mąż dorabia jako striptizer.

– No cóż, będę to musiała zobaczyć – mówi.

– Oho – rzuca Charlie. – Stara dama na wojennej ścieżce. Już mam przerąbane.

– Zresztą to bez znaczenia – podsumowuje Claire. – Muszę pojechać do miasta, znaleźć ten zakład, znaleźć miejsce do parkowania i dotrzeć stamtąd z wózkiem, a w takich lokalach wściekają się, jeśli się przychodzi z dwiema trzylatkami. Rzadko mają nadmiar miejsca. To na nic, Sean. Sam narzekasz, kiedy mam zapuszczone paznokcie. Chcesz, żebym narobiła ci wstydu na kolacji?

– Nie – odpowiada ponuro jej mąż.

– Już wiem! – woła Simone. Zerkała z nadzieją na jakuzzi, odkąd tu przyjechali. Uśmiecha jej się perspektywa długiego poranka wśród dysz. – Może weźmiemy do jakuzzi wszystkie dzieci?

Widzi, że Sean i Linda wymieniają dziwaczne spojrzenia. Joaquin zrywa się na równe nogi, nagle rozbudzony, i podnosi pięść.

– Hurra! – krzyczy. – Impreza w bąbelkach!

ROZDZIAŁ 25

– Och, moje biedactwo! – Maria zbiega po schodkach w swych eleganckich szpilkach, obejmuje Ruby i długo, mocno ją tuli. – Musisz być wykończona. Jak się czujesz, skarbie?

Ruby łka, a potem wydaje z siebie dźwięk podobny do beczenia zagubionej owieczki. Drżą jej ramiona, a mnie opanowują wyrzuty sumienia. To powinno być takie proste. Skoro Maria potrafi, to dlaczego nie ja? Ten dzieciak potrzebuje, żeby go przytulić i powiedzieć, że wszystko będzie dobrze.

– Przywieźliśmy kwiaty – mówi Imogen, żeby ktoś zwrócił na nią uwagę.

Maria kiwa głową i odbiera je jedną ręką, drugą ani na moment nie puszczając ramion mojej siostry. To duże, białe, woskowate lilie szklarniowe. Wydawało mi się, że na pogrzeby nie przynosi się już kwiatów. Jestem pewna, że w nekrologu w „Timesie" była adnotacja: „Prosimy o nieskładanie kwiatów". Rozjebuckowie kręcą się przez chwilę, wyraźnie zaskoczeni tym, że nie oni mają priorytet przy powitaniach, a potem ruszają w kierunku domu.

– Robert jest w środku, jak rozumiem? – pyta Charlie przez ramię.

– Tak – odpowiada Maria. – Są w salonie. – Potem znów pochyla się nad moją siostrą. – Och, Ruby, tak mi przykro. Twój drogi tata… Wiem, jak bardzo go kochałaś.

Widzę, że Ruby sztywnieje w jej objęciach, a potem znowu się rozluźnia. Nie będzie dyskutować. Bo tak właśnie jest z ojcami takimi jak nasz. Mogą być w tej robocie do kitu, ale innego ojca nie mamy. Robi mi się żal samej siebie. Boże, życie jest skomplikowane. Ludzie w kółko gadają o rodzinie i bezwarunkowej miłości, ale nie mają pojęcia, jakie to złożone. Jak pogmatwane są te uczucia. Jak blisko spokrewnione są miłość i nienawiść.

Pół minuty później Maria puszcza Ruby, głaszcze ją po twarzy i ściska dłoń. Potem odwraca się do mnie, rozchyla ramiona, a ja wbrew sobie godzę się na uścisk. Zawsze lubiłam Marię. Spośród znajomych taty tylko ona naprawdę okazywała mi życzliwość. Tylko ona traktowała nas jak ludzi, zadawała pytania, które nas dotyczyły, częstowała napojami i lodami, śmiała się z naszych żartów. W pewne deszczowe wakacje w Toskanii, kiedy ja miałam osiem lat, a India dziesięć, nauczyła nas grać w bezika. To było jeszcze przed rozstaniem rodziców, ale już wtedy znikali z domu, sycząc pod nosem przekleństwa pod swoim adresem. Od tamtej pory gry karciane stały się naszym ratunkiem. W oszusta wymiatam do dziś.

– Och, dziewczynki – mówi Maria – cóż za straszna okazja, żeby znowu się zobaczyć. – Puszcza mnie i podnosi torbę Ruby. Drugą rękę wyciąga po moją, ale kręcę głową. – Wejdźcie do domu. Gdzieś krąży herbata. Na pewno chętnie zjecie trochę ciasta.

– Jak Simone? – pytam. Nie dlatego, że mnie to obchodzi, ale wiem, że tak wypada.

– Ona… – Maria marszczy brwi. – Boże, chyba jest z nią dokładnie tak, jak można się domyślać. Stara się trzymać. Wejdźcie.

Myślę, że są już wszyscy. Przyniesiemy wam herbaty i pomożemy się rozgościć. No i powinnam pójść zobaczyć, czego chcą Clutterbuckowie. Wiedziałam, że przyjadą wcześniej, ale nie sądziłam, że będziemy musieli ich podjąć pięć minut po ich przyjeździe. To już chyba taki dzień. – Wyciąga wolną rękę i znowu ściska dłoń Ruby. – Jak się czujesz, skarbie?

Ruby ociera twarz rękawem.

– W porządku – odpowiada głosikiem, który świadczy o czymś wręcz przeciwnym.

– Moje kochane. To taki smutny czas. Obie was uwielbiał. Wiecie o tym, prawda? Nic nie napawało go większym szczęściem niż jego piękne córki.

Ruby znowu łka, a ja zbieram szczękę z ziemi. Właśnie tak działa śmierć. Pamiętam, jak w Irlandii Północnej po śmierci Iana Paisleya Gerry Adams i Martin McGuinness ronili krokodyle łzy na użytek prasy. Kiedy w grę wchodzi śmierć, nie wolno mówić tego, co się myśli, przynajmniej do czasu, aż ciało spocznie w ziemi, a wszystkie kanapeczki zostaną zjedzone.

– Ja też go kochałam – mówi Ruby i zatrzymuje się u stóp schodów. Chowa twarz w dłoniach i zaczyna płakać.

Stoimy przy niej z dwóch stron, każda z dłonią na jej ramieniu, i mamroczemy te bezsensowne słowa… och, skarbie, och, kochanie. Przykro mi. Tak mi przykro. Wiedział, że go kochasz, naprawdę. Lepszej córki nie mógł sobie wymarzyć.

W korytarzu słyszę dudniący śmiech Charliego Clutterbucka. Ten śmiech zawsze mnie irytował, ale teraz sprawia wrażenie umyślnej zniewagi. Odpowiada mu głos jakiegoś mężczyzny, a potem obaj znów się śmieją. Robert? Nie. Robert umiał się zachować, bez względu na okoliczności. On i Maria zawsze byli obecni, zawsze postępowali jak trzeba: ona wcielała się w rolę tej żywej, emocjonalnej, a on – cichego, troskliwego, podejmującego decyzje, żeby nie musieli tego robić inni. Byli niesamowici po zniknięciu Coco. Niesamowici. Wspierali wszystkich, podtrzymywali Claire na duchu, kiedy znalazła się na skraju załamania, nauczyli mnie i Indy, jak się zachowywać, gdy prasa obskoczy nas z pytaniami. Wciąż trudno mi uwierzyć, że ci sami ludzie wychowali Smętną Simone. Czyli w domu jest więcej ludzi. Pewnie Joaquin. Bądź co bądź, to jej brat przyrodni. I personel. Na pewno ma personel. Nie wyobrażam sobie, żeby sama zajmowała się takim domem.

Za drzwiami – idealnie wygładzonymi i pomalowanymi na neutralny czarny kolor – natychmiast zanurzam się w seanowatości tego miejsca. Może i Blackheath liczy trzysta lat, ale wygląda identycznie jak wszystkie domy, w których się wychowałyśmy. Jest urządzony na sprzedaż, a nie do życia, mimo że miał to być jego dom na stałe. Do tego bowiem ojciec posiadał szczególny talent: umiał perfekcyjnie odnowić budynek, przy okazji wysysając z niego całą duszę. W trakcie robót musiało się tu roić od ludzi z urzędu ochrony zabytków. Blackheath to co najmniej zabytek drugiej klasy, a kiedy dom jest na liście, przepisy nie zostawiają pola do manewru. Urzędnicy na pewno obserwowali postęp prac groźnym biurokratycznym wzrokiem, sprawdzali mieszanki gipsu, płytki i futryny, żeby się upewnić, że ta relikwia Starej Anglii pozostanie nienaruszona. Wyjechali stąd bez podstaw do zażaleń, ale na pewno z ciężkim sercem. Ściany, podłoga, stolarka i gzymsy są idealne, jakby pierwotni budowniczowie ukłonili się i przyjęli litry piwa w zapłacie zaledwie kilka minut temu. Oczywiście wszystko wygląda tak, jak nie wyglądało nigdy w przeciągu całej historii domu. To disneyowska rezydencja, renowacja w stylu Astorów z ogrzewaniem podłogowym i doskonałym ciśnieniem wody.

I sam zrobił zakupy. Nie wyobrażam sobie, żeby po śmierci Lindy, która rozbiła głowę niczym jajko o marmurowe schody w domu piłkarza, ktoś inny mógł wybrać te portrety przodków rodem z sali aukcyjnej zdobiące gładkie białe ściany, te politurowane stoliki, tę elegancką kanapę w stylu Ludwika XV, która czeka przy stojaku na parasole, choć nikt na niej nie siada. Simone? Czy aż tak dostosowała się do jego nawyków i gustu, jeszcze zanim zostali parą, że po prostu weszła w buty swojej poprzedniczki? Oczywiście ciało znaleźli Gavilowie. To jeden z owych dziwnych zbiegów okoliczności – przyszli obejrzeć dom dla klienta. Czy nastąpiła upiorna zamiana osobowości jak w horrorach? Mała Panna Młoda niczym wampirzyca wessała esencję Lindy, która uleciała wraz z jej ostatnim tchnieniem? Czy dlatego była tak dojrzała, gotowa i perfekcyjna pod każdym względem? Bo nie jest tylko sobą, ale nimi obiema?

Po pięciu metrach sień rozszerza się, przechodząc w główny hol, skąd wznoszą się schody. W centrum stoi marmurowy stolik, który pamiętam z dzieciństwa, a na samym jego środku – wazon, który był tam zawsze. Jest pełen zwiędłych tulipanów. Przypomina ponure holenderskie martwe natury; brakuje tylko pstrokatych zwłok zastrzelonego królika. Zamiast nich na stoliku piętrzą się niedbale ułożone kolejne bukiety. Oklapnięte kwiaty gniją w celofanie.

– Muszę anulować zamówienie – mówi cicho Maria, rzucając wiązankę od Clutterbucków na szczyt tego stosu. – Kwiaciarnia co trzy dni przysyła kolejne, a ona nie radzi sobie teraz z robieniem tego, co konieczne.

– Wyobrażam sobie – odpowiadam.

Notuję w pamięci, żeby wyrzucić te kwiaty, gdy tylko znajdę kubły na śmieci. Dziwne, że nikomu innemu nie przyszło to do głowy.

Kolejny wybuch śmiechu z salonu.

– Kto tu jest? – pytam.

– Niestety Jimmy Orizio – mówi Maria. – Przyjechał dziś rano i nie mogliśmy go odesłać. Źle z nim.

– Dobry Boże. – Zniżam głos. – To cud, że jeszcze żyje.

Drwiący śmiech.

– Ledwo.

– Nie wiedziałam, że pozostawali w kontakcie.

– Twój ojciec był znacznie lepszy w utrzymywaniu więzi z dawnymi przyjaciółmi, niż myślisz – odpowiada Maria z przyganą.

Nie mogę się powstrzymać:

– Ach, więc tylko od swoich dzieci umywał ręce?

Rzuca mi spojrzenie, które mówi: „przestań".

– Co się z nim stało? – pytam. – Kiedy wyszedł z więzienia?

– Kto był w więzieniu? – włącza się głośno Ruby.

Przykładam palec do ust.

– Jimmy Orizio. Ten człowiek, który jest na górze z Charliem Clutterbuckiem. Były partner Lindy. Ojciec Tiggy, Iniga i Freda. Pamiętasz go?

– Aha. – Ruby dostosowuje ton głosu do naszego. Nie wiem, czy w ogóle myślała o tym, że Tiggy, Inigo i Fred mają ojca. W jej głowie pewnie istnieli tak po prostu. A i to nie za bardzo. Zamieszkali z rodzicami Lindy, kiedy ona zaczęła kręcić z tatą. Niespodzianka. – Za co go zamknęli?

– Był lekarzem. Miał prywatny gabinet przy Harley Street. Leki na odchudzanie, przeciwbólowe i tak dalej.

– Aha – mówi znowu.

Chyba nie rozumie.

– Amfetamina i opiaty – szepczę, choć Bóg raczy wiedzieć, po co ukrywamy tę informację przed człowiekiem, który zna ją najlepiej. – Dla osób mogących sobie pozwolić na jego stawki.

– Vicodin – dodaje Maria. – Skazano go za niewłaściwe przepisywanie vicodinu. Jeździł na trasy z zespołami, aż w końcu ktoś umarł.

– Nazywali go Doktor Śmierć – wtrącam. – W gazetach.

– Dostał sześć lat, ale wyszedł po niecałych czterech – mówi Maria. – Oczywiście stracił uprawnienia.

– Kiedy wyszedł?

– Chyba ze cztery lata temu.

– Z czego potem żył?

Widzę, że jej wzrok ucieka w prawo.

– Zdaje się, że pomagał mu właśnie twój ojciec.

– Naprawdę?

– Tak.

– Czy szczodrość ojca nie miała żadnych granic?

Dziwne spojrzenie. Może posunęłam się za daleko. Trudno zmienić dziesięcioletni nawyk tylko dlatego, że nie wypada źle mówić o zmarłych.

– W każdym razie – kontynuuje Maria – to tłumaczy, dlaczego Jimmy tu jest. Wasz ojciec miał znacznie większy wpływ na życie innych ludzi, niż ci się pewnie wydaje.

. . .

Otwierają się drzwi salonu i wychodzi z nich Robert. Przez te wszystkie lata prawie się nie zmienił; ma tylko nieco więcej nobliwej siwizny na skroniach i męskie zmarszczki w kącikach oczu. Robert zawsze miał w sobie coś z Clooneya. Zapowiadał się na jednego z tych mężczyzn, którym wiek dobrze robi, zupełnie jak jego żonie. Wiem, że aby pozostać niezmienionymi, musieli robić sobie zabiegi, ale oboje mieli dość wyczucia, żeby nie przeszarżować, żeby starzeć się ładnie, zamiast próbować całkowicie powstrzymać ten proces.

– Dzień dobry! – mówi Robert i zamyka drzwi. Podchodzi, całuje Ruby w policzek i ściska jej ramię. – Jak się masz? – pyta troskliwie.

– W porządku.

– Przykro mi.

– To nie twoja wina.

Potem odwraca się do mnie. W pierwszej chwili wyciąga rękę, a potem robi krok naprzód i całuje mnie w policzek. Pachnie drewnem sandałowym i dymem drzewnym. Musieli rozpalić kominek.

– Camillo, tak długo się nie widzieliśmy.

– Rzeczywiście – odpowiadam.

– Przyjmij moje wyrazy współczucia.

– A ty moje. – Bądź co bądź, przez lata widywał mojego ojca znacznie częściej niż ja.

– Musicie być wykończone po podróży.

– Nie. Czuję się dobrze.

– Ja też – potwierdza Ruby. Rozgląda się po ostatnim domu ojca.

– Nie spodziewałam się Clutterbucków – wyznaje Maria. – Myślałam, że zatrzymają się w hotelu.

– Bo tak będzie, nie martw się. Ale zadzwonili wcześniej i dotarło do nich, że przyjechał Jimmy. Postanowili wpaść go obejrzeć.

– O Boże – wzdycha Maria. – Czy Simone o tym wie?

– Tak. Nalega, żeby zostali na kolacji.

– Świetnie.

Wymieniają bez słów jakiś komunikat.

– Dopilnuję, żeby do tego czasu nie wchodzili nam w drogę – uspokaja żonę Robert. – Imogen mówi, że będzie prowadzić.

– W porządku. Naprawdę niepotrzebny nam tu pełny dom. Muszą jechać do hotelu.

– Nie martw się. Charlie w kółko powtarza, że ma w okręgu wyborczym „małą sprawę” do załatwienia. Raczej nie zabawią długo.

– To dobrze – cieszy się Maria. – Uważam, że do czasu pogrzebu powinna tu być tylko rodzina.

– Jimmy nie ma się gdzie podziać.

– Tak… Jimmy… W porządku. Musimy mieć go na oku.

– Sean by sobie tego życzył – mówi Robert i znów porozumiewają się spojrzeniami.

Muszę przyznać, że jestem zaskoczona. Nigdy nie odniosłam wrażenia, że tata był zżyty z Jimmym, nawet zanim zabrał mu kobietę.

– Tak czy owak – rzuca Maria, znowu odwracając się do nas – chodźcie przez kuchnię. Simone na pewno chce was zobaczyć.

. . .

Moja ostatnia macocha siedzi przy stole w kuchni, uśmiecha się niczym robot i obiera brukselki. Przerażająco przystojny młody brunet, pewnie Joaquin, stoi przy zlewie jak skamieniały, a na podłodze, na macie z abecadłem, siedzi mała dziewczynka w różowych ogrodniczkach i macha drewnianym klockiem. Na ściance klocka najbliżej mnie jest kaczuszka, a na tej pod jej palcami – konik. Pamiętam, że w dzieciństwie miałam taki sam zestaw klocków. Ale nie tak nowy.

Kolejna siostra przyrodnia, ta, której nigdy nie poznałam. Emily? Nie, Emma. Boże, czy naprawdę muszę się zastanawiać, jak ma na imię? Czy jestem aż tak egocentryczna?

Uśmiecham się do nich, a potem odwracam się do Simone. Smętna Simone, Jęczybuła, Wieczna Nimfa. Jej proste włosy cholernej Mony Lisy opadają na biust wielkości arbuzów. Niemal odskakuję, tak jestem zaskoczona. Kiedy ją ostatnio widziałam – ile, z pięć lat temu? – była jedną z tych upiornie chudych dziewczyn, które stale obciągają mankiety bluzek, żeby nie było widać, że mają siną skórę. Teraz waży chyba ze dwa razy więcej niż wtedy. Ledwo się mieści w granatowej sukience; cała składa się z piersi, brzucha i pupy odpychającej całe ciało od oparcia krzesła. Jedyne, co pozostało u niej cienkie, to włosy. Linda również z czasem przybrała na wadze – krążyły złośliwe żarty, że jej korpulencja źle wpłynęła na równowagę i to dlatego spadła z tych schodów – Claire też, a z kolei moja mama nosi teraz ubrania o trzy rozmiary mniejsze, niż gdy byłyśmy małe. Dawniej myślałam, że to się łączy z byciem w związku, ale mama nie utyła z powrotem, odkąd jest z Barneyem.

Kiedy wchodzę, Simone podnosi wzrok i obdarza mnie tym swoim wodnistym uśmiechem.

– Brukselki. – Wskazuje nożykiem na worek z tymi warzywami. – Na kolację. Postanowiłam zacząć wcześniej. Zawsze zabierają więcej czasu, niż się wydaje.

– Trzeba nacinać łodyżki na krzyż – mówię. – Dlatego wszystko trwa dwa razy dłużej.

Uśmiecha się głupawo.

– Twój ojciec uwielbia te krzyżyki na łodygach.

Próbuję ukryć, że aż się wzdrygam na tę oznakę ich bliskości. India i ja pamiętamy Simone z czasów, gdy jako siedmiolatka łaziła za tatą niczym mały spaniel. Wciąż nie mogę uwierzyć, że jako dorośli stworzyli związek.

Jej twarz tężeje.

– Uwielbiał. – Simone poprawia się i przez chwilę siedzi nieruchomo. – Uwielbiał je.

Siadam. Wyciągam dłoń, żeby dotknąć jej ramienia, ale wyrywa się, jakby myślała, że chcę ją chwycić.

– Muszę się śpieszyć – mówi, znów z tym uśmiechem robota. – Dziewięć osób na kolacji.

– Mogę jakoś pomóc? – pytam.

– Nie – odpowiada stanowczo. – Wszystko pod kontrolą, byleby ludzie przestali robić zamęt. Pamiętasz mojego brata Joaquina?

– Joego – poprawia młody brunet.

Podchodzi i podaje mi rękę. Musi mieć już z dziewiętnaście lat. Minęły czasy zabawy ślimakami i zbierania śliny do butelki. Ruby gapi się na niego jak zamurowana. Nie, nie, myślę. Nie możesz się w nim zadurzyć. To by było... kazirodztwo? W każdym razie coś strasznego. Nasze rodziny i tak są już potwornie splątane, pokolenia nakładają się na siebie, rodzice chrzestni, najlepsi przyjaciele, przyrodnie rodzeństwo i okropna historia. Moja mama jest matką chrzestną Simone. Upiorne, nie?

– Pamiętam cię – zwracam się do Joego. – Jesteś tym chłopcem od kija, prawda?

Joe mruga oczami.

– Możliwe – odpowiada. – Nie wiem.

– Ciągle okładałeś kijem co popadło – mówi Simone.

– No tak. – Joe śmieje się i zerka na siostrę wzrokiem winowajcy. – Chyba rzeczywiście przechodziłem fazę walenia w różne rzeczy.

– Nie da się ukryć – przyznaję. – Parę razy dostałam po nogach.

Uśmiecha się szeroko.

– Ja też cię pamiętam – stwierdza. – Co trzecie słowo mówiłaś „kurna", aż moja mama zaczęła powtarzać: „Kto ty jesteś, Milly Jackson?" za każdym razem, kiedy powiedziałem coś brzydkiego.

– Czyli pewnie często.

– Właśnie. Twoje nazwisko wryło mi się w mózg.

– I ja cię kojarzę – włącza się Ruby. – Twoja mama zabierała nas do knajpy przy plaży. Nauczyłeś mnie maczać frytki w lodach. Byłeś fajny, nawet mimo tego kija. Wiesz, że dalej tak robię? Moczę frytki w shake'u czekoladowym z McDonalda.

– O, wolisz czekoladowy? – mówię. – Przepraszam.

– Nie ma za co. Skąd miałaś wiedzieć?

– Myślałam, że wszyscy wolą wanilię.

– Nie wasz tata – żartuje Maria, a potem na widok min wszystkich zebranych chowa głowę w ramionach.

Nigdy w życiu nie widziałam, żeby tak palnęła. Przenigdy. Nikt tak nie czuje atmosfery jak ona. Musi być strasznie roztrzęsiona. Boże, znała tatę ze dwadzieścia lat. W pewnym sensie wszyscy jesteśmy pogrążeni w żałobie.

– Serio? – pyta Joe. – A rzeczywiście! Już pamiętam! Śmieszne, cały czas myślałem, że to było z Coco.

Zauważyłam, że ludzie nie wymawiają już imienia Coco z tą odrobiną wahania, jaka towarzyszyła temu kiedyś, nawet w rozmowie z jej najbliższą rodziną. Minęło tyle czasu, że dla większości osób nie jest to już tragedia, ale raczej wspomnienie. Złe wspomnienie, smutne, lecz nie takie, które wprawi kogoś w rozpacz.

– Nie, ze mną.

– Naprawdę? Wszyscy mówili na ciebie Coco.

Ruby przewraca oczami.

– Jasne. Nikt nas nie umiał rozróżnić. Ciągle nas mylili.

– Hm, no proszę – mówi Joe.

– Jak podróż? – wtrąca Simone, jakbyśmy po prostu przyjechały na weekend. – Piękna ta droga, prawda?

Brukselki sięgają już do połowy garnka stojącego obok jej lewej piersi. Usunięte łodygi i zewnętrzne liście wysypują się poza krawędź gazety, którą specjalnie sobie rozłożyła. Zdążyła obrać dosyć, by nakarmić nas wszystkich dwa razy, ale rozcina kolejne opakowanie. Ruby podchodzi i próbuje pocałować ją w policzek. Simone znów się kuli i ucieka.

– Daj, pomogę – proponuje Ruby.

Simone nieruchomieje jak robot, któremu zawiesił się procesor. Coś takiego też robiła zawsze. Wychodziło się zza rogu, a ona stała jak wryta, z nieruchomą twarzą i pustym wzrokiem, aż miało się wrażenie, że gdyby akurat nikt się nie pojawił, tkwiłaby tak dalej niczym Haley Joel Osment aż do nadejścia epoki lodowcowej. A potem, gdy przechodziło się w jej polu widzenia, resetowała się, na jej ustach znów pojawiał się ten apatyczny uśmiech, głupawe włosy opadały na oczy i mówiła „cześć". Pamiętam takie dziwne uczucie, które towarzyszyło mi podczas ostatnich rodzinnych wakacji z Gavilami, kiedy miałam dziesięć lat i ojciec chrzestny nie zapomniał jeszcze o moim istnieniu, że Smętna Simone to tylko skorupa. Że gdyby ją rozłupać, w środku nic by nie było, albo może pierwotny robak...

– Nic z tych rzeczy – mówi, nagle ożywając. – Macie się tu odprężyć. Na pewno jesteście wyczerpane po podróży.

Patrzę na nią. Chyba powtarza wyuczone kwestie. Zasłyszała coś takiego od czyjejś babci i zachowała w pamięci, by wykorzystać, gdy będzie miała własny dom.

Przed oczami staje mi koszmarna wizja: jak Simone i mój ojciec uprawiają seks w wielkim łóżku z baldachimem, w którym kiedyś uprawiali seks jego pradziadkowie, tym, które woził z domu do domu niczym trofeum. Stary i jego laleczka wyginająca się mechanicznie, żeby zrobić mu dobrze, robiąca wszystko, co jej każe, z tą samą beznamiętną pokorą, z jaką przynosiła mu herbatę. Jak u Chaucera w *Opowieści kupca*: „Dojrzała może być ryba, ale ciało młode". A on składa w niej swoje nasienie, bo tak się robi z żonami.

Nagle chcę uciec. Nie tylko z kuchni, ale z tego domu, z Devonu – z Europy, gdyby się dało. Od mojej rodziny, od całej tej historii, od pogrzebów, od utraty i konieczności znalezienia odpowiednich słów, gdy nie wiem nawet, jakie byłyby odpowiednie uczucia. Chcę zwinąć się w łóżku w ciemności. Chcę być w klubie w Camden Town, mieć mózg pełen prochów. Chcę być na szczycie góry w Walii. Chcę być gdzieś na Bali, na plaży z czarnym piaskiem, i udawać, że nikt z nas nie istnieje. Biedna Mała Panna Młoda. Od Echo przez *Opowieść kupca* do Andromachy w kilka krótkich lat.

Z hukiem otwierają się drzwi i pojawia się w nich Imogen ze srebrnym kubełkiem do lodu zawieszonym na zgięciu łokcia. Zabrała lilie ze stosu śmieci w holu i trzyma je w objęciach niczym ukochane dziecko. Przekrzywia głowę jak kura i kieruje do Simone upiorny uśmiech współczucia.

– Simone – mówi. – Moja droga.

Simone podnosi wzrok, a potem wraca do brukselek, jakby to powitanie w ogóle nie miało miejsca. Imogen przez chwilę jest zaskoczona, a potem rusza po kamiennej posadzce, stukocząc obcasami, i kładzie lilie na kuchennym stole.

– Nie wiedziałam, co przynieść – mówi. – Ale nie mogliśmy przyjść z pustymi rękami.

– Jakie ładne – odzywa się Maria, choć już wcześniej widziała te kwiaty. – Lilie. Patrz, Simone! – ciągnie tonem, którym powinno się mówić raczej do Emmy. – Imogen przyniosła ci śliczne lilie!

– To bardzo miłe – odpowiada automatycznie Simone, ledwie na nie patrząc.

– Wstawię do wazonu – deklaruje Imogen i zaczyna kolejno otwierać szafki.

Joe odpycha się od zlewu, idzie do zmywalni i wraca z gigantycznym słojem Kilnera, w którym kiedyś musiało się mieścić całe confit z gęsi.

– Może być?

– Nie ma wazonów?

– Wazony są zajęte – mówi Simone.

– To nic – rzuca Imogen.

Nalewa wody do słoja i odcina celofan. Na stół spada kilka kropek żółtego pyłku. Simone odsuwa krzesło i idzie do zlewu zmoczyć gąbkę. Ściera pyłek, siada z powrotem.

– No i proszę – oznajmia Imogen, przesuwając słój na środek stołu. – Od razu ładniej, prawda?

Ruby odchrząkuje uprzejmie, ale inni nic nie mówią.

– Dziękuję, że zaprosiłaś nas na kolację – mówi Imogen. – To szalenie miło z twojej strony.

– No tak, cóż – odpowiada Simone. – Sean byłby oburzony, gdybym puściła was bez jedzenia. Albo bez picia.

Imogen ma trochę skrępowaną minę.

– À propos, skończył się lód w wiaderku. Mogę uzupełnić?

Simone znowu wstaje. Otwiera zamrażarkę i wysuwa gumową tackę do lodu. Zaczyna jedną po drugiej wkładać kostki lodu do wiaderka.

– Nie, nie, ja to zrobię – mówi Imogen nagle zawstydzona. Stara się. Aż za bardzo. Wyciąga rękę, żeby wziąć tackę od mojej macochy. – I tak już masz dużo roboty.

Simone niespodziewanie odwraca się do niej, odsłaniając zęby.

– Zostaw! – warczy.

Imogen robi krok do tyłu.

– Chciałam tylko…

– To nie chciej – odpowiada Simone. – To mój dom, a wy jesteście moimi gośćmi.

– Ale ja…

Simone wydyma usta, a Imogen milknie. Czeka, aż do kubełka, kostka po kostce, trafi dość lodu, żeby zatopić statek. Na wierzchu z impetem ląduje wieko.

– Dziękuję – mówi Imogen potulnie.

– Kolacja o ósmej – odpowiada Simone.

Imogen chwiejnym krokiem wychodzi z kuchni. Po drodze opiera się ręką o framugę drzwi, jakby chciała złapać równowagę.

– Simone… – odzywa się Maria, a potem urywa, kiedy pasierbica rzuca jej ostre spojrzenie.

Wszyscy przez kilka sekund stoimy bez ruchu, czekając, aż kroki Imogen ucichną. Potem Simone wyjmuje lilie ze słoika, ociekające wodą niesie do ogromnego chromowanego pojemnika na śmieci, który znajduje się obok tylnych drzwi, wpycha je do środka i z brzękiem nakrywa wiekiem. Następnie maszeruje z powrotem do swego miejsca przy stole i znowu podnosi nóż.

Do jej bladej twarzy przylepia się uśmiech.

– Mam nadzieję, że lubisz jagnięcinę! – odzywa się do Ruby. – Przygotowałam dla was wszystkich udziec jagnięcy!

ROZDZIAŁ 26

2004 | sobota | Claire

– Naprawdę chcesz się tak ubrać?

Sean stoi w drzwiach, mierzy ją od stóp do głów i zatrzymuje wzrok na brzuchu.

– A co jest nie tak?

Wzdycha i odwraca spojrzenie.

– Nieważne. Chyba srebrny jest po prostu dość… bezlitosny, to wszystko. Jeżeli chcesz się tak ubrać, to proszę bardzo.

Bez względu na to, co ja o tym sądzę – to już pozostaje w domyśle. Claire przegląda się w lustrze toaletki. Gdy mierzyła sukienkę w sklepie na stojąco, wyglądała świetnie, ale teraz, siedząc, widzi, że mimo wyszczuplających majtek powstało lekkie wybrzuszenie między pępkiem a kroczem. Kiedy rodziły się bliźniaczki, Sean chciał, by zrobiła cesarskie cięcie z plastyką brzucha tak jak w Hollywood, i nigdy nie wybaczył jej odmowy. Może rzeczywiście powinnam była się zgodzić, myśli. Nawet po trzech latach i chodzeniu na pilates jak szalona mój brzuch wciąż jest… oklapły. A przecież od początku wiedziałam, że wychodzę za mężczyznę, który przywiązuje dużą wagę do kobiecego ciała i jego ewentualnych wad. Te wszystkie szyderstwa z Heather, z jej wałeczków i obwisłych cycków – powinnam się była domyślić, że nie zniknie to tak po prostu tylko dlatego, że teraz chodzi o mnie.

Boże, kobiety są tresowane do wzajemnej rywalizacji! Kiedy się wreszcie nauczymy, że to nas tylko wyniszcza? Teraz on tak samo eksploatuje Lindę, a ja mogę mieć pretensje wyłącznie do siebie.

Wstaje i wyjmuje z szafy długą czarną sukienkę w stylu greckim, którą na wszelki wypadek wszędzie ze sobą wozi z myślą o takich coraz częstych momentach. Nosiła ją już kilka razy, co w oczach Seana samo w sobie będzie wadą, ale musi to jakoś przeboleć; problem ludzi hiperkrytycznych polega na tym, myśli Claire, że ostatecznie zawsze są rozczarowani, bez względu na to, co zrobią inni. Sukienka ma zwiewne płaty gazy ukrywające każdą niedoskonałość. Z roku na rok wśród jej ubrań jest coraz więcej czerni. Gdy się poznali, uwielbiała kolory, lubiła łączyć kontrastujące, a nawet gryzące się ze sobą, lubiła się wyróżniać, czerpała cichą satysfakcję z oglądania garderoby Heather złożonej z brązów, szarości i beżów. A w tej chwili również u niej dominują takie barwy. To sposób znikania, myśli. Teraz Linda to Oz, a ja to Kansas.

Ściąga srebrną sukienkę przez głowę i ciska ją w kąt. Nie ma sensu o nią dbać; już nigdy jej nie włoży. Sean znów przesuwa wzrokiem po jej ciele i uśmiecha się drwiąco na widok bielizny wyszczuplającej. Claire nienawidzi jej nosić. Nienawidzi tego ciepła, ucisku, tego, jak wbija się w miękką skórę, szarpania się, żeby włożyć ją z powrotem w ciasnych toaletach. Trzeba było sobie zrobić tę operację, myśli. Nie chciałam, uważając, że to niedobre dla dzieci: zmusić je do wcześniejszych narodzin tylko po to, by zaspokoić próżność męża, ale ta decyzja nie była warta żalu, z którym żyję od tamtej pory. Wciąga czarną sukienkę i odwraca się do Seana.

– Lepiej?

Jej mąż wydyma wargi i nic nie mówi. Sprytne, myśli Claire, wbijając wzrok w jego plecy, gdy wychodzi z pokoju. Jaki ty jesteś sprytny. Zawsze wiesz, kiedy przestać się odzywać, tak bym wciąż była na ciebie zła, gdy pojawimy się gdzieś publicznie, ale żebyś mógł robić przed wszystkimi minę urażonego niewiniątka, które nie rozumie, co takiego zrobiło.

Bierze torebkę i buty i schodzi za nim na dół, przyglądając się swej platynowej bransolecie. Brylanty, które specjalnie przywiozła na tę okazję, są teraz niewłaściwe, skoro tak bardzo zasłoniła dekolt, ale nie ma nic innego. Kiedy jest się w butach, te schody to śmiertelna pułapka. Nawet boso, gdy stopy zapewniają przyczepność, Claire kurczowo trzyma się poręczy niczym jakiegoś amuletu. Tylko czekać, aż ktoś się na nich zabije, myśli. I tylko Sean mógł położyć pod nimi twardą kamienną posadzkę.

Linda ubrała się w błękit. Ma skrawki błękitnej koronki, które ledwo starczają, by nie podpaść pod przepisy o nieobyczajności, połączone bladoniebieską siatką ciasno oplatającą resztę ciała. Sukienka kończy się na górnej części ud. Charliemu Clutterbuckowi oczy wychodzą na wierzch. Linda grzebie w szufladzie ze sztućcami, a dzieci jedzą lody z truskawkami. No, prawie wszystkie dzieci. Brakuje Ruby, a także Marii. Claire podchodzi do swej starszej córki, odgarnia jej włosy z czoła i całuje w czubek głowy. Muszę sobie o tym przypominać, myśli. To jedna dobra rzecz, jaka wynikła z tego katastrofalnego związku z Seanem. Mamy udane dzieci.

– Gdzie Ruby?

– O, więc to jest Coco? – pyta Linda. – Wciąż nie umiem ich rozróżnić.

Może po prostu się przyjrzyj, myśli Claire. No, ale musiałabyś oderwać wzrok od mojego męża.

– Coco ma przedziałek po lewej stronie – odzywa się Simone – a Ruby po prawej. Zgadza się, prawda? R jak *right* i jak Ruby? Plus bransoletki. To samo. Właśnie po to tata i Maria im je dali, no nie?

– Nie taki był zamiar, ale masz rację.

Simone jest niegłupia. Spostrzegawcza. Claire wątpi, by jej pasierbice też już do tego doszły. Simone na wieczór ubrała się w sukienkę halkę ze złotej koronki, zdecydowanie za dorosłą jak na nią i trochę za dużą. Claire uświadamia sobie, że pożyczyła ubranie od macochy, by też iść do restauracji.

– Niestety Ruby wymiotowała – mówi Imogen. – Maria zabrała ją do łazienki.

– Ojej – wzdycha Claire. – Mam nadzieję, że się nie rozchoruje. Była dzisiaj dość cicha. Myślałam, że to po prostu... wiecie... skutek zeszłej nocy.

– O, kiedy pani nie było, miło spędziłyśmy czas w jakuzzi – odpowiada pogodnie Simone. – Na plaży też się chyba dobrze bawiła.

– Pewnie to wszystko z nadmiaru emocji i lodów – stwierdza Imogen. – Wiesz, na plaży znów nakarmiła je lodami. Po powrocie do domu musisz im zrobić dietę.

Claire śmieje się, a potem milknie.

– Ty mówisz poważnie. Serio?

– Już niedługo otyłość stanie się jednym ze śliskich tematów politycznych – odpowiada Imogen. – Trudno będzie prawić motłochowi kazania na temat okropnych zwyczajów żywieniowych, jeśli sami zaczniemy ciągać za sobą stado spaślaków, prawda?

Ciekawe, że nie macie takich obiekcji w przypadku wojny z narkotykami, myśli Claire. Kiedy mąż Imogen ostatnio opowiadał się za karami dożywocia dla dilerów w *Question Time* na BBC, praktycznie miał ślady proszku pod nosem. Claire zachowuje tę uwagę dla siebie.

– Nie zamierzałam nikomu prawić kazań – mówi.

– Tak czy inaczej, powinnaś pilnować ich wagi.

– One mają trzy lata.

– No cóż, chyba wiesz, co się mówi o wczesnych początkach otyłości.

– Czy te dziewczynki wyglądają na otyłe?

– Chryste, ja przecież nie krytykuję – rzuca Imogen. – Tak tylko mówię.

– To nie mów. Po prostu nie mów.

. . .

– Nie – rzuca Linda. – Nie mogę ich znaleźć. Kretyn musiał je zabrać z powrotem. – W dziesięciocentymetrowych szpilkach podchodzi do drzwi i ryczy do ogrodu: – Jimmy! Gdzie masz frykasy? – Cisza. – Jimmy!

– Matko – odzywa się Sean. – Jeśli kiedyś zepsuje się latarnia morska, straż przybrzeżna zwróci się do ciebie, żebyś ostrzegała statki.

Jimmy wspina się z dołu ogrodu, koszula faluje na jego brązowawej skórze. Przez cały dzień poprawiał swą i tak już imponującą opaleniznę. Ponadto zaczął picie o jedenastej od szybkiej wódki, „żeby się doprowadzić do porządku", więc nie idzie zbyt prosto. Jego loki pudla są mokre i lepią mu się do głowy. Widać, że gdy kobiety karmiły dzieci, on znów był w basenie. W tym domu nie ma ani jednego mężczyzny gotowego włączyć się do pracy, myśli Claire. Jakbyśmy cofnęli się do lat siedemdziesiątych.

– Co?

– Gdzie frykasy?

– Przy kominku.

Claire czuje dreszcz na karku.

– Poważnie? W domu sześcioro dzieci, a ty zostawiasz to na wierzchu?

– Wyluzuj, siostro – odpowiada Jimmy obrzydliwą parodią akcentu cockney. – Ma zamek.

Kuśtyka przez pokój i wyjmuje teczkę zza kanapy. Otwiera ją na wyspie kuchennej niczym Q pokazujący Bondowi najnowsze gadżety.

– Proszę bardzo, madame. Pasek zopiklonu, do usług.

Linda wyrywa mu go i zaczyna wyciskać proszki z folii.

– Czy mogę powiedzieć – Jimmy ściska dłonią jej opięty koronką pośladek – że wyglądasz dziś wyjątkowo apetycznie?

Linda odtrąca go, nawet na niego nie patrząc. Jimmy wzrusza ramionami, jakby to był zwykły element jego dnia.

– Czy ktoś chce coś jeszcze, skoro już otworzyłem teczkę? Coś kogoś boli? Ma kiepski nastrój? A może niebieska pastylka dla naszego jubilata?

Wszyscy go ignorują. Kiedy wrócą z restauracji, na pewno zmienią zdanie, ale w eleganckich strojach jest coś takiego, że ludzie wybierają alkohol.

– Nie? – Jimmy rozgląda się mętnym wzrokiem niebieskich oczu. – No dobra, to jeszcze tylko daweczka oxy dla biednego pana doktora na obolałe plecy i zamykamy kram.

Wystukuje kapsułkę z brązowej butelki, połyka i popija wódką. Uśmiecha się, triumfalnie patrząc po pokoju.

Maria wraca z łazienki, prowadząc za rękę Ruby. Rozebrała ją do kostiumu kąpielowego, a różową sukieneczkę wrzuca do pralki. Ruby jest blada i lekko zielonkawa.

– O Boże. – Claire klęka przed córką i dotyka jej czoła. Mała jest gorąca, może nie rozpalona, ale na pewno cieplejsza, niż być powinna. – Źle się czujesz, skarbie?

– Brzuszek mnie boli – mówi Ruby.

– Obyś mi nie zachorowała.

Kąciki ust dziewczynki opadają, a oczy napełniają się łzami.

– Wymiotowałam – informuje.

– Oj, wiem – odpowiada Claire i przytula małą.

Ruby nie reaguje. Po prostu stoi, znosząc ten uścisk.

– Dobrze się wyśpi i będzie jak nowa – stwierdza Linda z przecinaczem do tabletek w dłoni.

Claire się wzdryga. Patrzy na nią, w oszołomieniu, trzymając córkę za ramiona.

– Nie! Nie ma mowy! Nie dam jej tego, kiedy jest chora. Przykro mi, ale nie dam.

– No świetnie! – parska Sean. – Znowu się, cholera, zaczyna!

Claire rozgląda się po pokoju. Wszyscy patrzą na nią Tym Spojrzeniem. No proszę, Claire Jackson jak zwykle psuje zabawę. Nikt nie ma takiej miny, jakby zamierzał ją poprzeć. To jego znajomi. Nawet ci, którzy jak Maria udają, że z nią też się przyjaźnią. Koniec końców wszyscy idą za forsą. I za własną przyjemnością. Tym razem nawet Imogen nie ma komentarza na temat jej kiepskich zdolności macierzyńskich.

– Słuchaj, zostanę w domu – proponuje Claire.

– Nie! – Seanowi tak mało brakuje do krzyku, że ona aż ogląda się na drzwi. Nagle odnosi potworne wrażenie, że kłótni o tym, czy narkotyzować dzieci, słucha cała okolica. – Tego byś tylko chciała, co? Królewna Claire, wielka męczennica, psuje cały wieczór, bo teraz przy niej wszyscy źle wypadamy. Jesteś taka… uch!

– Sean! Daj spokój! Ruby źle się czuje. Nie mogę jej tak po prostu zostawić!

– No jasne – parska jej mąż z rozżaleniem. – Przecież to twoje dziecko. Na litość boską, złapała jednodniowego bakcyla. Ciągle jej się to zdarza. Nie wiem, dlaczego akurat dzisiaj nagle zaczęłaś startować na Matkę Roku.

Bo zwykle nie karmię jej narkotykami.

Claire przełyka ślinę. Wiedziałam. Wiedziałam! Jest o nie zazdrosny. Odgrywa kochającego tatusia, kiedy chce coś udowodnić, ale odkąd się urodziły, stroi fochy, bo przestało mi zależeć tylko na nim.

– Ty… – warczy Sean. – Ty zawsze wszystko psujesz! Dziś są moje urodziny! Moje urodziny! Pięćdziesiąte! Nie będę miał drugich takich! Bóg mi świadkiem, ile wysiłku, nie wspominając o pieniądzach, kosztowało mnie zorganizowanie tej kolacji, a teraz w ostatniej chwili za cholerę nie wykręcę się z zapłacenia za ciebie. Jakie to dla ciebie typowe. Zawsze wsadzasz kij w szprychy, kiedy chodzi o moją dobrą zabawę. Wiesz co, Claire? Spierdalaj. Mam tego dość.

– Sean, ja po prostu... ja wcale nie chcę... ja tylko... nie...

Świdruje ją siedem par oczu, z których sześć rozkoszuje się tą sceną małżeńskiego dramatu. Oboje stoją naprzeciw siebie w absolutnej ciszy.

– Wszystko było dobrze – mówi Sean. – Pamiętasz, jak wczoraj histeryzowałaś? I wszystko było dobrze, chociaż cholernie się starałaś. Jimmy jest lekarzem, na litość boską. Wie, co robi. Co, nagle skończyłaś medycynę?

– Ale nas tu nie będzie! – jęczy Claire.

Linda skończyła kroić tabletki. Podczas gdy Sean się piekli, ona obchodzi stół kuchenny i po kolei daje maluchom „specjalne witaminki". Coco otwiera buzię, pozwala położyć sobie tabletkę na języku, a potem połyka, popijając sokiem pomarańczowym. Jakie te moje dziewczynki grzeczne, myśli Claire. Zrobią wszystko, jeśli tylko ktoś jest dla nich miły. On powinien chcieć, żeby w tym ważnym dniu były przy nim.

– Ty... zawsze wszystko psujesz – kończy Sean. – Wszystko mi jedno. Zostań. Mam to gdzieś. Poważnie, Claire. Przestało mnie to obchodzić.

Odwraca się z obrzydzeniem i z furią wychodzi do altanki.

. . .

Charlie i Robert ruszają za nim, a Jimmy wychyla jeszcze jedną wódkę, po czym robi to samo. Claire klęczy na podłodze obok córki i głaszcze kciukiem jej włosy, patrząc za mężem. To koniec, myśli. Chyba właśnie dostałam wypowiedzenie.

Maria odzywa się pierwsza.

– Naprawdę myślę, że za bardzo się przejmujesz – mówi. –

Przecież wczoraj nic się nie działo, prawda? Dziś będzie tak samo. Nawet jeśli się obudzą, nie będą mogły wyjść z przybudówki.

– Ale wczoraj była tam Simone – odpowiada Claire. – Nie rozumiesz? Nie były same.

– Wiesz co? – dołącza się Imogen. – Możemy chodzić na zmianę. Ktoś będzie tu wracał co pół godziny, żeby do nich zajrzeć. Co ty na to? Przecież to tylko pięć minut piechotą. Możemy wpadać między daniami. Wszystko będzie dobrze.

– Ale ja… – zaczyna Claire, lecz czuje, że straciła wolę walki.

Jeśli nie pójdę, myśli, naprawdę będzie po wszystkim. Przecież czuję, jak ta suka się cieszy. Co za straszna, straszna kobieta. Jedzie na wakacje z moimi dziećmi, a i tak jest gotowa ukraść mi męża.

– Dobrze – mówi. – Niech będzie po waszemu.

ROZDZIAŁ 27

Czas nie obszedł się z Jimmym Orizio łaskawie. Kiedy byłam nastolatką, wydawało mi się, że z całej tej bandy ojca to jedyny fajny gość, choć nie bardzo rozumiałam, jaka jest jego rola, dopóki Linda nie dała nogi. Zawsze wydawał się taki beztroski i wesoły, w każdym razie popołudniami i wieczorami, a do tego ubierał się jak gwiazda rocka i ustrzegł się dodatkowych kilogramów, które u ojca i jego pozostałych kolegów pojawiły się wraz z sukcesem, a w oczach nastolatki waga to istotna sprawa. Dopiero teraz, gdy jestem starsza, a kilkoro nastolatków, których znałam wtedy, zdążyło odejść do Bozi, bo nie wiedziało, kiedy przestać, potrafię sobie wyobrazić, jak go widzieli.

Nie miałam pojęcia, że wciąż należy do ich paczki. Myślałam, że spławili go tak jak moją matkę i tak jak Claire, gdy wyczerpała się ich przydatność.

Dwanaście lat później przypomina okaz medyczny w słoiku z zalewą. Gdyby nie czupryna – teraz już siwa, ale wciąż kędzierzawa, co z pewnością przypisuje temu, że od trzydziestu lat jej nie mył – chyba bym go nie poznała. Jest zarazem chudy i napuchnięty: twarz ma nabrzmiałą i pomarszczoną, skórę żółtawobiałą, przypominającą coś, co można znaleźć na spodzie kłody w lesie, na ramionach spod koszulki Metalliki wystają kości, a wąskie dżinsy rozpycha w pasie nieduży brzuch, chyba twardy jak kamień. Jimmy Orizio to żywa ilustracja chorób wątroby.

Razem z Charliem pili tam już od trzech godzin. Dźwięk ich monologów niósł się po domu, kiedy Ruby, Joe i ja nakrywaliśmy do stołu, wyrzucaliśmy kwiaty i robiliśmy wszystko, co było możliwe bez sprzeciwów Simone. Przyrządziła udziec jagnięcy i uparła się, żeby wypełnić jadalnię całym srebrem, kryształami i porcelaną, jakie były w domu. Joe zapala świece. Ruby jest na górze, kładzie siostrzyczkę do łóżka.

– Oho! – odzywa się Jimmy, gdy wchodzę do salonu. Imogen i Robert dołączyli do nich i piją razem szampana, jakby mieli co świętować. – Nie mówiłaś czasem, że zrezygnowała ze służby?

– To jest Milly – odpowiada Imogen, która niedawno sama mnie nie kojarzyła. – Nie pamiętasz jej?

– Kto?

– Mila – mówię, choć w sumie nie wiem, po co zawracam sobie głowę. Takie już są rodziny, prawda? Wtłaczają człowieka do pudełka, z którego nigdy go nie wypuszczą. – Córka Seana. Za to ja pamiętam ciebie, Jimmy.

– Ale przecież ona jest jeszcze dzieckiem, nie?

Przez chwilę Jimmy patrzy podejrzliwie przez szklankę wódki, a potem już tylko z dezorientacją. Z biegiem lat zaczął mówić coraz bardziej przeciągle i przez nos. Dziwnie działają narkotyki. To chyba coś z przegrodą.

– Jestem jedną z tych starszych – wyjaśniam.

– Były jakieś starsze? – Spojrzenie bladoniebieskich oczu płynie przez pokój.

Cholera. Oczywiście. Znowu to robię. Wyobrażam sobie, że skoro ja kogoś zauważałam, to on mnie też.

– Tak – mówię. – Nawet parę razy się widzieliśmy.

Jimmy macha szklanką w powietrzu.

– No cóż, pamięć już nie ta. – Wypija łyk, po czym dorzuca jeszcze: – Moje kondolencje.

– Dziękuję. Przyszłam tylko powiedzieć, że kolacja gotowa.

– Jak Simone? – pyta i znowu przypomina to raczej coś, co wyrwało mu się nieświadomie, niż prawdziwe pytanie.

– Nie za dobrze – odpowiada Robert. – Nadal nie wiem, czy to w pełni do niej dotarło. Wszyscy trochę się o nią martwimy.

– No cóż – mówi Jimmy, ponownie kiwając szklanką. – Cała ta forsa na pewno trochę jej pomoże, nie?

Słyszę, jak wszyscy wciągają powietrze.

– Dobrze – rzuca Robert. – Chodźmy na kolację.

. . .

Simone siedzi w końcu stołu. Na ustach wciąż ma ten przerażająco wesoły uśmiech.

– Wejdźcie, wejdźcie – mówi. – Siadajcie. Jedzcie.

Czy tak samo witała ludzi przy stole, zanim została wdową? Nie wyobrażam sobie, żeby dziewczyna, którą znałam, robiła cokolwiek oprócz gapienia się na nich spod włosów. Tyle się zmieniło, kiedy nie widziałam.

Miejsce u szczytu stołu, gdzie mój ojciec zwykł pławić się w chwale, pozostało nienakryte, puste. Siadamy od końca, jakby nikt nie chciał usiąść przy wolnym krześle, aż wreszcie miejsca, które dawniej byłyby przeznaczone dla gości honorowych, zostają zajęte przez obu pijaków. Robert i Maria usiedli po obu stronach córki, Imogen koło Roberta, a Joe obok Marii. Waham się przez chwilę, a wtedy Ruby nurkuje między Joego a Jimmy'ego. Rzuca mi spojrzenie, które mówi: kto późno przychodzi, sam sobie szkodzi. Niewiele brakuje, żeby pokazała mi figę. Zajmuję zatem miejsce w najniższym kręgu piekła, między dwojgiem Rozjebucków. Oczywiście ci wszyscy ludzie są zbyt dostojni, żeby siadać przy swoich partnerach. Takie zachowanie zastrzeżone jest dla niższych sfer.

Jimmy przyniósł z salonu swoją szklankę z wódką. Niepotrzebnie, bo Charlie zdążył odwiedzić piwniczkę Seana, z której pozwolił sobie wziąć crozes-hermitage oraz kilka butelek austriackiego gewürztraminera dla pań. Krąży teraz wokół stołu, dzieląc się z zebranymi gościnnością nieboszczyka, a potem stawia przed sobą na podkładce nową butelkę i siada. Jimmy dopija wódkę, brzęcząc kostkami lodu.

– À propos, skończył nam się tonik – oznajmia.

Ruby odwraca się w jego stronę.

– W Appledore jest masa sklepów – mówi. – Na pewno Simone będzie zachwycona, jeśli jutro się pan tam wybierze.

– Bardzo chętnie – odpowiada Jimmy. – Tylko że chwilowo zabrakło mi funduszy. Mam nadzieję, że chwilowo.

Patrzy wzdłuż stołu na Roberta.

– Co u twojej matki, Milly? – pyta ten drugi, ignorując Jimmy'ego.

– Mila – poprawiam. – Wszystko dobrze. Mieszka w Sutherland.

– W Sutherland?

– To w Szkocji.

Unosi brew i uśmiecha się do mnie.

– Wiem. Zastanawiałem się tylko, co ją tam zagnało.

– Stamtąd pochodzi.

– Naprawdę? – Wydaje się zaskoczony. – Nie brzmiała jak Szkotka.

Nie brzmi, Robercie. Nie przestała istnieć tylko dlatego, że już cię nie obchodzi.

– Zdziwiłbyś się, jak wielu Szkotów nie brzmi. A nawet pozostali nie wszyscy brzmią jak urodzeni w Glasgow. W każdym razie przejęła dom po śmierci mojej babki i teraz tam mieszka.

– Czy ona… coś ze sobą robi?

– Zajmuje się turystyką – odpowiadam. Co dziś po szkocku znaczy tyle co „ma ziemię".

To niesamowite, jak rzadko przez lata znajomości ludzie pytali moją matkę o pochodzenie, zważywszy na to, że cała fortuna taty wzięła się z pieniędzy, które wniosła.

– Ach. – Robert traci zainteresowanie, co było właśnie moim celem.

– Boże, skarbie, ty nigdy nikogo nie słuchasz – wtrąca Maria. – Jak Barney?

– Świetnie. Jest im świetnie.

– Szykuje się ślub?

– Wątpię – odpowiadam. – Chyba zniechęciła się do koncepcji… – Zawieszam głos. Simone z uśmiechem patrzy na mnie tym swoim pustym wzrokiem i wyobrażam sobie przeróżne myśli, które chodzą jej po głowie. Cztery żony. Ludzie wielokrotnie biorący ślub nie mają pojęcia, jak bardzo komplikują życie potomkom. – Nie – kończę.

– A co u twojej mamy, Ruby? – pyta Robert.

– W porządku. Wszystko w porządku. Hoduje różne rzeczy.

– Dalej mieszkacie w Sussex?

– Tak.

Ruby nakłada sobie kilka łyżek kuskusu z daktylami, śliwkami i morelami. Szaleństwo. Na miejscu Simone zamiast szykować bankiet dla egoistów leżałabym w łóżku i czekała, aż ktoś przyniesie mi zupę. Ruby podaje miskę Jimmy'emu, który zagląda do środka.

– Co to?

– Kuskus.

– A to nie jest dla lesbijek?

– Simone chyba nie przerzuciła się aż tak szybko – stwierdza Charlie i rechocze z własnego żartu.

Nikt się nie dołącza. Patrzą tylko na niego tak długo, aż milknie i napełnia usta łykiem crozes-hermitage. Jimmy nakłada sobie stos kuskusu i nie bierze miski, żeby przekazać ją dalej, choć Ruby trzyma ją i patrzy na niego, mrugając. W końcu sama odwraca się z nią do Joego.

– Kuskusu?

– Ależ dziękuję – odpowiada chłopak, częstując się. – Podam dalej, dobrze?

– Byłoby bardzo miło – mówi Ruby. – O ile rozumiem, tak to się właśnie robi, prawda?

Matko. Nikt nie jest bardziej butny niż nastolatek, który przyłapał dorosłego na złych manierach przy stole. Pamiętam frustrację przy posiłkach z Seanem, kiedy sterty naczyń piętrzyły się po jego lewej ręce, aż wreszcie ktoś musiał wstać i je zabrać. Niektórzy ludzie nie są stworzeni do zauważania reszty świata. Ciekawe, że wszyscy najlepsi przyjaciele ojca są ulepieni z tej samej gliny. Charliemu Clutterbuckowi nie chciało się nawet wyjść z salonu, żeby się przywitać; zostawił to swej niezdarnej żonie. Wątpię natomiast, żeby Jimmym kierował głównie narcyzm. Po powrocie do domu muszę poczytać o zaburzeniach związanych z używkami.

– Sos miętowy? – rzuca w powietrze Imogen jak hrabina udzielająca reprymendy służbie.

– Ach tak – mówi Simone i odsuwa krzesło. – Pójdę zrobić.

– O nie, nie, nie, nie, nie – odpowiada Imogen; to wyrażenie niemal zawsze oznacza „tak". – Usiądź, Simone, naprawdę. Wszystko jest idealnie.

– Nie – warczy Simone. – Nie pozwolę, żeby ktoś mi mówił, że nie umiem przygotować prostego posiłku. A gdy już będę w kuchni, może poszukam jakichś lesbijek z ziemniakami?

– Ja nie…

– Nie martw się. – Simone obnaża zęby i Imogen ma trochę przestraszoną minę. – Przyniosę ci sos miętowy.

Ostentacyjnie wymaszerowuje z pokoju. Imogen wciąga powietrze, ale Charlie kładzie jej dłoń na ramieniu, a wtedy się uspokaja. Maria wstaje i rusza za pasierbicą.

– Nie – rzuca od drzwi, kiedy odkładam serwetkę. – Zostaw to mnie.

Stosuję się do polecenia.

– Nie chciałam… – zaczyna Imogen. – Ojejku, przepraszam. Wcale nie chciałam…

– Spokojnie – odpowiada Robert. – Jest roztrzęsiona.

Imogen patrzy na niego wodnistym wzrokiem z takim podziwem, jakby właśnie ogłosił pokój na świecie.

Jimmy zaczyna widelcem nakładać kuskus z talerza do ust.

– Ktoś tu chyba kiepsko znosi sytuację – stwierdza. Kilka bladych ziarenek spada z jego warg i plami śnieżnobiały obrus.

– Naprawdę? – Robert opiera się na krześle i wbija w niego wzrok. – A czego się spodziewałeś?

Jimmy wzrusza ramionami.

– Posłuchajcie – ciągnie Robert – wiem, że to duża prośba, ale czy moglibyście łaskawie nie drażnić mojej córki? Serio, Jimmy, czy ty w ogóle nie masz empatii?

– Trochę mi się ostatnio skurczyła – odpowiada Jimmy, nie przestając szuflować kuskusu. – Razem z funduszami. Mam własne zmartwienia.

Robert mruga.

– Już ci mówiłem, to nie czas i miejsce. Porozmawiamy o tym jutro. Sean na pewno nie chciałby, żeby czegoś ci brakło.

– Wiadomo, że by nie chciał. – Jimmy opróżnia kieliszek i dolewa sobie z butelki Charliego. Wokół stołu przebiega dreszcz. Charlie i Imogen patrzą na niego jak wystraszone dzieci. Ruby i Joe zdezorientowani marszczą brwi. – Wiedział, co to znaczy, gdy ktoś jest w desperacji.

– Proszę cię, Jimmy, zamknij się już, dobrze? – upomina

go Robert. – Koniec z tymi bzdurami przy mojej córce, zrozumiano?

– Teraz jej nie ma.

– Tak czy inaczej. To nie na miejscu. Zupełnie. Spróbujmy kulturalnie zjeść kolację, dobrze?

Jimmy prycha.

– Jasne – rzuca. – Bo Simone jest taka niewinna.

– Jest bardzo wstrząśnięta – mówi Robert. – Jej mąż nie żyje.

Jimmy prycha ponownie.

– Aha. I na dodatek bardzo ciekawą miał śmierć.

– Jimmy, zamknij się już – parska Imogen. – Naprawdę cię nie obchodzi, że siedzą tu jego dwie córki?

Jimmy wzrusza ramionami.

– Chyba czytały „Sun on Sunday", nie? Co, czytałyście?

Ruby się czerwieni. Cholera by wzięła te smartfony.

– Zamknij się, Jimmy – mówię. – W poniedziałek jest pogrzeb.

– Mmm... Cóż za piękna lojalność, nie powiem. Urocze. Nie ma jak rodzinne sekrety, nie? Zawsze najlepiej zachować je dla siebie. – W pokoju zapada cisza tak gęsta, że można by ją kroić nożem. Jimmy kolejno patrzy na każdego z nas. – Abstrahując od hipokryzji – ciągnie – tylko ci przypominam, Robercie, że pieniądze mogą wpędzić ludzi w desperację. A przynajmniej ich brak. Jakoś Sean zawsze to rozumiał.

To jest groźba. Rozglądam się wokół stołu. Widać, że wszyscy ją rozpoznali. Nawet Ruby. Wpatruje się w talerz, ale nie je.

Jimmy wraca do posiłku.

– Jestem spłukany – mówi. – Jeśli czegoś na to nie poradzę, chyba muszę się rozejrzeć za innym sposobem zarabiania na życie.

– Na przykład znajdziesz pracę? – pyta Joe, a jego ton nie jest już drwiący.

– Bardzo śmieszne, synku – odpowiada Jimmy. – A ty z czego żyjesz?

– On studiuje – mówi Robert.

– Moje gratulacje. Zgłoś się, jak będziesz w moim wieku. Zobaczymy, czy dalej będziesz taki mądry.

Hałas w korytarzu. Robert zaciska zęby.

– Jeśli natychmiast się nie zamkniesz i nie zaczniesz się zachowywać – syczy – to zaręczam ci, że nigdy nic nie dostaniesz. Zrozumiano?

Jimmy znów wzrusza ramionami. Są tak kościste, że świetnie mu to wychodzi.

Wracają Simone i Maria. Ta druga niesie srebrną sosjerkę. Stawia ją przed Imogen z przesłodkim uśmiechem oznaczającym, że doskonale rozumie jej dyskomfort i zrobiłaby wszystko, by jej ulżyć. Boże, lubię Marię. Nic na to nie poradzę. To naprawdę porządny człowiek. Imogen uprzejmie jej dziękuje i nakłada sobie trochę sosu miętowego na skraj częściowo opróżnionego talerza.

– Doskonale – mówi. – Pycha. Bardzo ci dziękuję.

Simone ją ignoruje. Trzyma kartonowe pudełko. Kiedyś, zauważam, był w nim toster firmy Dualit. Oczywiście. W tym domu wszystko musiało być z górnej półki. Podchodzi do Ruby i stawia karton na stole obok niej. Między nią a Joem, nie Jimmym. Chyba nie ufa mu, że nie ukradnie zawartości.

– Jest tu kilka rzeczy, na które powinnaś zerknąć – mówi.

– Co to? – Ruby dalej dłubie w talerzu.

Zdaje się, że nikt nie ma apetytu oprócz Charliego i Jimmy'ego, którzy nie przestaliby się objadać nawet podczas apokalipsy zombie. Może powinnam ich wysłać do Claire, by opróżnili parę półek w jadalni.

– Biżuteria twojego ojca.

– Biżuteria?

Simone patrzy na Ruby zniecierpliwiona.

– Nie wiem, jak to nazwać. Zegarki, spinki do mankietów i tak dalej. Rzeczy z metalu, które noszą mężczyźni. Musisz to wszystko przejrzeć i wybrać, co chcesz. Na pewno jest tu coś, co uznasz za… interesujące.

Ruby ma niepewną minę.

– Ty tego nie chcesz? Bo ja bardzo chciałabym mieć… no wiesz, coś. Pamiątkę. Ale to twoje rzeczy.

Twarz Simone tężeje. Buzuje w niej jakiś żal, jakiś gniew, którego nie rozumiem. A może owszem. Upokorzenie musi być straszliwe.

– Nie. Nie te. Mam dużo innych, z czasu, kiedy był ze mną. Te rzeczy są wcześniejsze. Weź. Inaczej trafią do sklepu charytatywnego.

Ukryty przekaz nie dociera do Ruby.

– Ale na pewno Emma chciałaby… to znaczy kiedy będzie starsza.

– Nie – mówi Simone. – Nie to.

– Ja…

– Wszystko jedno. Po prostu pomyślałam, że możesz mieć ochotę. Przejrzyj to jutro i zabierz, co chcesz.

– Dobrze – odpowiada Ruby. – Jasne. – A potem dodaje nieśmiało: – Tylko ja czy ja i Mila?

– Mila? – Simone marszczy czoło.

– Ja – wyjaśniam. – Ma na myśli mnie.

Jest mi miło, że Ruby oswoiła się z moim imieniem, ale widzę, że wywoła to mnóstwo komplikacji. Dla tych ludzi zawsze będę Milly.

– Aha – odpowiada Simone. – Tak, naturalnie. I oczywiście weźcie coś dla Indii. Tak. W każdym razie ja tego nie chcę. Zabierzcie to, dobrze?

– Dziękuję – mówię.

Pogadam z Ruby później. Może najlepiej, żebyśmy wzięły

wszystko i zachowały coś dla Emmy. O ile będziemy ją znały, kiedy dorośnie. Boże, zanim skończy tyle lat, ile teraz ma Ruby, mnie stuknie czterdziestka.

Simone siada. Zaczyna jeść, mechanicznie i w milczeniu, brnie przez swój zimny posiłek chyba bez żadnej przyjemności. Nadała ton całemu wieczorowi. Ona i Jimmy. Chyba nikt nie chce się odezwać, żeby kogoś nie sprowokować. Na miejscu Clutterbucków nie mogłabym się doczekać powrotu do hotelu.

Jimmy kończy wiosłować kuskus i odsuwa talerz.

– No dobra – mówi. – To może toast za nieobecnych przyjaciół?

Wszyscy patrzą na niego w milczeniu.

ROZDZIAŁ 28

2004 | sobota | Simone

W ich dobrym nastroju jest jakaś determinacja. Kłótnia Seana i Claire zmusiła ich do większych starań, do pokazania światu – i tej, która psuje ubaw – co to znaczy Dobrze Się Bawić. Prym wiodą kobiety, chichoczą, migoczą i flirtują, jakby ich życie od tego zależało. Claire natomiast siedzi w końcu stołu cała urażona i dumna, odpowiada monosylabami i reaguje krótkim śmiechem w stylu „bardzo zabawne", gdy ktoś zwraca się do niej bezpośrednio. Wzrok cały czas wbija w męża niczym kot obserwujący ptaka w klatce.

Biedny człowiek, myśli Simone. I to w jego urodziny. Co za jędza. Przygotował dla nas taką wspaniałą ucztę, a ona robi wszystko, żeby ją zepsuć. Nie postarała się nawet z ubiorem. Pozostali wystroili się na całego, a Claire wygląda, jakby tę kieckę wyciągnęła z samego dna szafy, a dodatki dobierała z zamkniętymi oczami.

Simone słyszała o podobnych posiłkach, ale pierwszy raz w takim uczestniczy. Sean zarezerwował cały taras Canard Doré, więc czują się tak, jakby nabrzeże portu mieli tylko dla siebie. Przez przydymione drzwi klimatyzowanej jadalni ludzie patrzą z zazdrością na ich luksusowe puste miejsca, ale dziś wieczorem nikt więcej nie będzie się cieszył morską bryzą. Według jadłospisu doszli do dania trzeciego z dziewięciu, ale przedzielające je *amuse-gueules* były równie sute jak właściwe potrawy. Po miseczce kawioru, dwie tłuste ostrygi z masłem i dodatkiem chrzanu, żeby się ruszały, *nid d'escargot*, czyli *vol-au-vent* nadziewane ślimakami z czosnkiem (Simone nie była do nich przekonana, ale dorośli zajadali z rozkoszą, więc wzięła z nich przykład; chodziło oczywiście o nagrodzenie hojności gospodarza pantomimą zadowolenia), a potem kieliszeczek słodkich, a zarazem pikantnych lodów bazyliowych, by oczyścić podniebienie. Teraz Simone patrzy na podłużną płytkę z łupku, na której leżą cztery kolorowe kawałki sashimi, obok nich kulka czegoś zielonego, trzy idealne pędy groszku, mały porcelanowy kubek sake i dwie eleganckie pozłacane pałeczki.

W złotej sukience, butach z odkrytymi palcami, pożyczonych bransoletkach i drobnych perłach zwisających z uszu Simone czuje się bardziej wyrafinowana, bardziej dorosła niż kiedykolwiek w życiu. A Sean uhonorował ją miejscem po swojej lewej ręce; po prawej siedzi Linda Innes. Z tego powodu Simone pęka z dumy, mimo że on większość uwagi poświęca właśnie Lindzie. To nic szczególnie zaskakującego. Sean ma wyborne maniery i oczywiście musi sprawić, by czuła się mile widziana. Simone nie musi lękać się dorosłości. Jeszcze kilka lat, żeby nauczyć się sztuki rozmowy i nabrać umiejętności, a zmieni się w motyla.

Claire odsuwa krzesło i wstaje.

– Pójdę sprawdzić – oznajmia.

Rozmowa cichnie i wszyscy na nią patrzą. Wśród tylu połyskujących istot wydaje się świadomie niegustowna w tej swojej kombinezonowatej sukience. To celowe, myśli Simone. Celowo upokarza męża, pokazuje mu, jak nisko go ceni. Ona na niego nie zasługuje. Nie zasługuje na to, co ma.

– Skoro musisz – odpowiada Sean.

– Minęła już ponad godzina. Mieliśmy chodzić co pół.

– Daj nam znać, jeśli dom się spalił. – Sean podnosi pałeczki i przestaje zwracać uwagę na żonę.

Claire przez chwilę patrzy na niego zdezorientowana, jakby liczyła na dłuższą odpowiedź.

– Przecież Ruby jest chora – mówi, po czym bierze torebkę oraz szal i odchodzi.

Wszyscy czekają, aż pokona całą długość tarasu, wyjdzie przez rozsuwane drzwi i zamknie je za sobą.

– Uff – odzywa się Charlie. – Wreszcie możemy zacząć się dobrze bawić.

Cały stół wybucha śmiechem.

– Wszystkiego najlepszego, Sean! – woła Charlie Clutterbuck.

Goście znowu się śmieją i stukają kieliszkami.

– O, świetnie – odpowiada Sean. – Już myślałem, że nikt nie zauważył.

Ja zauważyłam, myśli Simone. Och, Sean, mój kochany, zauważyłam. Tylko głupiec nie dostrzegłby, jak ona źle cię traktuje.

– Chyba niedługo nasz Seanie dostanie kopniaka – stwierdza Jimmy i wszyscy gwałtownie przestają się śmiać.

Imogen aż się krztusi, tak że Robert musi ją poklepać po plecach. Ten człowiek nie ma za grosz wyczucia, myśli Simone. Potem Sean znów unosi kieliszek i stuka się nim z Jimmym.

– Bardzo chętnie – mówi. – Choć nie robię sobie nadziei. Claire ma jakieś skrupuły względem dziewczynek. Nie chce, żeby zostały bez ojca albo coś.

– Albo coś – powtarza sarkastycznie Linda.

– Poza tym – ciągnie Sean – i tak będzie się upierała, żebym co pięć minut miał wizyty, zupełnie jak Heather.

Och, myśli Simone, naprawdę tak jest. Biedny Sean. Chyba rzeczywiście musi oddać im dzieci. To element małżeństwa, prawda? Ludzie decydują się na dzieci bez zastanowienia, a potem stają się one narzędziem szantażu, żeby zostali razem.

– Wiem – odzywa się beztrosko Imogen – że dzieci są strasznie odporne. Indy i Milly raczej nie ucierpiały, prawda?

– Och, sam nie wiem – odpowiada Sean wielkodusznie. On zawsze chce być sprawiedliwy, myśli Simone. Zawsze stara się dostrzec punkt widzenia drugiej osoby. – Na pewno mają jakieś żale.

– Wszyscy je mamy – stwierdza Imogen. – Najwyższa pora dorosnąć, szczerze mówiąc.

– Biedulki, jak one znoszą brak kucyków? – rzuca Charlie i wszyscy znowu się śmieją.

– W swojej luksusowej dzielnicy nie miałyby gdzie ich paść – postanawia odezwać się Simone.

Nagradza ją kolejny wybuch śmiechu oraz klepnięcie w plecy przez Charliego Clutterbucka, od którego cały jej szkielet wpada w drżenie.

Maria rozsmarowuje kropkę zielonej papki na czymś bladokremowym i wkłada to sobie do ust pałeczkami. Żuje z zamkniętymi ustami, przełyka.

– O Boże, poszedłeś dziś na całość, mój drogi – mówi. – Co to jest?

– Jeżowiec – odpowiada Sean. – Te pozostałe to karp, otoro i dorodny przegrzebek. Próbowałem załatwić fugu, ale znalezienie poza Japonią kucharza, który to przyrządzi, jest praktycznie niemożliwe.

– Jak to? Nie ma słowiczych języków? – wtrąca Jimmy.

– Fugu? – dziwi się Simone.

– Rozdymka. Jedno złe cięcie i… – Sean dramatycznie przesuwa palcem po krtani.

– O Boże. Jadł ją pan kiedyś?

– Nie. Miałem nadzieję, że dziś będzie okazja.

– Ojejku, biedny Seanie ciągle nie stracił cnoty z rozdymką – mówi Jimmy, ale tym razem nikt się nie śmieje.

– A skąd wziąłeś karpia?

Sean parska śmiechem, sięga po sake i wypija.

– Kupiłem żywego od handlarza koi w Wilmslow. Nie mówiłem, co z nim zrobię.

– Jesteś niemożliwy! – ryczy Charlie.

– Koniec końców ryba to ryba, no nie? Nie mogłem jej przecież sprowadzić z Kioto, skoro miała być świeża, prawda?

Sushi. Simone widywała je za szybą, ale jeszcze nigdy nikt nie zabrał jej na coś podobnego, nawet do takiego lokalu z taśmociągami. Wyjścia rodzinne u Gavilów zwykle są ograniczone gustami Joaquina, a Simone już sobie wyobraża, jak by się dławił, gdyby ktoś próbował go nakarmić surową rybą. Zresztą sama mocno się denerwuje, ale wszyscy oblizują się niczym po najlepszych słodyczach. Bądź co bądź, zjadła już dziś dwie ostrygi, a skoro zniosła ślimaki, zniesie i to.

Sean zerka na jej płytkę.

– No dalej – mówi. – Spróbuj. To wspaniały przysmak.

Tak samo jak stuletnie jaja, myśli Simone. I kacze łapki.

– Moje pierwsze sushi – odpowiada cichym głosem.

– Sashimi – poprawia ją Sean. – Gwarantuję, że nie ostatnie. – Wyciąga rękę z własnymi pałeczkami i rozsmarowuje odrobinę tej zielonej mazi na kawałku czegoś, co dla niej wygląda jak tuńczyk. – Wasabi – wyjaśnia. – Prawdziwe, a nie podróbka kupowana w tubkach. – Podnosi kawałek i zatrzymuje przed jej twarzą. – Jedz.

Simone bierze całość do ust i naśladując Marię, zamyka oczy podczas smakowania. Ostry aromat wasabi wypełnia jej nozdrza, sprawia, że chce jej się kichać, wywołuje łzy pod zamkniętymi powiekami. Jest bliska wyplucia kawałka, a potem – trach! – ból mija i zmysły ogarnia cudowne bogactwo smaku, tłuste, zarazem aksamitne i kremowe, nie tak bardzo rybne, jak sądziła, nie tak bardzo słone, jak spodziewała się po rybach morskich. Coś wybornego.

Otwiera oczy. Sean przygląda się jej z półuśmieszkiem. Reszta stołu też. W skrępowanie wprawia ją mina Jimmy'ego: swoista chciwość połączona z rozbawieniem. Ignoruje go. To oblech. Oblech i pijak. Patrzy na Seana, trzepocząc rzęsami, tak jak podpatrzyła u Lindy.

– Pyszne – mówi. – Boże, cudowne. Nie miałam pojęcia.

Jego uśmiech robi się szerszy. Simone zerka wzdłuż stołu i widzi, że obserwuje ich jej ojciec. Ma nieodgadnioną minę, ale chyba nie do końca zadowoloną.

– Hurra! Zyskałaś nowe doświadczenie! – oznajmia Sean, po czym nagle odwraca się do Lindy.

Zanim ta zdąży zmienić wyraz twarzy, Simone dostrzega jakieś zdziwienie, jakiś ślad irytacji. Czy ona jest zazdrosna? O mnie? I wtedy przez jej ciało przebiega dreszczyk triumfu.

Podnoszą pałeczki i jedzą dalej.

. . .

Tym razem *amuse-gueule* w ogóle nie jest jedzeniem. To mały kieliszek *eau de vie* z – jak mówi Sean – południowego zachodu Francji, skąd pochodzi najlepsze foie gras. Alkohol jest tak mocny, że Simone braknie tchu i krztusi się, a dorośli śmieją się z jej zmieszania. To nic. Obsługa nawet nie mrugnęła okiem, podając jej trunki. Po raz pierwszy w życiu nikt nie kwestionuje miejsca Simone wśród dorosłych.

Kilka minut później alkohol uderza do głowy niczym rozpędzony pociąg. Dziewczyna dosłownie kołysze się na krześle i łapie za krawędź stołu ze strachu, że spadnie. Chyba nikt tego nie zauważył, a na innych alkohol wpłynął tak jak na nią, ale nagle jakaś niewidzialna ręka podkręciła głośność rozmów.

Pierwsza fala mija, Simone robi się gadatliwa i uśmiechnięta.

Jimmy i Linda zapalają papierosy – mentolowe marlboro – a Linda częstuje ją jednym. Simone bierze.

– Nie. – Robert podnosi głos. – Nie, Simone. Absolutnie.

– Daj spokój – odpowiada Charlie. – Jest impreza. Co to, konferencja Nowych Laburzystów?

– Ona ma piętnaście lat – mówi Robert, a wszyscy obracają się, by zobaczyć, czy usłyszał to ktoś w restauracji.

Ale są na tarasie sami. Wewnątrz ktoś smaży na patelni foie gras, a ktoś inny rozlewa dziewięć kieliszków monbazillaca, które zostaną podane razem z tym daniem.

– Typowy prawnik – kpi Jimmy Orizio. – Publicznie zawsze wachluje się literą prawa.

Linda wyciąga rękę przed gospodarzem i zapala zapalniczkę. Simone, zachwycona oburzeniem, jakie wywołała u ojca, zaciąga się, tłumi kaszel, a potem trzyma papierosa między pierwszym a trzecim palcem jak Bette Davis na filmach. Wydyma wargi i wydmuchuje dym w ciepłe nadmorskie powietrze. Nie może powiedzieć, że z tego konkretnego doświadczenia czerpie szczególną przyjemność – znów kręci jej się w głowie – ale dziś wyraźnie jest wieczór inicjacji. Jutro wszystko będzie inne, myśli. Wszystko się zmieni. Ponownie przykłada filtr do ust. Teraz w zetknięciu ze skórą wydaje się wilgotnie chłodny.

– Nie powiem, żebym lubił patrzeć, jak małe dziewczynki palą – stwierdza Sean i drobna przyjemność mija.

Simone zaciąga się raz jeszcze, żeby pokazać, że ma własne zdanie, a potem gasi papierosa. Opiera się na krześle, czuje się nieco stłamszona, ale napawa ją radością dreszcz tych wszystkich dorosłych uciech, których dzisiaj zaznała.

– Nigdy w życiu tak dobrze się nie bawiłam – oznajmia.

Kolejny wybuch śmiechu.

– A jeszcze tyle przed tobą – mówi Sean. – Zazdroszczę ci młodości.

Przynoszą foie gras. Charlie wychyla się i częstuje się porcją Claire. Kobiety jedna po drugiej zsuwają swoje kawałki gęsiej wątróbki z opiekanych kromek brioszki, na których je podano, i odkładają pieczywo na bok.

. . .

– Chyba zanim wróci Matka Helikopter, powinniśmy wylosować, kto pójdzie następny – proponuje Imogen.

Charlie stęka.

– Musimy?

– Nie martw się – odpowiada mu Maria. – Ciebie raczej nikt o to nie poprosi.

– Ale naprawdę… To strasznie zakłóca spokój.

– Wiem – zgadza się Sean. – Co nas opętało, żeby się na nie decydować?

– Dobrze wiecie, że jeśli nie pójdzie któreś z nas, zrobi to sama – mówi Imogen.

Charlie parska.

– No i? Słuchaj, jeśli ktoś chce narzucać innym swoje wartości, musi zrozumieć, że nikt go nie zwolni od konsekwencji. Jeżeli Claire ma ochotę wisieć nad dziećmi, kiedy śpią, to proszę bardzo.

Simone dostrzega swoją szansę.

– Ja pójdę! – świergocze.

– Nawet nie chcę o tym słyszeć – odpowiada Sean, a jej robi się miło z powodu jego troski. – Wczoraj wieczorem zrobiłaś już nadto.

– Ale ja nie mam nic przeciwko temu. Claire nie powinna ominąć tak wspaniała kolacja.

Sprawdziła, co teraz podadzą: chateaubrianda z truflami. Po następnej przekąsce między posiłkami będzie idealny moment, żeby się wymknąć i zapunktować. To nie potrwa długo, a kolejne danie to tylko sorbet z mangostanu. Za truflami Simone nie przepada, a czym jest mangostan, nie ma nawet pojęcia. Jeśli się nie dowie, nie będzie jej żal.

– No cóż, jeśli Claire opuści posiłek, raczej jej to nie zaszkodzi – mówi Sean.

Linda chichocze. Simone zauważa, że trzyma dłoń na udzie Seana. Piorunuje ją wzrokiem. To absolutnie niedopuszczalne, nawet ona to wie. Sean zdaje się tego nie zauważać. Popija tylko wino niczym cesarz.

– To naprawę nic takiego – zapewnia Simone. – Niech to będzie moje podziękowanie za wspaniałą gościnę.

Robert promienieje, a Maria okazuje aprobatę w swój zwykły serdeczny sposób. Przynoszę wam chlubę, myśli Simone. Właśnie to wam teraz przechodzi przez głowę. Bardzo dobrze. Lubię być akceptowana.

– No, skoro nalegasz… – rzuca Imogen. Po Lindzie trudno poznać, czy pamięta, a tym bardziej czy ją obchodzi, że troje ze śpiących dzieci jest jej. Pewnie naprawdę o tym zapomina. Dzieci większość czasu spędzają u dziadków w Godalming, żeby ich rodzice mogli poświęcać się karierom wymagającym częstych podróży. Tutaj są tylko dlatego, że babunia popłynęła w rejs. – Nie będę się z tobą ścigać o ten zaszczyt.

Simone odwraca się do Seana i powtarza numer z rzęsami.

– Poza tym – wtrąca figlarnie – przecież wie pan, że zrobiłabym dla pana wszystko, prawda?

Sean śmieje się gardłowo z zamkniętymi ustami i kładzie dłoń na jej ramieniu. Czule gładzi je kciukiem, aż dziewczyna ma dreszcze.

– Prawdziwy z ciebie mały skarb – mówi.

ROZDZIAŁ 29

Telefon budzi mnie o wpół do dziewiątej. Najpierw myślę, że to budzik – wczoraj w ogóle nie było zasięgu – ale dzwoni India. U niej jest pora koktajlowa, lecz słyszę tylko dudnienie i brzęk przejeżdżającego pociągu. Przez cały weekend zadzwoniła do mnie tylko ona. Skrępowanie? Albo po prostu co z oczu, to z serca? Czy naprawdę nie mam żadnych przyjaciół, którzy pamiętaliby o mnie pod moją nieobecność?

– Jak leci? – pyta. – Obudziłam cię?

– Tak – odpowiadam i próbuje otrząsnąć się z senności.

– Przepraszam – mówi, choć raczej nie jest jej przykro. Tak bardzo przyzwyczaiła się do zaczynania dnia o szóstej trzydzieści, że nie przychodzi jej do głowy, że niektórzy potrzebują snu. Zakończy życie dużo bogatsza ode mnie, to jej gwarantuję. – Więc jak leci?

– Wybornie. Wczoraj wieczorem miałam ogromną przyjemność siedzieć między Rozjebuckami.

Wzdryga się na drugim końcu linii.

– I co tam u drogich Rozjebucków?

– To samo, tyle że bardziej. Imogen się zalaminowała, a Charlie ma twarz w kolorze buraka. Chwała Bogu pojechali do jakiegoś luksusowego hotelu w Ilfracombe, o ile takie coś w ogóle istnieje. Nie wiem, jak długo jeszcze zniosłabym tę jego jowialność.

– Będzie następny – stwierdza India.

– Może nie. Nie zgadniesz, kto jeszcze się tu wczoraj przytelepał. Jimmy Orizio we własnej osobie.

– Jimmy Orizio? To on jeszcze nie jest trupem?

– Chodzącym. A raczej człapiącym. Cały czas mam wrażenie, że zaraz mnie ugryzie.

– A jak Mała Panna Młoda?

– Dziwnie. – Zastanawiam się nad tym, co powiedziałam. – Nic. Jeszcze dziwniej.

– Aha.

– Traktuje to wszystko jak weekendowy konkurs gościnności. Z napadami gniewu.

– Aha.

– Ruby, Joe i ja do drugiej w nocy zmywaliśmy kieliszki po winie.

– Joe?

– Joaquin Gavila.

– Ua-kiiiin? Jaki on teraz jest? Dalej wali we wszystko kijem?

– Chyba nie. Wyrósł na niezłe ciacho, szczerze mówiąc. Sarnie oczy i tak dalej. Ruby przez dwadzieścia minut nie potrafiła wydusić ani słowa. Wygląda na to, że po zmianie imienia zrobił się atrakcyjniejszy.

– I sam zmywa naczynia?

– No nie? Kto by pomyślał?

– Obstawiam, że kieliszków było sporo.

– Trafiłaś. Jak się czujesz?

– W porządku – odpowiada i wzdycha. – Huśtawka. Nawet się zdziwiłam. W końcu w czwartek wzięłam wolne. Nie przypuszczałam, że będę jeszcze płakać po Seanie.

– Ja też! Nie przyszłoby mi do głowy!

– Ale zastanawiam się…

– Tak?

– Dlaczego właściwie płaczemy? Przecież to nie tak, że za nim tęsknimy.

Myślę o tym. India ma rację. Kiedy wspominam Seana, w wyobraźni widzę go tylko w towarzystwie jego kolesi. Pełnego życia, to na pewno, oburącz chwytającego przyjemności i wyciskającego z nich sok, nie pamiętam natomiast tych różnych ojcowskich rzeczy, o których mówią ludzie. Przynajmniej nie od czasu, kiedy byłam mała. Gdzieś w środku zawsze trochę podejrzewałam, że to wszystko ściema wymyślona przez agencje reklamowe, tak samo jak Dzień Matki.

– Nie wiem.

– Ciągle budzę się w nocy i przypominam sobie te wszystkie jego gówniane numery. Pamiętasz ten dzień, kiedy wreszcie spierdolił? I okazało się, że jego rzeczy zniknęły już wcześniej, żeby nie musiał po nie wracać. Wynosił je po trochu ukradkiem, żeby matka nie zauważyła.

– Tak.

Przypominam sobie, jak mama stała przed jego szafą z wysuniętymi szufladami – wszystko było puste. Stół w gabinecie wymieciony do czysta, nie licząc telefonu pośrodku, od którego już odłączono jego służbowy numer.

– I nawet się nie pożegnał – mówię.

– Nie – potwierdza India i słyszę, że przełyka ślinę, tłumiąc emocje. – No dobra – wraca do spraw bieżących. – Jak ci idzie mowa pogrzebowa?

– O Boże. Niedobrze. To okropne, że gdy musisz o kimś mówić publicznie, odkrywasz, że w ogóle go nie znałaś.

– Wiem. W zeszłym roku musiałam z ramienia firmy wygłosić mowę na pogrzebie szefa i uświadomiłam sobie, że wiem o nim tylko tyle, że był siwiejącym mężczyzną, który wręczał mi dokumenty i dzielił się opiniami. Dzięki Bogu za Google'a, tyle ci powiem. Musiałam założyć konto na LinkedIn tylko po to, żeby sprawdzić, gdzie studiował.

– Boże, a gdzie studiował tata?

– Serio, Milly? Aż taką jesteś ignorantką? W Sheffield. Tak jak Robert.

– Dobra. A co mam napisać o żonach? Po dwóch można się jeszcze jakoś prześlizgnąć, ale cztery to już trochę komedia, nie?

– No, śmierć Lindy przedstaw jako tragedię, z której podźwignął się dzięki Simone – mówi India. – Czyli jedno z głowy. A mama i Claire pewnie nie przyjadą, prawda?

– Nie.

– W przypadku mamy wystarczy klasyka: fundamentalna niezgodność charakterów. A Claire... Boże, chyba nie da się pominąć sprawy Coco, co? À propos, jak Diabelskie Nasienie?

I tak to właśnie jest z siostrami. Tyle tego wszystkiego, tych wspólnych wspomnień, wspólnego języka, który rozumiecie tylko wy dwie. Trudno o osoby bardziej odmienne niż India i ja, ale zawsze będzie nas łączyć więź, bo tylko my wiemy, jak wtedy było.

– Wyobraź sobie, że jest urocza. Wielkie to takie i głośno tupie, trochę jak młody koń rasy shire.

– Czyli nie wrodziła się w matkę?

– Nie za bardzo. Ma nasze zęby. Nosi dokładnie taki aparat jak my.

– O, śmiesznie. Czyli to pewnie po ojcu.

– Chyba tak.

W dzisiejszych czasach właściwie nikt nie wygląda tak, jak chciała natura. W świecie chirurgii plastycznej, „zabiegów" i ortodoncji człowiek praktycznie nie wyobraża sobie, jakie będzie miał dzieci. Im kto bogatszy, tym mniej to może przewidzieć, bo bogaci przechodzą więcej zabiegów w młodszym wieku. Żeby mężczyzna był pewien, z czym miesza geny, musiałby wyrwać dziewięcioletnią wieśniaczkę prosto z pola, a potem ją trzymać, aż dostatecznie dorośnie, mniej więcej tak jak w kalifacie. A i wtedy trzeba by jeszcze obejrzeć jej babki.

– I wygląda tak, jakby grzebała w pudle z przebraniami. Nie zdziwiłabym się, gdyby na pogrzeb przyszła w kostiumie pirata.

– A za kogo ty się przebierasz?

– Za Wednesday Addams.

– Dobry wybór.

– Wiesz co? – Siadam na łóżku. Kolejna anonimowa sypialnia Jacksonów: kremowe ściany, a na nich obrazy rodem z butiku, zaprojektowane tak, by nie irytowały ani nie stymulowały. W przylegającej łazience doskonałe ciśnienie wody. – Chyba powinnam już lecieć. Razem z Diabelskim Nasieniem musimy się przebić przez pudełko z błyskotkami, a ona pewnie nie śpi już od paru godzin.

– Pudełko z błyskotkami?

– Sama nie wiem. To chyba cacka taty. Wczoraj wieczorem Simone praktycznie w nas tym rzuciła. Mówi, że ich nie chce.

– Aha.

– Wybrać coś dla ciebie?

Chwila ciszy. Potem, trochę ochrypłym głosem:

– Tak. Byłoby miło. Zabawne, co? Tyle domów, a nie ma prawie nic osobistego, prawda?

– Fakt.

– Coś… tak, chciałabym coś mieć. Pewnie wyląduje gdzieś w szufladzie, ale… tak. Poproszę. Spróbuję zadzwonić w poniedziałek. Rozmawiałaś z mamą?

– Nie.

– No tak. Pewnie nie lubisz rozmawiać z nią o tacie tak samo jak ja.

– Rozwód – mówię. – Dla dorosłych może to łatwe rozwiązanie, ale w dzieciach zostaje na całe życie.

– Święte słowa – odpowiada India i po raz pierwszy słyszę w jej głosie nutkę nowozelandzkiego akcentu. Moja siostra zmienia się w tubylca i nigdy nie wróci do domu.

– Kocham cię, Indy – mówię.

Chyba jest zaskoczona.

– Jasne. Ja też cię kocham, Kurduplu.

. . .

Znajduję Ruby w ogrodzie. Spaceruje powoli wokół basenu. Dziś ma na sobie groszki: białe na czarnej spódnicy i czarne na białym swetrze, a do tego pasiaste szaro-czarne rajstopy i bandanę w banany. Na wierzchu kurtka Barbour i kalosze pożyczone z domu. Jest z nią Emma, drepcze tam i z powrotem po trawniku otoczonego murem terenu. Wciąż wisi mgła. Trawa pod stopami chrzęści od mrozu, zostawiam za sobą ciemne ślady butów. Ledwo zaczęło się robić jasno.

– Cześć – mówię.

– Cześć – odpowiada ponuro Ruby.

– Spałaś?

Wzrusza ramionami.

– Co za ludzie. Strasznie mi go żal.

– Jak to?

– Po prostu... Jak by to było: wspomnieć swoje życie i pomyśleć, że tak wyglądali twoi przyjaciele?

– To nie przyjaciele – stwierdzam z przekonaniem. – To kumple od kieliszka.

A potem myślę: Boże, w takim razie kim są twoi, Camillo? Kiedy po raz ostatni spędzałaś z nimi czas bez drinków w dłoni? I czy kiedykolwiek pojawili się na twoim progu z wyżerką albo choć butelką whisky na poprawę nastroju? Słali ci kartki i listy? Dzwonili? Lubię wierzyć, że odcięłam się od swojego wychowania, ale muszę się ogarnąć.

– Powinnyśmy przejrzeć pudełko – mówię.

Ruby się krzywi.

– Chyba tak.

Emma znalazła dżdżownicę w świeżo przekopanym klombie róż. Przykucnęła i gaworząc do siebie, patrzy, jak robak usiłuje wwiercić się z powrotem w zmarzniętą ziemię.

– Ile ona ma lat? – pytam. Trochę mi wstyd, że nie wiem.

– Nie jestem pewna. Chyba skończyła dwa.

Po raz pierwszy naprawdę przyglądam się małej. Bez skutku próbuję wzbudzić w sobie jakieś rodzinne uczucie. Jest owocem ostatniej szarży mojego ojca, częścią rodziny na całe moje życie, czy mi się to podoba, czy nie.

– Biedactwo – mówię.

– Czy twoim zdaniem kogoś przypomina? – zastanawia się Ruby.

Przypatruję się Emmie. Ma orzechowe włosy – to jego pierwsza szatynka – i tłuściutkie łydki w wełnianych rajstopkach. Chyba będzie kędzierzawa, ani śladu u niej strąkowatych włosów, które są przekleństwem Simone. Oczywiście w poprzedniej dekadzie zazdrościłyśmy jej szczęścia, gdy same parzyłyśmy sobie policzki prostownicami, bo Moda Nam Kazała, teraz jednak lubię moje celtyckie afro, z którym nie ma sensu walczyć. Co prawda nigdy nie będę miała wyrafinowanego wyglądu, ale nigdy też nie będę wyglądać na więcej lat, niż mam.

– To włosy ojca – mówię.

– Tak? Nie pamiętam. Kiedy byłam dostatecznie duża, żeby zwracać uwagę na takie rzeczy, już ich prawie nie miał.

– Oby jej zostały. Ale poza tym niewiele podobieństw. Przy czym to dopiero małe dziecko, nie zdążył jej nawet urosnąć nos. Wy dwie w jej wieku miałyście jeszcze guziczki.

Ruby patrzy się tak, jakby po raz pierwszy widziała mnie wyraźnie.

– Jejku, mamy taki sam nos.

– Co ty nie powiesz. – Rzucam jej niepewny uśmiech. Odpowiada tym samym.

– Śmieszne, prawda? Zawsze myślałam, że jest mój.

– Nie, taty.

Emma trąca dżdżownicę serdelkowatym paluszkiem. Dżdżownica obraca się na ziemi i wygina środkową część ciała jak wąż, aż dziewczynka odskakuje zaskoczona. Traci równowagę i z plaskiem ląduje na trawie.

– Kurna! – odzywa się wyraźnym głosikiem.

Parskamy śmiechem.

– Tata – stwierdzamy jednocześnie.

. . .

Wracamy do domu tylnymi drzwiami, licząc, że znajdziemy kogoś, kto zaopiekuje się małą. Maria mówiła, że co rano z miasteczka przychodzi sprzątaczka i w pewnym sensie także niania. Oby również w niedzielę. Simone nie przepadała za personelem na stałe. Jak najwyraźniej żadna z żon.

Po drodze na podwórku zastajemy grupkę ludzi. Simone, Robert i Joe stoją przed kubłami na śmieci na kółkach. Jest ich cała bateria – budżet samorządu wydany, jak się patrzy. Czarny kubeł na odpady, zielony na szkło, niebieski na papier oraz brązowy, opisany po prostu „Recykling". Simone otworzyła wieko tego ostatniego i wyrzuca do niego kupę koszul. Za nią lekko chwieje się Joe, prawie całkiem zasłonięty trzymanym stosem garniturów. Robert błaga córkę:

– Skarbie, proszę, zwolnij. Nie musisz tego teraz robić. Nie musisz tak się śpieszyć.

Simone pozbywa się koszul, jednej po drugiej, z zadowoleniem, które może zaskakiwać u świeżo upieczonej wdowy. Nie odpowiada, tylko wrzuca i upycha, wrzuca i upycha. Na ziemi u jej stóp stoi karton z krawatami i butami. Sean zamawiał je u Lobba. Każda para miała starczyć na zawsze, ale i tak co najmniej raz na rok kupował nową. Simone wygina wargę, jakby coś brzydko pachniało. Odwraca się do brata przyrodniego i zaczyna brać od niego garnitury.

– Naprawdę! – rzuca Robert. – Te ubrania są warte tysiące funtów. Większość koszul jest od Turnbull & Assera.

– I dobrze – odpowiada Simone. – Nie widzę powodu, żeby żebracy nie nosili rzeczy wysokiej jakości.

– Tak, ale skarbie, to jego ubrania! To także wspomnienia. Nie musisz wszystkiego zatrzymać, ale to wspomnienia, tak czy inaczej. Może chce je ktoś inny.

– Nie moje wspomnienia. Zresztą właśnie dlatego idą do recyklingu, a nie na śmieci. No i kto by je chciał? Ty?

Simone obraca się na pięcie i ostatnie słowo wypluwa Joemu w twarz. On się czerwieni. Domyślam się, że bardzo chętnie przyjąłby kolekcję najlepszych ciuchów z Bond Street. Pewnie już za kilka lat zacznie pracować. Ale tylko kręci głową i wbija wzrok w ziemię. Simone bierze następny garnitur i wpycha go na pozostałe razem z wieszakiem. Mam nadzieję, że Joe wróci nocą z workiem na śmieci i zabierze, co tylko się da.

– Skarbie, proszę! – powtarza Robert. – To tak jakbyś wyrzucała swojego męża.

Simone odwraca się do niego. Na jej twarz wrócił tamten szeroki mechaniczny uśmiech z wczoraj.

– Nie bądź niemądry, tatusiu. To ubrania z wcześniej! Wszystko z teraz leży bezpiecznie na górze. Ale tych rzeczy nie powinno tu być. Nie są nasze. W tym domu nie ma dla nich miejsca.

– Więc ty…

– Tak. On nie umiał tego zrobić, ale ja umiem. To było niemądre z jego strony: trzymał te wszystkie rzeczy z czasów, zanim był szczęśliwy. Tkwiły tu i ciągle mu przypominały. Powinnam była to dla niego zrobić, wreszcie to rozumiem. Ale przynajmniej zrobię to dla niego teraz. Tutaj ma być tylko to, co nasze. To był nasz dom!

O mój Boże, myślę, ona oszalała. Wszyscy stoimy w krępującej ciszy, nie wiedząc, co powiedzieć. Kiedyś w jego gabinecie były nasze zdjęcia. Ciekawe, czy wciąż tam są.

– Ja chętnie wzięłabym koszulę – w końcu nieśmiało odzywa się Ruby.

Simone patrzy na nią tak, jakby dopiero teraz zauważyła jej obecność. Jakby wcześniej wymazała ją ze swej bazy danych wraz ze wszystkim, co pochodzi sprzed ich wspaniałego romansu.

– Świetnie. Proszę bardzo. Którąś konkretną?

– Nie. Po prostu… coś jego.

Simone dziwnie cmoka z obrzydzeniem. Robi ruch ręką w kierunku kosza niczym baletnica.

– Nie staję ci na drodze.

Ruby, szurając, podchodzi, pośpiesznie grzebie wśród ubrań i wyciąga koszulę w niebiesko-białe prążki z przetartymi łokciami. Przyciska ją do piersi jak kocyk. Simone wbija wzrok w ojca.

– Zadowolony? – pyta.

. . .

Zanosimy karton na górę do pokoju Ruby. Dzielenie rzeczy po naszym zmarłym ojcu na parterze z jakiegoś powodu wydaje się nie w porządku. Zwłaszcza pod nosem człowieka, który wyraźnie ma jakieś finansowe roszczenia. Ruby została umieszczona na strychu. W jej wieku czułabym się urażona, potraktowana jak pokojówka, ale w całym domu właśnie to pomieszczenie ma najwięcej charakteru: belki, pochyły strop oraz śliczny widok przez okno mansardowe ponad czubkami drzew w kierunku ujścia rzeki. Appledore. Wspaniała nazwa dla miasteczka. Oczywiście jak całe angielskie wybrzeże na pewno jest pełne sklepów charytatywnych i tych typu „wszystko za funta".

W pudełku miszmasz. Plątanina łańcuszków i pasków od zegarków sprawiająca wrażenie, że wrzucił je tam ktoś uciekający przed wrogimi wojskami. Nie wyobrażam sobie, żeby mój skrupulatny ojciec traktował w ten sposób swoje cenne złoto. Kiedy Simone wyszła z pokoju podczas kolacji, musiała zgarnąć wszystko razem i wcisnąć do kartonu tak samo jak ubrania do kubła.

– Simone chyba przechodzi etap gniewu – odzywa się Ruby.

To raczej oczywiste, że przeczytała co najmniej jedną książkę na temat procesu żałoby, skoro już regularnie czytuje *DSM*.

– Na to wygląda – odpowiadam.

– Ja chyba wciąż jeszcze jestem na etapie zaprzeczenia – mówi, po czym chowa twarz w uratowanej koszuli.

– Och, Rubes…

– Ciągle nim pachnie – stwierdza i mi ją podaje.

Biorę niechętnie i lekko wącham, głównie po to, żeby zrobić jej przyjemność, a potem nagle zaciągam się głęboko. Była prana od czasu, kiedy ostatnio ją nosił, ale pod neutralnym zapachem płynu zmiękczającego on wciąż tam jest. Leciutki, bardzo leciutki duch jego mieszanej na zamówienie wody kolońskiej, ciężkiej od nut cydru i bogatej w olejki cytrusowe; woń kiedyś ciepłej skóry; widmo cygar Cohiba. I znowu jestem na południu Francji, jestem małym dzieckiem, które wdrapało mu się na kolana, żeby zasnąć w trakcie długiej kolacji, na gzymsie świecą jasne kule, czuję się bezpieczna i kochana. Co się z nami stało? Boże, on nie żyje od tak niedawna.

Oddaję koszulę. Nie potrafię nic powiedzieć. Gdy Ruby patrzy mi w oczy, ma rozszerzone źrenice. Odwracam karton i wysypuję jego zawartość na dywan.

Dużo tego i jest bardzo różnorodne. Dociera do mnie, że część musiała należeć jeszcze do jego rodziców: rzeczy tanie, wytarty pozłacany zegarek, obrączki. No, może nie wszystko. Sam przecież zgromadził sporą kolekcję. Oraz po jednym rolexie na każdy dzień tygodnia i tyle spinek do mankietów, że starczyłyby na dwa tygodnie w Dubaju. Naszyjnik z jednym odłamkiem fioletowawego rubinu oprawionego w złote serce. Grawerowany kubek z okazji chrztu. Kilka srebrnych paterek do słodyczy. Złoty zegarek z klapką z inicjałami Seana po wewnętrznej stronie.

Mała złota bransoletka.

– Jak mamy się tym zająć? – pyta Ruby, gdy ja wpatruję się w to wszystko. – Podzielimy na rodzaje, a potem będziemy wybierać?

Odchrząkuję.

– Tak. Czemu nie?

Czuję się tak, jakby ktoś włączył reflektor punktowy i wycelował go wprost na obiekt mojego spojrzenia. Ruby wydaje się niczego nieświadoma. Albo jeszcze jej nie zauważyła, albo nie wie, co to jest, nie rozumie jej znaczenia. Patrzę i patrzę. To nie może być nic innego. Ruby ma taką samą na prawym nadgarstku. Już pamiętam. W ten sposób można je było odróżnić. U Ruby na prawej ręce, u Coco na lewej. Dostały je od rodziców chrzestnych, Marii i Roberta, w prezencie na chrzciny przed tyloma laty: elastyczny metal i rozsuwany zatrzask, żeby bransoletka rosła razem z właścicielką, która nosiła ją aż do dnia zniknięcia.

Ale bransoletka zniknęła razem z nią. Jestem tego pewna. Tak od początku brzmiała historia. Coco miała ją na ręce jak zawsze, a potem szukał jej cały kraj – a nawet cały świat. Pamiętam ją doskonale: na plakatach Znaleźć Coco, na ekranach telewizorów, w mailach wysyłanych masowo w owych przedfacebookowych czasach. Wtedy nie było udostępniania i retweetów, a mimo to szacuje się, że ponad miliard osób widziało wykonane przez Marię zdjęcie bransoletki Ruby, powiększone tak, żeby dało się odczytać grawerunek po wewnętrznej stronie. Imię Ruby i data urodzin bliźniaczek: 11.07.01. Jeśli to rzeczywiście ta, na niej też będzie napis. Nie chcę zwrócić uwagi Ruby wpatrywaniem się w ozdobę.

Nie w tej chwili, kiedy nie mam pojęcia, co robić. Bo rodzi się we mnie mdlące poczucie, że choć moja siostra była zdecydowanie za mała, żeby to wszystko pamiętać, zrozumie, co musi oznaczać obecność bransoletki.

Ruby grzebie w stosie ze sprawnością i precyzją swojej matki. Zegarki tutaj, spinki tam, pierścienie na hobbickim stosiku po lewej, błyskotki po prawej, reszta – naszyjniki, łańcuszki, bransoletki z wędzidłem z czasów, zanim Sean zdefiniował się na nowo jako wiejski szlachcic – pośrodku. Przesuwa dłoń po bransoletce, zatrzymuje ją.

– Zabawne – mówi.

Ledwo jestem w stanie wydobyć głos.

– Co? – mamroczę.

Ruby podnosi bransoletkę do tej na swym nadgarstku.

– Mam dokładnie taką samą.

Rozplątuję język.

– Dziwne, prawda? – pytam.

Nie przygląda się zbyt bacznie. Nie zauważa napisu od wewnątrz. Odkłada bransoletkę na kupkę różności.

– Mnie się nie przyda – stwierdza. – Moja i tak jest już do końca rozciągnięta. Nie przełożyłabym jej przez rękę. Podobno gdybym kiedyś musiała iść na operację, trzeba by ją przeciąć.

Opieram się pokusie, żeby porwać bransoletkę, ale dostrzegam okazję. Ruby jest ode mnie znacznie większa, a ja mam drobne, eleganckie dłonie mojej matki: beznadziejne do gry na fortepianie, za to świetne do nawlekania igieł. Sięgam po ozdobę, niby zupełnie od niechcenia.

– Ciekawe, czy dałabym radę… – mówię, jakby to była taka luźna myśl.

Maksymalnie rozsuwam zatrzask, zwieram palce i wciągam bransoletkę. Zatrzymuje się na stawie u nasady kciuka. Napieram mocniej. Zaczyna boleć.

– Poczekaj – rzuca Ruby, po czym sięga pod łóżko do walizki. Wyciąga dużą butelkę balsamu Vaseline Intensive Care. – Mama każe mi z tym jeździć wszędzie. Ze względu na egzemę.

Otwiera pokrywkę i wytryskuje na moją dłoń obscenicznego kleksa, po czym rozciera go po skórze. Podciąga mi rękaw, odsłaniając mój najbardziej widoczny tatuaż. Uwielbiam tatuaże, ale to jedyny nieumieszczony starannie tam, gdzie nie zobaczą ich prawnicy, dziennikarze oraz czyjeś babcie, żeby zacząć mnie oceniać. To był mój pierwszy: kreskowy rysunek kotka, tylko dwie wygięte linie i dwoje jasnozielonych oczu na delikatnej skórze wewnętrznej strony przedramienia. Mam go, odkąd byłam szesnastolatką, a od tamtej pory nie zrobiłam sobie ani jednego w miejscu, gdzie zauważyłaby go India i skrzyczała mnie, że jestem idiotką.

Ruby zatrzymuje się i gładzi go kciukiem.

– Ładny – mówi. – Chciałabym mieć tatuaż.

Mam trudności z panowaniem nad głosem. Autorytatywny ton, o dziwo, przychodzi mi łatwiej.

– Nie, nie chciałabyś – odpowiadam. – Boli jak cholera i zostajesz z nim do końca życia.

– Chcesz mi powiedzieć, że tego żałujesz? – Patrzy mi w oczy i widzi, że się czerwienię. – Tak właśnie myślałam, że nie. Masz więcej?

– Tak.

– Jakie?

– Powiem ci, jak dorośniesz.

– O Boże, nie mów, że masz opaskę z tribalem na ramieniu.

– Za kogo ty mnie masz, za Robbiego Williamsa?

Ruby wzdycha.

– I tak pewnie nie mogłabym sobie zrobić – mówi. – Z tą moją egzemą i w ogóle. Na pewno wyskoczyłby mi wielki ropny bąbel.

– Właśnie to sobie powtarzaj, mała. Nawet po alkoholu.

– No to mów. Co jeszcze masz?

Myślę przez chwilę. Postanawiam pominąć gwiazdki na wzgórku łonowym.

– Niedużo. Zwiniętego kotka na ramieniu i napis *nil illegitimi hoc carborandum* na biodrze. I jeszcze jeden tatuaż na czaszce: trzy spadające gwiazdy. – Takie same jak na wzgórku, ale o tym nie musi wiedzieć. – Ale moje czasy golenia głowy minęły, więc pewnie nigdy ich już nie zobaczę, o ile nie zachoruję na raka.

– Jejku, chyba lubisz robić sobie tatuaże tam, gdzie boli. Co znaczy to po łacinie?

– Sprawdź w internecie.

Znowu pochyla się nad bransoletką.

– Spróbuj teraz. Schowaj kciuk. No, dawaj.

Wciskam kciuk jeszcze kilka milimetrów głębiej pod dłoń i ponownie napieram. Czuję opór, a potem bransoletka wskakuje na mój nadgarstek. Napis, o którym wiem, że tam jest, przywiera teraz bezpiecznie do mojej skóry. Mogę go obejrzeć, kiedy będę sama, zweryfikować jego istnienie. Obmyślić, co ono, u diabła, oznacza.

– Gotowe! – Rozpromieniona Ruby podnosi wzrok.

– Brawo! Smarowanie masz opanowane!

– Teraz już zawsze będą widzieć, że jesteśmy siostrami.

Odpowiadam jej uśmiechem, ale chyba bladym i wodnistym.

– Siostry, hurra! – mówię.

ROZDZIAŁ 30

2004 | sobota | Claire

Zawsze miała skłonność do bólów głowy wywołanych stresem, a ten weekend oraz cztery godziny obżarstwa i krzyków zaowocowały wyjątkowo silnym. Z bólu ledwo widzi, a impreza bynajmniej nie chyli się jeszcze ku końcowi. Kiedy Simone poszła zajrzeć do dzieci, Jimmy wyjął torebkę ecstasy „na rozweselenie", jak to nazwał, więc zanim wróciła, wszyscy byli równo narąbani. Oczywiście Sean jak zwykle przewrócił oczami, kiedy Claire nie chciała do nich dołączyć. Pół godziny później z szerokim durnym uśmiechem na twarzy obmacywał na zmianę Lindę i Simone, ogłaszając zebranym przy stole, że bardzo kocha każdego z nich. Jedynymi środkami przeciwbólowymi, które miał przy sobie Jimmy, była mieszanka opiatów, a jak się okazuje, przepisy zabraniają restauracjom rozdawania klientom aspiryny czy ibuprofenu, bo... no cóż, przepisy, nie? Claire łupie w głowie i zaczynają jej tańczyć światełka przed oczami. Będzie miała dużo szczęścia, jeśli skończy się migreną.

W tej chwili pląsają jak opętani po nadmorskim bulwarze, a Linda wydziera się, masakrując *Ride on Time*. W oknach na piętrach mijanych domów zapalają się światła. Claire wlecze się piętnaście metrów za nimi, zapomniana i bardzo z tego zadowolona. Fajerwerki w jej czaszce nie pozwalają iść szybciej. Wyszłam za mężczyznę, a utknęłam z dwunastolatkiem. Może to ja tu nie pasuję? Nawet Robert Gavila dołączył do zabawy i wygłupia się pod wpływem narkotyków, chociaż gdyby dowiedziała się o tym Izba Adwokacka, w parę godzin straciłby licencję.

Zatrzymują się u stóp pomostu, do którego przycumowano kilka łódek pomocniczych, przyczepionych brzęczącymi łańcuchami zatrzaśniętymi na kłódki i zamki rowerowe. Claire słyszy chichoty, śmiechy i okrzyki „O tak!". Dogania grupę.

– Co się dzieje?

– Wybieramy się na *Gin O'Clock* na łyk czegoś mocniejszego przed snem. – Imogen wskazuje na głębszą wodę, gdzie wielka biała łódź unosi się na fali wśród mniejszych.

– Będziemy się kąpać na golasa! – woła Linda.

Sean zeskakuje do jednej z łódek pomocniczych, a Robert schyla się, by ją odpiąć. Łódka się kołysze, więc Sean rozkłada ramiona.

– Mało brakowało – mówi. – Zapraszam, drogie panie.

Linda chwiejnym krokiem rusza w stronę jego wyciągniętej ręki.

– Żadnych szpilek na łódkach – odzywa się Maria. – Daj spokój, przebijesz się na wylot.

– Aha – odpowiada Linda. Opiera się o Charliego dla zachowania równowagi i zaczyna gmerać przy klamerce na kostce. – Szlag by to trafił, mam dwie lewe ręce.

– Chodź tu – rzuca Sean.

Linda drepcze do krawędzi pomostu, staje nad nim i wyciąga nogę. On zagląda jej wprost pod sukienkę, myśli Claire. Sądziłam, że pod tymi skrawkami koronek ona ma przynajmniej stringi, ale widocznie nie. Kiedyś uwielbiał mi mówić, żebym przychodziła na randki bez bielizny. Raz przysłał mi futro – prawdziwe, a nie sztuczne; takie, które kiedyś naprawdę było na grzbiecie jakiejś fretki – a potem kazał mi stać w nim samej na skraju Park Lane, dopóki nie przyjechał limuzyną i nie zerżnął mnie na tylnym siedzeniu, podczas gdy jeździliśmy wokół Marble Arch. On to uwielbia, taki potajemny ekshibicjonizm, przynajmniej dopóki się z tobą nie ożeni. Jaka ja jestem głupia. Myślałam, że to jest sexy, że to tylko fetysz tak łagodny, że prawie niewinny, ale teraz wiem, że chodziło wyłącznie o władzę.

Sean zaczyna rozpinać klamerkę buta.

– Wracam do domu – oznajmia Claire.

– Oczywiście – odpowiada jej mąż i dalej gapi się na srom Lindy Innes.

– Głowa mi pęka.

– A to ci nowość – rzuca Sean, a Charlic Clutterbuck rechocze, dosłownie rechocze.

W Claire zaczyna kipieć dziki gniew, mało brakuje, żeby rzuciła się na tego aroganckiego dupka i podrapała mu twarz paznokciami świeżo pomalowanymi na czerwono. Tłumi tę żądzę, jak zawsze, a potem nieobserwowana przez nikogo odchodzi chwiejnie przez mrok i błyski fleszy w swojej głowie.

Nienawidzę go, nienawidzę go. Aż do tego weekendu myślałam, że po prostu nie lubię męża, ale teraz wiem, że szczerze go nienawidzę. Oczywiście to wszystko moja wina. Powinnam była się zorientować, że człowiek, który w taki sposób potraktował pierwszą żonę, nie zmieni się tylko dlatego, że teraz chodzi o mnie. Boże, jakie kobiety potrafią być głupie. Mamy przed nosem wszystkie możliwe dowody, ale durna próżność każe nam wierzyć, że my jesteśmy inne, że jesteśmy Tą Jedyną. Feministki twierdzą, że oczekiwania kobiet są wypaczane przez powieści romantyczne, ale, moim zdaniem, chodzi o coś znacznie gorszego. Myślę, że te książki jedynie odzwierciedlają zgubny gen autodestrukcji, który już w nas siedzi.

Idąc podjazdem, Claire zrzuca buty. Wchodzi do domu, trzymając je w ręce, a potem prowokacyjnie kładzie je na blacie wyspy kuchennej, bo wie, że to jedna z rzeczy, których on najbardziej nie cierpi w czyimś zachowaniu. Nikomu nie chciało się zamknąć domu. Jakby myśleli, że Sandbanks jest zbyt luksusowe, żeby byli tu włamywacze. Claire wchodzi na górę do swojej sypialni, znajduje ibuprofen i łyka cztery tabletki, popijając szklanką wody z umywalki w łazience. W lustrze widzi wściekłą kobietę z wielkimi czarnymi cieniami pod oczami. Dzięki Bogu, że przestałam pić po pierwszym daniu, myśli. Jeszcze by mi tylko kaca brakowało.

Kusi ją, żeby tu i teraz wczołgać się pod zimną pościel dużego łóżka, ale poczucie matczynej odpowiedzialności każe jej zejść na dół i udać się do przybudówki.

. . .

Wewnątrz panuje zupełna cisza, słychać tylko spokojny oddech sześciu małych ciałek. Ale zapach nie jest w porządku. W powietrzu gęsto od kwaśnej woni wymiocin. Claire zapala światło i widzi, że Ruby w pewnym momencie obróciła się na bok i zwymiotowała na dmuchany materac. Jezu, myśli Claire, dzięki Bogu, że się obróciła. Jak mogliśmy przynajmniej nie położyć dzieci w bezpiecznej pozycji. Biedne maleństwo dalej tak leży, śpi we własnych rzygowinach. Boże, źle się czuję, nie dam rady. Sama zwymiotuję.

Zostawia jednak otwarte drzwi i głęboko oddycha nocnym powietrzem, a potem zmusza się, żeby wrócić do środka i zająć się sprawą. Na początek podnosi Coco z prześcieradła – dziewczynka zwisa w jej ramionach jak szmaciana lalka, ale się nie budzi – i kładzie ją z powrotem na welurowej powierzchni gołego materaca. Małej będzie ciepło, ale Claire nie chce robić nic więcej, niż absolutnie musi, tak by ich nie obudzić. Potem zgarnia prześcieradło, poduszkę oraz samą Ruby w jedno duże cuchnące zawiniątko i niesie je do łazienki, tłumiąc torsje.

Odwija córkę, rzuca pościel w kąt, a dziecko wkłada do wanny. Klęka, by rozebrać je z piżamy. Tyle dobrego, że w walizce ma jeszcze jedną parę, nieuprasowaną i zwiniętą w kulkę, ale czystą. Ruby budzi się, ospała i ledwo przytomna, i zaczyna się mazać. Czoło ma gorące, policzki rozpalone. Oby to był tylko dwudziestoczterogodzinny bakcyl, myśli Claire. Coś takiego często dopada Ruby, znacznie wrażliwszą niż siostra. Łapie wszystkie zarazki – jakby za dwie, by Coco mogła iść przez życie nietknięta. Nic dziwnego, że Sean nawet nie kryje się z tym, że woli Coco; dużo mniej z nią kłopotu.

– Już, już, kochanie – mówi kojąco Claire. Jej mdłości jak zwykle minęły. Kilka tysięcy zmian pieluszek na zawsze przesuwa próg wstrętu. – Już, już. Tylko cię umyjemy. Zaraz wrócisz do łóżka.

Znajduje dziecięcy płyn do kąpieli, nastawia letnią wodę i opłukuje córeczkę prysznicem. Mała podnosi rozczapierzoną dłoń, żeby zasłonić twarz, ale poza tym nie protestuje. Claire namydla ją, a potem ponownie spłukuje i całe paskudztwo spływa do kanalizacji. Bierze z półki jeden z dużych białych ręczników kąpielowych i owija nim Ruby. Wyciera jej mokre włosy.

– Moje biedne maleństwo – mówi. – Co za pech z tym twoim niedobrym brzuszkiem. Na pewno kiedyś ci to przejdzie.

Wsadzenie sennego dziecka w świeżą piżamę to ciężka praca, ale Claire ma wprawę. Gdy Ruby jest już czysta i ubrana, nikt nie poznałby, że coś było nie tak. Claire niesie ją z powrotem na materac, kładzie obok siostry, a potem czeka, aż jej senność się pogłębi, oddech zwolni i dziewczynka znowu zaśnie. Całuje swoje maleństwa w czółka, przygładza im włosy, znowu je kocha, tak jak zawsze je kochała.

– Dobranoc, moje skarby – szepcze. – Słodkich snów.

Córki nie odpowiadają. Przy oknie Joaquin porusza się przez sen, mamrocze, że coś „jest tam”, a potem milknie. Claire wraca do łazienki i zbiera zabrudzoną pościel, żeby włożyć ją do pralki razem z sukienką, którą Ruby miała na sobie tego dnia. Z poduszki nic już nie będzie. Nie ma po co jej trzymać. Wsadzi ją do kosza w kuchni, który jest tak duży, że zmieściłaby się w nim świnia. Na moment staje w drzwiach i przygląda się tym wszystkim śpiącym buziom. Dzięki Bogu, że tego nie zapamiętają, myśli. Gdyby się dowiedziały, żyłabym we wstydzie. Gasi światło. Powłócząc nogami, idzie przez ogród, sprawdza, czy furtka od basenu jest zamknięta, wrzuca pościel do pralki, włącza ją, a potem wlecze się po schodach na górę i wyczerpana pada na łóżko. Zasypia praktycznie natychmiast.

. . .

Budzi ją słabe światło dnia oraz odgłos śmiechów. Już świta, ale słońce jeszcze nie wzeszło nad drzewa. Najwyraźniej pozostali wrócili z łodzi. Claire jest zaspana, zaschło jej w ustach, widzi niewyraźnie. Ale ból głowy minął, a wraz z nim zdolność dalszego spania. Patrzy na zegarek. Prawie wpół do piątej. Dużo później, niż powinien pójść spać ktoś, kto planuje rano uczestniczyć w opiece nad dziećmi. Przynajmniej po Marii spodziewałam się czegoś lepszego. No, ale jej dzieci są już starsze. Pewnie uważa, że nie musi zachowywać trzeźwości umysłu, żeby zajmować się cudzymi maluchami, bo niby z jakiej racji?

Claire już nie zaśnie. Impreza, która wciąż trwa na dole, to gwarantuje. Chociaż ból minął, w głowie wciąż ma watę, a wie, że wkrótce będzie musiała podejmować decyzje. Czuje się osaczona, udręczona i zła. Potrzebuję trochę ruchu, myśli. Podczas gdy pozostali piją. To mi pomoże myśleć. Popływam trochę w basenie. O tej porze dnia, kiedy słońce wschodzi, musi być pięknie. Znad wody na pewno unosi się mgła i nikt mi nie będzie przeszkadzał.

Wstaje, wkłada kostium kąpielowy, na wierzch letnią sukienkę, i schodzi na dół. Gavilowie i Clutterbuckowie leżą wyciągnięci na kanapach i piją herbatę. To znaczy Gavilowie i Imogen piją herbatę, a Charlie – koniak z jednego z wielkich kieliszków, które Linda powstawiała do szafek, żeby pokazać ich pojemność. Jimmy śpi na trzeciej kanapie, chrapie zawinięty w pled. Pewnie nawet nie dotrze do sypialni, myśli Claire. Ciekawe, kiedy po raz ostatni mu się to udało.

Robert zauważa ją schodzącą po schodach.

– Claire! – woła. – Jak się czujesz?

– Dziękuję, lepiej – odpowiada. Pod ich spojrzeniami czuje się naga, jakby zeszła w samym kostiumie kąpielowym.

– Dokąd się wybierasz?

– Pomyślałam, że popływam, żeby się rozbudzić.

Wszyscy gwałtownie wymieniają krótkie spojrzenia.

– Nie, nie! Zostań! – rzuca Imogen. – Zrobię ci herbaty! Jak twoja biedna głowa? Boli jeszcze?

– Nie, dziękuję. – Nie chce spędzić z tymi ludźmi ani chwili dłużej. To nie są jej przyjaciele. – Trochę się podle czuję, jakbym od wieków się nie ruszała. A tak w ogóle, to czy nie powinniście już leżeć w łóżkach?

– Czemu? – pyta Charlie. – Która godzina?

– Dochodzi wpół do piątej – odpowiada Claire.

– Niech mnie szlag. Ale ten czas leci, gdy człowiek się dobrze bawi, co? Może łyczka czegoś mocniejszego na dobranoc? No chodź. Kieliszek brandy na poprawę krążenia.

Na samą myśl robi się jej niedobrze.

– Charlie, dla mnie to początek dnia. Dziękuję, ale nie jest ze mną tak źle, żebym potrzebowała brandy na pobudkę. Skoro chcesz z kimś pić, może powinieneś obudzić Jimmy'ego.

Nie ma zamiaru dłużej być uprzejma dla tego człowieka. Jego śmiech na pomoście przelał czarę goryczy.

– No cóż! – parska Charlie. – Jak sobie chcesz.

Maria zaczyna wstawać.

– Chodź – mówi. – Może kawy na rozbudzenie?

Claire podnosi rękę.

– Nie, Mario. Dziękuję, ale nie. Nie chcę herbaty, nie chcę kawy, chcę popływać.

Wie, że próbują ją zatrzymać. Pragnie się dowiedzieć, co chcą przed nią ukryć.

– Na litość boską, puśćcie tę głupią krowę – parska Charlie. – Nic nie jesteśmy jej winni.

– Dziękuję, Charlie – odpowiada Claire. – Zawsze dobrze mówić prawdę prosto z mostu.

– Claire, nie… – zaczyna Maria.

– Daruj sobie – rzuca Claire, po czym wychodzi w piękny poranek.

Domyśla się, co zobaczy, kiedy dojdzie na miejsce, i serce wali jej w piersi. Trzeba mieć to wreszcie z głowy, myśli. Przecież już i tak wiem, ale jeśli go przyłapię, nie będzie mógł dłużej udawać, że to moja wina, opowiadać mi, że oszalałam, podczas gdy oszukuje mnie, zdradza i…

Są w basenie, bzykają się na schodkach na płytkim końcu. Posuwa ją od tyłu, jej chudy tyłek wynurza się i zanurza w rytmie jego pchnięć. Fuj – tak brzmi pierwsza myśl Claire. Jutro moje dzieci będą chciały bawić się w tej wodzie. Idzie boso, więc nie słyszą jej kroków. Nie zamknęli furtki, dlatego przechodzi przez nią bez żadnego hałasu. Staje przy leżakach i obserwuje ich przez minutę, zanim się odezwie. Ogolona głowa Seana kołysze się do przodu i do tyłu, do przodu i do tyłu. Pośladki Lindy są gładkie i brązowe, bez żadnych białych miejsc po bikini. To nie jest prawdziwy seks, myśli Claire. To seks wyczynowy, jaki zawsze lubił: taki, że można się zastanawiać, czy nie ukrył gdzieś kamery, by później móc się oglądać.

– Będziecie musieli wymienić tę wodę w basenie – mówi. – W tej raczej nikt nie zechce pływać.

Sean podskakuje jak czarny charakter w pantomimie, prawie

traci równowagę i oburącz ściska tyłek Lindy, żeby się nie przewrócić.

– Aua! – krzyczy Linda. Była za głośna, żeby usłyszeć głos Claire. Odwraca się, żeby nagadać Seanowi, widzi żonę swojego kochanka i mówi: – Aha.

– Claire... – odzywa się Sean.

– Co? Powiesz mi, że to nie jest to, na co wygląda? Pomagasz jej znaleźć szkło kontaktowe? Przepychasz jej rury?

– Ja...

– Nawet o tym nie myśl. – Claire słyszy, że podnosi głos. – W tej chwili nie masz mi nic do powiedzenia. Przyłapałam cię na gorącym uczynku i nie masz nic na swoje wytłumaczenie. – A potem dociera do niej, że on niczego nie chce tłumaczyć. Nie interesuje go dogadanie się, pogodzenie, namówienie jej do zostania. – Pierdol się, Sean – mówi i uświadamia sobie, że krzyczy. – I ty się pierdol, zdziro. Chcesz go? To go sobie weź. Tylko nie myśl, że będzie chciał mieć z tobą dzieci. Nie chce nawet tych, które już ma.

Odwraca się i rusza z powrotem do domu. Oni chyba ciągle stoją w basenie, być może nadal spojeni. Nie mogę tam wrócić, myśli. Było wystarczająco źle, kiedy wiedziałam, że oni wiedzą. Ale teraz, gdy wiedzą, że ja wiem, nie zniosę tego wstydu. Upokorzenia. Kochanka, która została żoną, zdradzana przez męża z nową kochanką.

Musi jednak wrócić, bo na zewnątrz nie ma nic. Wchodzi do pokoju, czuje na sobie spojrzenia ich wszystkich, podnosi głowę i patrzy prosto przed siebie.

– Claire... – zaczyna Maria, ale ona to ignoruje.

Mija ich, jej wzrok nie drgnie, godność oplata ją niczym zbroja. Wchodzi po stopniach, jeden, drugi, trzeci, czwarty, piąty, szkło jest zimne pod jej stopami, metalowa poręcz jest zimna pod dotykiem dłoni. Nie okażę tego, myśli. Nie zobaczą, jak płaczę. Nie ci ludzie. Nigdy.

W sypialni chwyta torebkę, sprawdza, czy są w niej telefon i klucze do domu. Zabiera kluczyki do samochodu z szafki przy łóżku i sweter z oparcia krzesła. Co jeszcze muszę wziąć? Rzeczy dziewczynek. Leki Ruby i misia Coco, a potem jakimś cudem zanieść córeczki, śpiące, ciężkie, i wyjechać stąd, nie mogę tu zostać, nie z tymi ludźmi, z jego kolesiami, z jego kurwą, którzy patrzą na mnie i śmieją się. Nie mogę. Nie dam rady. Muszę wyjechać. Muszę ruszyć natychmiast. Nie mogę tam wrócić, tam gdzie są, i pójść po dziewczynki. Nie chcę na nich patrzeć. Nie mogę.

Idzie na dół po schodach, dostojnie i majestatycznie niczym debiutantka na balu. Oni siedzą w milczeniu i patrzą, jak znowu przemierza pokój. Linda weszła do domu i siedzi między nimi bez słowa, pewnie dla bezpieczeństwa. Po Seanie nie ma śladu. Tym razem Maria nie próbuje się odezwać. Nikt nie próbuje. Wszyscy są po jego stronie. Praktycznie już o niej zapomnieli.

Claire rezygnuje z dzieci, idzie na podjazd i otwiera samochód. Wsiada, ustawia fotel kierowcy. Przyciski są oporne, skomplikowane; ustawienie się na tyle wysoko i blisko kierownicy, żeby coś widzieć przez szybę, zajmuje jej kilka minut. Mnóstwo czasu, żeby ktoś tu przyszedł. Mnóstwo czasu, żeby on – jeśli chce – błagał ją, by została.

Powoli wycofuje się z podjazdu. Droga jest pusta. Pierwszy prom dopiero o siódmej, a na Sandbanks właściwie nie ma dokąd iść, zwłaszcza w niedzielę. Claire wrzuca bieg i odjeżdża. Zaczyna płakać dopiero na obwodnicy Southampton.

ROZDZIAŁ 31

– Tylko nie mów, że dzwonisz, bo wybrałaś dla mnie zegarek.

– Ojej. Obudziłam cię?

– To pewnie zemsta – rzuca chłodno India.

– Przepraszam – mówię. – Boże, Indy, coś znalazłam i nie wiem, co robić.

– Co? – pyta ze znużeniem.

W naszej rodzinie zawsze uchodziłam za tę, która dramatyzuje, dlatego wszyscy tak właśnie reagują, gdy powiem coś, co pasuje do tego stereotypu. Czuję coś na kształt triumfu. Nie zawsze robię dramaty, flądro. Czasami je relacjonuję.

– Znalazłam bransoletkę Coco.

– Co?

Wreszcie się obudziła.

– W rzeczach Seana.

– Co? Jesteś pewna?

– Nie, tak tylko mówię dla efektu. Oczywiście, że jestem pewna. Trudno nie być, po wewnętrznej stronie jest wygrawerowane jej imię.

– O Boże.

Daję jej chwilę. Bądź co bądź, kiedy znalazłam bransoletkę, sama potrzebowałem więcej niż chwili, żeby odzyskać głos.

– O Boże – powtarza moja siostra. – Biedne dziecko.

– Ja tego nie… Co to znaczy?

– Daj spokój, Mills. Przecież wiemy, co to znaczy.

– Wiemy?

– Tak – odpowiada. – I ty też to rozumiesz. Nie znalazłaś tej bransoletki pod poduszką kanapy. On trzymał ją w tajemnicy. Skoro była wśród rzeczy, które Simone tak po prostu zgarnęła i wrzuciła do pudełka, to znaczy, że oglądał ją praktycznie codziennie. Niemożliwe, żeby nie wiedział, że ją ma. Daj spokój. Gdyby znalazł ją później, nie ukrywałby tego. Tej bransoletki szukał każdy detektyw amator w Europie. Pamiętasz, jak Claire zgarnęli policjanci w Alicante, bo ktoś widział Ruby i nie zauważył, z kim jest? A to było parę lat później. Dosłownie parę lat. Powiedziałby coś, gdy tylko by znalazł tę bransoletkę. Wiesz, że tak. Ale nie powiedział.

– Boże, India. Co mam robić?

– A co chcesz zrobić?

– Nie wiem. Nie wiem!

Patrzę na bransoletkę na swoim nadgarstku. Teraz żałuję, że pozwoliłam Ruby wcisnąć mi ją na rękę. Że zgodziłam się, by tak szybko zmieniła się w symbol naszej wspólnoty krwi. Zauważy, jeżeli ją zdejmę. A jeśli nie zdejmę, zauważy to ktoś inny. Mogę do upadłego nosić długi rękaw, ale kiedyś w końcu się podwinie.

– Chyba w tej chwili nie powinnyśmy nic robić – mówi India. – Musimy się zastanowić. To jest puszka Pandory. A to, że bransoletka była w rzeczach taty, nie oznacza jeszcze, że on jeden był zamieszany.

– Fakt. India…

– Tak?

– Myślisz, że to znaczy, że on… coś zrobił?

– Nie wiem. Naprawdę. Słuchaj, gdybym miała przedstawić tę sprawę w sądzie, powiedziałabym, że to tylko wskazuje, że nie mówił prawdy co do jednej rzeczy. Nie co do wszystkich, a tylko jednej.

– Owszem, ale gdybyś była prawnikiem drugiej strony, twierdziłabyś, że to pozwala zakwestionować każde jego zeznanie.

– No proszę, ktoś tu się naczytał Grishama.

– Dobrze wiesz, że czytam tylko to, co piszą w internecie. Z telewizji też się można sporo nauczyć. Bez problemu zrobiłabym manewr Heimlicha, chociaż nigdy nie byłam na kursie pierwszej pomocy.

– Wszystko jedno. Chodzi mi o to, że musimy pomyśleć. Poważnie. On nie żyje. Już go nie przesłuchamy.

– Ale…

– Wiem – przerwała India. – Przez ostatnie dni Ruby i tak już parę razy potwierdziła, że wszyscy ją okłamywali. Myślisz, że dobrze jej zrobi, kiedy odkryje, że kłamstwo było jeszcze większe?

– O Boże. Teraz i ja zaczęłam ją okłamywać. Jezu, India, ta pieprzona rodzina to nic, tylko sekrety. Mam dość. To przyniosło już tyle złego…

– Świetnie, tylko że tu nie chodzi wyłącznie o twoje życie, prawda?

– Wiem, ale…

– Wiesz, co Budda mówi o kłamstwie?

– A co mnie to, kurwa, obchodzi? India, nie mam w tej chwili ochoty na lekcję teologii.

– Nie, posłuchaj. Mówi, że choć trzeba starać się mówić prawdę, najpierw musisz zadać sobie pytanie: czy jest ona dobra i czy jest pomocna?

– No i?

– Milly, komu to pomoże? Ruby? Claire? Coco?

– Przecież…

– Nikogo nie przybliży do odkrycia, co się stało. Otworzysz tylko stare rany i wetrzesz w nie truciznę.

Boże, ona ma rację.

– Ale skarbie – mówię – jest jeszcze coś takiego jak właściwe postępowanie.

– Owszem. Tylko że właściwe postępowanie to w tej chwili bardziej ruchome święto, niż ci się wydaje.

Schodzę na dół z głową pełną myśli, które natychmiast ulatują, gdy trafiam do holu. Simone siedzi na kanapie przy drzwiach wejściowych i kiwa się w przód i w tył, Joe jest obok niej, trzyma rękę na ramieniu siostry, a w salonie toczy się awantura. Jednostronna, bo krzyczy tylko Jimmy.

– Robert, ja nie żartuję! Nie chcesz mieć we mnie wroga!

– Proszę cię. – Robert mówi w sposób, jakiego nigdy wcześniej u niego nie słyszałam. Ma ten sam modulowany głos co zwykle, ale pełen pogardy. Brzmi, jakby dosłownie naśmiewał się z Jimmy'ego. – Ty nawet nie pamiętasz, jaki mamy dzień.

– Już za długo byłem twoim chłopcem do bicia.

– Za wszystkie kłopoty sam jesteś sobie winny, Jim. Nikt cię nie zmuszał do wypisywania lewych recept.

– Ale chętnie je brałeś, co?

– Myślę, że trudno będzie ci to udowodnić.

– Nie mam nic! – krzyczy Jimmy. – Nic!

Głos Marii:

– Nic nie zaoszczędziłeś?

Patrzę na Joego i unoszę brwi. Simone chyba nawet nie zauważyła mojej obecności. Joe odpowiada mi spojrzeniem, w którym widzę sprzeczne sygnały. Pomóż mi, nie wiem, co robić. Odejdź, odejdź, nie chcemy, żebyś to widziała. Zamieram. Zostań, idź; cokolwiek zrobię, postąpię niewłaściwie. Nie ruszam się z holu. Trudno udawać, że nic się nie dzieje, i zająć się własnym dniem.

Jimmy wydaje się chwilowo zbity z tropu pytaniem Marii.

– Sean rozumiał – mówi po chwili. Już nie krzyczy. – Kiedy nic nie masz, nie masz nic do stracenia.

– Wielkie dzięki, Bobie Dylanie.

– Zamknij się, Robert!

– Daj spokój, Gavvers – parska Jimmy. – Cluttersowi Sean przez lata dawał forsę na kaucje wyborcze.

– To co innego – odpowiada Robert. – Byli starymi przyjaciółmi.

– Jasne. To z lojalności cały czas sypał kasą.

– Obaj się uspokójcie – mówi Maria. – Jimmy, czego nie rozumiesz w wyrażeniu „toczy się postępowanie spadkowe"? Simone może żyć z tych pieniędzy, ale jeśli zaczniemy obdarowywać forsą niespokrewnionych ludzi, zainteresuje się skarbówka. Musisz wziąć na wstrzymanie, dopóki Robert tego nie pozałatwia. W tej chwili i tak jest problem ze wszystkimi „prezentami", które Sean rozdał przez ostatnie siedem lat.

– I co mam robić do tego czasu?

– Może ogranicz wydatki na przyjemności? – sugeruje Robert, a w jego głosie znowu słychać pogardę.

– Ty masz kupę pieniędzy – mówi Jimmy znacząco. – Pewnie nawet kartę kredytową albo dwie. Pamiętaj, Robert, ty i Maria macie do stracenia tyle samo co pozostali.

– Nie do końca.

– Co to niby znaczy?

– Chcę tylko powiedzieć, Jimmy, że zarządzanie reputacją działa w obie strony.

– Dla mojej reputacji jakoś mało zrobiliście.

Robert ciężko wzdycha.

– No tak. Posłuchaj, jesteśmy dobrzy w swoim fachu, ale nie zdziałamy cudów. Możesz mi jednak wierzyć, że było kilka przypadków, kiedy opinia publiczna mogła sobie o tobie przypomnieć.

– Woleliście, żeby nie, co? – W pytaniu Jimmy'ego jest jakieś ukryte znaczenie, którego nie rozumiem.

– Posłuchaj – mówi Robert i nagle drzwi zatrzaskują mi się

przed twarzą. To grube drzwi wysokiej jakości, tłumiące dźwięk równie skutecznie, jakby były z ołowiu.

Odwracam się do pozostałych.

– Dobrze się czujesz, Simone?

Przestaje się kiwać i siada prosto niczym struna.

– Dzień dobry! – mówi. – Jak się masz?

– Dobrze. A ty?

– Cudownie. Wprost cudownie. – Ruchem ramienia zrzuca rękę Joego, a potem wstaje. – Lunch! – woła. – Mam trochę wędliny i smacznego chlebka, jeśli ci to pasuje.

– Jasne, nie ma sprawy. Mogę pomóc?

– Nie – odpowiada. – I zupę. Muszę zrobić zupę. Każdy lubi zupę. Te brukselki. I paczka kasztanów. Zrobię zupę.

Mimo wszystko ruszam za nią korytarzem, więc odwraca się do mnie. Wyciąga naprzód szyję jak atakująca kobra.

– Powiedziałam: nie! Czy wy wszyscy nigdy nie słuchacie?

Wzdrygam się.

– Przepraszam – mówię.

– No tak. Jesteś taka sama jak twój ojciec, wiesz? Nikogo nie słuchasz.

Aua, cios poniżej pasa. Patrzę za nią, gdy odmaszerowuje do kuchni. Czuję się znieważona i zła.

– Nie zwracaj na nią uwagi – odzywa się Joe. – Jest w złym stanie.

– Właśnie widzę – odpowiadam ponuro.

– Ludzie różnie znoszą żałobę. Robimy, co możemy.

– Ale dlaczego jest taka wściekła?

Joe się krzywi.

– Słuchaj, Mila, nie chcę źle mówić o zmarłych, ale czy ty na jej miejscu byś się nie wściekła? Piszą o niej we wszystkich gazetach, i to nie w życzliwy sposób. Nie mógł wybrać bardziej upokarzającej śmierci, choćby się postarał, prawda?

– To nie moja wina – mówię jękliwie i od razu słyszę, jak to brzmi. Patrzę na niego, czerwieniąc się. – Przepraszam. Przepraszam, Joe. To było żałosne. Wstyd mi za siebie.

Unosi brwi i uśmiecha się.

– Czyli jednak nie jesteś taka jak ojciec.

– O co się kłócą?

– No... Jimmy chce pieniędzy. Chyba uważa, że mu się należą.

– Uch, na każdym pogrzebie trafia się sęp.

– Wygląda na to, że twój tata utrzymywał go, odkąd Jimmy wyszedł z paki. Simone raczej nie będzie tego dłużej tolerować.

– No, ale dlaczego go utrzymywał? Po co?

Wzrusza ramionami.

– Poczucie winy?

– Niby z jakiego powodu?

– Nie wiem. Wygląda na to, że Jimmy się rozsypał, kiedy Linda go zostawiła.

– Gówno prawda – odpowiadam. – Już dużo wcześniej był w kawałkach. Wcale się nie dziwię, że od niego odeszła. Poważnie: słyszałeś, żeby kiedykolwiek mówił, nie bełkocząc?

Drzwi otwierają się z hukiem, wypada z nich Jimmy, zauważa nas, piorunuje wzrokiem, a potem wściekłym krokiem rusza w stronę schodów. Wychodzi za nim Robert.

– Jimmy, daj spokój! To przecież... – Widzi nas dwoje stojących w korytarzu i urywa. – Co wy tu robicie?

– Chcieliśmy się dowiedzieć, czy nie pomóc przy lunchu – mówi Joe. Ma szybki refleks jak na dziewiętnastolatka. Może ja nie jestem córką mojego ojca, ale on w stu procentach jest synem swojej matki. – Dokąd idzie Jimmy?

Robert drapie się po ogolonej potylicy.

– Mam nadzieję, że poszedł dąsać się w swoim pokoju – odpowiada.

Zza niego wyłania się Maria, opanowana jak zawsze, ale źrenice ma tak wielkie, że prawie nie widać tęczówek.

Na pierwszym piętrze trzaskają drzwi i po chwili na szczycie schodów znowu pojawia się Jimmy. Włożył swój skórzany trencz, który pamiętam z lat dziewięćdziesiątych, i trzyma zniszczoną torbę podróżną. Nie golił się od wielu dni, więc na jego ziemistych policzkach jeży się gęsty siwo-czarny zarost.

– No nie, Jimmy, daj spokój – mówi Robert.

Jimmy nie zwraca na niego uwagi. Zarzuca torbę na ramię i złazi ze schodów.

Robert czeka, aż się zbliży i zacznie go mijać.

– Daj spokój, Jimmy. Jutro pogrzeb, na litość boską. Zostań. To szaleństwo.

– O, nie martw się. Na pogrzebie będę na pewno.

– To czemu nie zostaniesz?

– Nie będę mieszkał tam, gdzie mnie nie chcą. – Jimmy brzmi jak nadąsana matrona w starej komedii.

Kiedy byłam młodsza, myślałam, że dorastając, człowiek… no właśnie, dorasta. Nie zmieniło tego nawet oglądanie, jak wszyscy dorośli w moim życiu urządzają na moich oczach awantury. Ale w tej chwili najbardziej opanowaną osobą wydaje się Joe. Jimmy jest niczym dwunastolatek, który strzela focha, bo zabrano mu piłkę, a Robert i Maria – jak para udręczonych nauczycieli, rozdrażnionych i nieskutecznych.

– I przygotujcie się, że będę miał co nieco do powiedzenia – dodaje Jimmy.

– Jimmy… – rzuca Maria.

– Nie powstrzymacie mnie. To publiczna uroczystość.

Maria podnosi ręce gestem diwy. Przyciska dłonie do głowy, jakby chciała wytłumić tę sprzeczkę.

– Ale gdzie będziesz spał? – Robert wydaje się zmęczony i skonsternowany.

– Coś znajdę. To nie jest szczyt sezonu turystycznego.

– Podobno nie masz pieniędzy – wtrąca Joe.

– Zamknij się, Joaquin! – ryczy Robert. – Po prostu stul pysk! Czy ty naprawdę nie wiesz, kiedy trzymać gębę na kłódkę?

Joe milknie, w jego dużych oczach jest ból. Robert znów zwraca się do Jimmy'ego, który już stoi przy drzwiach frontowych z ręką na klamce.

– Posłuchaj, tutaj masz gdzie mieszkać. Będzie ci dużo wygodniej niż w każdym miejscu, jakie znajdziesz na szybko, a poza tym tu są twoi przyjaciele.

Jimmy odwraca się i śmieje mu się w twarz.

– Przyjaciele? Nie rozśmieszaj mnic. Wy nie jesteście przyjaciółmi. Jesteście dla siebie nawzajem tylko klawiszami pilnującymi jedno drugiego.

ROZDZIAŁ 32

2004 | niedziela | Sean

Wszyscy tłoczą się w drzwiach przybudówki. Mężczyźni milczą – nareszcie – a kobiety trajkoczą. Słyszy powtarzane w kółko imię Jimmy'ego, Linda i Imogen wykrzykują je histerycznym tonem. O Boże, myśli, czyżby wreszcie przedobrzył? Zawsze sądziłem, że jest zakonserwowany, zakwaszony od spożywanych substancji, że to Keith Richards dla ubogich, który przeżyje cały świat jak karaluch. Ale co on robi w przybudówce? Gdy się wymknęliśmy, smacznie chrapał na kanapie.

Sean podbiega ostatnie kilka kroków.

– Co jest? Co się stało?

Odwracają się do niego jak jeden mąż: Maria, Linda, Imogen, Charlie, a twarz każdego z nich postarzała się o milion lat. Sean ma przed sobą cztery martwe dusze patrzące z głębin piekielnych.

Ziemia staje. Skacze pół metra w lewo, prawie zwalając go z nóg.

– O co chodzi? – pyta Sean i wydaje mu się, że ogłuchł, bo tak cichy i odległy jest jego głos.

Nikt nie odpowiada. Sean przepycha się między nimi i wtedy jego świat się kończy.

Jimmy i Robert, nagle trzeźwi, klęczą nad materacem, na którym leżą jego córki. Simone krąży po pokoju, sprawdzając puls wszystkim dzieciom. Ruby jest obrócona na bok, niczego nieświadoma, włosy ma trochę mokre, jakby nocą brała prysznic. Nikt nie zwraca na nią uwagi, ponieważ mężczyźni pochylają się nad Coco. Robert nasadą dłoni rytmicznie naciska na mostek. Jimmy trzyma jej głowę, raz po raz nakrywa ustami jej usta i dmucha, dmucha, dmucha.

Sean musi chwycić się framugi, żeby złapać równowagę, bo stracił siłę w nogach. Linda, łkając, próbuje położyć mu rękę na ramieniu, ale jego wypełnia nagłe obrzydzenie, więc ją odtrąca.

– Co się stało?

Nikt nie odpowiada. Nie muszą. Wszyscy wiedzą.

Sean zatacza się naprzód i klęka obok swego najdawniejszego przyjaciela.

– Coco? – słyszy swój własny głos. – Coco?

Dziewczynka ma zamknięte oczy, jakby nadal spała. Jej ciało podskakuje przy każdym ucisku Roberta. Raz… dwa… trzy… cztery… pięć… oddech… i za każdym razem, gdy Jimmy robi wydech, Sean podświadomie wciąga powietrze, jakby chciał skłonić malutką klatkę piersiową, żeby się naprężyła, a potem powoli, powoli opadła.

– Jimmy, zrób coś! – krzyczy Linda.

Zamknij się, zamknij się, zamknij się. W uszach Seana jej głos brzmi przenikliwie, pozbawiony polotu i wyrafinowania, niczym wrzask bezrozumnej mewy nurkującej ku padlinie.

– Przecież robię, głupia krowo – odparskuje Jimmy. – Idź po moją torbę. No już!

Linda odchodzi w piękny świt, zataczając się i płacząc. Z ciemnego wnętrza przybudówki Sean widzi, że słońce już wzeszło. Rumiany blask padający na wysokie, lekkie chmury ustępuje lazurowej mgiełce. Nowo położony trawnik jest szmaragdowozielony, tam gdzie dotyka go światło, wypalając rosę. Sean patrzy na swoją drugą córkę, bierze jej nadgarstek między palce. Mała oddycha płytko, nie reaguje na jego obecność, tak jak na obecność pozostałych, ale puls ma mocny i równy.

Pod lekką opalenizną, której Coco nabrała mimo grubych warstw kremu fanatycznie wcieranego przez Claire przez całe lato, skóra dziewczynki jest woskowobiała. Mała ma otwarte usta, pewnie za sprawą Jimmy'ego, a jej bladoróżowy język wydaje się suchy jak zamsz. Sean wie podskórnie, że to koniec. Jej już tam nie ma, myśli. Te wszystkie chichoty, te fochy, przytulanki, nierówny sen, otarte kolana, te łzy i uśmiechy... co za strata. Co za głupia, bezsensowna strata. Nagle wypuszcza dłoń Ruby z powrotem na materac, zdegustowany tym, że przeżyła. To zawsze Coco była tą silną. Jak można zabrać tę dobrą, a zostawić wadliwą?

Wraca Linda. Teczkę Jimmy'ego niesie przed sobą w wyciągniętych rękach jak kelner tacę. Jimmy rzuca ją na podłogę i otwiera, Sean widzi zatrzęsienie rozrywkowych używek, plastikowe torebki, gąszcz pociętych blistrów, bloczek recept, płócienne pudełko na suwak z białym krzyżem na wierzchu. Pod spodem jest napis PIERWSZA POMOC. Co, do cholery? – myśli Sean, gdy Jimmy wyjmuje apteczkę. Nie potrzeba nam teraz plastrów, bandaży i maści cynkowej. Ona umiera. Moja mała córeczka umiera.

W apteczce są strzykawki, fiolki z jakimś przejrzystym płynem, igły wielkości wkładów do długopisu.

– Jezu – mówi Imogen. – Jezu, Jezu, Jezu. – Za każdym razem powtarza to słowo coraz wyższym i głośniejszym tonem.

– Do kurwy nędzy, niech ją ktoś uciszy – rzuca Jimmy, a wtedy Maria, jak zawsze spokojna, ale biała jak ściana, kładzie rękę na ramieniu Imogen, stanowczo, lecz delikatnie.

Imogen zasłania usta dłonią. Simone, która w ostatniej kolejności sprawdziła tętno brata, prostuje się i patrzy. Jest taka spokojna, myśli Sean, zupełnie jak jej macocha. Nic jej nie peszy, nawet w tym trudnym wieku.

Jimmy przygotowuje strzykawkę.

– Może lepiej się odwróćcie – mówi. – Spróbuję wznowić pracę serca, a to nie jest przyjemny widok.

Sean kiwa głową, ale nie spuszcza wzroku z rąk lekarza. Imogen wydaje cichy jęk spod palców przyciśniętych do ust, a wtedy Jimmy patrzy na nią ze złością.

– Serio – mówi. – Jak nie umie być cicho, musicie ją stąd wyprowadzić.

Napełnia strzykawkę płynem z fiolki, a potem starannie pstryka palcem w igłę, żeby pozbyć się pęcherzyków powietrza. Szybciej, szybciej, szybciej, myśli Sean, chociaż wie, że jeśli Jimmy tego nie zrobi, na nowo rozruszane serce zatrzyma się na dobre. Ale to trwa wiecznie. W myślach Seana tykają kolejne sekundy. Szybciej. Czeka, ledwo oddycha. Jimmy wciska tłok, aż wreszcie z końca igły strzyka adrenalina. Taka malutka ilość, myśli Sean. Malutka ilość dla malutkiego ciałka. O Boże.

Jimmy przewraca dziewczynkę na plecy, unosi pięść, a potem przebija igłą mostek. Wszyscy wstrzymują oddech, czekając na scenę, którą tysiąc razy widzieli w telewizji: ciało ożywa, siada gwałtownie z głośnym stęknięciem, wybałusza oczy i rozdziawia usta.

Nic.

Coco znowu podskakuje, tym razem od siły uderzenia. Oczy jej się otwierają. Na sekundę Sean martwieje, bo myśli, że się udało. Ale nie. Coco leży na plecach, wpatrzona szklanym wzrokiem w płytki na suficie.

Jimmy osuwa się na podłogę. Ponownie zamyka jej oczy.

– Cholera – mówi. – O cholera. Przykro mi.

Cisza.

Sean nie wie, co czuje. Powinienem płakać, myśli, ale zamiast tego jestem otępiały. To koniec. Wszystko się skończyło. Moje życie, jej życie, życie nas wszystkich. Nigdy się z tego nie otrząśniemy, żadne z nas. Wszystko – stracimy wszystko. Prawa rodzicielskie, posady, reputację, wolność.

Odzywa się spokojny głos Marii, rzeczowy, jakby była w biurze i planowała kampanię.

– Musimy zabrać stąd dzieci, zanim się obudzą.

ROZDZIAŁ 33

– Nie chcę jeszcze wracać – mówi Ruby.

Nie ma szesnastej, ale ujście rzeki spowija już przedwieczorny zmrok, a w Instow na drugim brzegu migoczą światła.

– Ja też nie – zgadzam się.

– Właściwie to w ogóle nie chcę.

– Wiem, co masz na myśli.

– Dziwny ten dom.

– Aha. Nie za fajna atmosfera, co?

Nos Ruby jest czerwony od zimna. Po lunchu poszłyśmy do supermarketu w Bideford, a potem aż do teraz raczyłyśmy się urokami Appledore: krążyłyśmy po małych uliczkach, wspięłyśmy się Irsha Street aż do budynku straży przybrzeżnej i zeszłyśmy z powrotem. Wbrew moim oczekiwaniom miasteczko okazało się piękne. To labirynt zaułków i starych budynków, raj szmuglerów z setką małych łódek przywiązanych na przybrzeżnej równinie błotnej. Ale jakimś cudem autentyczny. Nie zakonserwowany w bursztynie jak Padstow. Gdybyśmy pomyślały o tym wcześniej, mogłybyśmy wynająć łódkę na wyspę Lundy, ale planowanie przyjemnych rejsów w domu żałoby wydawało się nie na miejscu.

– Dziewięć i sześć dziesiątych procent populacji cierpi na

zaburzenia osobowości – mówi Ruby. – Ciekawe, że tacy ludzie zbierają się w grupki, prawda?

– Owszem. – Czyli nie tylko ja o tym myślę.

– Myślisz, że tata też jakieś miał?

– Hm. Tak, zapewne.

– Narcystyczne?

– I antyspołeczne. Był trochę psychopatą, no nie?

– Dzięki Bogu – mówi Ruby. – Kiedyś myślałam, że to ja. Zabawne, że człowiek zawsze podejrzewa siebie, co?

– Myślę, że między innymi właśnie po tym można poznać, że nie ma się zaburzeń osobowości. Ale jego domy zawsze były trochę dziwne. Jak hotele. Nie lubił, żeby sprawiały wrażenie, że ktoś w nich mieszka. A dlaczego podejrzewałaś siebie?

Pociąga nosem.

– Nie wiem. Może to ta kwestia macochy. Z przybranymi rodzicami jest jakoś dziwnie, co? To dlatego tak mało ich w bajkach.

Myślę o Barneyu. Wobec mnie i Indii nie był dziwny. Trochę trwało, zanim dobrze się poznaliśmy, ale nigdy nie naciskał.

– Nie wiem. Mój ojczym jest w porządku.

– Mamusia zawsze mówiła, że dlatego drugi raz nie wyszła za mąż. Nie chciała narażać mnie na to z obu stron.

Hm, myślę, mamusia oszczędnie gospodaruje prawdą. Moja potrzebowała dziesięciu lat, zanim znów była gotowa spotykać się z mężczyznami, ale przynajmniej nie ukrywała przyczyny. A może to dobrze? Sama nie wiem. Przez ten czas usłyszałam o swoim tacie mnóstwo rzeczy, których wolałabym nie wiedzieć. Czy ludzie właśnie to mają na myśli, mówiąc o zatruwaniu dzieci w kwestii nastawienia do drugiego z rodziców? Bądź co bądź, truciznę można podawać kroplami jak arszenik. Cyjanek nie jest jedyną trucizną.

– Nie wiem – mówię. – Może to tylko odzwierciedla gust taty do kobiet?

Spojrzenie w bok.

– Jaka była moja mama jako macocha?

To dziecko to istny potwór, jeśli chodzi o pytania.

– Szczerze?

– Tak.

– Dobra, no to szczerze. Była raczej do dupy. Nigdy nie sprawiała wrażenia, że cieszy się z naszej obecności.

– Aha. – Ruby ma smutną minę.

– Sama pytałaś.

Więc może to wina Seana. Kiedy byłam w Downside, Claire nie zachowywała się jak tamta chłodna osoba, którą znałam w młodości. Chorobliwa potrzeba kontroli? Jasne, jeszcze jak. Ale żadnego chłodu. Żadnego fukania w kącie, jakie zapamiętałam z czasów jej małżeństwa z tatą. Tak to już jest z psychopatami, nie? Nie zawsze czają się z nożem w ciemnym zaułku. Większość zabija nas od wewnątrz.

– Chodzi o to – zaczyna Ruby – że nigdy nie czułam, że on mnie lubi.

Jej oczy pod okularami są pełne łez.

– Och, Ruby.

Ściskam jej dłoń. Nie mogę powiedzieć, żeby i mnie dał to poczuć, kiedy ułożył sobie nowe życie. Część mężczyzn jest w tym dobra. Przeszłość to przeszłość, *je ne regrette rien* i inne mantry z poradników. Ale my przynajmniej byłyśmy starsze. Nas przynajmniej najpierw przez kilka lat chciał.

– Chyba zawsze winił mnie za to, że nie jestem Coco – mówi Ruby.

– Nie – zaprzeczam. – Nie, skarbie, wcale tak nie myślał.

Ale już wypowiadając te słowa, zastanawiam się, czy znów nie dorzucam cegiełki do rodzinnego banku kłamstw. Bo przecież nigdy nie rozmawiałam z tatą o Coco. Ani razu. Ani o tym, co myślał, ani o tym, co czuł, ani nawet o jego teoriach. Ten temat był *verboten*. Gdy nie uczestniczył w kampanii Marii, sprawiał wrażenie, że chciałby go całkiem uniknąć. Zanurkował w budowę mieszkań dla brytyjskich ekspatów w Emiratach i wynurzył się dopiero wtedy, kiedy Claire i Ruby bezpiecznie zniknęły. Potem Linda spadła ze schodów, które sama wybrała, potem ją opłakiwał, potem była Simone, a teraz jest już za późno. Sama nie wiem. Wyrzuty sumienia? Czy i tak nie miałby wyrzutów sumienia, nawet gdyby Coco rzeczywiście spotkało to, co twierdził?

– Nigdy nie chciał być ze mną sam na sam w jednym pokoju – mówi Ruby. – Przenigdy. Zupełnie jakby nakazał żonom, żeby nie zostawiały go samego w mojej obecności. Jeździły z nim, nawet kiedy odbierał mnie z dworca samochodem. Wiem, że widywał się ze mną tylko dlatego, że zmuszała go moja mama. Kiedy przestała się tym przejmować, on też dał sobie spokój.

– A kiedy to było?

Ruby się zastanawia.

– Chyba mniej więcej wtedy, gdy pojawiła się Emma. Do dziś widziałam ją tylko raz. Kiedy się urodziła, zaniosłam misia do szpitala St. Mary's.

– O, klasyka, prawda?

– Chyba tak.

Docieramy do ławki z widokiem na rzekę Torridge.

– Chętnie zapalę – mówię i siadam.

– Ja też. – Ruby siada obok mnie.

– Nie ma mowy.

– Warto było przynajmniej spróbować, nie? – Rzuca mi uśmieszek.

– Zawsze warto próbować. A jak skończysz osiemnastkę, może nawet ci się uda.

Rany. Czy ja właśnie powiedziałam, że kiedy skończysz osiemnastkę, wciąż będziemy się znały? Chyba tak. Niech mnie!

Bransoletka nadal parzy mi skórę pod swetrem. Powiedzieć? Czy dalej ciągnąć te same półprawdy i dbać o spokój?

Ruby chowa dłonie w rękawach jak w mufce i patrzy na wodę. Jest przypływ, więc rzeka chlupie o brzeg pod nabrzeżem.

– Ładnie tu – rzuca.

– Rzeczywiście. Nie miałam pojęcia.

– Byłam tu parę razy, kiedy do niego przyjeżdżałam. Fajnie się jeździ na rowerze. Raz dojechałam aż do Ilfracombe.

– Szkoda, że nie wytrzymał do lata – mówię. – Poszłybyśmy powiosłować.

– Mhm. – Znowu pociąga nosem. W powietrzu czuć dużą wilgoć, choć nie zaczęło padać. – Sporo tam ruchomych piasków.

– Ruchomych piasków? Serio? Jak w filmach o kowbojach?

– Tak. Podobno straż przybrzeżna ciągle musi wyławiać turystów.

– Kurna.

– No.

– Cóż, pewnie dlatego to ciągle miasteczko, a nie zbiorowisko domków letnich.

– Aha. Plus stocznia, oczywiście. Niewielu londyńczyków puści małego Johnny'ego bez opieki, żeby budował sobie zamki z piasku, a poza tym nie cierpią, kiedy na wsi naprawdę coś się produkuje.

Ten komentarz uruchamia jakieś skojarzenie w jej głowie i Ruby znowu milknie. Palę fajkę i czekam. Odzywa się mniej więcej po minucie:

– Mila, a według ciebie co się stało?

Nie muszę pytać, co ma na myśli.

– Nie wiem, Ruby. Naprawdę nie wiem.

Tym bardziej teraz.

– Wcześniej mówiłaś o mamie i teoriach spiskowych w internecie. Dlaczego wszyscy obwiniali ją?

– Natura ludzka, mój skarbie. Ogólna mizoginia grupowego myślenia.

Ruby marszczy czoło. Nie dowierza mi. Och, malutka, w ten weekend zdecydowanie za szybko dojrzewasz.

– Wszystko musi mieć przyczynę – tłumaczę jej. – Tak mówi logika, prawda? A jeśli wmieszana jest kobieta, można się założyć, że właśnie ją będą winić. Przypomnij sobie, jak ludzie tańczyli na ulicach, kiedy umarła Thatcher. Gdy wbiją sobie do głowy, że jakaś kobieta jest potężna, ta jej potęga staje się legendarna, ale nigdy w pozytywny sposób. W rezultacie z ideolożki z klapkami na oczach zrobili wszechmocną mistrzynię czarnej magii.

– Ale... tak piszą głównie kobiety. Ciągle jakaś Mama Stacey albo Mały Aniołek.

– Oj, Ruby. Przykro mi to mówić, ale kobiety bywają najgorszymi mizoginkami.

– Dlaczego? – jęczy.

– Nie wiem. Syndrom sztokholmski? Obawa przed zmianą? Nienawiść do samych siebie? Chęć wyprzedzenia mężczyzn, zanim obrócą to przeciw nim?

– Ale przecież jej tam nawet nie było!

Wyciąga dłonie z rękawów i zaczyna kręcić młynka kciukami. Wpatruje się w nie.

– Fakty rzadko stają na drodze świętemu oburzeniu – stwierdzam dostojnie.

Myślę o Claire. Całkiem samej, zmuszonej znosić potępienie, podczas gdy jej mąż nie chciał się nawet zachowywać tak, jakby coś się stało. Psie gówno w skrzynce na listy i koperty z zielonym tuszem. Strasznie mi wstyd z powodu mojej roli w tym wszystkim. Mnie i Indii było bardzo łatwo. Jedno wielkie „a nie mówiłam?", dzięki któremu mogło nie opuszczać nas samozadowolenie, że cały czas miałyśmy rację. Pamiętam ją na konferencji prasowej kilka dni po zniknięciu Coco. Reszta Wspólników Jacksona stała razem półtora metra dalej, dosłownie się od niej dystansując, gdy dotarło do nich, kto w tym towarzystwie został kozłem ofiarnym. Pamiętam twarz Claire, przedwcześnie pooraną zmarszczkami, pustą, naznaczoną strachem i rozpaczą. I ci goście od komentarzy typu „Zdychaj, kurwo" pod artykułami w internecie, ci krzykacze na ulicy, felietonistki spod znaku „Ponieważ sama jestem matką" zarabiające srebrniki na tych swoich przemyśleniach – nazajutrz wszyscy byli zgodni, że niedostatecznie okazywała smutek. W tę grę oczywiście nie da się wygrać. Gdyby zalewała się łzami, powiedzieliby, że udaje.

Ruby się porusza. Zastanawiam się, czy póki tu siedzimy, zdążę wypalić jeszcze jednego papierosa. Nic tak jak zakazy nie skłania do kopcenia szluga za szlugiem, dopóki można. Poziom nikotyny w moim organizmie huśta się niczym mewa podczas huraganu. Niech tam, myślę i odpalam kolejnego.

– Pamiętasz te kartony? W korytarzu?

Ruby nie ma na myśli Blackheath.

– Tak.

– Wiesz, stoją tam, odkąd się wprowadziłyśmy. Wcześniej były w magazynie, ale po przeprowadzce zabrała je i tak zostawiła. I nigdy do nich nie zagląda. Przenigdy.

– Wiesz, co w nich jest?

– Myślisz, że kiedy wychodzi, przechodzę w tryb uśpienia?

Bezczelna smarkula.

– Więc co w nich jest?

– Wszystko – odpowiada. – Jej całe życie z wcześniej. Calutkie. Designerskie ciuchy, buty, torebki, perfumy, kremy do twarzy, z których dawno zrobił się wosk, albumy fotograficzne sprzed naszych czasów, biżuteria, wszystko ciśnięte do środka dokładnie tak samo, jak Simone zrobiła z rzeczami taty. Wszystko.

– Chyba w swoim nowym życiu nie za bardzo ma zastosowanie dla tych rzeczy.

Ruby parska pogardliwie.

– Proszę cię. To dlaczego się ich nie pozbędzie? Nie wyrzuci? Nie sprzeda? Serio, za wszystko, co jest w kartonach, pewnie moglibyśmy kupić dom. Po co ona ciągle to trzyma, zagraca całą chałupę, tak że przez korytarz trzeba chodzić bokiem?

– Może jeszcze do tego nie dojrzała?

– To znaczy do czego?

W moim domu też jest pełno pudeł. Ludzki mózg stale błędnie się przeprogramowuje. Kiedy byłam mała, ciągle się przeprowadzaliśmy, a wtedy nasze rzeczy zostawały „wyedytowane", dlatego teraz jestem organicznie niezdolna do wyrzucenia czegokolwiek. W jednym z moich kartonów znajduje się mój miś. Rozstałam się z nim, kiedy miałam dziewięć lat – pamiętam, że świadomie podjęłam taką decyzję – ale wyrzucić go to byłoby tak, jakby wyciąć narząd wewnętrzny. Kiedyś zrobi to ktoś inny, gdy zostanę znaleziona martwa, zjedzona przez koty. Zatrzyma się na chwilę z tym misiem w ręce, poczuje smutek, a potem wsadzi go do czarnego worka i wtedy w końcu moje dzieciństwo minie.

– To taki stan zawieszenia – wyjaśniam jej. Przeszłość schowana, ale wciąż obecna, zawsze obecna, żeby nas sabotować.

– Najgorsze są albumy – mówi Ruby. – Kiedyś miała mnóstwo przyjaciół. Tam jest masa jej zdjęć ze studiów, jest na nich taka szczęśliwa. Otoczona ludźmi, no wiesz, chłopakami, dziewczynami, osobami w jej wieku, bawią się, ściskają, śmieją, ubierają na imprezy. To wszystko nie do zniesienia.

Nawet nie zdawałam sobie sprawy, że Claire studiowała. Boże, byłyśmy tak zaabsorbowane własnym bólem, że nie przyszło nam do głowy, by pytać ją o nią samą. Poza tym nigdy nie myślałam o Żonach jako o czymś więcej niż o dodatku do ojca, jakby zaczęły istnieć dopiero wtedy, gdy skierował na nie swe święte spojrzenie. I to mu pewnie odpowiadało.

– A teraz cały czas jest smutna – ciągnie Ruby. – I nikt nas nie odwiedza.

Mój ojciec wiedział, co stało się z Coco.

– Ruby – zaczynam – myślisz, że to by miało znaczenie, gdyby wiedziała, co się stało?

– A co? – Zerka na mnie podejrzliwie. – Ty coś wiesz?

Szybko się wycofuję.

– Nie, nie. Nie w tym sensie. Tylko pytam. Tak się zastanawiam.

Odwraca głowę. Zawsze się odwraca, gdy chce powiedzieć coś, co sprawia, że czuje się niezręcznie.

– Kurwa, nienawidzę Coco za to, co nam zrobiła – mówi i zaczyna płakać.

– Och, Ruby…

Chyba odbiera to z mojej strony jako wyrzut, bo obejmuje się rękami, jakby bolał ją brzuch. Otaczam ją ramieniem, a wtedy płacze jeszcze głośniej.

– Przecież to nie ma, kurwa, znaczenia, co się stało, prawda? Szkoda już nastąpiła. Kogo obchodzi, czy uciekła z Cyganami, czy leży w nieoznaczonym grobie? To bez znaczenia! Cały świat nas nienawidzi, a mama nie spuszcza mnie z oczu, i to wszystko jej wina. Coco jest już tylko… faktem. Właściwie nawet jej nie pamiętam. Jest kawałkiem historii, teorii spiskowej jak księżna Diana. Nie chcę wiedzieć. Nie obchodzi mnie. Chcę, żeby ludzie przestali o niej przypominać przez mówienie albo przez unikanie tematu, albo pytać, jak się czuje moja matka, zupełnie jakbym mogła odpowiedzieć coś innego niż, że w porządku. Nienawidzę tego. Nienawidzę jej. Przez Coco nie mogę nawet chodzić do szkoły.

Wyrzucam peta i wreszcie ją przytulam. Czuję zapach jej włosów przyciśniętych do mojej twarzy i uświadamiam sobie, że Ruby pachnie jak India. Pachnie jak ojciec. Pachnie jak rodzina. Ciekawe, czy Emma też. Och, moje małe siostrzyczki.

– To nie była jej wina, Ruby. Wiem, że to nie fair, ale nie była temu ani trochę bardziej winna niż ty.

Podnosi głowę i widzę jej zapłakaną twarz.

– A jeśli to właśnie moja wina? Może ja coś zrobiłam?

Zbliżam kciuk do jej policzka i wycieram łzy. Jeszcze raz ją przytulam. Jak wytłumaczyć przypadkowość wszechświata komuś, kto szuka pocieszenia?

– No bo... – Kolejny szloch dławi ją w gardle. – Dlaczego zabrali ją, a nie mnie?

Nie mam odpowiedzi. Tulę ją i pozwalam płakać. Myślę o Claire i jej pudłach z kosztownościami – udaje, że żyje, ale nie potrafi rozstać się z przeszłością. Co dobrego przyjdzie z rozdrapywania wszystkiego od nowa, z wsadzenia kija w mrowisko? Czy będzie jej łatwiej, jeśli się dowie, że ktoś, kto już nie może mówić, znał rozwiązanie zagadki? Boże, tato, co ty takiego zrobiłeś? Jimmy coś wie. Nie mógłby dać tego do zrozumienia dobitniej. A to oznacza, że coś wiedzą oni wszyscy. Co robić?

Jej oddech zwalnia i Ruby głośno smarka przez zatkany nos. Wyplątuje się z moich ramion i siada prosto. Daję jej jednak rękę, a ona ją trzyma.

– Przepraszam – mówi.

– Nie przepraszaj. Lepiej to z siebie wyrzucić, niż dusić w sobie.

– Pewnie tak – odpowiada. – Chociaż nigdy nie czuję, żeby było mi po tym lepiej.

– Fakt. W sumie nie wiem, dlaczego ludzie tak mówią. Przecież to gówno prawda.

– Ale coś trzeba powiedzieć, kiedy ktoś właśnie zrobił z siebie widowisko. – Ruby rzuca mi wątły uśmiech. – Dzięki, Mila.

– Dzięki, że pamiętasz moje imię.

– No właśnie! Dlaczego oni to robią?

– Zauważyłaś, żeby słuchali kogokolwiek? Daj spokój.

– Hm. Nie. Ale Joe jest miły.

– Rzeczywiście. I niczego sobie.

Nie odpowiada. Tak sądziłam. Nasza Ruby czuje miętę do syna Gavilów. Wcale się jej nie dziwię. Gdyby to był Londyn, a on wszedłby do baru i nie wiedziałabym, kim jest, sama zaciągnęłabym go do domu, żeby zobaczył, jak to jest ze Starszą Kobietą.

– Gavilowie właściwie wszyscy są w porządku – mówi. – Tylko oni nie są szaleni.

– Nawet Simone?

– To nie fair. W jej stanie nie można tego stwierdzić.

– No tak. Jesteś lepszym człowiekiem niż ja. Przy czym oczywiście ja znałam ją w młodości. Nigdy nie potrafiłyśmy zrozumieć, jakim cudem stała się częścią rodziny.

Ruby milczy przez chwilę.

– Wiesz, brakuje mi go – odzywa się w końcu.

– No. – Mam wrażenie, że mnie brakowało go przez całe życie.

– Wiem, że nie powinnam, ale i tak tęsknię. Chociaż był do dupy jako ojciec. Pojebane, co?

– Aha. Ale czasami życie bywa jeszcze bardziej skomplikowane. Miłością nie da się sprawić, że ktoś będzie dobry, a jednocześnie nie da się przestać go kochać, jakby istniał jakiś wyłącznik. Ludzie dużo gorsi niż Sean Jackson byli kochani. Trzeba to po prostu przeżyć.

– Chyba tak – przyznaje. – Napiłabym się czegoś ciepłego.

– A ja whisky na rozgrzanie. Idziemy do pubu?

– Wpuszczą mnie?

– Chryste, twoja matka naprawdę do niczego cię nie przygotowała, co?

– Przecież ci mówiłam.

Wstaję.

– No dobrze, dobrze – odpowiadam. – Ludzie, którzy nie słuchają innych ludzi.

Najbliższy pub jest sto metrów stąd: jeden z tych solidnych georgiańskich budynków, który pod fasadą porządności kryje historię działalności przestępczej. Wiem o tym, bo nazywa się Smuggler's Arms – „Ramiona szmuglera". Idziemy pod rękę przez mrok. Chlupot wody po lewej stronie wydaje nam się pokrzepiający. Pchamy drzwi baru i wpadamy prosto na Jimmy'ego Orizio.

ROZDZIAŁ 34

2004 | niedziela | Maria

Dla Marii Gavili każdy kryzys to okazja, by wykazać się kompetencją. Jest tak, odkąd była dzieckiem. Dorastała wśród chaosu rodziny, która się poddała, na posiadłości, która się poddała, w mieście, które się poddało, a wtedy ma się do wyboru tylko dwie drogi: albo samemu się poddać, albo zostać jednym z tych ludzi, którzy nie chcą ulec. Tych, którym udaje się uciec.

W myślach już zaczęła sporządzać listy. Świerzbią ją palce, żeby sięgnąć po palmpilota – ale nie, żadnych śladów; wszystko musi być pisane na papierze, i tylko na luźnej kartce, żeby ktoś szukający tajemnic nie mógł odtworzyć zapisków ze stron pod spodem, bo przecież do tego wystarczy odrobina cierpliwości oraz miękki ołówek. Listy to dla Marii siła napędowa. W świecie, w którym dostęp do informacji jest ściśle reglamentowany, ten, kto panuje nad listami, jest Bogiem.

– Najpierw weźcie Joaquina – mówi. – Jest najcięższy, więc największa szansa, że obudzi się pierwszy.

Pozostali tylko się gapią. Maria przywykła do tego, że w zderzeniu z rzeczywistością większość ludzi nie nadąża. Razem z Robertem zbudowali fortunę w oparciu o to, że przeciętny człowiek myśli o konsekwencjach swoich czynów dopiero po fakcie, gdy te konsekwencje stają się jasne. Nawet kiedy zgodziła się na ten plan – rozważyła prawdopodobieństwo tego, że coś pójdzie nie tak, i uznała je za dostatecznie małe, żeby wygoda warta była ryzyka – w jej mózgu cały czas pracowały trybiki, trwała analiza wszystkich ewentualności. Jak to przedstawić jako wypadek, gdyby konieczna okazała się wyprawa na ostry dyżur. Do kogo dzwonić w sprawie płukania żołądka. No i to. Najgorszy ze scenariuszy. Tak nieprawdopodobny, że tylko z przyzwyczajenia w ogóle zastanowiła się, co wtedy zrobi.

– Nie powinniśmy wezwać karetki? – pyta Imogen.

Oczywiście jest przy niej Jimmy. Pracując z rockmanami, tyle razy miał okazję sprzątać bajzel z gatunku „co się dzieje na trasie, zostaje na trasie" – od uzależnień przez pobicia aż po transport helikopterem do prywatnego szpitala, który większość osób z zewnątrz bierze za zakład psychiatryczny – że dokładnie wie, czego teraz trzeba. Wytwórnie płytowe zatrudniają go nie bez powodu. Może i pół życia spędza nieprzytomny, ale posiada niesamowitą zdolność natychmiastowego odzyskania trzeźwości, kiedy trzeba posprzątać syf. A teraz jest wielki ropiejący syf z martwym dzieckiem pośrodku, który pogrzebie ich wszystkich.

– Imogen, ona nie żyje – mówi Jimmy. – Karetka nic nie pomoże.

Maria to wie: gdy ludzie doznają szoku, jest pewien przedział czasu, kiedy mózgi zawieszają im się jak komputery przeładowane informacjami, a wtedy tkwią bezradnie, czekając, aż ktoś powie, co robić. Jeśli w tym czasie nikt nie stanie na wysokości zadania, zapanuje chaos. Lada moment Linda znów zacznie jazgotać, a wtedy wcześniej czy później ściągnie uwagę kogoś z zewnątrz.

Maria zsuwa buty. Chociaż dodają jej wzrostu i autorytetu, są takie chwile, kiedy względy praktyczne biorą górę.

– Wejdźcie do środka – mówi i przytrzymuje drzwi, żeby pokazać drogę stojącym na progu. Imogen ogląda się w stronę domu, jakby chciała tam uciec. – Do środka – powtarza Maria rzeczowo. – Już.

Imogen wykonuje polecenie. Z nią nigdy nie będzie problemu. Ubiera się tak, żeby wyglądać groźnie, ale należy do tych, co w życiu podążają za innymi. W przeciwnym razie nie tolerowałaby tego nadętego bałwana, swojego męża. Charlie wchodzi za nią i staje w kącie jak przerośnięty uczniak, który dostał burę. Robert spuszcza głowę, po czym robi to samo. Zawsze tak działają we dwójkę: Maria reaguje natychmiast, a on analizuje prawo precedensowe i przedstawia przemyślane rozwiązanie. Z nich dwojga to ona jest od mówienia, od przekonywania; Robert scedował na nią władzę, ponieważ właśnie jej zdolności są teraz potrzebne.

Sean łka. Wielkie łzy skapują z czubka nosa na woskową twarz, ale nikt na niego nie zważa. Wszyscy patrzą na Lindę, która cały czas stoi na żwirowej ścieżce z telefonem w dłoni.

– Lindo, wejdź do środka – powtarza Maria.

Mijają kolejne sekundy, gdy jeszcze ma jakiś wpływ. Kiedy Linda zboczy z kursu, nad sytuacją nie da się zapanować.

Simone przechodzi przez pokój i klęka obok Seana. Rzuca Lindzie spojrzenie, które mówi: „Właśnie to powinnaś teraz robić", kładzie dłoń na jego ramieniu, rękę opiera mu na plecach. Ze swymi długimi włosami wygląda jak nimfa wodna w koszuli nocnej. Zgodnie z propozycją Seana, w nocy spała w domu, w służbówce. Teraz już wszyscy wiedzą dlaczego, bo przybudówka znajduje się przy basenie. Drugą dłonią chwyta go za nadgarstek. Sean łyka duży haust powietrza i topi się w jej ramionach. Simone podtrzymuje go, gdy szlocha.

Linda wchodzi do środka. Maria zamyka drzwi.

– Musimy porozmawiać – mówi.

. . .

– Nie – protestuje Linda. – Nie, nie, nie, nie.

Szkoda, że nie mam ze sobą telefonu, myśli Maria. Z telefonem w ręce człowiek zawsze wygląda rzeczowo. Nie żeby w tej chwili mi się przydał. W mojej książce adresowej jest kilka osób, które za pieniądze sprzątają bałagan, ale te okoliczności nawet ich chwiejną moralność wystawiłyby na próbę.

Wszyscy inni milczą, a dzieci śpią. Nie zapaliła światła – nie chce, żeby oglądali tę scenę w straszliwych szczegółach, bo musi teraz uspokajać emocje, zamiast je nakręcać – ale przez szpary w żaluzjach sączy się słabe światło poranka, oświetlając ich siedem twarzy, białych i szarych. Sean i Simone patrzą na Marię z podłogi. Jimmy zaczął krążyć po pokoju, sprawdzając dzieciom puls, jakby nie ufał, że Simone wywiązała się z zadania.

– Coś sobie wyjaśnijmy – mówi Maria, patrząc Lindzie prosto w oczy. – Jeśli zrobimy to, co chcesz, będziemy upierdoleni. Wszyscy, co do jednego.

Umyślnie używa wulgaryzmu i wymawia go tak dobitnie, że Linda lekko podskakuje. Właśnie ją Maria musi mieć po swojej stronie, a przebicie się przez pancerz egocentryzmu wymaga pracy. Pozostali rozumieją już powagę swojej sytuacji i patrzą na Marię jak na mesjasza, który przybył ich zbawić.

– Rozumiesz?

– Ale... – zaczyna Linda.

– Nie. Żadnego ale. Nikt, kto obejrzy tę scenę, nie uwierzy, że to wypadek. Mamy tu sześcioro narkotyzowanych dzieci, w tym jedno martwe. Jak myślisz, co zobaczą, jeśli ich tu sprowadzisz?

Na szczęce Lindy drga mięsień. Jej wciąż się wydaje, że może zrzucić to na innych, myśli Maria. Wciąż wierzy, że zdoła się wymigać.

– To był twój pomysł, Lindo – mówi.

Linda jest w szoku.

– Nieprawda. Nieprawda!

– Oczywiście, że prawda – odpowiada Maria i pozwala, żeby groźba zawisła w powietrzu.

– Wszyscy przy tym byliśmy – odzywa się Charlie.

Zawsze jest bystry, kiedy w grę wchodzą jego własne interesy. Już widzi siebie, myśli Maria, jako zhańbionego posła: pożegna się z rządową chwałą, z posadami w radach nadzorczych. Z tajemniczą śmiercią w biografii nie wezmą go nawet do *Tańca z gwiazdami*.

– Tak jest – wtrąca Imogen, podchwytując temat. – Ty to wymyśliłaś. Nam nie przyszłoby do głowy.

Linda patrzy na wszystkich po kolei i rozdziawia usta.

– Chyba żartujecie. Nie mówicie poważnie. Przecież... Nie wierzę! Ona nawet jeszcze nie ostygła, a wy... Sean!

Odwołuje się do kochanka, ale odpowiada jej wstrząśnięte, zawstydzone spojrzenie. Sean ma uczucia, oczywiście. Tylko że mijają szybciej niż u przeciętnego człowieka. Nie można wątpić, że kochał córkę, ale już teraz odchodzi ona do przeszłości, zmienia się w problem do rozwiązania.

– Bo czas jest tu kluczowy – mówi Maria. – Przykro mi.

Nie zaskoczył jej własny spokój. Zawsze jest spokojna pod presją. Na uczucia może sobie pozwolić później, po rozwiązaniu kwestii praktycznych. Często jednak rozwiązanie tych kwestii załatwia również sprawę emocji, a ona nie czuje nic.

– Nie wierzę, Mario – rzuca Linda. – Nie wierzę, że możesz być taka bezduszna. Nie rozumiesz? Nie dociera do ciebie? Coco nie żyje. Mała Coco. Twoja chrześnica. Myślałam, że cię znam, ale nie znam cię w ogóle.

Rzeczywiście mnie nie znasz, myśli Maria. Jedyną osobą, która mnie zna, jest Robert, ale nie pogrążysz nas, udając, że nagle masz jakieś zasady. Narkotyzowałaś dzieci, żeby ruchać się z ojcem tej martwej dziewczynki. Jak myślisz, jak to wypadnie w sądzie?

– Coś sobie ustalmy, dobrze? – mówi. – Każdy tu obecny pójdzie siedzieć. Bez okoliczności łagodzących. Żadnego „I tak już poniósł dostateczną karę". Ludzie, którzy robią takie rzeczy, idą do pierdla. Na długo. – Żeby odstraszyć innych, myśli. Teraz nawet Sean milczy. Jego łzy dawno wyschły. – Myślałaś, że wszystko spadnie na Seana? – naciska. Patrzy Lindzie prosto w oczy, ale wie, że jej słowa wywołają dreszcz u każdego. – No więc nie. Każdy tutaj narkotyzował dziecko albo w tym współuczestniczył. Za coś takiego jest więzienie, a dzieci lądują w domu dziecka. Myślisz, że odzyskasz je, kiedy wyjdziesz? Pobudka, Lindo. Ugrzęzną w systemie opieki społecznej na zawsze, a dobrze wiesz, co to znaczy. – Linda zaczyna płakać. Nie tak sobie wyobrażałaś świętowanie, myśli Maria i korzysta z okazji. – Nie liczcie na to, że po wyjściu na wolność wrócicie do dawnego życia. Charlie wyleci z parlamentu, Jimmy i Robert stracą uprawnienia. Obyś miała duże oszczędności, Lindo, bo żadne z nas już nigdy nie będzie zarabiać. Może Sean sobie poradzi. Choć z kryminalną przeszłością chyba trochę trudniej kierować firmą, nie mówiąc o swobodzie podróży zagranicznych. Wasze życie towarzyskie też będzie skończone. Jak myślicie, na ile balów charytatywnych was teraz zaproszą? Chryste, kiedy opinia publiczna o tym usłyszy, nie będziemy mogli nawet bezpiecznie chodzić ulicą.

Pierwszy odzywa się Sean.

– To co proponujesz?

ROZDZIAŁ 35

Opiera się o bar i mówi głośno tym swoim piskliwym głosem, a otaczają go ludzie, z którymi nie powinien rozmawiać. Są tam ci mężczyźni, którzy robili zdjęcia pod bramą, surowo wyglądająca kobieta z kaprawym okiem i dyktafonem oraz kilka innych osób – może zaciekawionych miejscowych, a może kolegów po fachu tamtych. Pub jest w połowie pusty. Albo w połowie pełny, w zależności od punktu widzenia. Właściwa pora picia jeszcze się nie zaczęła, a o tej porze roku do Devonu przyjeżdża bardzo mało turystów. Nie mówi nikt oprócz Jimmy'ego, on za to gada dużo.

– ...woleliby nie dopuścić do wyjścia na jaw pewnych spraw – mówi właśnie, kiedy wchodzimy. – O, mógłbym wam opowiedzieć parę historyjek. Przyjdziecie na pogrzeb, prawda? Ja na waszym miejscu bym przyszedł. Może tam co nieco opowiem.

– Dlaczego nie teraz, James? – pyta jeden z jego słuchaczy.

Jimmy unosi drżący palec i stuka się w skroń.

– Wiem, że na to nie wyglądam – mówi suchymi, spierzchniętymi ustami – ale nie urodziłem się wczoraj.

Zaczynam się wycofywać, ale tuż za mną stoi Ruby, która jeszcze nie połapała się, co jest grane, więc potykamy się nawzajem o swoje stopy. To zamieszanie zwraca jego uwagę.

– No proszę, o wilku mowa! – woła Jimmy. Cały pub odwraca się, by zobaczyć, kto przyszedł. To pewnie najciekawsze styczniowe wydarzenie w Appledore od czasu ostatniego huraganu. – Zapraszamy, drogie panie, zapraszamy!

Niezdecydowane przystajemy na progu, lecz po chwili na twarzach dziennikarzy widzę olśnienie i już wiem, że mamy do wyboru albo jakoś to przeżyć, albo pędzić uliczkami na parking, uciekając przed ich pościgiem. Ściągam szalik i wchodzę do baru.

– Zamknij drzwi, słońce – rzuca barman, a Ruby niechętnie stosuje się do prośby. Wygląda jak królik we wnykach, ale nie krzyczy tak głośno.

– Jak się masz, Jimmy? – pytam najbardziej pewnym siebie tonem, na jaki mnie stać. – Przegapiłeś lunch.

Jimmy rechocze.

– Dzięki, miałem ochotę na płynne kalorie. Panowie, czy poznaliście już Camillę i Ruby Jackson, czyli… córki?

– Dwie z córek – mówię, a wszyscy „panowie" przyglądają nam się jak zabłąkanym striptizerkom.

– Postawić ci drinka? – pyta mężczyzna, który w czwartek krzyczał mi do ucha, kiedy stałyśmy pod bramą.

– Nie, dziękuję – odpowiadam, nie patrząc na niego. Mam wielką ochotę na whisky, którą wychyliłabym za jednym zamachem, ale wygląda na to, że będzie musiała poczekać. – Co z tobą, Jimmy? Szukamy cię od wielu godzin.

– Wszystko na dobrej drodze – odpowiada znacząco i unosi piwo. – Wiecie co, panowie? Jak chcecie cytacik, to zacząłbym od nich.

– Czujemy wielki smutek – mówię gładko – co zrozumiałe po śmierci ojca. To tu się zatrzymałeś, Jimmy?

– A właśnie! Macie wolne pokoje, John?

Barman wyciera szklankę z ledwo skrywaną pogardą i nie reaguje.

– John, macie pokoje?

– O, przepraszam. Pan mówił do mnie? Bo ja mam na imię Terry. I nie, wszystko zajęte.

Jimmy cmoka z dezaprobatą.

– To było tak ogólnie.

– Aha – odpowiada Terry. – My tu nie lubimy takich ogólnych odzywek, to obraźliwe.

– Uuuuu! – woła Jimmy, a potem się śmieje.

Gdyby nie obroty, jakie zapewnia obecność dziennikarzy w pubie, pewnie już dawno wyleciałby stąd na zbity pysk.

Kobieta z kaprawym okiem skupia się na Ruby.

– To ty jesteś bliźniaczką? – pyta.

Bliźniaczką. Nieźle. Wreszcie rozumiem, jakie to musi być uczucie, gdy odmawiają ci własnej podmiotowości.

– Już nie – odpowiada Ruby. Na kogoś, kto ledwo opuścił farmę, jest całkiem opanowana.

– O kurka! – odzywa się ktoś. – Będą musieli przerobić portret pamięciowy.

Kilka osób parska śmiechem. Ruby sztywnieje.

– Dobra – rzucam. – Już sobie idziemy. Chciałyśmy tylko sprawdzić, czy z tobą wszystko w porządku. Dobranoc państwu!

Wyprowadzam siostrę za drzwi.

– O kurwa – mówię. – Niewiele brakowało.

– Moja mama powtarza, że niegrzecznie komentować cudzy wygląd.

– Właśnie. To dlatego. Złamas.

– Ale chyba miał rację. Nie jestem już taką kruszynką jak kiedyś.

– Nie. Jesteś śliczna. Dużo mniej bym cię lubiła, gdybyś była słodką idiotką. Chodźmy.

Szybkim krokiem idziemy nabrzeżem, żeby oddalić się od pubu.

– Co on kombinuje? – pyta Ruby. – Przecież mówił, że nie ma pieniędzy.

– O matko. Ludzie mają bardzo różne wyobrażenie o tym, co znaczy „być bez pieniędzy". Sądzę, że dopóki inni stawiają mu drinki, jest w tej chwili całkiem zadowolony.

– Ale gdzie będzie spał? Ten barman kłamał na temat pokoju, prawda?

– A ty byś zrobiła inaczej?

– Fakt.

– Pewnie pójdzie spać do samochodu. Zdziwiłabym się, gdyby nie zdarzało mu się to ostatnio całkiem często.

– Uch – stęka Ruby. – Nic dziwnego, że cuchnie. Czy on się w ogóle wykąpał, kiedy był w domu? Śmierdzi jak próchno. I o co mu chodziło z pogrzebem?

– Nie wiem. Pieprzy od rzeczy, nie przejmuj się nim.

Bardzo łatwo to powiedzieć, ale ja się przejmuję. Co za podejrzana banda: uciszają jedno drugie, szepczą po kątach, wypychają Clutterbucków do hotelu, choć ci ledwo co dotarli. Oni wszyscy wiedzą, co się stało, myślę. Nawet Simone, która teraz jest praktycznie pusta w środku. Mój ojciec nie był człowiekiem skłonnym do dobroczynności. Robił coś dla innych tylko pod warunkiem, że w grę wchodziły bankiet i aukcja. Dlaczego miałby przez tyle lat utrzymywać Jimmy'ego z dobroci serca?

. . .

Pięć razy musimy naciskać guzik domofonu przy bramie Blackheath, zanim ktoś się odezwie. Brzęczący głos Joego niesie się w nocnym powietrzu.

– Ojej. Długo czekałyście?

– Trochę.

– Przepraszam – mówi i nas wpuszcza.

W domu jest ciemno. Nie pali się nawet światło nad głównym

wejściem, które powitało nas za pierwszym razem. Joe włącza je, kiedy wyjmujemy zakupy z bagażnika, a potem staje na szczycie schodków i czeka na nas.

– Przepraszam – powtarza.

– Nie ma za co, nie twoja wina – odpowiadam. – Gdzie wszyscy?

– Simone w łóżku. Przyszła niania i wzięła Emmę na górę do pokoju zabaw. Pozostali są w salonie. Wrócił pan Clutterbuck.

Jestem tą informacją trochę zaskoczona. Domofon znajduje się tuż przy drzwiach wejściowych, więc musieli go słyszeć. Ale potem myślę o Clutterbuckach i już mnie to nie dziwi.

Jak krab na plaży. Zwabiony wonią padliny.

– Przywiozłyśmy trochę rzeczy – mówię Joemu. – Pieczywo, ziemniaki, mleko, warzywa i tak dalej. Plus trochę sera i wędlin. Mięsa nie mam, bo nie wiedziałam, jakie kupić. Mogę pojechać jutro jeszcze raz.

– Nie, nie trzeba – odpowiada. – W zamrażalniku jest tyle mięsa, że ledwo się domyka. Oczywiście wszystko organiczne albo ustrzelone przez Seana.

Przypomina sobie, że rozmawia z córkami w żałobie, więc przełyka te słowa z niezręczną miną.

– Rzeczywiście kochał zabijać inne stworzenia – przyznaję. – Chyba w ten sposób dawał pohasać swemu wewnętrznemu psychopacie.

Joe uśmiecha się z ulgą i bierze torby od Ruby.

– Dzięki za zakupy. Próbowałem zrobić tartę rybną, ale brakowało mi i ziemniaków, i mleka.

– O, świetnie – mówię. – Przydatny mężczyzna.

Uśmiecha się szeroko.

– Wszystko, byle tylko Simone tu nie zeszła i nie zaczęła od nowa swojego popisowego numeru. W zamrażarce mamy całe prosię. Ona musi odpocząć. Jest wykończona. Ale chyba się do tego nie nadaję. Robiłem trzy podejścia do beszamelu i za każdym razem wychodzą mi grudy.

Drzwi do salonu są zamknięte. Nie słyszę zza nich rozmów. Może rzeczywiście nie słyszeli dzwonka. Będę musiała tam wejść i powiedzieć im o Jimmym. To ostatnia rzecz, na którą mam ochotę. Chcę iść na górę, paść na łóżko i myśleć. Albo nie myśleć. Niemyślenie byłoby wielkim luksusem.

– Pokażę ci – mówi Ruby. – Beszamel z grudkami jest nie do przyjęcia.

– Super – odpowiada Joe i pierwszy rusza z powrotem do kuchni.

Słyszę ich śmiech, kiedy skręcają za róg obok schodów. Ładny chłopak z tego Joego. Chciałabym być młodsza. Może nie wyrosłabym na taką cyniczkę.

Robię wdech i otwieram drzwi. Pomruk głosów gwałtownie się urywa.

– Witaj, Milly! – odzywa się Maria tym fałszywie pogodnym tonem, który oznacza, że przeszkadzasz.

Siedzą rozwaleni na kanapach – na kanapach z epoki, knowlesach i chesterfieldach obitych brokatem równie lśniącym jak pierwszego dnia po wyjściu z warsztatu. Jeśli Simone zdecyduje się sprzedać dom, Elite Group może go wykupić, zainstalować recepcję w holu i od razu prowadzić tu działalność.

– Dobrze się bawiłyście? – pyta Robert.

– Tak, było miło – mówię. – Appledore to miasteczko jak z obrazka. Przywiozłyśmy trochę wódki i trochę toniku. – Unoszę torbę z zakupami.

– Dobra robota – odpowiada Maria.

– Teraz już się nie przyda – stwierdza Charlie.

Pije armaniak; butelka janneau stoi na bocznym stoliku w zasięgu jego ręki. Pewnie VSOP już się skończył.

– À propos, znalazłyśmy Jimmy'ego. Podpiera bar w Smuggler's Arms.

– Jakie to przewidywalne – rzuca Charlie.

– Gada jak najęty. Namierzyli go ci dwaj pismacy, którzy kręcili się pod bramą.

Przez salon przebiega dreszcz. Tak, myślę, wy wszyscy wiecie. A przynajmniej wiecie coś, czym nie chcecie się podzielić z resztą świata.

– Aha – bąka Maria.

Robert stęka ociężale i zaczyna się podnosić.

– Smuggler's Arms, powiadasz? Gdzie to jest?

– Na nabrzeżu w Appledore.

– No tak – mówi Maria. – Zawsze lubił nadmorskie speluny.

– Nabrzeże, centrum, przedmieścia... Szczerze powiedziawszy, jemu pasują wszystkie – odpowiada Robert.

– A twierdził, że nie ma pieniędzy – komentuje Charlie.

– Chyba inni mu stawiają.

– Jak zawsze.

– Dobrze – ucina Robert. – Zobaczę, co da się zrobić. Charlie, idziesz ze mną?

Charlie zaczyna się dźwigać z kanapy.

– Nie wiem, czy coś zdziałacie – uprzedzam ich. – Chyba zapuścił tam korzenie.

Wyjmuje butelkę wódki z siatki z supermarketu i przytula ją do biodra.

– To bez wątpienia pomoże. Poza tym jedno jest pewne: on często wychodzi na papierosa. Mają tam ogródek, prawda?

– Stoliki z widokiem na wodę.

– Dobrze – mówi, po czym wychodzą.

ROZDZIAŁ 36

2004 | niedziela | Sean

Lista spisana. Kobiety kręcą się po domu, zanoszą dzieci wraz z oporządzeniem z powrotem do sypialni, zanim te się obudzą, i czyszczą dom z wszelkich śladów wskazujących na coś innego niż niewinny rodzinny weekend. Puste butelki przełożyły z kubłów na szkło – pojedynczo, żeby nie brzęczały – do kartonowych pudeł. Później zawiezie się je do wielkich śmietników przy hipermarkecie razem z materacem i poduszką Coco. Wyszorowały i wypastowały stoły oraz blaty, które lśnią teraz jak tuż po montażu, zamiotły i wymyły podłogi, a wszystkie kąty sprawdziły na wypadek, gdyby zabłąkały się tam jeszcze jakieś dowody. Tymczasem mężczyźni przystępują do pozbycia się największego z dowodów.

Nie odzywają się. Nie tylko dlatego, że o szóstej rano głos bardzo się niesie, ale dlatego, że wszystkim zabrakło słów. Nie potrafią spojrzeć sobie w oczy. Sean Jackson, Charlie Clutterbuck i Robert Gavila w milczeniu idą podjazdem, dźwigając ciężar, który będzie im ciążył do końca życia. Jimmy śpi. To chyba lepiej.

Sean w myślach już tworzy nową narrację. Obwinianie samego siebie nie jest czymś, co mogło utrzymać się w jego psychice na długo. To nie moja wina, myśli, niosąc zwłoki córki w starej torbie na gruz, którą znaleźli przy ściance jednej z tych kuchennych szafek od podłogi do sufitu. Gdyby Claire potrafiła panować nad sobą, gdyby ciągle się z kimś nie kłóciła, w ten weekend mielibyśmy personel i do niczego by nie doszło. Co miałem zrobić? Planowałem to od miesięcy, wydałem tysiące funtów. Sabotowała moje urodziny, a ja tylko próbowałem ratować sytuację.

Coco zdaje się ważyć więcej, niż kiedy żyła i wiła mu się w ramionach. Wreszcie Sean rozumie, co to znaczy „martwy ciężar". W torbie porusza się i skacze jak marionetka z drewna.

Kraje mu się serce. Claire myśli, że nie mam uczuć, ale to nieprawda. Pamiętam ciepło ciała Coco jak małego szczeniaczka, pamiętam, jak się na mnie wdrapywała, jak chuchała mi w ucho, jak jej serce biło bum-bum-bum. Gdyby ktoś zobaczył, co teraz robię, pomyślałby, że jestem zimny niczym głaz, ale wcale nie. Jaka korzyść przyszłaby z jeszcze większego zrujnowania życia czternastu osobom, bo ktoś uznał, że „sprawiedliwość" załatwia każdą sprawę? I tak już wszystko stracone. Nic nie przywróci jej życia.

Gdy docierają do niebezpiecznego punktu, w którym przy bramie do Harbour View podjazd styka się z drogą, Robert rusza przodem. Do pierwszego kursu promu zostało jeszcze pół godziny, ale może się już robić kolejka. Będą w niej ludzie z przeciwnego końca życiowego spektrum, ludzie, z którymi Sean nie ma nic wspólnego: poranni wędrowcy, właściciele szkółek nurkowania w land roverach pełnych butli z tlenem, nudyści ze Studland gotowi na kolejny dzień brandzlowania się na wydmach za plażą. Wszyscy ci, dla których świt to pierwsze, co widzą po przebudzeniu, a nie sygnał do pójścia spać.

Droga jest pusta. Całe Poole musi odsypiać kaca, korzystać z ostatniego weekendu, zanim handel zacznie się rozpędzać przed Bożym Narodzeniem. Robert daje znak ręką, a wtedy Sean i Charlie drepczą ze wspólnym ciężarem najszybciej, jak mogą, dopóki nie schowają się za zamkniętą koparką. Pasem dla ruchu lokalnego powoli przejeżdża samochód; wstrzymują oddech, dopóki nie zniknie za zakrętem. Kierowca pije kawę i nawet nie zerka w ich stronę. Jeszcze tylko kilka sekund ryzyka, że ktoś ich zauważy, a potem będą bezpieczni na osłoniętym terenie Seawings.

Ruszają pędem; Coco obija im się o łydki. Sean nie chce o tym myśleć. To już nie jest jego Coco. Teraz to praktyczny problem wymagający praktycznego rozwiązania. A praktyczne rozwiązania to jego specjalność.

Ogród Seawings wciąż jeszcze w rozsypce: piaszczyste błoto zorane kołami i buciorami, tajemnicze zwały kamienia, malowanego drewna i betonu, które budowlańcy zostawiają wszędzie, gdzie się pojawią, zupełnie jak koty znaczące terytorium. Na szczycie zbocza leży powłoka z włókna szklanego, czyli przyszły basen, a obok sześć sięgających ramion stosów kostki brukowej do jego obudowania. Trudno uwierzyć, że przed wieczorem wszystko ma być gotowe na przybycie projektantów zieleni, dzięki którym wróci tu roślinność, ale Sean wie, że budowlańcy mają bilety na nocny prom z Portsmouth, a odkąd zaczął się ten napływ ze wschodu, zdążył zauważyć, że polski robotnik jest dużo sumienniejszy od brytyjskiego. Jeśli tylko pojawi się cień ryzyka, że się nie wyrobią, ten cały Janusz wyczaruje z systemu polskiej samopomocy istną armię dorywczych pracowników, a dzięki pieniądzom z łapówki będzie go na to stać. Już w południe zaroi się tu od opalonych, niedogolonych mężczyzn niezwracających uwagi na żaden szczegół niezwiązany z bieżącą robotą.

Wchodząc po zboczu, przyciskają się do muru między Seawings a Harbour View. Ten pomarszczony stary pederasta z Seagulls pewnie śpi za starannie zamkniętymi okiennicami, ale lepiej przygotować się na to, że czyha na posterunku. Docierają na górę i rozglądają się. Jedynymi oknami wychodzącymi na przyszły basen są te w głównej sypialni Harbour View. Odkąd zaczęła rosnąć wartość ziemi na Sandbanks, buduje się tu dużo plomb, ale w tej małej enklawie marzenia pierwotnych architektów o podmiejskim ogrodzie wciąż są żywe. Mężczyźni idą przez błoto do drabiny wystającej nad krawędź dołu.

Dół jest głęboki i mokry. Dokopano się poniżej poziomu morza. Z piaszczystej gleby wyciekła woda, która stoi teraz dwa metry niżej, brudna i zniechęcająca.

– Jak myślicie, jak tu jest głęboko? – pyta Charlie głosem stłumionym po raz pierwszy w dorosłym życiu.

– Chyba będziemy musieli się przekonać – odpowiada Sean i rusza po drabinie.

Czekają, kiedy on schodzi z ostatniego szczebla i z chlupotem ląduje w wodzie po kolana. Torba stoi u ich stóp, żałośnie mała jak na coś tak ciężkiego. Sean robi kilka kroków, żeby zbadać teren. Jeśli chodzi o fundamenty, nic wyszukanego – zwyczajna dziura w ziemi, piasek kląska pod stopami, nikt nie zadał sobie szczególnego trudu, by rozgraniczyć płytki i głęboki koniec. Ponieważ Sean sam zrobił w swoim czasie kilka takich basenów, wie, że powłokę opuszcza się razem z już zamontowanymi rurami i układem odprowadzania wody, gotowymi do podłączenia do systemu filtracyjnego, który wcześniej zainstalowano pod włazem na głębokim końcu. Dół nie musi mieć starannie wykonanego kształtu. Wystarczy, jeśli będzie dostatecznie głęboki, by basen się zmieścił. Wypełni się go gruzem, zapewniając stabilną podstawę. I przygniatając zwłoki.

Ukryjemy ją na płytkim końcu, myśli Sean. Z dala od filtrów. W ten sposób nawet jeśli coś się zepsuje i wścibski hydraulik będzie musiał grzebać w rurach, nie dotrze tak głęboko, żeby cokolwiek znaleźć. Brodząc, wraca do drabiny.

– Dobra – odzywa się cicho. – Dajcie ją.

Na moment zawiesza się na zaimku rodzaju żeńskiego. Przestań, mówi do siebie, po prostu przestań. Nie możesz sobie pozwolić na takie myślenie. To nie jest Coco, to nie jest twoja mała dziewczynka; to paczka, której trzeba się pozbyć. Pewnie władują tu połowę gruzu i będzie po robocie.

– Jak tam jest głęboko? – pyta Robert.

– Ze trzydzieści centymetrów, może pół metra.

– Chryste.

Tylko nie zacznij mi się teraz wykręcać, Robert.

Sean orientuje się, że grzęźnie w piaszczystym dnie. Przestępuje z nogi na nogę i czuje, jak muł zasysa. Musimy tu być ostrożni, myśli. Musimy być w ruchu, inaczej ugrzęźniemy.

– Będzie potrzebny balast? – pyta Robert.

Sean się zastanawia. Torbę muszą wziąć ze sobą i dać Imogen, żeby zabrała ją razem z materacem i poduszką do kontenerów przy dużym sklepie Asda w Bournemouth. W Harbour View nie może pozostać nic, co miało kontakt ze śmiercią. Jeśli policja nabierze podejrzeń, psy potrafią wywęszyć trupa na tysiąc kroków. To zupełnie zwykła torba, chyba kupiona hurtowo razem z setką innych, ale ostrożności nigdy za wiele.

– Przyda się – mówi, sięgając po nią. – Może parę tamtych kostek brukowych? Powinno wystarczyć. Poszukajcie pękniętych.

Mężczyźni na górze biorą torbę za uszy i zaczynają spuszczać przez krawędź. Charlie stęka z wysiłku. Sean ma jeszcze czas, żeby poczuć ukłucie pogardy, a potem przejmuje cały ciężar i zatacza się do tyłu. Traci równowagę i z chlupotem wpada do wody. Torba ląduje na nim, przygniatając go.

Wysuwa się z niej ręka Coco i uderza o powierzchnię wody. Sean patrzy na nią bez tchu. Na nadgarstku ma bransoletkę. Ten widok, widok drobnych palców i bladej dłoni obróconej wnętrzem do lazurowego nieba, sprawia, że ściska go w gardle, a łzy pieką w oczy.

– Nic ci się nie stało? – pyta Robert.

Seanowi trudno się odezwać. Och, mój skarbie. Mój mały skarbie. Najlepsze z moich dzieci. Tak mi przykro.

– Nie – odpowiada. – Idźcie po jakieś łopaty i parę tych kostek. Dam sobie radę.

Kiedy zostaje sam, siada i patrzy na tę dłoń. Aż do dziś jeszcze nigdy nie widział świeżych zwłok. Przegapił śmierć obojga rodziców – ojca, ponieważ szybko i elegancko zmarł na zawał, gdy on studiował w Sheffield, a matki, bo za długo odkładał wyjazd do Devonu. Został w Londynie jeszcze kilka godzin, żeby podpisać umowę na adaptację paru magazynów w Shoreditch, więc kiedy dotarł do szpitala, ona leżała już umyta i spokojna, czekając na pogrążoną w żałobie rodzinę. Coco ma brud za paznokciami. Skąd się tam wziął? To jedna z tych głupich myśli, które chodzą człowiekowi po głowie, gdy rzeczywistość staje się nie do zniesienia. Czyżbyśmy ich wczoraj nie kąpali?

Tu na dole, w mroku, bransoletka wydaje się zupełnie nie na miejscu: za jasna, za czysta. Sean przypomina sobie, jak włożył ją na rękę małej w dniu chrztu bliźniaczek, który odbył się w eleganckim kościele na Ludgate Hill – Robert załatwił to przez jakiegoś kolegę z korporacji adwokackiej. Bierze tę rączkę w swoją i ściska. Jest zimna, obojętna; wciąż miękka, bo w ciepłym powietrzu jeszcze nie nastąpiło stężenie pośmiertne. Gładzi wnętrze dłoni kciukiem, przesuwa nim wzdłuż linii życia. Nie wydaje się szczególnie krótka, biegnie aż do zewnętrznej części poduszki przy kciuku. Nagle łzy płyną mu po twarzy.

– Och, Coco – mamrocze. – Och, moja Coco.

Nie zniosę tego, myśli. Nie zostanie po niej nic, żadne miejsce do odwiedzania, żadna rzecz, którą można kochać. Dotyka bransoletki, przesuwa ją po nadgarstku. Zostało trochę luzu, a zatrzask nie jest do końca napięty. Czy mogę ją wziąć? Zastanawia się. To będzie coś po niej. Gdybym trzymał ją przy sobie, raz po raz mógłbym na nią spojrzeć, przypomnieć sobie, że kiedyś Coco tu była.

To głupota, wie, że tak. Ale zalewa go fala uczuć, do której nie przywykł, i przynajmniej w tej chwili ta bransoletka wydaje się potwornie ważna, jakby kryła fragment duszy jego córki. Sean patrzy na niebo nad głową. Jeśli oni teraz wyjrzą zza krawędzi, myśli, nie zrobię tego. Słyszy jednak ich głosy w pewnej odległości, towarzyszy im zgrzyt kamienia o kamień, więc nie przerywa. Maksymalnie rozciąga zatrzask i zsuwa przez dłoń bransoletkę. Czyste złoto, myśli. Gavilowie dają tylko to, co najlepsze. Wsuwa ją do kieszonki na piersi koszulki polo i zapina guzik.

ROZDZIAŁ 37

Nie mogę. Po prostu nie mogę.

Nic nie wiem o swoim ojcu. Nie wiem już nawet tego, co wydawało mi się, że wiem. A w poniedziałek będę musiała stanąć przed kościołem pełnym ludzi i opowiedzieć o jego życiu. Rozumiem, czego się ode mnie oczekuje. Bywałam na pogrzebach ludzi dużo młodszych i dużo mniej spełnionych niż on – osób, które nigdy nie zrobiły nic poza tym, że tak długo pustoszyły organizm narkotykami i alkoholem, aż w końcu nie wytrzymał – a mimo to przemawiający potrafili przedstawić ich życie jako bogate, a charakter jako złożony i godny miłości, tak by bliscy mimo żalu czuli radość, że ci ludzie byli kiedyś wśród nich.

A ja mam tylko czystą kartkę. To znaczy czystą, jeśli nie liczyć nagłówka „Mowa na pogrzeb taty" na samej górze i kolekcji kanciastych gryzmołów, które rysowałam przez ostatnie dwie godziny. Dom jest cichy, raz po raz na korytarzach słychać kroki, ale nic poza tym. Dzisiaj nie będzie kolacji. Joe zostawił w kuchni tartę rybną, żeby każdy sam się częstował, i wszyscy poszli do swoich pokoi, jakby przerażała ich myśl o dalszym spędzaniu czasu razem.

Co mam napisać? Robert będzie mówił o jego osiągnięciach: wybudowanych domach, zarobionych pieniądzach, publicznym wizerunku. Ja muszę robić za córkę. Potrzeba radosnych rodzinnych wspomnień, anegdotek do śmiechu lub do płaczu. A ja mam pustkę w głowie. Cały czas myślę tylko o jednym: co tam robiła ta bransoletka? Co ona tam robiła?

Jest siódma. Czas płynie tak szybko, że jeśli nie zacznę natychmiast, nie wyrobię się do pogrzebu. Postanawiam, że spróbuję zrobić listę. India lubi listy. Mówi, że są podstawą życia. Że żaden rozsądny człowiek nie wykona bez nich skomplikowanego zadania. Może ma rację. Zaczynam.

„Rzeczy, które wiem o moim tacie" – piszę pod nagłówkiem. Pięć minut później strona wygląda tak:

Lubił dobre wino.

Miał cztery żony.

Zmieniał dom co sześć miesięcy.

Co roku spędzał przynajmniej dwa tygodnie na Cap Ferrat. Ani moja matka, ani Claire po rozwodzie nigdy już tam nie były.

Raz spotkał Saddama Husajna. W przeciwieństwie do George'a Gallowaya nie nazwał go niestrudzonym.

Oprócz Lindy każda żona była wyraźnie młodsza od poprzedniej w chwili, kiedy za niego wychodziła.

Gdy ożenił się po raz pierwszy, miał 32 lata, po raz drugi – 44, po raz trzeci – 52, a po raz czwarty – 57.

Jego żony, kiedy za niego wychodziły, miały odpowiednio 32, 27, 45 i 22 lata.

Jego trzecia żona była obecna tego wieczoru. Gdy rozpadło się jego drugie małżeństwo. Jego czwarta żona znalazła zwłoki trzeciej, kiedy wraz z rodzicami przyszła z wizytą.

Nie licząc mojej matki, z każdą żoną zapoznali go Gavilowie. Kiedy Claire poznała go na imprezie gwiazdkowej, była pionkiem w ich zespole PR, świeżo awansowała ze stanowiska asystentki i pięła się w górę. Linda była związana z Jimmym Orizio, który z kolei był związany z wieloma ich klientami. Simone była córką Gavilów. Ktoś bardziej podejrzliwy pomyślałby, że celowo poznawali Seana z tymi kobietami.

Przez całe dorosłe życie palił trzy grube cygara dziennie.

Żadna z nas nie poznała naszych dziadków.

Głosował na Liberalnych Demokratów, nie licząc 1997 roku, kiedy głosował na Konserwatystów. (Charlie pewnie o tym nie wie).

Miał pięć córek. W chwili śmierci z trzema nie miał kontaktu, jedna zaginęła i zapewne nie żyła, a piąta była za mała, żeby mieć w tej kwestii coś do powiedzenia.

Mam bransoletkę zaginionej córki.

Kurwa.

Potrzebuję zmiany scenerii. W ten sposób nigdzie nie zajdę. To nijakie otoczenie, to poczucie, że równie dobrze mogłabym być wszędzie. Może jeśli popatrzę na coś nowego, odświeżę sobie umysł. Kiedy rano byłam w ogrodzie z Ruby i Emmą, nad basenem na drugim końcu trawnika zauważyłam fantazyjną rzymską świątynkę. Musiał ją postawić w dziewiętnastym wieku jakiś szlachcic z Devonu, który miał się za globtrotera, a ojciec prawie jej nie odnowił. Nic, tylko mech i wyszczerbiony marmur, ale jest za to osłonięta od góry i cudownie odosobniona. Nie będę tam słyszeć dudniącego głosu Charliego ani nawet widzieć domu zza drzew. Biorę koc i notatnik, a potem ruszam szukać latarki.

. . .

Zimno. Nad morzem właściwie nie spotyka się tego rześkiego chłodu co w głębi lądu. Ogród jest mokry, ocieka wilgocią, oplata go aura zimowego zaniedbania, wszystko się rozłazi, czeka na sznurek i sekator, które znowu zaprowadzą tu porządek. Ziemia jest śliska, a krzaki, gdy omiatam je snopem latarki, wyglądają, jakby się przyczaiły. Nieomal zawracam. Ale w pewnym sensie odwrócić się byłoby jeszcze gorzej. Gdy już dojdziesz na miejsce, będzie dobrze, mówię sobie. Kiedy oprzesz się plecami o kolumnę i będziesz widzieć, co masz przed sobą. Kiedy twój wzrok przywyknie do ciemności.

Tak bardzo koncentruję się na zachowaniu równowagi, że kiedy dostrzegam, że świątynka nie jest pusta, znajduję się już za blisko, by się cofnąć. W pierwszej chwili podskakuję zaskoczona, a potem ją poznaję.

Leży na wygiętej ławce owinięta kocem. Rozplotły jej się włosy i splątane spadają gąszczem ku usianemu liśćmi podłożu. Jest tak nieruchoma, że przez jedną straszliwą chwilę zastanawiam się, czy nie żyje. Rozważam, czy nie wycofać się po cichu i nie uciec z powrotem do bezpiecznego domu. Ale nie. Muszę wznieść się ponad te wszystkie uczucia. Odchrząkuję i odzywam się:

– Simone?

Porusza się powoli, jak zwierzę wychodzące ze snu zimowego. Podnosi głowę z ramienia, na którym ją opierała, i powoli obraca się, żeby na mnie spojrzeć. Płacze. Jej twarz pokrywa gęsta fala łez spływających powoli strużkami po bokach nosa. Patrzy na mnie tępo, jakby mnie nie znała; oczywiście oślepia ją latarka, ale to nie wszystko. Nie jest już Echo ani Andromachą, ale pierwszą żoną pana Rochestera. Nie dałabym głowy, czy w ogóle zdaje sobie sprawę z mojej obecności.

Chcę uciec. Chcę uciec bardzo szybko. Chcę znaleźć kogoś innego, kto się tym zajmie. Simone to nie moja sprawa. To był jego wybór, jego strata. Ostrożnie siadam na ławce, wykonuję powolne ruchy, jakby była wściekłym kotem, którego nie chcę spłoszyć.

– Dobrze się czujesz? – pytam. – Mogę coś dla ciebie zrobić?

Nie odpowiada. Siada na ławce, podciąga pięty do pośladków, oplata ramionami łydki, a potem patrzy się i patrzy.

– Co tu robisz? – pyta w końcu tym swoim głosem małej dziewczynki.

– No… próbuję napisać mowę pogrzebową i pomyślałam… Ciężko mi idzie. Pomyślałam, że może jeśli wyjdę z domu…

– Tak – mówi. – Co za rozsądny plan.

Chryste Panie.

– To piękny dom – rzucam na próbę.

– Był piękny – odpowiada. – I jeszcze będzie. Kiedy odzyskamy go dla siebie, ja i Emma. Kiedy wy wszyscy skończycie i sobie pojedziecie.

Wzdrygam się. Camillo, ona jest niezrównoważona. Nie bierz tego do siebie. Nie wie, co mówi. Nie miałam pojęcia, że mój ojciec może wzbudzić taką rozpacz, ale Simone praktycznie postradała zmysły.

– Nie mogę tam teraz być – mówi. – To tak, jakby ktoś wysysał ze mnie całe życie.

– Och, skarbie. Chyba cię rozumiem.

– Nie, nie rozumiesz. – Jej głos twardnieje. – Gdybyś rozumiała, nie byłoby cię tu.

– Wow. – Nie mogę się powstrzymać; to słowo wymyka mi się, zanim się obejrzę. Ale mój Boże, Simone, nie jesteś jedyna. – Był moim ojcem – mówię.

Jej łzy wyschły. Ociera spuchnięte oczy kątem koca i patrzy na mnie takim wzrokiem, jakim księżna patrzy na handlarza.

– Daj spokój. Nie kochałaś go. Nikt z was go nie kochał. Tylko ja jedna kochałam go jak należy. A on kochał mnie.

Na usta znowu ciśnie mi się „wow", ale zaciskam szczęki, żeby tego nie powiedzieć. Ani wielu innych rzeczy, które bym chciała. Na przykład: Simone, nie zauważyłaś, jak on umarł? Czy tak wygląda miłość?

– To był najlepszy, najlepszy człowiek – ciągnie. – I nikt z was tego nie dostrzegał. Pamiętam, w jaki sposób się do niego odzywałaś, Camillo, nie myśl, że tego nie zapamiętałam. Był silny, dzielny i wspaniałomyślny, i robił dla was wszystko, a wy umiałyście tylko kpić.

Nie. Nie mogę.

– Przykro mi, że tak myślisz, Simone – mówię. – Wydaje mi się, że to było trochę bardziej skomplikowane.

– Wątpię. Biedny Sean. Cieszę się tylko z tego, że w końcu ktoś pokochał go tak, jak na to zasługiwał.

– Ja też się z tego cieszę – odpowiadam, bo rzeczywiście, obsesyjna zaborczość i ślepota na każdą niewygodną prawdę to chyba cechy właśnie takiej miłości, na jaką Sean ostatecznie zasługiwał. Bądź co bądź, sam się w niej specjalizował. – Jest lodowato – mówię. – Może wrócimy do domu?

– Nie – odpowiada Simone i kontynuuje: – Tylko on jeden mnie kochał. Mówił, że żałuje, że nie przeczekał tych wszystkich lat. Bo czuł, że całe jego życie zaczęło się wtedy, gdy mnie poznał.

Na pewno gdzieś już słyszałam ten tekst. Od kogo? Od Claire? Tak, chyba od Claire.

– Wy nic nie wiecie o miłości – kontynuuje. – Nawet tatuś i Maria nie rozumieją, jak wielkie było nasze uczucie. A przecież wszystko by dla mnie zrobili, tak jak ja zrobiłabym wszystko dla niego. I robiłam. Robiłam dla Seana wszystko. Wszystko. Nic, co było przede mną, się nie liczy. Rozumiesz?

I jak ma mi to niby pomóc w pisaniu mowy? Może chcesz to zrobić za mnie? Ludzie na pewno chętnie posłuchają o waszym pięknym romansie.

– Och, Simone – mówię. – Tak mi przykro.

– Daruj sobie – odpowiada. – No dobrze. Wszyscy zachowamy pozory. Wy możecie udawać, że wam zależało, a ja: że w to wierzę. A kiedy będziemy już mieli pogrzeb z głowy, wrócicie do swojego nędznego życia i zostawicie mnie i Emmę w spokoju. Nie chcemy was tutaj. Byliśmy tu szczęśliwi we troje, a Emma i ja będziemy znów szczęśliwe, gdy się stąd zabierzecie.

ROZDZIAŁ 38

2004 | niedziela | Ruby

– Gdzie Coco?

Mama chrzestna Maria podskakuje na dźwięk jej głosu.

– O, dzień dobry, skarbie – mówi z ręką na piersi. – Obudziłaś się?

– Byłam chora – oznajmia dumnie Ruby.

– Znowu?

– Nie. Kiedy wszyscy spali. Przyszła mamusia i mnie wykąpała.

– Aha, więc to dlatego pościel była brudna. – Maria zerka na pralkę pod zlewem, która po cichu przechodzi tryb suszenia. – Moje biedactwo.

– Gdzie Coco?

– Poszła na plażę z Simone, panią Clutterbuck, panią Innes i innymi dziećmi. A Joaquin jest w ogrodzie.

– Aha – mówi Ruby.

Lubi plażę, a Joaquina nie za bardzo. Jest za duży i za głośny.

– Nie chcieliśmy cię budzić – mówi Maria. – Słodko spałaś po tej paskudnej nocy.

– Aha – mówi znowu Ruby. – Ale już mi lepiej.

Mama chrzestna Maria kuca przed nią i palcem odgarnia jej

włosy z czoła. Dorośli ciągle głaszczą Ruby po głowie albo klepią, jakby była psem. Denerwuje ją to. Nie może się doczekać, kiedy będzie na tyle duża, żeby robić im to samo.

– Powiedzieć ci coś śmiesznego? – pyta Maria. – Byłam przekonana, że ona to ty.

Ruby chichocze. To, że ludzie nie potrafią ich rozróżnić, stało się dla niej i siostry ulubioną zabawą. Parę razy zamieniały się ubraniami i bransoletkami, a potem udawały siebie nawzajem, żeby sprawdzić, czy ktoś się zorientuje. Mamusia orientuje się zawsze, nawet gdy upierają się, że każda nosi imię tej drugiej, ale tatuś często się nabiera. Kiedy tak robią, nazywa je Małymi Geniuszami Zbrodni. Ruby to lubi. Nie wie, co to znaczy, ale brzmi lepiej niż Malutkie Pijaczki – bo tak też mówi o nich tata. I dużo lepiej niż Idźcie Stąd Tatuś Jest Zajęty.

– Ona się bawi w tę zabawę – oznajmia Ruby z dumą. – Dałaś się nabrać!

Mama chrzestna Maria prostuje się i szeroko otwiera oczy.

– O wy podstępne paróweczki! Jak długo to robicie?

– Bardzo długo!

– Co za rozrabiaki! Ale miała bransoletkę na tej ręce – Maria podnosi prawą rączkę Ruby – a daliśmy je wam z tatą chrzestnym Robertem właśnie po to, żeby was odróżnić.

Ruby chichocze, a potem pokazuje, że potrafi zsunąć sobie bransoletkę przez dłoń.

– No niech mnie! – Maria jest pod wrażeniem. – Ciągle możecie je zdjąć! Myślałam, że jesteście już na to za duże!

– Nie, ciągle jesteśmy małe – mówi Ruby. – Najmniejsze.

– No, chyba jednak nie. Myślę, że Inigo jest od was mniejszy.

– Tak – odpowiada Ruby zniecierpliwiona. – Od niektórych dzieci jesteśmy większe, ale najmniejsze z Jacksonów. Moje starsze siostry są już dorosłe.

– Prawie dorosłe – poprawia ją Maria z tym swoim ciepłym,

uroczym uśmiechem. – Wiesz co, może my też się w to zabawimy? Byłoby szkoda, gdyby bawiła się tylko Coco.

– Tatuś się pozna – stwierdza stanowczo Ruby, chociaż wie, że to chyba nieprawda.

Maria zsuwa bransoletkę z jej prawego nadgarstka i przekłada na lewy.

– Przekonajmy się.

– Dobra – zgadza się Ruby, śmiejąc się radośnie.

Jeszcze nigdy do zabawy nie dołączył się nikt dorosły. To znaczy poza mamusią, ale czasem Ruby myśli, że mamusia robi to tylko po to, żeby zdenerwować tatusia. Kiedy zauważa, że dał się nabrać, zawsze mówi mu Tym Głosem: „Widzisz?".

Mama chrzestna Maria wyjmuje grzebyk z torby i robi jej przedziałek po drugiej stronie głowy. Przykuca, żeby obejrzeć swoje dzieło, i uśmiecha się.

– Coco! – woła. – Tu jesteś! Myślałam, że poszłaś na plażę!

Ruby chichocze z radości.

. . .

Joaquin wchodzi w samych kąpielówkach, kiedy ona pije sok. Ma mokre włosy i trzyma w ręce ten swój patyk, który wszędzie nosi i we wszystko nim wali.

– Boże, Joaquin – mówi mama chrzestna Maria. – Chyba nie wchodziłeś do basenu? Powiedz, że nie wchodziłeś.

– Jest gorąco – protestuje chłopiec.

– Chryste, dlaczego ty nigdy nie słuchasz, co się do ciebie mówi? Przecież wiesz, że niebezpiecznie pływać bez opieki. Nie zniosłabym tego, gdybyśmy musieli…

Urywa w pół zdania i nagle robi się trochę zielona.

– Spoko, babciu – odpowiada Joaquin. – Jestem już duży. Poza tym na leżaku jest wujek Jimmy.

– Akurat by ci pomógł, gdyby coś się stało! – parska Maria.

Chłopiec przewraca oczami i wali patykiem w futrynę.

– I wyrzuć to za drzwi – rozkazuje mu matka. – Żadnych patyków w domu. Znasz zasady.

Chłopak znów przewraca oczami, ale ciska patyk na słońce.

– Niech mnie Bóg strzeże przed nieposłusznymi dziećmi – mówi Maria. – Twoja siostra taka nie była.

– Jasne, jasne, Simone jest idealna, wiadomo. Skoro tu nie można się dobrze bawić, to mogę iść na plażę?

– Zapomniałeś o „poproszę". I nie, nie mam czasu cię zabrać. A Coco źle się czuje. To dla niej za daleko.

– Boże święty – odpowiada Joaquin. – Przecież to tylko plaża. Myślisz, że ile ja mam lat? Pięć?

– Siedem. A oni poszli na tę plażę po drugiej stronie. Chyba by mnie aresztowali, gdybym puściła siedmiolatka samego na prom łańcuchowy. I nie przeklinaj, Joaquin.

– Nie przeklinałem.

– Wzywałeś imię Pana Boga nadaremno. To jest to samo.

– Patrzcie ją! Dlaczego nie jesteś w kościele, babciu?

Maria ciężko wzdycha. Ruby patrzy zafascynowana ze swojego stołka, wkładając sobie do ust kawałki mango. Mango jest pyszne, chyba lubi je najbardziej. A dużych chłopców nie rozumie. Nie do końca boi się Joaquina, ale ona i Coco próbują nie zostawać z nim sam na sam. Nigdy nie wiedzą, co zrobi.

Joaquin stęka z bezsilności.

– Wiesz co? – mówi Maria. – Kiedy Coco skończy śniadanie, pójdziemy na lody.

– No dooobra. – Jej syn daje się trochę udobruchać. A potem: – To jest Coco? Myślałem, że Ruby.

Ruby uradowana uśmiecha się od ucha do ucha.

– Jestem Coco, głupolu! – woła, machając lewą ręką.

. . .

Na drodze za bramą stoi dużo samochodów, wszystkie czekają w kolejce tak jak wtedy, kiedy przyjechali. Ruby żal dzieci w tych samochodach. Jest im gorąco, są znudzone, a rodzice nie wypuszczają ich na piękne słońce. Mama chrzestna Maria trzyma ją za rękę, gdy idą chodnikiem. Joaquin biegnie przodem, waląc patykiem po krzakach. Milly i India mówią na niego Waleń, co Ruby bardzo śmieszy.

– Jak się dzisiaj czujesz? – pyta Maria. – Nie jesteś już chora?

– Nie. Chyba wszystko wychorowałam w nocy.

– Świetnie. Nie chciałabyś przegapić dziś po południu Królestwa Neptuna.

– Co to jest Królestwo Neptuna?

– Duży park wodny.

– Co to jest park wodny?

– Spodoba ci się. Tam są zjeżdżalnie i takie duże baseny, w których można brodzić.

Ruby na samą myśl promienieje. Uwielbia wodę, dużo bardziej niż Coco. Już prawie umie pływać: rzuca się na płytkim końcu basenu w dmuchanym kółku, machając rękami, a Coco tylko siedzi na schodkach, ledwo zanurzając stopy, i wzdryga się za każdym razem, kiedy ona ochlapie ją choć kroplą.

– Oooo! – woła Ruby.

– No, zobaczymy, jak sobie poradzisz z lodami – mówi Maria. – Jakie lubisz?

– Czekoladowe.

– Czy Coco też jadłaby czekoladowe? Bo jesteś Coco, pamiętasz?

Ruby zastanawia się niechętnie. Uwielbia czekoladę. Czekoladę i frytki, chociaż rzadko ma okazję jeść i jedno, i drugie.

– Bo skoro Coco jest tobą, teraz na pewno je czekoladowe.

– Tak – zgadza się Ruby ze smutkiem. – No to te różowe. – Rozumie, że kiedy już się zaczęło, trzeba kłamać do końca.

Joaquin wraca biegiem po chodniku.

– Mogę frytki zamiast lodów? – pyta.

– Ojej – mówi Ruby znowu smutna. Nie wiedziała, że frytki też sprzedają. O tak wczesnej porze zamiast mdłych lodów truskawkowych wolałaby porcję gorącej, słonej, chrupiącej pychy. – Ja też lubię frytki – oznajmia.

– Wiecie co? – mówi Maria. – Jeśli nikomu nie powiecie, pozwolę wam się podzielić jedną porcją. Co wy na to?

Ruby puszcza jej rękę i klaszcze z radością.

– Rozpieszczam was – stwierdza Maria. – Naprawdę was rozpieszczam.

. . .

Ruby czuje się bardzo dorosła, bo jest w barze bez siostry i żadnego z rodziców. Dzisiaj nawet się jeszcze nie zastanawiała, gdzie mama i tata.

– Gdzie mamusia? – pyta znad porcji lodów tak różowych, że są prawie koloru pleców tego rozebranego pana, który pije piwo przy sąsiednim stole.

– O, musiała wrócić do Londynu, skarbie – odpowiada gładko Maria. – Przypomniała sobie, że musi coś załatwić. Ale tatuś tu jest. Jutro zawiezie was obie do domu.

Ruby kiwa głową. Jest spokojnym dzieckiem, łatwo nie panikuje. Nawet jeśli mama wyjechała, zobaczy ją później. Nigdy nie przyszło jej do głowy, że można kogoś stracić na zawsze.

Joaquin wybrał jaskrawozielone lody miętowe z czekoladą, a teraz wyciska keczup na polistyrenowe wieczko opakowania frytek.

– Tylko nie zjedz wszystkiego sam – upomina go Maria. – Macie się podzielić, pamiętasz?

Joaquin znowu przewraca oczami, a potem wyciąga rękę z frytką i zanurza ją w lodach Ruby.

– Ej! – protestuje dziewczynka.

– Halo! – rzuca Maria. – Najpierw trzeba zapytać.

Jej syn wkłada frytkę z lodami do ust.

– Przepraszam, Coco. Czy mogę zamoczyć frytkę w twoich lodach? Prooooszę.

– Fuj!

– Nie krytykuj, zanim nie spróbujesz, pasikoniku.

– Nie jestem pasikonikiem.

Joaquin moczy kolejną frytkę. Bierze ją do ust z wyraźną radością. Następną próbuje ze swoim deserem i trochę się krzywi.

– Z truskawkowymi dużo lepsze.

– No naprawdę, gdzieś ty się nauczył takich rzeczy? – pyta Maria.

– Przecież o frytkach z lodami wie każdy.

– Ja nie.

– Przepraszam. – Joaquin się poprawia. – Każdy, kto nie ma miliona lat.

Ruby chichocze. Jeszcze nigdy nie słyszała, żeby dziecko tak pyskowało matce jak Joaquin, ale Maria wcale nie znosi tego źle. Ruby nadal jest zaniepokojona jego wzrostem, tyczkowatą posturą i donośnym głosem, ale teraz go podziwia. Joaquin nie boi się ryzykować. Nie zna strachu. Ruby bierze frytkę i nabiera nią trochę lodów. Przygląda się z obawą – dorośli ciągle mówią, że będą jej smakować rzeczy takie jak szpinak, papryka czy brokuły, które okazują się paskudne – a potem zbiera się na odwagę, by zaimponować starszemu chłopcu. Wkłada frytkę do ust... i na języku eksploduje cały wszechświat kulinarnych przygód. Do tej pory wszystko, czego próbowała, było na podniebieniu wyraźnie podzielone. Nie miała pojęcia, że te rzeczy, te smaki i konsystencje, można łączyć, a co dopiero – że dzięki miękkości chrupkość może być lepsza, że słodkie tak dobrze pasuje do słonego, że zimne i gorące jedzone naraz poszerza horyzonty. To zarazem okropne i piękne, złe i bardzo, bardzo dobre.

– Ooo – mówi Ruby.

– No nie? – mówi Joaquin.

– Ooo – powtarza Ruby.

– Nie mów, że tobie też smakuje. Boże, dzieci! – wzdycha Maria. – A na zwykły groszek z masłem można was namówić? Oczywiście nie.

Sączy czarną kawę i z bólem wypisanym na twarzy patrzy, jak dzieci zajadają się tym paskudztwem.

– Miałem bardzo dziwny sen – mówi Joaquin. – Śniło mi się, że do pokoju przyszli wszyscy dorośli i robiliście wielką drakę. I ktoś płakał. A jak się obudziłem rano, to byłem u was w pokoju i przez chwilę myślałem, że mnie porwali.

– No tak – odpowiada Maria. – W przybudówce popsuła się kanalizacja i zaczęło lać się z ubikacji. Kiedy tatuś przyszedł do was zajrzeć, stały dwa centymetry wody. Musieliśmy was zabrać, bo inaczej do rana odpłynęlibyście do Chin.

Joaquin zaczyna się śmiać.

– Nieprawda, nie bądź niemądra. Najpierw wpadlibyśmy na wyspę Wight. Nie obudziłem się?

Maria parska śmiechem, który wydaje się Ruby dziwny. Jakby wcale się nie śmiała, tylko krzyczała. Ale po chwili to mija i Maria znów się śmieje.

– Czy ty się kiedykolwiek obudziłeś, Joaquinie Gavilo? Obok ciebie mogłaby wybuchnąć bomba, a ty byś się tylko przewrócił na drugi bok. Nie, przenieśliśmy was jedno po drugim do domu, potem Simone przez pół nocy wycierała przybudówkę, a wy wszystko przespaliście.

– Ale dziwne!

– Było bardzo późno.

– A kto płakał?

– Wujek Sean. Zorientował się, że nie będzie mógł sprzedać domu, zanim tego nie naprawi. Wujek Sean reaguje bardzo emocjonalnie, kiedy chodzi o pieniądze.

– Beksa – stwierdza Joaquin i rechocze pogardliwie.

– No już, kończcie to świństwo. Tatuś Coco na pewno już się zastanawia, gdzie jesteście – mówi Maria.

ROZDZIAŁ 39

To właśnie dzięki takim zimowym wschodom słońca cieszy się, że żyje. Kiedy turystów zostaje tylko garstka, piaski w ujściu rzeki są puste, przez chmury pozostałe po zeszłej nocy sączy się milion tonów czerwieni, a po lewej ręce wciąż ryczy Atlantyk. Wszyscy wielokrotnie go ostrzegali, że poza sezonem nad morzem jest inaczej, że jest ponuro, ale właśnie ta ponurość zawsze go pociągała. John nigdy nie był takim gościem od łopatki i wiaderka. Do jego celtyckiej duszy przemawiają gniewne wody, a nie leżaki i palmy.

Chip i Canasta biegną przed nim po piasku, jedno wyrywa przed drugie, ciesząc się tym dniem. Brzeg jest pełen rzeczy wyrzuconych z morza, a owczarki szkockie mają gęste futra. One również kochają zimę. Nie ma dzieci, które przewracałyby się, a potem miały do nich pretensje, nie ma rodzinnych pikników ani rozszczekanych piesków salonowych, wszystkie łodzie rybackie albo do przypływu są na morzu, albo stoją w warsztacie na corocznym przeglądzie. Cała pofalowana połać piasku, każdy basen pływowy i wszystkie tajemnice należą wyłącznie do nich. Mewa pikuje z góry na zwał czegoś czarnego – wielki pęk wodorostów wyrwanych przez sieć rybacką zgubioną przez jakiś trawler i zaniesionych z falą w górę ujścia rzeki – a wtedy psy jednocześnie przyśpieszają i szczekając, pędzą w jej kierunku, aż ptak odfruwa, skrzecząc z pretensją. Nie trzeba ich wołać. Dobrze wiedzą, że o tej porze roku nie wolno wchodzić do wody, za to plażę mają całą dla siebie.

Wciąż mocno wieje. Szczelnie otulił się olejakiem, kaszkiet naciągnął głęboko na przerzedzone włosy, ma też dwie warstwy rękawiczek, żeby dłonie mu nie odpadły, ale zaczynają go boleć uszy. Nigdy do końca nie wyzdrowiały po infekcji dwadzieścia lat temu: teraz spadek temperatury, zmiana ciśnienia w kabinie samolotu czy muzyka w tle zawsze są źródłem dyskomfortu, a w kieszeni John stale nosi środki obkurczające śluzówkę, ale od czasu przeziębienia w święta uszy bolą go cały czas. Zatrzymuje się, odwija szalik z szyi i oplata nim całą głowę razem z czapką, a potem wiąże pod szyją. Muszę wyglądać jak babuszka na stepie. Czyż to nie jest niesamowite, że wiek i wygoda w końcu biorą górę nawet nad głęboko zakorzenioną próżnością?

Osiem lat później wciąż nie może uwierzyć, jak bardzo zmieniło się jego życie. W Vauxhall czułem się taki stary, myśli. Próbowałem udawać, że wciąż cieszą mnie imprezy, w miarę jak ludzie wokół mnie stawali się coraz młodsi, a mój organizm nie mógł już znieść używek, żeby dotrzymać im kroku. A teraz jestem tutaj, nie mam już ciała jak sportowiec, nie grożą mi marsze wstydu. Jako dwudziestoparolatek czułbym obrzydzenie na myśl, że skończę sam na pustkowiu, a miłością mojego życia będą Chip i Canasta, ale jeszcze nigdy nie byłem tak szczęśliwy. W Appledore mieszka pełno plotkarzy, w sezonie ciężko znieść napływ odwiedzających, ale wspaniale jest wyjść rano z domu, zostać powitanym przez sąsiadów, a potem oglądać radość na twarzach ludzi, którzy znaleźli w sklepie idealny naszyjnik z morskich szkiełek, najpiękniejszy drewniany uchwyt wybielony przez wodę, najśliczniejszą zardzewiałą złączkę – i co z tego, że wrócą z tym do domu w Basingstoke i będą się zastanawiać, co im w ogóle strzeliło do głowy, żeby to kupić?

Wycie wiatru nocą i stukot deszczu o dach to dla niego zawsze przyjemne dźwięki, bo oznaczają, że rano fala wmyje do rzeki i wyrzuci na plażę więcej źródeł zarobku. Na początku sprzedawał krzykliwe szkiełka, błyskotki, dzwoneczki wietrzne i mobile do powieszenia w oknie – zresztą nadal to robi – ale odkrycie, że ujście rzeki to istny skarbiec przedmiotów z rozbitych statków, a po każdej burzy piasek odsłania coś, co leżało zakopane przez sto albo dwieście lat, było euforycznym momentem. Tu jest nawet lepiej niż na plaży w Westward Ho! Może dlatego, że tamta prawie nigdy nie bywa pusta. Ludzie uwielbiają pamiątki cudzej katastrofy. Entuzjazm wokół przemysłu związanego z *Titanikiem* nasila się wraz z każdym znaczkiem z czapki, który wyłowią łodzie podwodne. Jeśli dorzucić do tego jeszcze parę opowieści wilka morskiego, to klienci, ledwo dotkną spatynowanego kabestanu albo stępionego haka wielorybniczego, sypią wakacyjną forsą jak pijani marynarze, a jeśli na dzikim wybrzeżu Atlantyku czegoś nie brakuje, to właśnie setek barwnych historii o zatopieniach i cudownych ocaleniach.

Psy czują poranek. Ze wszystkiego, co im zawdzięcza, najwspanialszym darem jest możliwość zapomnienia o wieku. Tu, na plaży, cała trójka może zrzucić ciężar lat, nie zważać na ból i smutek, na to, że więcej czasu minęło, niż jeszcze zostało, i po prostu być. Łagodny Chip i ruchliwa Canasta prześcigający się w jakimś urojonym polowaniu, potykający się o siebie nawzajem, byle tylko być pierwszym. Tylko oni troje i kontenerowiec w oddali podskakujący na fali na otwartym morzu. John oddycha głęboko, cieszy się przyjemną słonością morskiego powietrza.

Z osłoniętą głową brnie w kierunku brzegu rzeki. Wie, że nie można za długo stać w miejscu; co prawda piasek przeważnie jest twardy, ale gdzieniegdzie potrafi wessać i nieraz się już zdarzało, że straż przybrzeżna musiała wyławiać nieostrożnych ludzi, gdy poziom wody podniósł im się powyżej klatki piersiowej. Znajduje patyk – taki zwykły, a nie odkorowany, jakie lubią turyści – i rzuca Chipowi, który wrócił sprawdzić, co robi jego pan. Psy pędzą za patykiem, a on przez chwilę boi się, że rzucił go za daleko i że wbiegną do wartkiej rzeki, ale kijek ląduje kilka kroków od brzegu. Canasta, żwawsza i bardziej skora do rywalizacji niż poczciwy Chip, rzuca się przed brata i próbuje chwycić patyk w twarde białe zęby. Nie trafia. I patyk, i pies koziołkują w stronę wody, miga czerń, biel oraz piasek, a John wstrzymuje oddech, czekając, aż wylądują.

Suka spada na ziemię, ślizga się i z wielkim chlupotem wpada do wody.

– Canasta! – John na próżno przekrzykuje wiatr.

Trzeba było wołać wcześniej, myśli. Nie teraz. Teraz cię nie słyszy. Zresztą i tak by nie posłuchała. Cholerny pies. Jest tak zajęta sobą, że nigdy nie słucha, a teraz będę jednym z tych ludzi, o których czyta się w gazetach – którzy utonęli, rzuciwszy się na ratunek psu…

Fala się cofa, a Canasta unosi się na wodzie niczym korek, ściskając patyk w wyszczerzonym pysku. Walczy z ciągiem, a potem łapami drapie niestabilny grunt, znajduje oparcie i wspina się na piasek. Biegnie kilka kroków w stronę lądu, po czym przystaje, żeby się otrząsnąć. No dobrze, myśli John, na dzisiaj dość. Moje ciśnienie więcej nie zniesie.

– Chodź tu, ty głupia suko! – Zawsze tak ją nazywa, kiedy Canasta przegnie z nieostrożnością. – Wyłaź stamtąd!

Chip wrócił z własnej woli i siedzi u stóp pana. Opiera cielsko o jego nogę i szczerzy się radośnie, patrząc przyjaznymi ślepiami. John drapie go za uchem, pochyla się i całuje w słodkie białe czoło. Nigdy nie pojmie, jak dwa psy z tego samego miotu mogą być tak diametralnie różne: on spokojny, łagodny i kochający, a ona niesforna i rozszczekana.

Canasta wraca z kijem w zębach i John jej go zabiera, jak zawsze przy akompaniamencie warknięć i gróźb. Ciska go ponownie, tym razem w stronę lądu. Gdy Canasta puszcza się w pościg, leje się za nią deszcz słonej wody. Chip statecznie drepcze za siostrą. Patyk ląduje obok sterty wodorostów, którą John zauważył już wcześniej. Suka łapie go, ale zaraz wypuszcza i zaczyna skakać. Patrzcie! – woła. Patrzcie, co znalazłam! Chodźcie zobaczyć!

Chip wydaje dźwięk między westchnieniem a skamleniem, a potem rusza, sapiąc, żeby nie zostać w tyle za Johnem, który posłuchał wezwania. To, do czego woła Canasta, czasem rzeczywiście warto obejrzeć. Znudzony wolnym tempem Chip puszcza się przodem, żeby dołączyć do siostry – i także zaczyna szczekać.

Boże, myśli John i przyśpiesza kroku. Staje obok psów, a wtedy mimo szalika czuje ukłucie zima za uszami. To, co wydawało mu się kolejną rzeczą wyrzuconą przez morze, wcale nią nie jest. To mężczyzna o żółtawej skórze, rozdętej od przebywania w wodzie, ubrany w długi czarny skórzany płaszcz, co musiało się znacznie przyczynić do prędkości zapadania się stóp w piasek. Jest zakopany po uda, a oczy i usta ma szeroko otwarte ze strachu przed falą, która go przykryła. Nawet po śmierci mocno ściska butelkę niedopitej wódki.

ROZDZIAŁ 40

2004 | niedziela | Janusz Bieda

– Uwaga, szefie! Idą kłopoty.

Janusz patrzy w kierunku, który Tomasz wskazuje palcem. Widzi, że ten mężczyzna z sąsiedztwa zatrzymuje się u stóp podjazdu.

– Kurwa mać! – woła, przekrzykując ryk silnika dźwigu. – Co znowu?

– Która godzina?

– Kwadrans po dwunastej. Jak przyszedł się skarżyć, załaduję mu to prosto w kanalizację. – Wymachuje olbrzymim kluczem, którym przykręcał elastyczne rury wylotów basenu do systemu filtracyjnego, i mężczyźni parskają śmiechem.

Dziś na budowie mimo upału jest pogodna atmosfera. Po dziesięciu dniach tęsknoty za domem wyjście na ostatnią prostą podziałało jak zastrzyk świeżej energii. Wszyscy żartują, szuflując na taczki gruz przeznaczony do wsypania do pustej przestrzeni pod basenem, a pracownicy dorywczy dokooptowani na dziś chcą zrobić dobre wrażenie, by przed następną robotą trafić na regularną listę. Jeszcze minutę temu wydawało się, że z łatwością wyrobią się na przesunięty termin. Ale nie stać ich na kolejny obsuw, jeśli właśnie po to przyszedł ten człowiek.

Jest z nim jedna z jego dwóch bliźniaczek. Stoją obok gąsienic koparki i obserwują powłokę basenu dyndającą w powietrzu nad dziurą w ziemi. Armia robotników starannie opuszcza ją na miejsce. Janusz daje znak Gabrielowi, który steruje dźwigiem; słychać dźwięk hamulca i silnik gaśnie. Wśród pracujących rozlega się jęk rozczarowania. Janusz rusza w kierunku zbocza, żeby przywitać przybyszów. Po drodze przestawia mózg na angielski. Po zaledwie dziewięciu miesiącach mówi już prawie biegle, ale wciąż musi się skupić, gdy przechodzi z języka na język.

– Jest popołudnie – mówi tytułem powitania.

Już na starcie chce dać jasno do zrozumienia, że nie zniesie kolejnych skarg. Dotrzymali umowy, ale na więcej nie ma co liczyć.

– Nie, nie – odpowiada tamten i rzuca uśmiech, który Januszowi przez moment kojarzy się z wampirem. Jak na człowieka na urlopie wydaje się wyczerpany. W jasnym słońcu jego opalenizna bogacza jest blada. – Nie przyszedłem się naprzykrzać, daję słowo.

– W porządku – mówi Janusz podejrzliwie, po czym schodzi podjazdem. Zdejmuje kask i rękawice i niepewnie uśmiecha się do dziewczynki. Mała ma białe ząbki, dołeczki i takie dziecięce blond włosy, które jeszcze przed ósmymi urodzinami będą mysie. – Dzień dobry – mówi do niej poważnie Janusz.

Dziewczynka patrzy na niego wielkimi oczami, a potem chowa się za nogi ojca. Nagle Janusz tak bardzo tęskni za swoją czteroletnią Danusią, że aż boli go serce. Ona zachowuje się tak samo w obecności obcych dorosłych. Jeszcze tylko dwadzieścia cztery godziny i będę z nimi, myśli, a wtedy spędzimy cały piękny jesienny miesiąc nad Wisłą.

– Przyszliśmy tylko podziękować – mówi mężczyzna. – Spędziliśmy wczoraj uroczy dzień, a dziś mogliśmy dłużej pospać, więc jesteśmy bardzo wdzięczni.

– W porządku – powtarza Janusz. Tak jak przewidzieli, pracodawcy się nie odezwali, więc wygląda na to, że on, Karol, Tomasz i Gabriel wrócą do domu z przyjemną premią wolną od podatku. – Nie ma za co.

– Coco ma coś dla pana. Chodź, kochanie. Wyjdź stamtąd! – Dziewczynka niechętnie wyłania się zza nóg mężczyzny. Ojciec schyla się i wkłada jej do rąk kartonowe pudełko. – Idź do pana, kochanie – mówi. – Daj mu prezent.

Karton jest tak duży i ciężki, że mała musi go trzymać oburącz i mocno ściskać, bo palcami nie może chwycić za rogi. Rusza naprzód. Ma na sobie ładną różową sukieneczkę i żelowe sandałki z białymi skarpetkami. Janusz uśmiecha się na ich widok. Tylko mężczyzna mógł zabrać dziecko na budowę w białych skarpetkach, myśli. Po drodze weszła w kałużę, więc już jest na nich kilka brązowych plam.

– Dziękuję, że dzięki panu tatuś miał miłe urodziny – dziewczynka nieśmiało recytuje wcześniej przygotowane zdanie.

Janusz schyla się i bierze karton, zanim mała go upuści. To whisky w pudełku prezentowym.

– Knockando – mówi mężczyzna. – Dobry rocznik: siedemdziesiąty trzeci. Single malt. Pomyślałem, że ucieszy pana pamiątka z Anglii.

– Dziękuję – odpowiada Janusz, chociaż jest pewien, że whisky pochodzi ze Szkocji. Z powagą kiwa głową do dziewczynki. – Dziękuję, Coco, to bardzo miłe. Gdzie twoja siostra?

– Poszli na plażę beze mnie – informuje smutno mała. Już po chwili się rozpogadza. – Ale jadłam frytki.

– Fajnie – mówi Janusz. – Moja córeczka też lubi frytki. Z majonezem. A ty z czym lubisz?

– Z lodami – oznajmia dziewczynka bez wahania.

Janusz śmieje się, a jej ojciec wydaje z siebie jakiś pomruk, który ma być chyba oznaką rozbawienia.

– Razem?

– Tak – potwierdza z przekonaniem mała. – Najlepsze są truskawkowe.

Janusz znów parska śmiechem.

– I jak idzie praca? – pyta mężczyzna. Dziś jest znacznie milszy, aura arogancji, którą otaczał się w obecności swoich dobrze odżywionych przyjaciół, rozwiała się w zetknięciu z dzieckiem. – Myśli pan, że zdążycie?

Janusz kiwa głową.

– Raczej tak. Basen już prawie zamontowany, a szczeliwo wymieszane, więc powinniśmy się wyrobić.

– Dziękuję, że poczekaliście. Jestem bardzo wdzięczny. To kiedy macie prom?

– Ostatni z Portsmouth, o wpół do dwunastej.

– Spakowaliście się już?

– Tak. Wszystko w samochodzie, gotowe do wyjazdu.

– Doskonale – mówi mężczyzna, a potem powtarza to słowo. – Daleko macie? Dokąd jedziecie?

– Do Krakowa. Wszyscy jesteśmy z Krakowa.

– Aha. Świetnie.

– Był pan tam?

Mężczyzna jest trochę zmieszany. Janusz zdążył to już zauważyć: Anglicy nigdy nie potrafią tak po prostu przyznać, że czegoś nie wiedzą.

– Nie, ale chciałbym kiedyś pojechać.

Jasne, myśli Janusz i podrzuca pudełko.

– No, dziękuję za prezent – mówi. – Ale jeżeli mamy skończyć do zmroku, musimy wracać do roboty.

– Jasne – odpowiada mężczyzna. – Jasne. Niech pan posłucha: widzę, że odwaliliście tu kawał dobrej roboty. I jesteście elastyczni. Nie ma pan może wizytówki? Bo ja zatrudniam sporo budowlańców i szczerze mówiąc, nie jestem szczególnie zadowolony z tych, których mam teraz.

– Wizytówki? Niestety nie – odpowiada Janusz. – Ale mam komórkę.

– Świetnie! – Mężczyzna wyjmuje swój telefon, blackberry,

taki, jakich używają ludzie interesów. – Wymieńmy się numerami. Kiedy wracacie?

Janusz podaje swój numer, a tamten wklepuje go do aparatu.

– Mam nadzieję, że za miesiąc.

– Świetnie. Pogadamy wtedy. Jak się pan nazywa, tak w ogóle?

– Janusz Bieda.

Mężczyzna wyciąga rękę. Lepiej późno niż wcale.

– Sean Jackson – przedstawia się. – A to jest Coco.

Janusz dziewczynce również podaje rękę. Jego wielka dłoń sięga jej prawie do łokcia.

– Miłego dnia, Coco.

– Idę do Królestwa Neptuna – zwierza się dziecko. – Tam mają zjeżdżalnie.

– O, to świetnie.

Janusz odnotowuje w pamięci, żeby po powrocie zabrać Danusię do parku wodnego. Skoro ten szkrab nie jest za mały na zjeżdżalnie, to ona tym bardziej.

Niesie swój łup na górę i daje znak Gabrielowi, żeby wznowił robotę. Butelkę chowa do torby roboczej. Wyciągnie ją na promie; dzięki temu czterogodzinny rejs do Hawru upłynie szybciej i zaoszczędzą trochę pieniędzy. Zabawne, myśli sobie. Jak to nigdy nie wolno ufać pierwszemu wrażeniu. Gdyby ktoś zapytał mnie wczoraj, jaki jest Sean Jackson, powiedziałbym, że to arogancki złamas. Pewnie był zestresowany. Ostatnio wszyscy wydają się zestresowani. Zwłaszcza w tym kraju. Wydawałoby się, że dzięki tej całej forsie powinni być właśnie wyluzowani, ale na to nie wygląda.

Robotnicy zajmują stanowiska i powłoka basenu wreszcie zostaje delikatnie opuszczona na swoje miejsce.

ROZDZIAŁ 41

Dwaj poważni policjanci. Krzepcy policjanci z prowincji z czapkami pod pachą, którzy – kiedy otwieram im drzwi – stoją na eleganckim progu z minami typu „Nie robi to na mnie wrażenia".

– Pani Jackson?

– Jej pasierbica.

– Aha. – Funkcjonariusz patrzy na Ruby, która nadbiegła za mną ciężkim krokiem, i dochodzi do wniosku, że skoro ja jestem pasierbicą, to ona z pewnością nie jest żoną. – Pan Jackson w domu?

Zabawne. Człowiek zakłada, że o takich rzeczach wiedzą wszyscy.

– Nie żyje – odpowiadam. – Zmarł trzy tygodnie temu.

Widać, że są zbici z pantałyku. Może to miejsce im nie imponuje, ale mimo wszystko nie spodziewali się, że ludzie mieszkający w takim domu muszą się zmagać z tragedią.

– Och – mówi policjant. – Moje kondolencje.

– Dziękuję. W czym mogę panom pomóc? – pytam.

Nie wiem, gdzie są inni. Przez cały ranek chowałam się w swoim pokoju, unikając Simone. Gdybym mogła, wyjechałabym stąd. Przecież ona nie ukrywała, że właśnie tego sobie życzy. Ale tak nie można. Przez całe życie uciekałam, zupełnie jak mój ojciec, więc teraz muszę wytrwać. Obawiam się, że w wieku dwudziestu siedmiu lat wreszcie dorośleję.

– Czy pani Jackson jest w domu?

– Przygotowujemy się do pogrzebu. Nie wiem, gdzie jest.

– Och – powtarza. – Orientuje się pani, kiedy wróci? Mamy do niej kilka pytań.

– Gdybym wiedziała, gdzie jest, może umiałabym powiedzieć, kiedy wróci. Czy mogę panom w czymś pomóc?

W korytarzu za mną odzywa się głos Simone:

– W porządku, Milly. Dziękuję.

Odwracam się i widzę, że wraz z nowym dniem wróciła Towarzyska Simone. Gdy wczoraj zostawiałam ją w ciemności, wyglądała jak duch z japońskiego horroru. Teraz jest umalowana i ufryzowana, ma na sobie jeden z tych udrapowanych pseudomarokańskich strojów, które na Sloane Street kosztują setki funtów, chociaż są z wiskozy. Jej włosy podtrzymywane dwiema pałeczkami lśnią, a wąskie usta odcinają się od bladej skóry wyrafinowanym odcieniem czerwieni.

Idzie przez korytarz, stukając szpilkami. Może jest w moim wieku, ale w każdym calu wygląda jak macocha.

– Wejdźcie, panowie – mówi ze swobodnym uśmiechem. Nie widać u niej ani śladu rozpaczy, która przepełniała ją wczoraj wieczorem, ani desperacji okazywanej publicznie podczas tamtej strasznej kolacji pierwszego dnia. Mój Boże, myślę sobie, ależ z niej dobra aktorka. Ciekawe, która z tych twarzy jest prawdziwa. – Czy mogę jakoś pomóc?

Policjant wzdryga się lekko, patrzy to na macochę, to na pasierbicę, próbując zapanować nad własnymi manierami.

– Pani Jackson?

– Tak. – Simone znów się uśmiecha.

– Detektyw Rice, a to posterunkowy Summers. Czy możemy

pójść gdzieś, gdzie jest wygodniej? Chcielibyśmy zamienić parę słów.

– Ależ oczywiście! Zapraszam do kuchni! Panowie wybaczą, powinnam była zaproponować herbatę!

– Dziękujemy, nie trzeba – odpowiada starszy z policjantów i wszyscy ruszamy za nią korytarzem.

Przy stole w kuchni Maria smaruje chleb, a Robert wielkim nożem szefa kuchni bardzo cienko kroi pomidory i zsuwa je do ceramicznej miski. Na widok gości oboje zrywają się na równe nogi.

– Ojej! – woła Maria. – Przepraszam. Robiłam kanapki na lunch. Mam sobie iść?

– Oczywiście, że nie, Mario – odpowiada Simone wesoło. – Na pewno nie ma nic, czego nie mogliby panowie powiedzieć przy mojej macosze, prawda?

– Ja jestem ojcem pani Jackson – wyjaśnia Robert.

Policjanci dyskretnie wymieniają spojrzenia. Ci bogacze, zdają się mówić. Nie mylą im się te wszystkie macochy kręcące się po domu?

Kładą czapki na stole, równo, jedną obok drugiej.

– Niestety, musimy zadać kilka pytań – mówi ten starszy.

Tymczasem posterunkowy Summers rozgląda się, patrzy na sprzęty ze stali nierdzewnej i stosy porcelany kostnej. Ciekawe, czy zapyta o toaletę jak w serialach policyjnych. Ma sterczące uszy i nie wygląda na więcej niż dziewiętnaście lat, ale poza Londynem ludzie wolniej się starzeją.

– Proszę strzelać – odpowiada Simone. – Herbaty?

– Nie, dziękuję. Niedawno piłem. Przykro mi to mówić, ale w Appledore doszło do tragicznego zdarzenia. W błocie przy ujściu rzeki znaleziono zwłoki.

– O Boże – odzywa się Maria zaniepokojona. – To straszne.

– Wygląda na to, że denata zalała fala. Nie wiemy, co robił na plaży, ale w pewnych miejscach są tam ruchome piaski, więc trzeba wiedzieć, gdzie się chodzi, zwłaszcza po ciemku. Wczoraj szczyt przypływu nastąpił około północy, więc pewnie ten mężczyzna poszedł tam parę godzin wcześniej.

– O Boże. – Maria znów siada. – Biedny człowiek. Co za straszna śmierć.

Robert nie odzywa się, ale odkłada wielki nóż do zlewu. Podstawia dłonie pod kran, a potem starannie wyciera je w ścierkę. Wiem, do czego zmierzają policjanci. Tą karmą dla krabów został Jimmy, na pewno on.

Detektyw Rice mówi dalej:

– Znaleźliśmy przy nim dokumenty identyfikujące go jako doktora Jamesa Orizio.

– O Boże – powtarza Maria i od razu zaczyna płakać.

– Rozumiem, że państwo go znali?

– Tak. Nocował u nas. Do wczoraj. Ale to już pewnie wiecie, inaczej by tu panów nie było.

– I nie zdziwili się państwo, że nie wrócił na noc?

– Nie. Wyjechał wczoraj rano. Nie wiedzieliśmy dokąd. O Boże. Biedny Jimmy. Biedny człowiek.

Maria odsuwa krzesło, bierze kawałek papierowego ręcznika i wydmuchuje nos. Starannie wyciera twarz pod oczami, a potem wyrzuca ręcznik. Więc to taka żałoba czekała Jimmy'ego Orizio na koniec życia: trzydzieści sekund łez najżyczliwszej osoby, jaką znał.

Simone nie okazuje żadnych emocji.

– Widziałyśmy go po południu – odzywa się Ruby. – Moja siostra i ja. W Appledore. Po spacerze weszłyśmy do pubu Smuggler's Arms i on tam był. Pił.

– Tak – odpowiada detektyw Rice. – To już wiemy.

– Wieczorem mój mąż poszedł go szukać – dodaje Maria.

Policjanci patrzą na Roberta, a ten odchrząkuje i mówi:

– Nie mogłem go znaleźć. Kiedy Milly i Ruby wróciły i powiedziały, że go spotkały, zmartwiliśmy się, więc wybrałem się, żeby go poszukać, ale nigdzie go nie było. Wiecie, panowie, pomyślałem, że przynajmniej spróbuję.

– I mniej więcej o której to było?

– Siódma? Ósma? Nie patrzyłem na zegarek. W każdym razie przed kolacją.

Próbuję sobie przypomnieć, kiedy Robert wrócił. Nie potrafię. Ale oczywiście większość wieczoru spędziłam w swoim pokoju, a potem byłam w ogrodzie z Meduzą.

– Szukałem go przez jakiś czas – opowiada. – Sprawdziłem chyba wszystkie puby w Appledore. Pomyślałem, że może pojechał do Bideford, ale to już zdecydowanie za duże miasto, żeby tam próbować. Nie widziałem jego samochodu.

– Miał samochód? – Detektyw Rice wyjmuje notes i zapisuje tę informację. – Pewnie nie pamiętają państwo numeru rejestracyjnego?

Wszyscy kręcimy głowami.

– To ford fiesta – mówię. – Stary, taki zielonkawoniebieski, ma wgnieciony przedni błotnik.

To również notuje.

– W porządku. Czy szukał go pan sam?

Robert kręci głową.

– Nie. Był ze mną inny przyjaciel rodziny, Charles Clutterbuck. Były poseł. Jeśli chce pan to potwierdzić, zatrzymał się w Grandzie w Ilfracombe.

– On był pijakiem – wtrąca Simone. – Wszyscy robili, co mogli, ale w końcu…

– Tak. – Policjant patrzy na nas badawczo. Kolejny, który wie, myślę. Sprawdzili go w komputerze i powiązali fakty. – Odnotuję to.

– Był starym przyjacielem mojego zięcia – mówi Maria. – Sean byłby załamany.

– Bardzo mi przykro – odpowiada detektyw Rice. – Przy tym wszystkim, co państwo przeżywają, niepotrzebne wam jeszcze i to.

– To prawda. Co za tragedia. Och, biedny Jimmy. Chyba każdy z nas się spodziewał, że któregoś dnia usłyszymy o jego śmierci, ale nie w ten sposób. Chryste.

– No dobrze – ciągnie policjant – o której stąd wyszedł?

Wszyscy wymieniamy spojrzenia.

– Jakoś przed południem? – odpowiadam. – W każdym razie przed lunchem.

– Miał ku temu szczególny powód?

Pytanie wydaje się niewinne, ale wiem, że takie nie jest. Maria kilka razy mruga powiekami, a potem mówi:

– To, niestety, przeze mnie. Zamknęłam piwniczkę z winami, a jemu się to nie podobało.

– Terry ze Smuggler's Arms mówi, że zmarły opowiadał o państwu dość paskudne rzeczy – oznajmia policjant. – Przepraszam. Muszę o tym wspomnieć.

Maria patrzy na niego.

– Detektywie Rice, czy ma pan duże doświadczenie z osobami uzależnionymi od używek? Domyślam się, że tak. W waszym zawodzie pewnie często się z nimi stykacie.

Policjant odpowiada jej gorzkim uśmieszkiem.

– Zdarza się.

– No więc właśnie.

– Oczywiście.

– Zięć wydał na terapię odwykową Jimmy'ego grube tysiące funtów – mówi Maria. – Kilka razy. To był dobry człowiek. Lojalny wobec przyjaciół. Ale rozumie pan… czasami… A do tego alkoholicy potrafią bardzo zawzięcie bronić swych nawyków. O tym na pewno też pan wie.

– Wiem – przyznaje detektyw Rice.

Chwila ciszy.

– No więc... – podsumowuje Maria bardzo rzeczowym tonem. – Dziękujemy za informację.

– Jeszcze coś – dodaje policjant. – Czy wiedzą państwo coś o jego najbliższej rodzinie?

I tak to się toczy. Tiggy, Inigo i Fred. Kolejni nastolatkowie zdani na pastwę świata.

– Ma troje dzieci – mówię. – Mieszkają z dziadkami. Ich matka zmarła kilka lat temu i... no cóż, nie sądzę, że rozprawa o opiekę poszłaby po jego myśli. – Wzruszam ramionami.

Co jeszcze można powiedzieć? Spośród Wspólników Jacksona zostało już tylko pięć osób. Szybko się wykruszają, nawet jak na ludzi żyjących tak intensywnie.

. . .

Całą piątką odprowadzamy policjantów do drzwi. Gavilowie czarują ich na maksa: opowiadają o planach związanych z pogrzebem, obiecują, że odezwiemy się, jeśli tylko coś jeszcze sobie przypomnimy, zapewniają, że skontaktują się z dziećmi Jimmy'ego, gdy tylko tutaj sprawy dobiegną końca. To takie smutne, zgadzają się. Taka strata. Idę za nimi, podziwiając ich grację, opanowanie, cudowną grę zespołową. Gdyby tylko – myślę, kiedy zatrzymujemy się rządkiem na schodkach, by pomachać radiowozowi na do widzenia; Simone z Marią stoją pod rękę – gdyby tylko moja rodzina miała choć jedną piątą tej jedności, która cechuje Gavilów... O ile prostsze byłoby życie, gdybyśmy po prostu szczerze się kochali tak jak oni.

Potem radiowóz znika za zakrętem podjazdu. Simone odwraca się i uderza Marię w twarz.

ROZDZIAŁ 42

2004 | niedziela | Maria

Jeśli chodzi o listy, Maria ma coś w rodzaju pamięci fotograficznej. Gdy już jakąś spisze, może w głowie po kolei odkreślać poszczególne pozycje. Pierwotną kopię zostawiła mężczyznom, którym brak tego talentu, mimo to, patrząc na przesuwające się za oknem przedmieścia Bournemouth, odhacza kolejne punkty; oczami wyobraźni widzi słowa zapisane własnym charakterem pisma czarnym długopisem. Butelki (o Boże, ile butelek!) do recyklingu – zrobione. Torba lekarska Jimmy'ego na pokład *Gin O'Clock*, bo nie chce się z nią rozstać – zrobione. Przybudówkę oczyścić, wyszorować, potraktować wybielaczem, wysuszyć, wypastować i rozrzucić rzeczy Simone i Joaquina, jakby mieszkali tam przez cały weekend – zrobione. Mężczyźni zajęli się zepsuciem zamka w rozsuwanych drzwiach, poszerzeniem dziury w ogrodzeniu, tak by mógł się w niej zmieścić mężczyzna, a nie tylko nastoletnia dziewczyna, oraz wyszorowaniem każdej powierzchni, każdej fugi i każdego kąta, tak by nie zostały tam żadne ślady; to odhaczę, kiedy skończą. Wyczyścić historię w przeglądarce internetowej – zrobione. O Boże, muszę sprawdzić, co w internecie robili inni, i im także kazać wszystko skasować. Zawsze jesteśmy tylko tak silni jak nasze najsłabsze ogniwo, a tutaj mnóstwo ogniw, którymi trzeba się martwić.

Maria odwraca się do Lindy, siedzącej obok niej na tylnym siedzeniu minivana Clutterbucków. Oczywiście, że mają minivana, choć rzadko jeżdżą nim więcej niż dwie osoby. Wielki parlamentarzysta musi mieć wielki samochód. To właśnie Linda jest najsłabszym ogniwem, myśli Maria. To ją muszę trzymać w ryzach, to na nią trzeba mieć oko. Po jej drugiej stronie Ruby i Fred bawią się w jakąś dziecięcą zabawę polegającą na uderzaniu się nawzajem po rękach i piszczeniu. Są nią tak zaabsorbowani, jak potrafią tylko małe dzieci. Na przednim siedzeniu jest Simone, a Imogen prowadzi. Joaquin, Inigo i Tiggy siedzą w środkowym rzędzie i śpiewają, straszliwie fałszując. Niech nas Bóg strzeże, jeśli policja postanowi sprawdzić, czy wszyscy mają zapięte pasy.

– Jak się czujesz? – pyta Maria cicho, choć wątpi, żeby któreś z dzieci ją słyszało.

W świetle dnia opalenizna Lindy jest nierówna. To jedna z tych kobiet, które codziennie ją odświeżają, ścierając starą warstwę skóry solą pod prysznicem, a mroczny osad zostawiając do posprzątania innym, ale dziś nie kąpała się i nie smarowała, więc linia wokół jej ust trochę przypomina maskę klauna.

– Okropnie – mówi Linda. – Czuję się okropnie.

Tak, wiem, że jesteś wrażliwsza niż my wszyscy. Jak każdy narcyz. Tylko ty dostrzegasz prawdziwy koszmar, podczas gdy reszta z nas pływa w mętnej zupie niezrozumienia.

– Jak każdy z nas, Lindo.

Wyobraża sobie, że wszyscy dadzą jej spokój, bo jest wyjątkowa. To właśnie nad nią muszę popracować. Pozostali rozumieją, w jak trudnej sytuacji się teraz znaleźli. Ale Linda to taka idiotka, że wydaje jej się, że tylko inni mają problemy. Chyba muszę namówić Seana, żeby trzymał ją pod ręką, myśli Maria. Wiem, że kobiety szybko mu się nudzą, ale z tą może trzeba będzie zostać nieco dłużej. Pewnie nawet szarpnąć się na kolejną obrączkę, bo małżonkowie nie muszą zeznawać przeciwko sobie i tak dalej. Tylko na trochę. Potem coś się wymyśli.

– Nikt z was nie zdaje sobie sprawy, jak poważna jest ta sytuacja – mówi Linda.

Znowu struga wyjątkową. Maria przywykła do radzenia sobie z narcyzami. W jej fachu trafiają się na pęczki. Każdego można jednak przekonać do wszystkiego, pod warunkiem że da mu się to, czego pragnie. Imogen potrzebuje słuchać o tym, jak genialny jest jej mąż, a każda jej ofiara jest ponoszona dla dobra ogółu. Simone lubi, żeby ktoś mówił jej, co ma robić. Jimmy wymaga tylko tego, by mieć pewność, że nie urwie mu się źródło zaopatrzenia. A ktoś taki jak Linda? Nic trudnego, wystarczy chwalić wyjątkowość takiej osoby i zagrozić jej statusowi.

Maria pozwala, żeby jej oczy napełniły się łzami. Nauczyła się tej sztuczki na samym początku kariery. Nic tak nie schlebia narcyzom jak odbieranie empatii, której wcale nie okazali.

– Masz absolutną rację – mówi. – Ty zawsze rozumiesz, w czym rzecz, nawet gdy nie rozumieją tego inni. – W stosunku do narcyza nie da się przedobrzyć z pochlebstwami. Usatysfakcjonowana Linda pręży ramiona. Maria kładzie dłoń na jej ręce. Ściska. – Jesteś taka silna.

– Wcale się taka teraz nie czuję.

– Wszyscy polegamy na twojej sile. – Maria pozwala temu wybrzmieć, a potem pyta: – Zastanawiałaś się już? Co zrobisz z dziećmi?

Linda mruga.

– Jak to co zrobię?

– Jeżeli pójdziesz do więzienia. Czy twoi rodzice mogą wziąć je na stałe? Tylko że nie są już zbyt młodzi, prawda? Myślisz, że to zniosą?

– W jakim sensie?

– No... jeśli nam się nie uda. Jeśli się dowiedzą. To nie będzie dobrze wyglądać. Wyobrażasz sobie, jak to odbiorą ludzie?

Narcyzom trzeba stale przypominać o tym, jak postrzegają ich inni. To dla nich najważniejsze na świecie.

Linda wzdryga się.

– Ale ja nic nie zrobiłam.

– I tak może wyjść na jaw – naciska Maria. – Rozumiesz to, prawda? Jeśli ktoś będzie niedyskretny, jeśli ktoś puści parę z ust. A Jimmy? Myślisz, że umie trzymać język za zębami?

– Och, Jimmy. – Linda zaczyna grzebać w telefonie. – Jezu, nie.

– A ty?

– Dlaczego ja?

– Wszyscy jedziemy na tym samym wózku, Lindo. Nie cofniemy czasu, żeby uratować Coco. Musimy tak trzymać do końca. Wspólnym frontem. Bo nikt nie uwierzy, że nie byłaś w to zamieszana. Zdajesz sobie sprawę, prawda?

– Boże, to takie niesprawiedliwe!

Maria nic już nie mówi. Pozwala, żeby do Lindy w pełni dotarł sens jej słów. Wygląda przez okno i znów zaczyna odhaczać pozycje na liście. Chociaż pościel i ubranie, na które zwymiotowała Ruby, zostały przepuszczone przez pralkę, mogło na nich coś zostać. Wylądują w wodzie, zanim dopłyniemy do Brighton. Nawet psy policyjne nie wywęszą zapachu trupa na czymś, co spędziło parę dni w morzu. Robert spakuje nasze bagaże, żebyśmy mogli wyjechać zaraz po powrocie z Królestwa Neptuna. Czy powinnam zostawić tu Lindę? Czy będzie trzymać się planu? Muszę jej zaufać. Wszyscy musimy ufać sobie nawzajem. Pod wieloma względami to najłatwiejsza grupa, z jaką pracowałam. Jedyną osobą, która naprawdę zapłacze po tej biednej dziewczynce, jest jej matka.

. . .

W Królestwie Neptuna roi się od ludzi, ale Gina z biura Marii zrobiła, co do niej należy, więc bilety VIP czekają przy wejściu razem z asystentką kierownika prasowego oraz fotografem. Obietnica sesji zdjęciowej z boysbandem – bez względu na to, jaka grupa okaże się boysbandem wiosny – otwiera wiele drzwi. Kobiety, które w samochodzie były milczące i spięte, opuszczając go, natychmiast wchodzą w rolę: Imogen jest weteranką tysiąca wpadek męża, a Linda chyba wreszcie rozumie, że jej występ ma znaczenie. Simone zachowuje się jak pewna siebie kotka, biegnie z dziećmi na rękach, po jednym na każdej, i podrzuca je w powietrze tak, jak kobiety, które wydały je na świat, nie są w stanie już od dekady. Maria puchnie z dumy, że tak dobrze ją wytresowała. To nasza córka w każdym calu, myśli. Bogu dzięki, że była tu ona, a nie córki Jacksonów. Już sobie wyobrażam przekonywanie Milly, żeby siedziała cicho.

Ze swym najbardziej profesjonalnym uśmiechem rusza do kobiety od PR-u.

– Jakie to miłe z państwa strony – mówi.

– Drobiazg! – odpowiada tamta, choć z pewnością ciągnie ją z powrotem do domu i grilla czy co tam w Bournemouth robi się dla rozrywki w długi weekend. – Cała przyjemność po naszej stronie!

Rozdaje specjalne złote opaski na rękę. Zakłada je wszystkim na lewy nadgarstek, aż dociera do Ruby.

– O! – woła. – Ty już masz!

Maria śmieje się wesoło.

– Tak! A jej bliźniaczka nosi taką samą na prawej ręce. Dostały ode mnie te bransoletki, żeby można je było odróżnić. Prawda, Coco?

Ruby macha ręką w powietrzu.

– Jestem Coco! – krzyczy.

Podoba jej się ta zabawa. Fajniej bawić się w nią razem z Coco, ale i tak cieszy się z tego, ilu ludzi udaje jej się nabrać. W tym wieku jeszcze nie rozumie, że nie każdy zna jej rodzinę.

– Witaj, Coco! – mówi kobieta od PR-u, po czym wkłada opaskę na jej drugi nadgarstek. – Mam nadzieję, że spędzisz tu wspaniały dzień!

. . .

Pozują do szybkich zdjęć, a potem wchodzą. Przebierają się w kostiumy kąpielowe, a maluchy – nawet Tiggy, która oficjalnie używa już rękawków – mogą sobie wybrać po nowym dmuchanym kółku ze stoiska przy basenie z falami. Tiggy decyduje się na różowego kucyka z powłóczystym ogonem z brokatu, a Fred i Inigo – na Żółwie Ninja. Ruby długo wpatruje się w dostępne artykuły. Nastoletnia sprzedawczyni niecierpliwie przebiera palcami. Dziewczynka głaszcze niebieskiego delfina z oczami wielkimi niczym spodki, ale w końcu niechętnie wybiera różowego kucyka takiego samego jak Tiggy.

– Jesteś pewna, Coco? – pyta głośno Maria, tak by sprzedawczyni usłyszała imię.

– Tak – odpowiada Ruby. – Niebieski to kolor Ruby.

– Och, myślę, że nie miałaby nic przeciwko temu. Może kupimy też dla niej? Zabierzemy jej w prezencie, żeby nie było jej smutno, że źle się czuje.

Ruby promienieje.

– Hura! – woła i łapie delfina.

– Uwaga, uwaga! – oznajmia Maria, podając sprzedawczyni swoją czarną kartę, żeby zakup został zarejestrowany, i rzucając do kamery monitoringu swój najszerszy, najbardziej promienny uśmiech. – Kto ostatni w basenie, ten meduza!

. . .

Robert dzwoni o trzeciej. Maria jest wykończona. Wszystkie są wykończone. Imogen przynosiła każdej z kobiet podwójne espresso, gdy kolejno na moment zamykały oczy na wybetonowanej, wysypanej piaskiem „plaży". Pozbyły się zaledwie najgorszego zmęczenia. Simone zabiera Joaquina i Tiggy na zjeżdżalnie, a Fred zaczyna się awanturować, że nie może iść z nimi. Linda, ubrana w złote siatkowe bikini, łapie go za ramię tak mocno, że Maria jest pewna, że zostanie mu siniak.

– Zamknij się! – krzyczy czterolatkowi w twarz. – Nie chcę tego słuchać!

Nieopodal dwie kobiety, żywcem wyjęte ze zdjęć matek idealnych w katalogu wysyłkowym Boden, rzucają jej spojrzenie godne stałych bywalczyń serwisu parentingowego Mumsnet. Linda zauważa to i warczy w ich stronę:

– No co?

Obie aż się wzdrygają. Chryste, myśli Maria, chyba całe szczęście, że te dzieci tyle czasu spędzają u babci.

– Skarbie, mamusia jest bardzo zmęczona – mówi łagodnie do Freda. Współczująco uśmiecha się do ofiar gniewu Lindy i przewraca oczami, jakby chciała powiedzieć: „Boże, daj mi siłę". – Może pobawisz się z Coco? Tam jest. Poszła do Morskiego Potwora.

Fred odbiega, szczęśliwy, że może się uwolnić od wiedźmy, którą zwą jego matką.

– Coco! – woła przez zatłoczoną plażę. – Coco, poczekaj na mnie!

Maria wreszcie może odebrać telefon.

– Tak, kochanie?

– Jak idzie?

– Wspaniale – odpowiada głośno, świadoma, że mamusie z katalogu Boden wciąż patrzą, wciąż nasłuchują, czy zgani Lindę. – Doskonale się bawimy. Jak się czuje Ruby?

– Sean płacze – mówi Robert. – Nie wiem, co robić.

– Och, biedactwo. Ale tak już mają, kiedy złapią bakcyla. Może daj jej coś do picia i wyślij na trochę do łóżka? Biedną Lindę też okropnie boli głowa.

– O cholera. – Robert rozumie szyfr, który ustalili dawno temu na potrzeby rozmów przy obcych. – Dasz radę nad nią zapanować?

– Tak. Kiedy sobie popływa i trochę pomyśli, na pewno poczuje się lepiej.

– Dobrze. Daj mi znać, gdybym musiał zamienić z nią parę słów, dobrze?

– Może później. Jeśli Sean…

– Parę razy dzwoniła Claire.

O Boże.

– Powiedziałem jej, że jesteście w parku wodnym z dziewczynkami. Chyba dobrze to zniosła.

– W porządku, skarbie – mówi Maria. – Będziemy musieli zadzwonić do niej później. Nie brzmiała, jakby chciała wrócić, prawda?

– Nie. Szczerze mówiąc, brzmiała tak, jakby we wtorek zamierzała zadzwonić do prawnika.

– Aha. Do tego czasu na pewno będzie miała ważniejsze rzeczy na głowie.

ROZDZIAŁ 43

Maria łapie się za twarz w miejscu, gdzie uderzyła ją pasierbica, i patrzy na nią tak jak ktoś, kto głaskał kotka i właśnie dowiedział się, że to kuguar.

Simone wcale nie wydaje się poruszona tym, co zrobiła. Przeciwnie, uśmiecha się tym swoim dziwnym uśmiechem Mony Lisy, który pamiętam z dawnych czasów. Pochyliła głowę, żeby patrzeć na macochę przez włosy, jak to ma w zwyczaju.

– Simone… – odzywa się Robert głosem pełnym rozpaczy.

– Zamknij się – odpowiada mu córka tak spokojnie, jakby wydawała polecenia sprzątaczce.

Obok mnie Ruby głośno wypuszcza powietrze i dopiero wtedy uświadamiam sobie, że sama wstrzymywałam oddech. Również robię wydech, a potem gwałtowny wdech. Simone kieruje spojrzenie w moją stronę, ale jej twarz ani drgnie.

– Nigdy więcej nie mów za mnie – rzuca do Marii.

Ta z półotwartymi ustami trzyma się za policzek.

– Simone! – Głos Roberta jest cichym jękiem.

– To mój dom. Ty tu nie rządzisz. Nie musisz mówić za mnie. Nie zapominaj, gdzie twoje miejsce. Będę wdzięczna.

– Przepraszam – odpowiada Maria. – Simone, chcieliśmy tylko pomóc.

– Zupełnie jakbym potrzebowała waszej pomocy. – Teraz w jej głosie pobrzmiewa pogarda.

– Simone... – znów próbuje zacząć Robert, ale ona ucisza go ruchem uniesionej ręki.

Widzieliście kiedyś kobrę szykującą się do ataku? Simone ma w sobie coś podobnego. Robert głośno przełyka ślinę i milknie. Boi się jej, myślę. Boże, ta cała rodzina to sekret na sekrecie. Czy tata też się jej bał?

– Nigdy nie potrzebowałam waszej pomocy – mówi Simone. – Nigdy, chociaż ciągle się wtrącaliście. On był moim mężem, a to jest mój dom. Nie potrzebowałam, żebyście się mieszali, żebyście przekonywali samych siebie, że mi go „daliście", bo on od zawsze miał być mój. Nie potrzebowałam, żebyście robili cokolwiek. Rozumiecie? Myślicie, że jesteście tacy... mądrzy... ale nie jesteście. Nigdy niczego nie kontrolowaliście. To wszystko ja. Wszystko zrobiłam sama. Wy tu tylko – wykrzywia górną wargę, jakby poczuła smród kanalizacji – gracie epizody.

Ruby krzywi się zdziwiona, biega wzrokiem od osoby do osoby. Otwierają się drzwi od salonu, wychodzi z nich Joe, widzi nas wszystkich stojących na ganku niczym na płótnie wczesnego amerykańskiego action painting i zamiera w bezruchu. Nic nie mówi, tylko patrzy.

– Przepraszam, Simone – powtarza Maria. – Zawsze tylko chcieliśmy się tobą opiekować. Twój ojciec...

– Zamknij się. Zamknij się!

Ruby, która wciąż jest tylko dzieckiem udającym dorosłą, podkłada głowę pod topór:

– Simone, dobrze się czujesz?

Simone obraca się do mojej siostry gwałtownie i obnaża kły.

– Co ty tu w ogóle robisz? Nie zasługujesz na to, żeby tu być.

Ruby wzdryga się, robi się czerwona.

– Ja... przepraszam... ja...

– Chryste! Głupia dziewczyno. On cię nie chciał. Nawet nie był w stanie przebywać z tobą w jednym pokoju. Ty w ogóle nie zasługujesz na to, żeby żyć!

Ruby prawie się dławi. Obraca się na obcasie swojego martensa i ucieka korytarzem.

– Jezu! – wołam.

Ruszam za nią, ale Simone błyskawicznym gestem chwyta mnie za nadgarstek. Jest zaskakująco silna; szarpie mnie tak mocno, że przeskakuje mi bark. Zaciska kościste palce na bransoletce.

– Ja pójdę – mówi Joe i rusza szybko w stronę schodów, po których właśnie biegnie Ruby.

O Boże. O mój Boże. Moja siostrzyczka. Chcę za nią gonić, rzucić się na nią, stłamsić ją miłością, powtarzać jej kłamstwa, że wszystko będzie dobrze. Co za człowiek mógł powiedzieć coś takiego? Czy Simone zawsze była tak okrutna?

A potem przychodzi moja kolej. Uśmiech wraca. Simone wygląda… Boże, wygląda na zadowoloną z siebie, jakby miała w ręku kartę atutową.

Zagrywa ją. Podciąga mi rękaw i podnosi mój nadgarstek, żeby Robert i Maria zobaczyli.

– Widzę, że znalazłaś – mówi i obdarza mnie uśmiechem tak zimnym i słodkim, że aż mam dreszcze. – Tatusiu, Mario, czy widzicie, że Milly znalazła bransoletkę Coco? Jak myślicie, dlaczego nic nikomu nie powiedziała? Co to może oznaczać?

Cisza. Mam straszliwe, niepokojące wrażenie, że wszyscy troje są starzy jak świat, że przyglądają mi się smoki, że wykonywane są obliczenia i ważone szanse. Nagle ten dom i ta posiadłość wydają się potwornie odległe od wszelkich innych miejsc. Czuję, że się chwieję.

A potem Maria zalewa się łzami. Opiera się o framugę drzwi, jakby musiała się podeprzeć, i unosi twarz ku niebu.

– O Boże, Simone – łka. – Jak mogłaś? Jak mogłaś?!

Simone śmieje się paskudnym, triumfalnym śmiechem i odchodzi. Stukot kroków niesie się przez zimny, martwy korytarz, ale nikt nie rusza za nią.

– Kochanie – mówi Robert i podchodzi do żony, żeby ją pocieszyć.

Dotyka jej ramienia, a potem obejmuje ją w uścisku. To samo powinnam teraz robić dla Ruby. Nagle przytłacza mnie poczucie straty, bo ja nie mam nikogo, kto zrobiłby to dla mnie, nigdy nie miałam; bo nigdy nie nauczyłam się w ten sposób pocieszać innych. Może ich córka to pojebana wariatka, ale oni są silni i zjednoczeni. W równym stopniu zazdroszczę im, co ich podziwiam.

Czuję się rozdarta. Chcę pójść do mojej siostrzyczki i zrobić to, co trzeba, wreszcie nauczyć się okazywać troskę. Ale jestem tak blisko odkrycia tego, co wiedzą Robert i Maria. Bo nie ulega wątpliwości, że wiedzą dużo. Kosmyk włosów wypada z eleganckiego koka Marii i zasłania jej płonący policzek. Robert wierzchem dłoni delikatnie zakłada jej go za ucho. To taki czuły gest. Patrzą sobie w oczy. On kiwa głową; tylko dwa razy, powoli i z żalem. Potem oboje odwracają się do mnie i Robert się odzywa.

– Wybacz – mówi. – Nie byliśmy z tobą szczerzy.

. . .

Idę za nimi do salonu. Robert zamyka drzwi.

– Usiądź, Milly – prosi.

– Milo – poprawiam go, nieporadnie próbując odzyskać choć minimalną kontrolę nad sytuacją.

Maria przysiada na skraju kanapy, wyjmuje spinkę z koka i kładzie ją na stoliku. Roztrzepuje włosy i spadają jej na ramiona lśniącym kasztanowym wodospadem.

– Milo – mówi głosem łagodnym i niskim, obciążonym piętnem lat. – Tak, przepraszam. Nie słuchaliśmy cię, prawda? Nie dziwię się, że chcesz być inną osobą. Na Boga, wszyscy byśmy chcieli. Nie ma wśród nas nikogo, kto nie pragnąłby wrócić do początku tamtego weekendu i zrobić wszystkiego inaczej.

Czekam. Powiedzą mi coś, co mi złamie serce. Jestem tego pewna.

– Chyba już się domyśliłaś, że Coco spotkało coś innego, niż mówi wersja oficjalna – odzywa się Robert.

Kiwam głową. Maria nabiera powietrza i zasłania twarz dłońmi.

– O Boże. O Boże, Mila. Nie chcieliśmy zrobić nic złego. Nie chcieliśmy, żeby tak wyszło. Musisz zrozumieć. Wszystko, co zrobiliśmy, robiliśmy w trosce o nią. Musieliśmy ją chronić. Była taka mała.

Chronić? No to kiepsko wam wyszło, co?

– To było bardzo głupie – mówi Robert. – Pochopna, paniczna decyzja, której żałujemy do dziś, ale kiedy zapadła, było za późno, by ją zmienić.

– Co?! – krzyczę. – Błagam! Co?! Co mi chcecie powiedzieć?!

Robert siada obok żony. Ja nadal stoję; kurczowo trzymam się tej dominującej pozycji, podczas gdy oni patrzą na mnie z dołu jak suplikanci proszący o rozgrzeszenie. Jestem przy drzwiach, zostawiam przestrzeń między nimi a mną, drogę do wyjścia mam łatwo dostępną, gdyby zaszła taka konieczność. Nie czuję się już bezpiecznie w tym domu – choć właściwie nie czułam się nigdy. Nawet jeśli podejrzewasz, że cię okłamują, potwierdzenie tego faktu i tak wstrząsa twoim światem.

– Całe jej życie ległoby w gruzach – mówi Maria i wraz z tymi słowami z jej ust znów wyrywa się szloch. – Nie wiedziała, co robi. Claire nigdy by jej nie wybaczyła. Nie mogłaby z tym żyć. To zrujnowałoby jej życie!

Nie może im chodzić o Coco. Mówią jak fundamentaliści religijni tłumaczący, dlaczego spalili we śnie swą zbrukaną córkę.

– Kto? O kim ty mówisz?!

Maria odgarnia włosy z twarzy i patrzy mi prosto w oczy.

– Ruby! Mówię o Ruby!

Nieruchomieję.

– Ruby?

– To nie może... Mila, Boże, to była najgorsza chwila w moim życiu. Gorsza niż... niż wszystko!

Uginają się pode mną nogi. Osuwam się na jeden z tych twardych hebanowych tronów, które stoją po obu stronach drzwi.

– Co się stało?

– Ona nie chciała tego zrobić – mówi Robert. – Boże, oczywiście, że nie chciała. Miała tylko trzy latka. Nie wiedziała nawet, co to znaczy utonąć. Po prostu myślała... no, nie wiem, co myślała. Była malutka.

– Spały w pokoju na parterze – kontynuuje Maria. – Tam było potwornie gorąco. Powinniśmy byli kupić wiatrak. Takie rzeczy zawsze przychodzą człowiekowi do głowy po fakcie. Gdybyśmy mieli wiatrak, powinniśmy jeszcze sprawdzić zamki. Dlaczego alarm nie zadziałał? Ale ciągle sobie myślę: gdyby miały wiatrak... Sama nie wiem. Ja się gotowałam. Obudziłam się o czwartej nad ranem, w domu było cicho, a ja nie mogłam znowu zasnąć, bo taki był upał. Więc zeszłam na dół i pomyślałam... pomyślałam, że może jeśli trochę popływam, żeby się ochłodzić... Nawet nie przyszło mi do głowy, żeby zajrzeć do ich pokoju. Drzwi były półotwarte, to pamiętam. Ale wiesz, wyobraziłam sobie, że Sean tak je zostawił, żeby dziewczynki miały więcej powietrza. I jeszcze ten cholerny zamek w drzwiach. Chyba nikt z nas się nie zorientował, że jest zepsuty. Wiesz, klucz obracał się normalnie. Więc chyba, no wiesz... przechodząc tamtędy przez cały weekend, każdy sądził, że przed nami szedł ktoś inny i zapomniał zamknąć. Myśleliśmy sobie: ojej, muszę pamiętać, żeby zamknąć, kiedy będę wracać.

Patrzę na nich. Wyglądają na sponiewieranych. Robert jakby się skurczył w swoim garniturze dużego mężczyzny. Twarz Marii umazana jest smugami tuszu i eyelinera mimo dyskretnych prób ich wytarcia. To przejmujący widok: oboje nadzy przede mną, rozbici.

– Ona była nad basenem... – mówi Maria. – Siedziała na leżaku owinięta w ręcznik, a Coco... mój Boże!

Znowu zaczyna szlochać. Robi mi się zimno. Potem gorąco, a potem znów zimno. O Boże.

– Co się stało?

– Pamiętasz, że Ruby uwielbiała wodę? – pyta Robert.

Kiwam głową. Tamtego dnia w Poole Harbour w kółko musiałam ją odganiać od morza; Coco chętnie po prostu siedziała na piasku, ale Ruby stale się wyrywała, chciała się pluskać jeszcze trochę dalej, chciała brodzić, chciała czuć, jak fale wzniecone przez łódki chlupią jej o pierś, stale ocierała się o niebezpieczeństwo, że zabrnie za głęboko. Pamiętam, jak myślałam, że jeszcze tylko parę miesięcy i będzie umiała pływać. Wodne dziecko.

– Chciała tylko popływać – mówi Maria. – Nie chciała zrobić nic złego. Ale Coco nie miała ochoty wejść do wody. Więc ją popchnęła. Bez koła czy rękawków, bez niczego, co utrzymałoby ją na powierzchni. Kiedy znalazłam dziewczynki, Ruby nawet nie wiedziała, co zrobiła. Myślała, że Coco nauczyła się pływać pod wodą, że jest na dnie basenu, bo... och...

Robert obejmuje ją ramieniem.

– I nie mogliśmy – mówi. – Po prostu nie mogliśmy. Twój ojciec był zdruzgotany. Pomyśleliśmy, no wiesz... o winie. Nie tylko jej, ale i jego. Pewnie stanąłby przed sądem, chociaż to w ogóle nie było... zamierzone. Patrzyliśmy na Ruby i myśleliśmy: och, biedne dziecko, och, biedne dzieciątko, jaka ona malutka. Wyobraź sobie, jak by to było nosić ten ciężar przez całe życie.

Dziecko, które zabiło własną siostrę. No i Claire. Jak mogłaby żyć, wiedząc, co się stało? Żyć z córką, która zabiła jej drugą córkę? Sama ją widziałaś. I tak już jest bardzo krucha...

– To było głupie z naszej strony – dodaje Maria. – Ale byliśmy w rozsypce. Wszyscy płakali, no i ten natłok myśli... Reszta dzieci... Jak im to wyjaśnić? I Ruby. Siedziała sobie cała uśmiechnięta, myślała, że jest bardzo mądra. Chciała wrócić do basenu. Wtedy przyszedł jej tata. I nawet nie mógł na nią patrzeć.

– Więc wy...

Pamiętam je. Głupie małe szczeniaczki, jeszcze nie całkiem uformowane. Boże, biedna Coco. Mam czasami sny, w których tonę. Oddech, ten ostatni, pęcznieje i pali mnie w płucach, próbując się z nich wyrwać, wypłynąć na powierzchnię. Czy lepiej byłoby nie wiedzieć, na czym to polega? Nie rozumieć śmierci?

Uświadamiam sobie, że łzy ciekną mi po twarzy. Myślę o Ruby, która płacze teraz na górze, wystarczająco już obciążona świadomością, że jest tą, co przeżyła. Nie mogę tego zrobić. Nie mogę jej tego powiedzieć.

– Wszystko stało się tak szybko – mówi Robert. – Nikt z nas nie myślał trzeźwo.

– To znaczy... że pozbyliście się ciała?

Te słowa brzmią obrzydliwie. Jak z raportu policyjnego odczytywanego w wiadomościach. Takie rzeczy robią gangsterzy, gwałciciele albo mężczyźni, którzy nie chcą zawracać sobie głowy kosztami i niedogodnościami rozwodu. Nie my. Nie ludzie tacy jak my.

Oboje milkną. Oboje myślą o tym, co zrobili, o tym, jak to musi wyglądać w oczach świata.

– Tak – odpowiada wreszcie Robert.

Nie chcę wiedzieć. Nie chcę wiedzieć, w jaki sposób to zrobili ani co dokładnie. Przypominam sobie ich wszystkich w tamten weekend, tych błyszczących, atrakcyjnych, pewnych siebie ludzi, bez cienia wątpliwości co do swojego miejsca w świecie, przekonanych, że pieniądze i status ochronią ich przed wszystkim.

– To było głupie – mówi Maria. – Wiem, że tak myślisz. Ale musieliśmy podjąć decyzję, zanim obudzi się reszta dzieci. Chyba częściowo to była właśnie ta przyczyna. Myśl, że pozostałe dzieci, te maleństwa, obudzą się i odkryją, czym jest śmierć. Wiem. Odchodziliśmy od zmysłów i zrobiliśmy to, co wydawało nam się najlepsze. Nie chcieliśmy, żeby ta biedna dziewczynka dorastała z takim piętnem.

Wciąż jestem w szoku. Jakby oddalona od własnych myśli.

– I sądziliście, że tak będzie… lepiej? – pytam powoli.

– Wtedy chyba tak – odpowiada Robert. – A potem, kiedy poszukiwania nabrały tempa, kiedy każdy próbował ją znaleźć i patrzył na to cały świat, było za późno, żeby się wycofać. Co takiego mogliśmy powiedzieć, żeby nie wylądować w więzieniu, a Ruby na zawsze, na oczach świata, nie została okrzyknięta morderczynią?

Kręcę głową. To szaleństwo.

– Ale ona nie chciała…

– Wiem. Wiem. Już mówiłem, nie myśleliśmy trzeźwo. To samo byłoby z Claire: ilekroć patrzyłaby na Ruby, właśnie to by widziała. Czy dziecko może dorastać w ten sposób?

– Nie wiem, co robić – powtarzam. – Nie wiem, co myśleć. – Czuję, że oboje obserwują mnie, czekają. – Czy Simone wie?

– Simone przy tym była.

– Czy wy… czy ona pomagała?

Oczy Marii znów napełniają się łzami.

– Milo, myśmy wszyscy pomagali. Kiedy to się stało, gdy już się zaczęło, pomagaliśmy wszyscy.

– I nikt nie próbował tego powstrzymać? Ani jedno z was?

– Wiem, że trudno w to uwierzyć – mówi Robert. – Ale nie było cię przy tym. A wiesz, że kiedy jest się w grupie, to po prostu…

– Czyj to był pomysł?

– Twojego ojca – odpowiadają jednogłośnie.

– Był zdruzgotany – mówi Robert. – Ale myślał tylko o tym, co się stanie z Ruby.

– I z tobą – dodaje Maria. – Byłaś taka młoda. Tak bardzo cię kochał.

Ze mną?

Zastanawiam się. Jak to na mnie wpłynęło? Czy jest gorzej, kiedy znam prawdę? Teraz, gdy poznałam Ruby jako prawie dorosłą osobę, gdy czuję się za nią odpowiedzialna, gdy ją polubiłam? Kiedy nie jest już bezkształtną plamą symbolizującą moje żale, lecz żywą osobą, która płacze z powodu innych ludzi i dowcipkuje, żeby radzić sobie z rzeczywistością? Czy mogę zniszczyć wszystko, co wie o samej sobie, tylko po to, by wyjawić prawdę? Wszystko, co wie Claire? Co do jednego mam pewność: mimo wszelkich problemów one naprawdę się kochają, okazują to, są w tym swobodne jak nikt inny w mojej rodzinie. Czy naprawdę mam prawo to zniszczyć?

No i tata. Całe moje dorosłe życie obwiniałam go o wszystko. Ukrywał tajemnicę, która musiała rozdzierać go każdego dnia. W myślach nazywałam go psychopatą, narcyzem, borderline'em, a teraz to wszystko stanęło na głowie. Ten jego brak uczuć, bezwzględne oddanie pracy, obsesja na punkcie kontroli, głośny gwiżdżący śmiech, który zawsze sprawiał wrażenie jakby trochę pustego… teraz wydają się inne, otwarte na interpretacje. Wszystko, co go dotyczy, jest inne. Teraz patrzę na tego człowieka przez pryzmat jego rozpaczy.

– Nie wiem, co robić – powtarzam raz jeszcze.

– Musisz zrobić to, co uważasz za słuszne – odpowiada Maria. – Tak mi przykro, że Simone cię tym obciążyła. Może zdołasz jej wybaczyć… Ona nie myśli trzeźwo, Milo. Jest w bardzo złym stanie.

– Powinienem jej poszukać – mówi Robert.

Maria kładzie dłoń na jego przedramieniu, gładzi je kciukiem. Patrzy na męża z uwielbieniem. To kolejni kochający się ludzie, których życie mogłabym zniszczyć.

– Oczywiście – zgadzam się. – A ja poszukam Ruby. Rozumiem, że z Simone niedobrze, ale Ruby jest zrozpaczona.

Nie wiem, co robić. Naprawdę nie wiem, co robić.

ROZDZIAŁ 44

2004 | niedziela | Sean

Gavilowie wyjeżdżają o wpół do szóstej. Od początku mieli wyruszyć po południu i choć nastąpiło to kilka godzin później, niż planowali, mimo wszystko mają nadzieję pokonać przed zmrokiem sto dwadzieścia kilometrów do Brighton. Po minięciu Cowes *Gin O'Clock* może z łatwością rozpędzić się do trzydziestu węzłów i chociaż dni są coraz krótsze, słońce wciąż jeszcze zachodzi późnym wieczorem. Reszta towarzystwa oddycha z ulgą, kiedy odchodzą drogą w stronę portu, ciągnąc za sobą bagaże. Zdecydowanie najsłabszym ogniwem w całym planie jest Joaquin. Chłopcy nie zauważają tak dużo jak dziewczynki, to prawda, ale nawet on w końcu zorientowałby się, że została tylko jedna bliźniaczka.

Kobiety są doszczętnie wyczerpane publicznymi występami. Kolacja dla dzieci odbywa się w milczeniu; dostają kanapki z szynką, resztki rozwodnionego soku pomarańczowego i po garści winogron. Lodówka niemal opustoszała, ale i tak nikt nie ma apetytu. Ruby znowu jest Ruby, a Coco leży już w łóżku. Dzieci bardzo łatwo oszukać. Cały czas zadają pytania, ale otaczający świat tak naprawdę ich nie interesuje. Zadowalają się najprostszymi odpowiedziami i wybiegami. Trochę jak milionerzy, myśli Sean.

– No dobrze – odzywa się Imogen, kiedy ostatnia skórka zostaje oderwana od kanapki i zepchnięta na bok talerza. – Wiecie co? Ponieważ mamy ostatni wieczór wakacji, a wy przez całe popołudnie pluskaliście się w basenie, myślę, że dziś możemy zrezygnować z kąpieli.

Odzywa się lament. Brak kąpieli oznacza wcześniejsze pójście do łóżka – tyle już dzieci zrozumiały. A choć padają z nóg, nie chcą, żeby dzień się kończył. Imogen macha ręką. Sean jest dziś pod wrażeniem jej opanowania i skuteczności, odkąd zrozumiała, czego tu potrzeba. Zresztą od prawie dwudziestu lat organizuje spotkania polityczne i pomaga mężowi realizować cele – i tę determinację u niej widać.

– A może usiądziemy wszyscy na kanapach i poczytam nam bajkę? – proponuje. – Co wy na to?

– Jaką bajkę? – pyta podejrzliwie Tiggy.

Imogen unosi książkę. Dzieci jej się przyglądają. Z całej szóstki tylko Tiggy umie czytać. Nie ma wśród nich geniuszy, myśli Sean, i całe szczęście. Moja Coco też nie była genialna. Nie uratowałaby świata ani nie została jego przywódczynią.

Czuje szarpnięcie w sercu i czeka, aż minie. Coco już teraz odchodzi w przeszłość, jak tragedia, która się wydarzyła. Zawsze miał cudowną zdolność dochodzenia do siebie i bardzo ją w sobie lubi. Inni płaczą i jęczą tygodniami, miesiącami, latami, a on zawsze patrzy w przyszłość. Kilka najbliższych miesięcy będzie trudne, myśli, ale dam sobie radę. A Claire… ona jeszcze nie wie, co ją czeka. Nadal myśli, że najgorsze, co ją spotkało, to utrata męża.

– Simone ją dla was zostawiła – mówi Imogen, wysoko unosząc książkę z dramatycznym rysunkiem na okładce. – Patrzcie, to nowy *Harry Potter*!

Rozlegają się jęki zachwytu. Żadne z nich nie mogło mieć kontaktu z *Potterem*, myśli Sean. To grupowe złudzenie. Chcą tej książki, bo widziały, że starsze dzieci za nią szaleją. Będą umierać z nudów, słuchając czegoś przeznaczonego dla dużo starszych czytelników, ale nigdy się do tego nie przyznają, zanim nie zrobi tego ktoś inny.

– I możemy napić się gorącej czekolady – dodaje Imogen. – Co wy na to?

Znowu zachwyt. Gorąca czekolada w samym środku lata: nigdy o czymś takim nie słyszeli.

– No już, niech wszyscy przebiorą się w piżamki, a jak wrócicie, czekolada będzie na was czekała. Starsi pomagają młodszym, dobrze? Uważajcie na schodach!

– Dzisiaj też dostaniemy witaminki? – pyta Inigo Orizio.

– Nie – odpowiada Linda. Odkąd przyszli, prawie się nie odzywa, mechanicznie porusza się między zlewem a lodówką, między zmywarką a wyspą kuchenną i stołem, z zapuchniętymi oczami i ponurą miną. Ale jej poranne protesty minęły; chyba dotarło do niej, że już za późno, więc nie ma wyboru, musi dostosować się do planu. – Teraz jesteście zdrowsi. Nie potrzebujecie. Tylko Ruby dostanie trochę, bo wczoraj źle się czuła, ale wam nie trzeba. No dalej, biegiem. Ruby, ty tu zostań. Przyniosę ci piżamę. Nie będziemy budzić Coco. Kto uwinie się pierwszy, dostanie dodatkową piankę do czekolady!

Dzieci wybiegają. Ruby wciąż siedzi przy stole.

– Imogen, czy to jest konieczne? – pyta Sean.

– Tak. Musi zasnąć. Przykro mi.

– Czy nie możemy…

– Chryste! – odzywa się Jimmy z kanapy, gdzie siedzi, wpatrując się w milczeniu w zgaszony kominek. – To środek ziołowy. Nie ten sam. Masz mnie za kompletnego idiotę?

Sean nie odpowiada. O tamtej dawce też mówiłeś, że bezpieczna, myśli. Wczoraj śmiałeś się z Claire i jej wątpliwości.

Dziś wieczorem jest jednak dziwnie bierny, jakby ktoś wyssał z niego zdolności przywódcze. Tabletka to jeden z punktów na liście Marii, więc trzeba ją podać.

– Jimmy, musisz się stąd zmyć – mówi Imogen. – Zrób miejsce maluchom.

Jimmy obraca głowę, ale jego spojrzenie podąża za tym ruchem jakby dopiero po chwili. Postarzał się z dnia na dzień, cerę ma poszarzałą, skórę obwisłą. Sean mógłby przysiąc, że na tym niedbałym zaroście przybyło siwizny.

– Dokąd mam iść?

Imogen ze znużeniem kręci głową.

– Właściwie wszystko mi jedno – odpowiada. – Charlie chyba jest w altance. Może tam pójdziesz posiedzieć? W zasadzie wszyscy mężczyźni powinni się stąd zabrać. Dajcie nam spokojnie usadzić dzieci.

Jimmy dźwiga się z kanapy i lekko się chwieje. On nawet porusza się jak starzec, myśli Sean. Nie zostawił sobie choćby garstki chemii, kiedy oddał torbę Gavilom? Wygląda, jakby miał lumbago. Sean wychodzi za nim na wczesnowieczorne powietrze. Zapowiada się kolejna piękna noc. Niebo prawie całkiem czyste, jedynie wysoko w górze kilka różowych smużek. Tak jak wczoraj, myśli Sean, tylko że zupełnie inaczej. Wczoraj o tej porze byliśmy w połowie drugiej butelki szampana, czekała nas długa i przyjemna noc. Wczoraj o tej porze szedłem na górę, żeby sprawdzić, jaką kreacją porazi nas Claire. Wczoraj o tej porze byłem królem świata.

Dzwoni jego telefon. Sean zerka na wyświetlacz i widzi, że to żona. Nie mogę, myśli. Wiem, Maria mówiła, że powinienem, ale tego nie dam rady zrobić. Usłyszy mój głos i pozna, że coś nie tak. A jutro mi nie uwierzy. Odrzuca połączenie. Dziś dzwoniła już sześć razy. Żeby się kłócić albo porozmawiać z dziewczynkami. Trzeba je było wziąć ze sobą, myśli Sean. Gdybyś je wzięła, nie doszłoby do tego. Zdążył wymazać ze świadomości, że kiedy Claire wyjeżdżała, Coco pewnie nie dałoby się już uratować. Gdy trzeba bronić ego, ludzki mózg działa w cudowny sposób.

Charlie siedzi na kanapie w altance i patrzy w przestrzeń tak jak wcześniej Jimmy w kuchni. Kiedy nadchodzą, podnosi wzrok i widać po jego minie, że nie cieszy się z ich przybycia. W chwilach bezczynności przez cały dzień unikali się nawzajem: wybierali miejsca, w których nie będzie nikogo innego, wypełniali głowy myślami, dlaczego akurat oni osobiście nie ponoszą odpowiedzialności.

Sean i Jimmy siadają, każdy na innej kanapie. W zwykły dzień Sean sięgnąłby do kieszeni po cygaro, ogrzał je, przyciął, rytualnie zapalił. Ale dziś na nic nie ma ochoty. Jestem martwy w środku, myśli. Nawet przyjemność mi nie pomoże. Siedzi i bębni palcami w oparcie. Patrzy na szklany blat stolika, świeżo umyty, wytarty i wypolerowany. Ani śladu, że coś tu się działo, myśli. Ani śladu po naszej zabawie.

– Musiało być z nią coś nie tak – odzywa się Charlie. Kieruje te słowa w powietrze, jakby radził się wyroczni. – Musiała mieć jakąś chorobę albo coś.

– Właśnie – mówi Jimmy. Wzrok nadal ma niewyraźny. – Dostała tyle samo co reszta. Nic nie powinno jej być.

– Gdyby tylko ona nie była taką paranoiczką – mówi Sean. – Gdyby nie pokłóciła się z Emilią, mielibyśmy kogoś do opieki.

– Zrobiłem, co mogłem. Widzieliście. Prawda? Adrenalina nie pomogła.

– Przecież nie jesteśmy jedyni – mówi Charlie. – Ludzie tak łatwo osądzają innych, ale przecież nie jesteśmy jedyni, prawda?

– Nie – mówi Jimmy. – Lekarze często to robią. To całkowicie bezpieczne.

– Zazwyczaj – mówi Sean. – Skąd miałem wiedzieć? To ty jesteś lekarzem. Twierdziłeś, że to bezpieczne. To nie moja wina.

– Było bezpieczne – mówi Jimmy. – Nic nie powinno się stać. Z nią musiało być coś nie tak.

Siedzą i rozmyślają nad swoim nieszczęściem, a wieczór ciemnieje. W domu Imogen i Linda usypiają dzieci czytaniem, a potem zanoszą je do łóżek, układają i czekają na poranek.

ROZDZIAŁ 45

– O nie – mówi India. – O nie, o nie. Biedne dziewczynki. Milly, o nie.

Zeszłam z telefonem do hotelowego ogrodu, podczas gdy Ruby bierze prysznic w naszej malutkiej łazience. Jestem skonana. Ona też. W pewnym momencie zasnęła wyczerpana płaczem, a ja leżałam w milczeniu, patrząc w ciemność.

– Nie mogę jej powiedzieć, prawda? – Właściwie nie pytam o radę. Już wiem, że nie mogę.

– Nie – odpowiada India. – Nie wiem, co można by tym osiągnąć.

Miała rację co do prawdy. Są takie prawdy, które mogą zdruzgotać świat. Pewne rzeczy powinny zostać w tajemnicy, nawet jeśli ta tajemnica będzie cię zżerać od środka. Ruby to urocza młoda kobieta, i tak dźwigająca duży ciężar. Co się niby osiągnie, rujnując jej życie, oprócz niezgrabnej tabloidowej wersji sprawiedliwości?

Myślę o Coco, której kości bieleją na dnie oceanu. Smutek wprost mnie przytłacza. Nic nie zwróci jej życia. Trafiła do morza wskutek pochopnej decyzji, ale nikt jej nie zabił. Nie ze złą wolą. Zepsuty zamek w drzwiach, ciekawskie umysły, przygoda zmieniona w katastrofę i kretyńskie decyzje spanikowanych ludzi. I nic jej nie przywróci. Odeszła na zawsze.

W słuchawce India płacze. Nie byłam świadkiem jej płaczu, odkąd skończyła trzynaście lat. Jej się nie zdarza płakać. Nam się nie zdarza. Jacksonowie nie płaczą, ale ten smutek…

– Powinnam była przyjechać – mówi. – Wcale nie uważałam, że będzie w porządku, jeśli nie przyjadę. Ale… Boże, dlaczego nam nie powiedzieli? Przez cały czas go nienawidziłam, a tak naprawdę wcale go nie znałam. No i Claire. Biedna Claire.

– I biedna Ruby.

– Milly, ona nie może się dowiedzieć. Ani ona, ani Claire.

– Masz rację, nie mogą. Podjął właściwą decyzję.

– To prawda. Och, Camillo, czy już za późno, żebym cokolwiek zrobiła? Wysłała kwiaty?

– Zaniosę w twoim imieniu – mówię. – Jeśli on jeszcze gdzieś jest, będzie wiedział.

. . .

Czarne rajstopy, czarna halka, czarna sukienka. Czarne buty dla każdej z nas, płaskie ze względu na nierówną ziemię angielskiego cmentarza. Ogarnął mnie dziwny spokój. Spodziewałam się, że rano obudzę się zapłakana, ale tak nie było. Zamiast tego wstałam po ciemku i napisałam mowę pogrzebową, siedząc na podłodze w łazience, kiedy Ruby spała, bo teraz już wiem, kim on był. Nie był potworem, za jakiego go miałam: samolubnym i obojętnym. Ostatecznie wszystkim, co zrobił od czasu Coco, kierowały dobre intencje. Tamtego dnia straciły ją nie tylko Claire i Ruby – my też. Nie znałam jej i to jest moja wina. Mogę przynajmniej zadbać o to, żeby w moim życiu była chociaż jedna siostra.

Ruby zaplata włosy w gruby warkocz, który spada jej na plecy. Ma sukienkę do kolan z czarnej krepy, gładką u góry, na dole plisowaną. Zastosowała się do pouczenia matki i włożyła koronkowe rajstopy, w których jedyne dziury to te wynikające ze wzoru. Dopiero teraz okazuje się, że jest krótkowidzem; na nosie ma okulary w grubej oprawce, ponieważ boi się, że soczewki wypłacze. Po bezsennej nocy w hotelu, do którego uciekłyśmy wczoraj wieczorem po wybuchu Simone, wypełnia mnie ten dziwny spokój, jaki poczułam trzy tygodnie temu, gdy jechałam obejrzeć ciało. To naprawdę dopiero trzy tygodnie? Wydaje się, że całe lata.

Kościół zaczyna się wypełniać pół godziny przed nabożeństwem. Przez całą wioskę ciągnie się parada drogich samochodów zaparkowanych zderzak w zderzak na poboczu. Szoferzy zebrali się pod nieużywaną wiatą bramy cmentarza, uderzają w dłonie w czarnych skórzanych rękawiczkach i czekają, aż ich pracodawcy znikną w środku, by móc zacząć palić. Współczesna hipokryzja: tytoń jest *verboten* w obecności milionerów, ale nikomu nie przeszkadza palenie na oczach Boga.

Simone stoi na schodkach kościoła jak syrena, uśmiecha się, po obu stronach ma rodziców. „Bardzo dziękuję za przybycie. Wspaniale pana widzieć. Jak miło, że państwo przyszli". Skandale – ani dawne, ani ten towarzyszący jego śmierci – widocznie nie wystarczyły, żeby zniechęcić koterię bankierów, handlarzy bronią, polityków i ich młodych żon do przybycia na imprezę. Mijając dwóch fotoreporterów przy głównej bramie, przybierają posępne miny, a potem uśmiechają się od ucha do ucha, gdy rozpoznają się nawzajem wśród grobów. Dostrzegam Clutterbucków, którzy witają się serdecznie z jakimiś mężczyznami w tak dobrych garniturach, że znajomość z nimi niewątpliwie jest przydatna. Chyba w pewnym wieku, gdy było się na wystarczająco wielu pogrzebach, większość staje się po prostu okazją do spotkań towarzyskich. W takich miejscach spotyka się ludzi, których nie widziało się od lat. A ponieważ pogrzeby zwykle są krótsze od ślubów, zabawa jest dużo lepsza.

Ruby, Joe i ja kręcimy się z zakłopotaniem wśród nagrobków i uśmiechamy blado do tych wszystkich ludzi, którzy nie wiedzą, kim jesteśmy. To uroczystość Simone; akceptujemy to. Odgrywamy tu epizodyczne role; mamy szczęście, że w ogóle dostaliśmy kwestie mówione. Matka i dziadkowie delikatnie przekazują sobie Emmę, kiedy zmęczą im się ręce. Mała w bladoniebieskim ubranku budzi okrzyki zachwytu wszystkich przechodzących. Czuję, że obok mnie Ruby drży. Nie wiem, czego się spodziewała. Zdaję sobie sprawę, że dla niektórych śmierć w rodzinie to okazja, by zwrócić na siebie uwagę, ale to chyba nie dotyczy żadnej z nas.

Wreszcie wchodzimy. Znajomy zapach woskowych świec i politury do drewna, ciętych kwiatów, które powoli zaczynają więdnąć zatknięte w starą piankę florystyczną, improwizowane plumkanie organów, podczas gdy wszyscy zajmują miejsca. Idziemy na przód. Wyczuwam poruszenie wśród niektórych osób. Więc to jest ta reszta rodziny. Ile ich było? To już wszystkie? Czy to ta bliźniaczka? Po chwili siedzimy po prawej stronie, a Simone z rodziną po lewej. Nie ma już nic między nami a naszym ojcem, bezpiecznie zamkniętym w dębowej trumnie. W dzisiejszych czasach trumny robi się z liści bananowca, kartonu, a nawet wełny, ale dla Seana to musiał być dąb ze starej dobrej Anglii. Na wieku leży jeden mały bukiet białych kwiatów. Wszystko przygotowała Maria, efektywna Maria, która wzięła na siebie odpowiedzialność, by nie musiał tego robić nikt inny. Simone i Emmie pozwoliła trwać w majestatycznej żałobie.

Potem muzyka się zmienia i śpiewamy *Prowadź, wielki Zbawicielu*, a mnie drży ręka, bo przypominam sobie, że Sean bardzo pasjonował się rugby, wynajmował lożę na stadionie i chodził pośpiewać z kolegami, a ja nie pamiętałam o tym aż do teraz. Tylu rzeczy nie pamiętam i już sobie nie przypomnę, bo teraz zabraknie bodźców. Ruby nie pamięta tego wcale. Śpiewa dzielnie, ocierając oczy jedną z chusteczek, które wsunęłam jej do kieszeni, zanim wyszłyśmy z hotelu, ale dla niej to tylko hymn kościelny, a nie pieśń intonowana przed meczami. A potem Charlie dudniącym głosem recytuje wiersz Christiny Rossetti, jakiś pastor, którego nigdy wcześniej nie spotkałam, mówi o moim ojcu i o tym, że odszedł na łono Pana, choć w rzeczywistości udał się pewnie w przeciwnym kierunku, i wreszcie ja idę nawą w kierunku pulpitu, a cały świat skupia się na kartce papieru, którą trzymam w ręce, na tym, że mam nie patrzeć nikomu w twarz, opanować głos i przede wszystkim zabrzmieć jak ktoś, kto szczerze i autentycznie opowiada o tym człowieku. Myślę o tym wszystkim, co wczoraj zamierzałam powiedzieć, i o gwałtownej zmianie, która się we mnie dokonała, o tym, że cały mój gniew noszony w sobie przez lata jest bezcelowy, bezużyteczny wobec takiej straty. I zaczynam mówić:

– Przez ostatnie dni wiele myślałam o moim ojcu. O tym, że o pewnych rzeczach wiedziałam tylko ja, a o innych tylko jedno z nas tu zebranych. O tym, że nikt nigdy nie zna drugiej osoby w całości. Niemniej to wiem na pewno: Sean George Jackson kochał nas na swój szczególny, szorstki, intensywny sposób, dlatego jego obecność w naszym życiu była dla nas wszystkich wyjątkowym darem.

. . .

Język jest dziwny. Słyszę swój głos, kiedy mówię, słyszę też reakcje – śmiechy, westchnienia, wstrzymane oddechy. Ale w mojej głowie słowa, które napisałam, brzmią nijak; mają dla mnie tyle samo sensu co szczek lisa w lesie. Słyszę sylaby i spółgłoski, i melodyjne aliteracje, ale uleciało z nich znaczenie. Kiedy docieram do końca, czuję, że nagle płonie mi twarz, tłum zebranych odzyskuje ostrość, a ja chcę natychmiast stąd uciec, zbiec przed spojrzeniami tych wszystkich oczu. Zmuszam się, żeby złożyć kartkę, schodzę powoli, lekko, z miłością kłaniam się szczątkom taty, a potem wracam do Ruby. Siedzę przez chwilę, ona pociesza mnie po brytyjsku, głaszcząc po ramieniu, i wreszcie przychodzą łzy, wypływają skądś, gdzie dotąd je więziłam, rozlewają się nade mną niczym fala i tonę. Znów grają organy, zebrani wstają, a Ruby i ja nie podnosimy się z miejsc, kołyszemy się razem, obie tak samo pochylone. Śpiewają *Dobry Boże* i *Ojcze ludzkiego rodzaju*, a ja płaczę, płaczę i płaczę.

ROZDZIAŁ 46

2004 | poniedziałek | Claire

Budzi się dopiero o dziesiątej; po raz pierwszy spała tak długo albo do tak późnej godziny, odkąd urodziły się bliźniaczki. Kiedy patrzy na zegar, na moment ogarnia ją panika, że zaspała, a potem sobie przypomina. Rozluźnia spięte mięśnie pod pościelą z egipskiej bawełny i rozciąga się jak rozgwiazda po chłodnej stronie łóżka, gdzie on ostatnio sypia tak rzadko. Później znów sobie uświadamia, dlaczego wróciła tu sama, i ponownie się spina, tym razem z gniewu i smutku. Co się stało z moim życiem? Czy to moja wina? Czy sama to na siebie sprowadziłam?

Oczywiście, że tak, myśli. Kiedy go poznałam, miałam dostatecznie dużo lat, żeby moje postępowanie nie miało żadnego wytłumaczenia. Wiem, że ludzie tacy jak my lubią szastać wytartymi frazesami. „Nie mogliśmy się powstrzymać". „To było silniejsze od nas". „Serce samo wie, czego chce". Ale zawsze – zawsze! – jest co najmniej jeden moment, gdy podejmuje się decyzję.

Kiedy poznałam Seana, wiedziałam, że jest żonaty. Boże święty, przecież Heather była w tym samym pokoju, znękana, nieuczesana, ale to mnie nie powstrzymało. Potulnie wręczyłam swoją wizytówkę, dokładnie wiedząc, co to oznacza. Mogłam się zatrzymać, zanim to się jeszcze zaczęło, ale nie zrobiłam tego. Podjęłam decyzję kosztem innego człowieka i teraz za to płacę. I dobrze mi tak, do cholery. Pamiętam, że ludzie mnie ostrzegali – „Claire, jeśli potrafił to zrobić jednej żonie, potrafi zrobić i tobie" – ale ja w reakcji pozbyłam się wszystkich przyjaciół, żeby nie widzieć w ich oczach odbicia cudzołożnicy.

Sprawdza telefon, żeby zobaczyć, czy Sean nie oddzwonił, choć aparat leżał obok niej przez całą noc, a skoro nie oddzwonił za pierwszym razem, to wiedziała, że już tego nie zrobi. On lubi karać obojętnością. Kiedy poczuje się dotknięty, otacza się murem milczenia, którego nie sposób sforsować, dopóki sam nie uzna, że już dość. To frustrujące, doprowadzające do szału; przepełnia ją gniewem i poczuciem bezsilności.

No i chwileczkę. Claire siada na łóżku. Co ja mówię? „Kiedy poczuje się dotknięty"? Czy naprawdę tak bardzo mnie wytresował, że zapomniałam, że to on źle postąpił?

Muszę sporządzić listę, myśli. Skorzystam z metody Marii i spróbuję być bardziej zorganizowana. Sporządzę listę wszystkich rzeczy, które muszę zrobić po tym długim weekendzie. Przelać pieniądze na moje konto, żeby nie odciął mi środków. Znaleźć prawnika. Zmienić cholerne zamki. Gdy tylko przywiezie z powrotem dziewczynki, wywalę go stąd. Może sobie zamieszkać w którymś ze swoich luksusowych apartamentów. Raczej mu ich nie brakuje.

Claire wstaje, parzy sobie filiżankę kawy i wchodzi z nią do wanny. W domu panuje cudowna cisza; tylko pomruk samochodów na King's Road przypomina jej o tym, że w ogóle istnieją inni ludzie. Oczywiście nie będę mogła tego zrobić, myśli. Jeszcze przez jakiś czas, aż będą na tyle duże, żeby zostawić je same i zamknąć drzwi. Założę się, że jeśli pójdzie z nim na noże, będę opiekować się domem i dziećmi bez pomocy personelu. I co z tego? Inni ludzie jakoś dają radę. Przecież nie urodziłam się w takim luksusie. Umiem obsługiwać odkurzacz, ugotować posiłek, naprawić samochód. Jeszcze tylko rok i pójdą do szkoły, a wtedy poszukam pracy. Zacznę żyć. Przekonam się, czy ludzie, których kiedyś znałam, wciąż jeszcze chcą mnie znać. Mój Boże, jaka ja byłam głupia. Tak bardzo się od niego uzależniłam, że kolejno odcinałam się od osób, które kiedyś były obecne w moim życiu. On chyba naprawdę jest psychopatą. Ten numer, że ludzie z dawnych czasów jeden po drugim znikają z twojego życia, bo on ich nie lubi, obrazili go albo nie potrafią zaspokoić jego zachcianek wyrażanych w ostatniej chwili, to klasyczna taktyka gnębiciela. Może nigdy mnie nie uderzył, ale bycie gnębioną nie ogranicza się do robienia za worek treningowy.

Bardzo pragnie z nimi porozmawiać. Ze swoimi maleństwami. Żałuje, że wyjechała nocą, nie poświęcając czasu, by wziąć je ze sobą, ale była w takim stanie, że potrafiła myśleć tylko o ucieczce. Ucieczce od tych ludzi i ich potajemnych uśmieszków. Upokorzenie może człowieka zabić tak samo jak smutek, myśli. Ale dłużej nie będę tego znosić. Dzisiaj jest dzień, w którym zacznę odzyskiwać swoje życie.

Zsuwa się pod wodę i wstrzymuje oddech.

. . .

O jedenastej, owinąwszy włosy ręcznikiem, a ciało dużym jedwabnym płaszczem kąpielowym, schodzi na dół, by zrobić sobie więcej kawy. Przez ostatnią dobę straciła apetyt. Wczoraj o dziesiątej wieczorem kilka razy zakręciła makaronem w misce, ale w końcu wylądował w śmieciach. Co w gruncie rzeczy bardziej do mnie pasuje, myśli. Przez ostatnie kilka lat zagłuszałam nieszczęście jedzeniem, ale w kryzysie zawsze mam ochotę pościć. Nic dziwnego, że nie mogłam zrzucić wagi po ciąży, skoro pozłacana beznadzieja bez końca kapała mi na kark.

Rozgląda się po swojej kuchni. Po kuchni Seana. Sama nigdy by takiej nie wybrała. On urządził ją zupełnie na biało, nie licząc blatów z czarnego granitu, które jeszcze trudniej utrzymać w czystości niż szyby szafek. Nigdzie żadnych uchwytów. Naciśnij i przesuń, naciśnij i przesuń – męska fantazja o życiu na statku kosmicznym. No i ten ogród, który widać przez okna od podłogi do sufitu: cały wybrukowany, żeby zaoszczędzić na pieleniu chwastów; pośrodku wyżwirowanego stawu znajduje się koszmarna bezkształtna podróbka rzeźby Henry'ego Moore'a, a jedyną roślinność stanowią dwie palmy w olbrzymich cynowych donicach. Palmy, na litość boską. W samym środku Londynu. Potrzebujemy brodzika, skrzynki z piaskiem, żeby koty miały gdzie się załatwiać, i grządek, na których dziewczynki nauczą się sadzić pomidory, a nie zakichanych palm!

Dzwoni ponownie. Nikt nie odbiera. Mój mąż to gnój, myśli. Pewnie wcisnął dzieci Lindzie, żeby przez jakiś czas się nimi zajęła, a sam cieszy się ostatnim wolnym dniem. Cóż, mam nadzieję, że Linda je polubi. Dzisiaj widzi je po raz ostatni.

Kawa jest mocna i dobra; przelewowa, bo taka najlepsza, bez tej całej zabawy i strzelania parą ze zbyt dużego, zbyt skomplikowanego ekspresu ciśnieniowego, który stoi na blacie i tylko czeka, żeby ją spalić. Kiedy Claire w pośpiechu wyjmowała bagaże z samochodu, ułamał jej się paznokieć. Unosi dłoń i ogląda pęknięcie. Uśmiecha się. No i koniec z cholernym manikiurem, myśli. Zaraz znajdę nożyczki do paznokci i to poobcinam.

Idzie do gabinetu Seana – czerpie drobną, głęboką przyjemność z wtargnięcia w jego świętą przestrzeń – i z dolnej szuflady biurka wygrzebuje notes. Co masz zrobić jutro, zrób dziś, myśli. Listę zacznę spisywać już teraz, na słońcu w ogrodzie. Po powrocie dziewczynek będzie za duży harmider, żeby się skupić. Nalewa sobie jeszcze jedną kawę i otwiera drzwi.

. . .

Aż do lunchu jest pogrążona w myślach. Planuje, rozważa, marzy o dobrych chwilach, które ją czekają. Mogłabym sprzedać ten dom, myśli. Albo niech on mnie wykupi. Kiedyś to wszystko wydawało się spełnieniem marzeń: mieszkanie w Chelsea, wyjście do restauracji co wieczór, krążenie od sklepu do sklepu. Zabawne, jak zmieniają się priorytety, kiedy dociera do nas prawdziwa cena tych konsumpcjonistycznych snów. Wystarczy nam mały domek. Na prowincji, gdzie są niezłe szkoły i zna się wszystkich sąsiadów. Na południu, blisko wybrzeża. Ale nie blisko Brighton.

Jest tak zaabsorbowana, że prawie przegapia dzwonek do drzwi. Sean oczywiście zainstalował taki elektroniczny, cichy i łagodny, by nie zakłócał jego spokoju, kiedy ktoś inny pójdzie otworzyć drzwi. Dopiero gdy dzwoni po raz drugi, dociera do niej, że usłyszała go już za pierwszym razem. Wstaje i zawiązuje szlafrok. To nie może być on, myśli. Niemożliwe, by zdążył obudzić dziewczynki i wyjechał o takiej godzinie, żeby już o pierwszej być w Londynie. W długi weekend nie jest to także listonosz. Więc kto?

Nie śpieszy się z wejściem po schodach; w głębi duszy ma nadzieję, że osoba, która dzwoni do drzwi, znudzi się i pójdzie. A potem wygląda przez wizjer i widzi dwoje policjantów, mężczyznę i kobietę, z poważnymi minami i czapkami w dłoniach. Wtedy jej świat rozpada się na zawsze.

ROZDZIAŁ 47

Wyjeżdżamy zaraz potem. Bagaże spakowałyśmy wieczorem, a dziś przed wyruszeniem na pogrzeb włożyłyśmy je do samochodu. Teraz nawet nie przebieramy się w zwykłe ciuchy; wsiadamy i jedziemy w żałobie. Tymczasem w jakimś hotelu na nabrzeżu w Ilfracombe, na modłę Seana pozbawionym charakteru, tak by pasowały tam obrazy Damiena Hirsta, tędzy mężczyźni w średnim wieku parskają okruszkami pasztecików, śmiejąc się z Dobrych Chwil, Które Były, i Dobrych Chwil, Które Przyjdą, a Simone stoi pośrodku sali w luźnej czarnej atłasowej sukience i uśmiecha się tym swoim uśmiechem, aż tężeje jej twarz. Nie wiem, czy ją jeszcze kiedyś zobaczę. Albo Emmę. Powinnam spróbować. Później. Po jakimś czasie, kiedy szok minie i może nawet osłabnie szał jej żałoby. Już jedną siostrę straciłam, z drugą prawie nie mam kontaktu, trzeciej o mały włos nigdy bym nie odnalazła. Muszę spróbować. Rodzina jest ważna, teraz to rozumiem. Zresztą pewnego dnia Emma na pewno będzie potrzebować mojej pomocy, jeśli stan Simone się nie poprawi.

Prawie aż do Arundel właściwie nie rozmawiamy. Ale to inne nierozmawianie niż w tamtą stronę. Wypłakałyśmy się i teraz ogarnął nas dziwny spokój. A może nie tylko spokój, lecz i wyczerpanie. Zauważyłam, że wskutek płaczu – takiego naprawdę gwałtownego, dzikiego płaczu – jest się trochę jakby na haju. To pewnie endorfiny. Albo mały żarcik Boga.

Zmieniłyśmy się. Przez cztery dni przemianie uległo całe moje życie. Umierając, tracąc kontrolę nad swym najmroczniejszym sekretem, ojciec odnowił moje życie i dał mi siostrę. Odkrycie prawdy o losie Coco nie zmieniło tego, co poczułam do Ruby. Przyniosło mi tylko determinację, żeby ją przed tą prawdą chronić.

Przez chwilę próbujemy słuchać muzyki, ale na zachód od autostrady M25 moje radio zawsze łapie tylko BBC 2 i programy o kazirodztwie z telefonicznym udziałem słuchaczy. Kiedy trafiam na trzy stacje z rzędu grające Simply Red, wyłączam odbiornik, a Ruby nie protestuje. Osuwa się tylko w fotelu, krzyżuje ręce na piersiach i chyba natychmiast zasypia. Głowę opiera o szybę, a jej aparat ortodontyczny połyskuje w promieniach gasnącego słońca. Ruby, moja mała siostrzyczko. Obiecuję, że będę się tobą opiekować. Będę cię strzec i chronić. Bo dzięki tobie staję się lepszym człowiekiem.

A także zmęczonym. Znużonym, wyczerpanym dzieckiem bez ojca. Moje życie już nigdy nie będzie takie samo. I choć wiem, że zostanie we mnie gorzki żal, bo oceniałam go tak surowo, zmarnowałam tyle czasu i straciłam wiele okazji, jestem wdzięczna, że umierając, dał mi szansę, bym go pokochała. Życie to dziwny kolaż szarości. Nic dziwnego, że tak trudno było mi je docenić, skoro cały czas szukałam tylko czerni i bieli.

. . .

Gdy odległość do Arundel na drogowskazach spada do wartości jednocyfrowych, Ruby budzi się, przeciąga, odwraca do mnie z szeroko otwartymi oczami i oznajmia:

– Chcę do Maca.

Splata palce dłoni, jakby się modliła, i patrzy na mnie z miną głodującego szczeniaczka.

– Boże święty – mówię. – Jesteś telepatką czy co?

– To będzie mój ostatni big mac przed początkiem semestru.

– Semestru?

– Błagam cię. Chyba nie myślisz, że pozwalam, żeby matka organizowała mi więcej nauki niż innym nastolatkom?

Czeka. Widzi tablicę zapowiadającą zjazd i przyciska kłykcie do brody.

– Proooszę – mówi. – Proszęproszęproszęproszę!

– Chryste.

Włączam kierunkowskaz i zjeżdżam z drogi w kierunku złotych łuków. Przysięgam, że to ostatni raz. Od jutra nigdy więcej nie zbliżę się do McDonalda. W tych frytkach musi być jakaś dziecięca hera.

. . .

Kolejno idziemy do łazienki, żeby przebrać się z żałobnych ubrań, podczas gdy druga z nas stoi w kolejce do kasy. Kiedy pora na mnie, zostawiam Ruby swój portfel. Wracam w dżinsach i podkoszulku, a ona siedzi już przy stoliku. Zdążyła zdjąć wieczko z shake'a.

– Tym razem wzięłam czekoladowy – mówi. – Powinnaś spróbować.

– Nigdy w życiu – odpowiadam.

Wzrusza ramionami i szeroko się uśmiecha.

– Przekonasz się. Któregoś dnia, gdy zupełnie nie będziesz się spodziewać.

– Błagam. Teraz robisz za hipnotyzerkę?

Ponownie wzrusza ramionami i skupia się na maczaniu frytek.

– Cieszysz się, że wracasz do mamy?

Kiwa głową i je dalej.

– Na pewno za tobą tęskniła.

– Oczywiście. – Kołysze głową. To niesamowite, że piętnastolatki w odstępie kilku godzin potrafią zachowywać się tak, jakby raz miały dwadzieścia parę lat, a raz osiem. – Okrrropnie mnie kocha.

– Chciałabyś pójść do szkoły, Rubes?

– No, ba! Zmieniam się w dziwaka pustelnika.

– Aż tak daleko bym się nie posunęła.

– No, ale jednak – odpowiada.

– Ten weekend na pewno pomoże. Byłaś wspaniała. Gdyby cię zobaczyła, nie mogłaby dłużej myśleć, że sobie nie poradzisz.

– Ale nie widziała, prawda?

Marszczę nos.

– Ja jej o tym powiem – obiecuję.

Zostanę na noc w Downside. Jestem taka zmęczona, że jazda do Londynu byłaby dziś niebezpieczna.

Ruby odchrząkuje, a potem zjada kolejną frytkę.

– Mila…

– Tak?

– Wrócisz jeszcze? Żeby się ze mną zobaczyć?

– A chcesz?

Jej dłoń nieruchomieje.

– Jeżeli ty chcesz, to tak.

– No to w porządku – mówię. – Spróbuję raz na jakiś czas znaleźć chwilę w moim napiętym grafiku.

– Spierdalaj – odpowiada. Ale przyjaźnie.

. . .

Wracamy więc do domu. Przez mrok i deszcz migający w świetle reflektorów. W Mills Barton wszystko pozamykane na noc, przez okna ze szprosami skrzy się światło i ten obrazek jest tak cukierkowy, że mam ochotę zatrzymać się i rzucić cegłówką.

Teraz Ruby siedzi pochylona do przodu, spięta w oczekiwaniu, patrzy przez przednią szybę z taką uwagą, jak gdyby drzewa mogły przesuwać się szybciej, jeśli będzie je odliczać.

– Myślisz, że u niej wszystko w porządku? – pyta.

– Na pewno ucieszy się, że wróciłaś – mówię.

No bo skąd mam wiedzieć? W ten weekend widziałam już dość szaleństwa, więc nie chcę niczego przewidywać. Ale wiecie – nagle Claire wydaje się najmniej niezrównoważona z nich wszystkich. Wręcz cieszę się, że ją zobaczę. Kto by pomyślał?

Zatrzymuję się pod bramą, a Ruby wyskakuje, by ją otworzyć. Deszcz leje już na całego, więc zarzuciła sobie kurtkę na głowę. Kiedy przejeżdżam, buja się na bramie, a potem ze śmiechem biegnie z powrotem do auta.

– Witamy nad morzem – mówi. – Mamy tu najlepsze wiatry.

Toczymy się przez las, wyjeżdżamy po drugiej stronie, a gdy snop reflektorów pada na dom, otwierają się drzwi i światło wylewa się z wnętrza na kałuże na podjeździe. Wyskakuje Błonnik, biega w kółko, tańczy w blasku lamp samochodu; błyska wielkimi białymi zębami i wywala język, żeby łapać krople deszczu. Ruby otwiera drzwi auta i nagle kabina jest pełna mokrego psa, ona płacze rzewnymi łzami i obcałowuje go po pysku, a Błonnik tytła mi tapicerkę błotem. Potem widzę Claire; stoi na ganku, patrzy na nas mocno opatulona dużym swetrem i uśmiecha się.

EPILOG

2004 | sobota | Simone

Jestem małym skarbem. On tak powiedział; nazwał mnie małym skarbem. Nie przywidziało mi się. On mnie zauważa!

Idzie drogą z portu z taką lekkością, jakby tańczyła w powietrzu. To najwspanialsza noc w moim życiu, myśli. Zapamiętam ją na zawsze. Kolacja była cudowna, wystroiłam się, a on siedział obok mnie, bo jestem wyjątkowa. Jeszcze tego nie dostrzega, ciągle myśli, że jestem za młoda, ale gdzieś w głębi, tam gdzie się wie, już to zauważył. Powiedział, że jestem ładna. Powiedział, że jestem mądra. Powiedział, że jestem skarbem...

. . .

Wieczorny wietrzyk pieści odsłoniętą skórę jej ramion, sprawia, że z przyjemności Simone ma aż dreszcze. Wszystko jest idealne. Wszystko. Wiem już z całą pewnością, że on jej nie kocha. Ona uosabia to, co jest złe w jego życiu. Cudowny Sean Jackson, uwiązany przez wampirzycę, która wysysa z niego całą radość tylko po to, by czuć, że ma rację.

Nabrawszy pewności siebie, robi to, co sprawia jej największą przyjemność, gdy jest sama: wypróbowuje, jak brzmi jej imię połączone z jego nazwiskiem. Simone Jackson. Pani Simone Jackson. Pan Sean Jackson z małżonką Simone. Wiem, że jestem jeszcze za młoda, ale to więcej niż sen. Zauważa mnie. Naprawdę. Widzi mnie.

. . .

W Harbour View panuje zupełna cisza, ale wszystkie światła zostawiono pozapalane, by dom wyglądał na zamieszkany. Simone przystaje przed lustrem w łazience na parterze, rozczesuje włosy i znów spryskuje je błyszczącym lakierem, żeby bardziej lśniły. Linda zostawiła przy umywalce brązoworóżową szminkę; Simone odczytuje z naklejki, że to Chanel. Przygląda się pomadce, podoba jej się kolor, więc maluje nią usta i widzi, że stają się pełniejsze, ciemniejsze. Jest zadowolona z efektu. Przez chwilę ćwiczy pozy. Pochyla głowę i ogląda się z półprofilu, tak żeby włosy opadły jej na oczy, patrzy zza nich i kokieteryjnie unosi kąciki ust. Dostrzeże mnie, myśli. Dostrzegł mnie teraz, a gdy jej już nie będzie, dostrzeże mnie znowu. Będzie mnie widział coraz lepiej i lepiej, aż w końcu zapomni, co było przede mną. Ludzie myślą, że różnica wieku to coś złego, ale o niczym nie mają pojęcia. To nie moja wina, że urodziłam się tak późno, ani jego, że urodził się wcześnie. Miłość to miłość, a moja miłość przezwycięży wszystko.

Pora zajrzeć do dzieci. Simone uśmiecha się do lustra po raz ostatni i wkłada szminkę do torebki wieczorowej. Lindzie nie będzie potrzebna. Nie pasuje jej tak jak mnie. Potem idzie do kuchni i otwiera szufladę. Pasek z proszkami, których użyła dziś Linda, wciąż leży w przegródce na noże. Wyciska kilka na wszelki wypadek, a potem unosi stojak na sztućce, żeby znaleźć te, które ukryła pod spodem. Tak, są tam, cały blister. Małe, białe, owalne, zwężone na końcach.

Podchodzi z proszkami do czajnika, wyjmuje miskę, wyciska do niej jeden po drugim, a potem rozgniata trzonkiem widelca. Wsypuje sześć łyżek cukru i rozpuszcza to wszystko w odrobinie wrzątku. Smakuje. Mocno czuć cukier, ale to dobrze. Zamaskuje gorzkość lekarstwa. W małej szklance rozcieńcza syrop do takiej konsystencji, by dało się go pić, myje miskę i widelec, wyciera blat. Blister wkłada do torebki razem ze szminką. Przed domem jest kosz, do którego wyrzuci go w drodze do restauracji.

. . .

W przybudówce czuć ciepło śpiących ciał. Simone wchodzi na palcach i klęka przy bliźniaczkach. Leżą na plecach i śpią głęboko. Szarpie Ruby za ramię, potem raz jeszcze. Mała przewraca oczami i zaczyna się poruszać. Czoło ma ciepłe, lepią się do niego włosy. Nieważne, myśli Simone. Teraz nie ma się co martwić.

– Cześć, kochanie – szepcze. – Mamusia prosiła, żebym dała ci lekarstwo.

Ruby trochę się maże, próbuje ją odepchnąć. Simone podnosi dziewczynkę do pozycji siedzącej i opiera dłoń na jej plecach.

– Nic się nie martw – uspokaja. – No już, kochanie, to tylko łyczek.

Ruby nawet nie otwiera oczu, kiedy szklanka dotyka jej warg; wpuszcza płyn do ust i przełyka tak długo, aż w naczyniu zostaje tylko połowa płynu. Zwija się w kłębek i natychmiast zasypia.

Simone czołga się na drugi koniec łóżka i budzi Coco. Przykro mi, mówi w myślach. Przykro mi, dziewczynki. Ale przez was on jest bardzo, bardzo nieszczęśliwy. Nawet się nie zorientujecie. Po prostu odpłyniecie i już się nie obudzicie, a wtedy będzie wolny. Nic nie będzie go przy niej trzymało. Sam tak powiedział. Gdyby nie wy…

Z Coco idzie łatwiej. Nawet nie protestuje, tylko zaciska oczy i pije syrop. Simone kładzie ją z powrotem i patrzy na nią przez chwilę. Delikatnie głaszcze ją po policzku.

– Dobranoc – szepcze. – Słodkich snów.

PODZIĘKOWANIA

Uf, trudno pisało się tę książkę, więc mam dług wobec wielu osób nie tylko za ich wkład, który tak samo jak w przypadku większości książek jest poważniejszy, niż się ludziom wydaje, ale też za cierpliwość, troskę i emocjonalną szczodrość, którymi się wykazały, znosząc moje marudzenie. To prawdziwe błogosławieństwo, że los obdarzył mnie zarówno genialną drużyną mądrych i pomysłowych ludzi po obu stronach Atlantyku, dzięki którym powstała ta książka, jak i cudowną drużyną rodziny i przyjaciół, dzięki którym w moim życiu zawsze pali się światło.

Przede wszystkim, jak zwykle, Laetitia Rutherford, agentka moich marzeń. Boże, jesteś niesamowita.

W wydawnictwie Sphere w Wielkiej Brytanii: Cath Burke, której talent do wypasania kotów i wprowadzania mądrych poprawek nie ma sobie równych, Thalia Proctor, Hannah Wood, Emma Williams, Kirsteen Astor. A, i jeszcze Linda McQueen. Może pisarzom rzadko zdarza się mówić coś takiego, ale nigdy wcześniej nie trafiła mi się redakcja, przy której śmiałabym się w głos.

W wydawnictwie Penguin w Stanach Zjednoczonych: Emily Murdock Baker i Angie Messina, które nie tylko wyniosły do rangi sztuki oprowadzanie i wspieranie obcokrajowca w mistycznej krainie (oraz wśród rzeczy, które Amerykanie zauważają, a Brytyjczycy nie), ale też są świetnymi, zdolnymi, ze wszech miar porządnymi ludźmi.

Erin Mitchell, która po cichu czyni cuda, daje dużo śmiechu i jest genialną przyjaciółką.

Mama i Bunny, Will, Cathy, Ali, David, Elinor, Tora, Archie i Geordie, którzy są światłem mojego życia.

Lauren Milne Henderson, vel Rebecca Chance, która poświęciła mi absurdalnie dużo czasu oraz swego słynnego talentu fabularnego w chwili, gdy wydawało mi się, że kompletnie utknęłam, i ponownie tchnęła w tę książkę życie. To dlatego pisarze potrzebują innych pisarzy. Serio: jeśli jesteś pisarzem i nie masz wśród najlepszych kumpli innych pisarzy, natychmiast ich znajdź.

Gdzieś na świecie jest ktoś, kto ma powód podziękować Robertowi i Marii Gavilom za to, że swymi wielkodusznymi darowiznami na rzecz Authors for Nepal pomogli mu przetrwać zimę. Ja dziękuję im również za to, że darowali mi swoje nazwiska. Nazwiska zaskakująco trudno zdobyć, a ich są po prostu fenomenalne.

Enid Shelmerdine, Valerie Laws i Angeli Collings dziękuję za pouczające dyskusje o same-wiecie-czym. Mam nadzieję, że podoba wam się to, co ostatecznie wyszło na drugim końcu!

Patricia Mackesy, która jest odważną kobietą i doskonałym przykładem gracji w opałach.

Moje FL; Boże, jak ja was kocham. Dziękuję, że udowodniłyście, że miałam rację.

Rada. Wiem, że ostatnio rzadko tam bywamy, ale dzięki wam wytrwałam i na zawsze jesteście w moim sercu.

Moi przyjaciele (w kolejności przypadkowej), John Lyttle, Brian Donaghey, Jane Meakin, Charlie Standing, Nickie Schrager, Joce Buxton, Joe i Janet Camilleri, Antonia Willis za klify Dingli i dużo, dużo więcej. Ojejku, na pewno o kimś zapomnę, ale jeszcze Merri Cheyne, John Amaechi, Paul Burston, Alex Hopkins, Jo Johnston Stewart, Venetia Phillips, Diana Pepper, Ariel Lagunas, Helen Smith, Linda Innes (o tak!), Marie Causey, Rowan Coleman, Jayne Rogers, Sarah Hilary, Claudia Clare, Chris Manby, Jenny Colgan, Lisa Jewell, Jojo Moyes, James O'Brien, Lucy MacDonald, Jules Burke… jeśli nie ma cię na tej liście, nie myśl, że to dlatego, że cię nie kocham.

Stephen King, który zawsze był dla mnie wielką inspiracją, ale zmiana, jaką osobiście wniósł do mojego życia, jest nieoceniona.

Baloo Mackesy za to, że jest małym smarkaczem i najzabawniejszą z muz.

I wreszcie mój cudowny ojciec, Piers Mackesy, do którego zawsze będę tęsknić.

Polecamy powieść Alex Marwood

ZABÓJCA Z SĄSIEDZTWA

ZA KAŻDYMI DRZWIAMI KRYJE SIĘ SEKRET.
ZA JEDNYMI – MROCZNIEJSZY NIŻ POZOSTAŁE.

Każdy z mieszkańców domu przy Beulah Grove 23 ma swoją tajemnicę. Gdyby tak nie było, żaden z nich nie zdecydowałby się na pokój w szemranej dzielnicy Londynu, za gotówkę, bez żadnych papierów. W domu, w którym nikt nie zadaje pytań, a sąsiedzi spotykając się na schodach, uciekają wzrokiem. W miejscu, gdzie kończą ci, którzy nie mają innego wyjścia. Szóstka lokatorów zwykle unika siebie nawzajem jak ognia, ale pewnej nieznośnie gorącej nocy będą musieli zawrzeć niewygodny sojusz. Nie mają jednak pojęcia, że jedno z nich jest mordercą, który wybrał już następną ofiarę. Teraz tylko czeka na odpowiedni moment.

Książka nagrodzona **Macavity for Best Mystery 2015**
Finalistka **Barry Award** i **Anthony Award**